Os filhos de Lobato

J. Roberto Whitaker Penteado

Os filhos de Lobato
O imaginário infantil na ideologia do adulto

Prefácio
Ana Maria Machado

Editora Globo

Copyright © 2011 by J. Roberto Whitaker Penteado

Todos os direitos reservados. Nenhuma parte desta edição pode ser utilizada ou reproduzida – em qualquer meio ou forma, seja mecânico ou eletrônico, fotocópia, gravação etc. – nem apropriada ou estocada em sistema de bancos de dados, sem a expressa autorização da editora.

Texto fixado coforme as regras do novo Acordo Ortográfico da Língua Portuguesa (Decreto Legislativo nº 54, de 1995)

Preparação: Claudia Cantarim
Revisão: Ana Maria Barbosa e Clim Editorial
Imagens do miolo: Acervos família Lobato
e Vladimir Sacchetta
Capa: Roberto Yokota
Imagens de capa: Marcos Cartum

Dados Internacionais de Catalogação na Publicação (CIP)
(Câmara Brasileira do Livro, SP, Brasil)

Penteado, J. Roberto Whitaker, 1941-
  Os filhos de Lobato: o imaginário infantil na ideologia do adulto / J. Roberto Whitaker Penteado ; prefácio Ana Maria Machado. – 2. ed. – São Paulo : Globo, 2011.

  ISBN 978-85-250-5075-5

  1.Lobato, Monteiro, 1882-1948. O Sítio do Picapau Amarelo – Lobato, Monteiro, 1882-1948 – Crítica e interpretação I. Machado, Ana Maria. II. Título.

11-09046   CDD-869.9309

Índice para catálogo sistemático:
1. Monteiro Lobato : Literatura brasileira :
   Crtica e interpretação 869.9309

Direitos de edição em língua portuguesa
adquiridos por Editora Globo S.A.
Av. Jaguaré, 1485 – 05346-902 – São Paulo, SP
www.globolivros.com.br

SUMÁRIO

Pais, filhos e irmãos a fazer um país, *por Ana Maria Machado* 9
Prefácios da primeira edição, *por José Murilo de Carvalho*
  e Muniz Sodré de Araujo Cabral 11

INTRODUÇÃO
A PORTA DA MEMÓRIA 23

I. UM HOMEM DA VELHA REPÚBLICA 37
  1. Sonhos reais de uma pessoa real 39
  2. Um personagem fora de foco 43
  3. Um breve espaço no tempo 46
  4. O período de formação: 1882-1907 54
  5. Lobato e a República Velha: 1907-1927 66
  6. Ponto de reflexão 83

II. O NASCIMENTO DA IDEOLOGIA 91
  1. Como num transe... 93
  2. Uma crença para mudar o mundo 96
  3. Um ser diferente do adulto 99
  4. O segundo nascimento 107
  5. O papel da literatura fantástica 113
  6. Para não perder a identidade 134

III. A SAGA DO PICAPAU AMARELO 139
  1. Esses poeirentos cartapácios 141
  2. Acaso ou intencionalidade no descobrimento do Sítio? ... 147
  3. O universo e a república 156

4. Livros para ler *160*
5. Livros para queimar *196*
6. Um genial mestre-escola... .... *199*

IV. "Nós precisamos endireitar o mundo, Pedrinho..." *203*
1. Os contornos ideológicos *205*
2. Sê fiel a ti mesmo... .... *239*

V. Os filhos de Lobato *249*
1. Quem são eles? *251*
2. Comentários sobre comentários *278*

Final: Nosso flautista mágico *289*

Notas *307*

A Elza, companheira no imaginário e no real.

*A Bia, Claudia e Lulu, netas de Lobato
– e Theo, Juliana e Bruno – bisnetos –,
na certeza de que a prole ainda crescerá.*

*Ao meu querido irmão em Lobato,
Humberto Marini Filho, com saudades.*

Pais, filhos e irmãos
a fazer um país

COM FREQUÊNCIA, OS MEIOS DE COMUNICAÇÃO se referem aos autores que surgiram nos anos 1970 no panorama de nossa literatura infantil como "filhos de Lobato". Entre eles, costuma estar meu nome ao lado do de Ruth Rocha, Ziraldo e outros.

Creio que a expressão surgiu com este livro de José Roberto Whitaker Penteado. Mas basta ler a obra para verificarmos que ele não estava se referindo a nós. Pelo menos, não no sentido restrito. O que ele prova com sua argumentação, sem deixar margem a dúvida, é que filhos de Lobato somos todos. Uma geração inteira, e não apenas um grupo de escritores.

Talvez até, como autores, a razão esteja com Ricardo Azevedo e sejamos mais irmãos de Monteiro Lobato do que seus filhos. Prole dos mesmos pais: como ele, fomos buscar nas fontes da cultura popular e de muita leitura a seiva que alimenta o que escrevemos.

Mas é inegável que, como cidadãos, todos os que lemos os livros de Monteiro Lobato somos seus filhos. E somos muitos: todas as crianças das famílias alfabetizadas do Brasil, pelo menos entre as décadas de 1920 e 1950. Com ele formamos nossas noções de independência e de fraternidade, nosso pacifismo, nossa recusa ao fanatismo, nosso entendimento ecológico de que queimadas são um horror, e que na natureza há uma cadeia alimentar inevitável que assegura a sobrevivência de todos (ou, em suas palavras, um come--come danado). Com ele, muitos também aprendemos que a ignorância é a mãe de medos e males, que fora da educação não há salvação, que sem livros (e sem o bom exemplo de homens e mulheres) não se faz um país.

E alguns até não nos esquecemos de outras noções preciosas: a de que as crianças não precisam ser sempre boazinhas e podem recusar os conselhos e exemplos hipócritas que os adultos lhes apresentam. Ao mesmo tempo, nos foi inculcado, porém, que existem valores a ser respeitados, que o humanismo é uma exigência da civilização e que cada um é responsável por seus juízos e ações.

O maravilhoso, porém, é que, na obra de Monteiro Lobato, todos esses conceitos eram transmitidos de modo muito divertido e apaixonante, sem ar de lição chata, apenas por meio da imaginação que dominava as narrativas.

Essas histórias imaginadas, com muito senso de humor e muita brasilidade de linguagem, eram bem diferentes da maioria dos outros livros que existiam à disposição das crianças naquele tempo. Por isso é que dava perfeitamente para que os leitores adotassem Lobato como "pai". Todos queríamos morar nos livros que ele escreveu e naquele *mundo encantado que Monteiro Lobato criou*, como cantou em 1967 o vencedor samba da Mangueira. Graças a isso, ele ficou para sempre morando na memória de quem o leu, como este livro de José Roberto Whitaker Penteado, agora em nova edição, se encarrega de não nos deixar esquecer.

Ana Maria Machado

Prefácios da primeira edição [1997]

1

EM 1982, CENTENÁRIO DO NASCIMENTO de Monteiro Lobato, José Roberto Whitaker Penteado Filho teve uma excelente ideia, que traduziu numa expressão igualmente excelente. A ideia era avaliar o possível impacto da obra infantil de Monteiro Lobato sobre seus leitores quando adultos. A expressão era: "os filhos de Lobato", isto é, os milhões de brasileiros que, entre as décadas de 1930 e 1950, tiveram como principal leitura infantil e juvenil a obra do criador do Sítio do Picapau Amarelo. Quinze anos depois, após uma carreira profissional de êxito na direção da Escola Superior de Propaganda e Marketing, e após um curso de pós-graduação, José Roberto realiza o projeto de 1982 e também acerta as contas pessoais com o "pai".

A ideia era original. Os muitos trabalhos já escritos sobre Lobato dedicavam-se a fazer-lhe a biografia e a tentar interpretar sua obra, inclusive sob o aspecto ideológico. Nenhum se propusera a avaliar o possível impacto de sua obra, apesar de o próprio Lobato já ter sugerido, implicitamente, tal estudo ao confessar que decidira concentrar seus esforços na literatura infantil com o objetivo de influenciar as mentes da nova geração, de vez que sua própria geração já lhe parecia perdida para as ideias de que se constituíra apóstolo. O fracasso de seus vários empreendimentos certamente contribuíra para o desencanto com seus contemporâneos.

A ideia era também relevante. Sua relevância era sugerida pela impressão do senso comum sobre a ampla difusão da obra de Lobato. José Roberto vai além do impressionismo e fornece números que atestam com segurança tal difusão. Graças a cuidadoso levantamento das tiragens dos livros infantis, editados pela Cia. Editora Nacional e pela Brasiliense, ele demonstra que, de 1927 a 1955, 1,3 milhão de livros foram lançados no mercado. Numa época em que não havia televisão e em que havia poucos aparelhos de rádio, pode-se multiplicar esse montante por três ou quatro para obter o número aproximado de leitores e de potenciais filhos de Lobato. Por qualquer parâmetro que se adote, trata-se de um número impressionante.

Original e relevante, a ideia era, no entanto, difícil de executar. Para levar a cabo a tarefa proposta, vários passos eram necessários. Antes de tudo, devia-se fundamentar a hipótese de que leituras infantis podem ter algum impacto nas ideias e na visão de mundo do adulto. Essa tarefa foi cumprida com o recurso da vasta e pertinente literatura internacional sobre o tema, que vai de Rousseau a Freud, a Bettelheim, a E. Erikson, a Lillian Smith. A seguir, era preciso esmiuçar a vasta obra infantil de Lobato para dela retirar alguns temas que pudessem servir de guia para a avaliação de sua influência. Aqui a literatura já existente sobre Lobato, sobretudo os estudos de Zinda de Vasconcelos, André Luís V. de Campos, Nelly Novaes Coelho, Eliana Yunes, Rose Lee Hayden, foi bastante útil. Mas José Roberto fez por conta própria uma exaustiva mineração em toda a obra infantil de Lobato. Para os "filhos de Lobato", não será surpresa verificar que os temas escolhidos foram os que giram em torno da família, da mulher, da religião, do Estado, do indivíduo, da autoridade, do nacionalismo, do progresso. A esses o autor acrescentou um menos óbvio, a loucura.

O último passo era o mais difícil: demonstrar que os milhões de leitores, hoje pessoas entre 40 e 60 anos, foram de fato influenciados pela leitura de Lobato e, mais ainda, de que modo o foram. José Roberto recorre aqui a pesquisas de opinião pública e a entrevistas em profundidade. Os dados são claros quanto ao número de pessoas que declaram ter lido ou conhecer Lobato. Segundo pesquisa do Ibope (Instituto Brasileiro de Opinião e Estatística) de 1986, feita no Rio e em São Paulo, entre pessoas de 40 anos ou mais, nada menos de 70% dos que tinham educação superior declararam ter lido Lobato. Segundo outra pesquisa do Instituto Paulista de Pesquisas de Mercado (IPPM), feita em 1987 entre pessoas de mais de 18 anos, 87,6% tinham ouvido falar de Lobato, embora agora um terço já graças à divulgação televisiva. Também são apresentadas evidências de que os leitores de Lobato se consideram influenciados por ele. Pesquisa de 1996, entre maiores de 40 anos, indicou que 55% dos leitores se consideram influenciados por Lobato. Pesquisa por correspondência, feita pelo próprio autor, revelou que 69% dos entrevistados se consideravam bastante ou muito influenciados por Lobato.

Verificada a admissão, pelos leitores, da influência de Lobato, restava a José Roberto atacar o ponto decisivo da questão: que tipo de influência foi exercida? Aqui ele recorre a cinquenta entrevistas obtidas por correspondência, e a nove entrevistas feitas pessoalmente. Metodologicamente, o procedimento pode deixar a desejar, na medida em que não foi feito o controle mediante entrevistas entre os que não leram Monteiro Lobato. Os resultados obtidos talvez não sejam tão rigorosos como poderiam ser, tivesse o autor tido condições de tempo e recursos para uma pesquisa mais ampla. Mas o que conseguiu parece suficiente para dar uma resposta à questão que se colocou.

Há reconhecimento entre os entrevistados de que os temas propostos eram relevantes na obra de Lobato. Mas fica também claro que não há nenhuma interpretação unívoca do sentido das fábulas lobatianas. Em alguns casos, como no que se refere às ideias políticas e ao nacionalismo, as leituras são contraditórias. Lobato é visto, por diferentes leitores, como individualista, comunista, anarquista, democrático; para alguns, o amor à pátria é uma das mensagens, para outros há condenação do nacionalismo. Alguns observam, talvez com razão, que crianças não absorvem ideias abstratas. São sensíveis à fantasia e, eventualmente, aos valores nela embutidos. Não parece, na verdade, que Lobato tenha querido doutrinar. Sua pretensão de influenciar as crianças, de ser um moderno Flautista de Hamelin, era real, mas ele era um escritor bom demais para não perceber que a linguagem a ser usada tinha que ser adaptada ao universo mental das crianças. Não foi por outra razão que teve enorme êxito entre o público infantil.

Se não há ideias trasmitidas com clareza, há, de outro lado, entre os leitores, a sensação de que absorveram valores que opõem, por exemplo, a cooperação ao egocentrismo, o saber e a criatividade à erudição, a autoridade ao autoritarismo, a aceitação das diferenças à intolerância, a religiosidade ao sectarismo, o progresso ao apego rígido ao passado. Sobretudo, há o reconhecimento de que a leitura de Lobato contribuiu para o desenvolvimento da curiosidade, do espírito crítico, da negação da autoridade repressora. Como bem conclui José Roberto, talvez a melhor herança que Lobato deixou a seus filhos espirituais tenha sido a que ele próprio extraiu de Nietzsche: a da importância de desenvolver a própria identidade. Um "filho de Lobato" não pode ser um lobatiano.

Em sua literatura para adultos e em sua ação empresarial, Lobato lutou contra quase tudo o que constituía o mundo de valores no Brasil de sua época: o estatismo, o catolicismo oficial, o espírito bacharelesco, a sociedade hierarquizada, a incompetência dos governos e das elites, o nepotismo, o parasitismo. Foi derrotado e acabou na prisão. No entanto, o livro de José Roberto, um de seus filhos espirituais, vem mostrar que ele foi um vencedor ao escolher o público infantil como alvo, ao adotar a linguagem adequada a esse público e ao buscar transmitir valores permanentes em vez de ideias precisas e talvez perecíveis. Os valores que buscou transmitir, e que foram de alguma maneira recebidos por seus leitores infantis, continuam válidos nos dias de hoje. Quando desmoronam tradições, instituições, modelos de comportamento, nada mais saudável do que a ênfase na criatividade, na curiosidade, na tolerância, na iniciativa, na cooperação.

José Murilo de Carvalho

2

"Quanto mais observo as coisas, mais acho tudo torto e errado", indignava-se Emília, a boneca de pano, deixando muito claro que "a obra da natureza está tão cheia de 'bissurdos' como a obra dos homens". Um exemplo? "Dá cem pés à centopeia e nem um para as minhocas."

Emília, com seus modos desabusados e francos, estava preocupada com a "reforma" da natureza. Mas são tão ambiguamente sedutoras as suas razões que um leitor comovido com as injustiças sociais poderia ser levado a perguntar-se por que alguns homens são tão ricos e outros, tão absurdamente pobres.

É que Emília, como todos os personagens de Monteiro Lobato, provoca a imaginação, suscita analogias, num processo que pode receber o nome bem atual de "criatividade". Para a mente ainda muito plástica de uma criança, uma "provocação" dessas "há de dar qualquer coisa interessante" (desejo-mote de Emília), a exemplo, digamos, de "um enxerto numa pulga de tireoide de formiga e pituitária de grilo".

De fato, sempre houve, para os leitores de Lobato, "coisas interessantes". Um ex-morador da favela carioca da Rocinha, recém-formado escritor, declara à imprensa que sua vida mudou depois de ter lido, ainda criança, *Reinações de Narizinho*. E mudou mesmo: ele acreditou, como Lobato, que "a inteligência bem orientada acaba sempre vencendo a força bruta", e sua crença tornou-se a alavanca para a criativa passagem, como no mundo do faz de conta, da realidade sofrida ao sonho pessoal.

Os personagens de Lobato exibem a mesma alegre virtude pedagógica que fez o sucesso mundial de escritores para jovens, a exemplo de um Mark Twain. Os púberes heróis de Twain são, como Emília, francos e "inconvenientes", capazes de grandes diabruras, menos a de pecar contra a verdade e a lealdade. Lobato fazia a verdade habitar Emília, pois ela nunca viveu em sociedade e ainda não sabe "mentir". Dona Benta, Tia Nastácia, Pedrinho, Narizinho, o Visconde de Sabugosa, o Marques de Rabicó, o rinoceronte Quindim – em todos os habitantes do Sítio do Picapau Amarelo, criaturas inventadas que mexeram com o imaginário de várias gerações, permanece acesa a séria questão da interseção do discurso pedagógico com o universo infantil.

Este trabalho de José Roberto Whitaker Penteado tem o grande mérito de aceitar logo de saída a pressuposição de seriedade na divertida obra de Lobato. Ele deixa evidente que os ensinamentos históricos, mitológicos, geográficos, gramaticais etc. – constitutivos do objeto maior de sua pesquisa –, sempre vestidos de uma narração objetiva e encantatória, convergem para uma original configuração ideológica, responsável pela boa formação de um número incalculável de brasileiros de diferentes classes sociais. No universo lobatiano, a imaginação desconhecia barreiras.

Penteado trabalha adequadamente o conceito de ideologia (apesar de a ele pouco referir-se vocabularmente), já que não o concebe como falsa consciência, mas como a lógica inerente às significações linguísticas, capaz de afetar os sistemas de representações. Ao longo do exaustivo exame de enunciados significativos na obra de Lobato, aparece progressivamente o modo como a pedagogia se faz presente na linguagem, às vezes mesmo nos ditos mais corriqueiros. Mas, ao contrário das perversões pedagógicas correntes, o empenho lobatiano guiava-se pela cartilha da invenção e da curiosidade. O leitor mirim era estimulado a não ter medo de fazer perguntas, a buscar a aventura, a romper os limites, colocados pelo universo adulto, entre fantasia e realidade.

Trazer de volta à memória do público atual o universo mágico do Sítio do Picapau Amarelo é outro mérito do trabalho de Penteado. Por quê? Por causa da imensa contemporaneidade ("pós-modernidade", diriam alguns) da obra de Lobato. Com efeito, a conciliação entre as formas intuitiva, racional e mágica de saber representadas por personagens como Emília, Visconde de Sabugosa e Tia Nastácia; o multietnicismo característico do grupo Picapau Amarelo; a democratização das relações intersubjetivas, sem que se escamoteiem os conflitos; a exaltação da busca de conhecimento por meio da aventura ou da viagem – estas e outras são características da socialidade positiva que alguns sociólogos anunciam como uma espécie de contraponto à complexa montagem, discursiva e tecnológica, de controle das consciências presente nas formas organizacionais (globalização financeira, monopólios da informação e da fantasia coletiva etc.) típicas deste final de milênio.

Atualíssimo também é o sentido de "brasilidade" bastante explícito no universo do Picapau Amarelo e bem desenvolvido na análise de Penteado. Este trabalho não deixa dúvidas quanto ao alcance do faz de conta lobatiano: fez a cabeça de gerações inteiras com o Brasil a título de saboroso conteúdo. Nestes instantes de exacerbação da ideologia globalista, em que se tende a deixar de perceber a nação como "alma e princípio espiritual" (expressão de Renan), o trabalho de Penteado vem oportunamente mostrar que a tradição cultural brasileira é capaz de oferecer fontes ricas para a retomada e a ampliação do que o país ainda tem de melhor.

Muniz Sodré de Araujo Cabral

Agradecimentos

EM MUITOS MOMENTOS, durante a elaboração deste livro, surpreendi-me refletindo sobre a escolha que fizera – de um estudo pluridisciplinar – e via-me abrindo e reabrindo a célebre caixa de Pandora: um tema levando a outro, encadeando-se com outras áreas, sugerindo outros estudos – a tal ponto que, de repente, foi necessário estabelecer um ponto de ruptura, convencer a mim mesmo de que a tarefa estava finda e o trabalho pronto, embora ainda me pareça incompleto...

Compartilho, assim, do lugar-comum à maioria dos autores ao registrar gratidão a um número imoderado de pessoas na ansiosa preocupação de ter esquecido alguém, pois foram pelo menos dezenas os que me ajudaram ao longo de pouco mais de dez anos.

Quero iniciar por Rose Saldiva, amiga saudosa, que foi a primeira a telefonar, dizendo-se *filha* de *Lobato*, logo que leu o meu artigo de 1982, na revista *Marketing*. Caio Prado Jr. propiciou-me o rápido convívio indireto com meu "pai" Lobato e incentivou-me a iniciar o projeto. José Murilo de Carvalho, com paciência, orientou-me os primeiros passos.

Muniz Sodré de Araujo Cabral acolheu e reconheceu essa colcha de retalhos intelectual como legítimo estudo sobre comunicação e cultura brasileiras.

Aos entrevistados: Adele Weber, Celso Japiassu, Liana Strozenberg, Regina Andrade, Roberto de Abreu Sodré, Ziraldo Alves Pinto; aos pesquisadores: Antonio Leal de Santa Inês, Alipia Ramos de Souza, e Luiz Paulo Montenegro; aos companheiros de esforço: Andréa Claudia Miguel Barbosa, Andréia Ferreira Jaques de Moraes, Carlos Eduardo Moreira da Silva, Cristina Martins, Leila Dahia, Luis de Barros, Nayara Dornelles, Nelson

Vasconcellos, Reginaldo Pena, Rita Moutinho; aos conselheiros e professores: Amir Mirim Vieira, André Luiz Vieira de Campos, Cesar Guimarães, Chaim Katz, Enrique Saravia, Emmanuel Carneiro Leão, Germaine Dennaeker, Gloria Lotfi, Lucia Maria Bello Feitosa, Ricardo Benzaquen, Sonia Havas, Telenia Hill, Vasda Bonafini Landers, Zinda Maria Carvalho de Vasconcelos; aos meus parentes, "irmãos": Hilda Villela Mertz, George e Joyce Kornbluh, Danda da Silva Prado; aos colegas da ESPM: Francisco Gracioso, Sandra Fernandes, Paulo Vieira, Marcio Guilherme de Sá; ao pessoal do Iuperj; ao pessoal da pós-graduação da ECO/UFRJ... Nesta segunda edição, devo acrescentar o registro da confiança de Frederic Kashar, da Editora Globo, reconhecendo que esta crônica sobre os filhos de Lobato devia chegar a um público maior; Juliana Saad, que fez um copidesque verdadeiramente amoroso; Ana Maria Machado, patrimônio da cultura deste planeta, que me acolheu no PEN Clube e me honrou com o novo prefácio. E Raquel Paiva, que – um dia – fez com que esta obra se tornasse possível.

J. R. W. P.

Monteiro Lobato aos 12 anos, ainda em Taubaté

INTRODUÇÃO

A PORTA DA MEMÓRIA

*Existe mágica em escrever esses livros;
mágica que encanta as crianças que os leem, como os sons do
Flautista atraíram as crianças da velha Hamelin.*
LILLIAN SMITH

O TEMA DESTE LIVRO origina-se de dois momentos na vida do seu autor: o projeto tem suas raízes no ano de 1982, quando se comemorava, no Brasil, o centenário do nascimento de José Bento Monteiro Lobato – nascido em 1882 e falecido em 1948. Na época, eu trabalhava na implantação da Escola Superior de Propaganda e Marketing, no Rio de Janeiro, e havia agregado um bacharelato em pedagogia à minha graduação original em economia – e, motivado pela renovada popularidade do criador da Emília e do Visconde de Sabugosa – que já era, para mim, como um amigo de infância –, escrevi um breve artigo para a revista especializada *Marketing*, sob o título "Os filhos de Lobato", no qual relatava a importância que a leitura daqueles livros infantis havia representado para mim, mesmo depois de adulto. O artigo provocou algum interesse e curiosidade – acima da média do círculo relativamente restrito de leitores da revista –, e muitos amigos, por meio de contatos pessoais ou telefonemas, comentavam: "Que interessante! Eu também me sinto 'filho' de Lobato…". O projeto quase tomou forma de um livro – certamente prematuro – quando tive ocasião de conhecer Caio Prado Jr., que me recebeu em sua casa e falou longamente sobre o companheiro e sócio que fora Monteiro Lobato. Perguntei-lhe o que achava de fazer-se uma pesquisa, entre pessoas que tivessem lido Lobato em criança, para tentar revelar a extensão da influência que aquela leitura poderia ter tido na formação de suas opiniões e atitudes, e o professor encorajou-me. Achou que deveria escrever um artigo maior, ou mesmo um livro sobre o assunto. Mas, na época, as atividades profissionais não me permitiram fazer um estudo desse porte, com as consultas bibliográficas, pesquisas acadêmicas e entrevistas pessoais que certamente envolveria – e o projeto foi abandonado.

Poucos anos mais tarde, em 1986 – tendo retomado o contato com a vida acadêmica, como aluno do Iuperj (Instituto Universitário de Pesquisas e Estudos Sociais do Rio de Janeiro) e cursando a cadeira de Pensamento Político no Brasil, ministrada pelo historiador – e hoje acadêmico – José Murilo de Carvalho –, lembrei-me do artigo escrito alguns anos antes. O curso tratava dos mais importantes teóricos e pensadores políticos brasileiros e, naturalmente, levava a uma reflexão sobre as correntes atuais do pensamento político e as suas raízes nas obras do passado, algumas das quais – entre as que faziam parte da bibliografia do curso, inclusive – formalmente não políticas, como os romances *O Guarani*, de José de Alencar, e *Macunaíma*, de Mário de Andrade. Ora, o artigo tinha sido consequência de uma reflexão a respeito de que, nas *minhas* ideias políticas de adulto, havia uma clara influência das leituras que fizera de Lobato, *quando criança*.

Comecei a refletir sobre a questão da formação do pensamento das pessoas. No curso de pedagogia, havia visto muita coisa sobre os fenômenos da socialização e da aprendizagem – e do desenvolvimento psicológico. Toda aquela teoria tinha, também, muito a ver sobre como é que elas chegam a ter opiniões e atitudes próprias em relação a temas políticos e sociais, por exemplo, ou aos valores éticos que as normatizam e/ou orientam. O indivíduo assim formado – ou formatado – sobrepõe-se à cultura, como contexto, mas sobre suas ideias supostamente "próprias", bem como sobre os códigos e os veículos que utiliza para transmiti-las, sobrepõe-se, novamente – ela –, à cultura, numa relação de reciprocidade.

A esse respeito, seria ingênuo pretender uma "exclusividade" ou monopólio de um aspecto cultural em detrimento de outro. Se estivermos estudando a formação das ideias políticas, por exemplo, e supondo que ela se dê por meio da coleta e da absorção seletiva das ideias dos que nos antecederam, não serão os autores considerados *políticos* únicos responsáveis pelo desenvolvimento de nossas ideias políticas, como não são os "filósofos" os solitários guias das filosofias pessoais – e, às vezes, também, intransferíveis.

São muitos os exemplos de contribuições isoladas ou "isoláveis" dos mais diversos setores da atividade criativa humana sobre as transformações históricas, em dadas sociedades e dados períodos. Filósofos, biólogos, astrônomos, matemáticos, músicos, pintores ou poetas – e até esportistas – têm dado a sua contribuição, deliberada ou acidentalmente. Sob certos aspectos, no Brasil em especial, os esportivos se destacam, pois as conquistas dos nossos jogadores de futebol, vôlei, dos pilotos de corridas e dos esportistas olímpicos sobre o *mood* da sociedade poderiam ser facilmente relacionadas a aspectos qualitativos conjunturais da sociedade brasileira, refletindo-se no seu comportamento social. E aqui parafraseio Santo Agostinho: nada do que é produto da cultura humana será estranho à construção ideológica, racional ou afetiva de cada ser deste planeta.

E é claro que a leitura teve papel preponderante na aquisição de conhecimentos, durante os cinco últimos milênios em que a humanidade produziu registro histórico. Sobretudo nos últimos cinco séculos, uma vez que o aparecimento da imprensa propiciou a difusão universal e democrática dos textos. Como desvendou Walter Benjamin, sob o enfoque afetivo: na solidão da leitura, as pessoas "apoderam-se dos assuntos com ciúmes mais intensos do que qualquer outro".[1]

Poderia, então, o autor de uma obra de ficção *infantil* ter exercido influência importante na formação da ideologia dos seus leitores adultos?[2] Descobri que havia uma vasta bibliografia sobre o tema, tanto por parte de estudiosos das ciências do comportamento, tratando de literatura infantil como uma forma particular e antiquíssima de *mídia*, que se havia desenvolvido ao longo de séculos e milênios, com raízes nos rituais da pré-história e na tradição oral, como por parte de especialistas no assunto, que consideram a narrativa destinada a crianças um gênero literário independente e vital – não obstante a queixa, mesmo no final do século, nos anos 1990, de que o mundo acadêmico ainda tenderia a menosprezar a literatura infantil e não a veria como uma disciplina "séria". Mas, na vanguarda do segmento, há defensores da tese de que a criança pode e deve estabelecer contato com o texto (e as ilustrações) dos livros a partir do momento em que, de olhos abertos, recebe do mundo os primeiros estímulos visuais, como explica a psicopedagoga Dorothy Butler:

> Do momento em que uma criança abre os olhos pela primeira vez, já está aprendendo. Visões, sons e sensações, conjuntamente, deflagram um processo de aprendizado que continuará até o final de sua vida, determinando, em grande parte, o tipo de pessoa que se tornará.[3]

Mais ainda, havia ampla evidência e muitas análises segundo as quais o imaginário da fantasia de ficção destinada a crianças vem se transformando em um veículo utilizado por muitos escritores para expressar suas insatisfações com a sociedade, comentar sobre a natureza humana, ou estabelecer pontes entre os mundos visível e invisível.

Começou a tomar forma, então, uma tese, guiada pelo objetivo de buscar evidência para a hipótese de que uma obra literária infantil determinada havia exercido, no Brasil, influência importante, embora pouco percebida e menos admitida, sobre as opiniões, atitudes – e ações – sociopolíticas de um importante segmento de pessoas em um momento específico da nossa história. Partia-se do pressuposto de que tinha sido esse o caso dos muitos livros escritos ostensivamente para crianças, pelo escritor patrício José Bento Monteiro Lobato, entre os anos de 1920 e 1947, e em especial em relação à geração que teve em seus livros uma valorizada fonte de lazer e entretenimento. Observada sob um ponto de vista mais abrangente, inclusive, sua obra, no Brasil, parecia inserir-se numa experiência social importante, iniciada no século XIX, quando autores como Dickens, MacDonald, Wilde e outros, hoje considerados "clássicos", utilizaram o texto infantil para se opor às tendências autoritárias do processo cultural, ampliando os horizontes do seu discurso. De fato, nesse sentido e segundo o testemunho de especialistas internacionais, essa obra brasileira ter-se-ia antecipado em até meio século às experiências mais bem-sucedidas no gênero nos países de Primeiro Mundo.

Monteiro Lobato conheceu a popularidade entre os anos de 1935 e 1948 – enquanto ainda vivo –, e a predominância dos seus textos infantis entre os demais se estendeu até boa parte da década de 1950. Nesse período de aproximadamente vinte anos – entre 1935 e 1955 –, pelo menos duas gerações de brasileiros foram ávidos leitores da obra infantil de Lobato, editada aos milhões de exemplares. Um número substancial de pessoas que, em 1996, estavam na faixa etária aproximada de 40 a 70 anos foram seus leitores – numa época em que a televisão ainda não existia ou tinha presença limitada e eram poucas as opções de lazer ou entretenimento relacionadas com os meios de comunicação, os quais, sobretudo antes de 1950, com exceção de alguns horários no rádio e de número reduzido de títulos de revistas, eram quase inexistentes.

Mas é pertinente lembrar que, ainda na antessala da explosão da mídia eletrônica, os meios de divulgação da palavra impressa reinavam sem competição e, sob esse enfoque, a literatura destinada a crianças ocupou espaço importante no período compreendido entre as décadas finais do século XIX e, pelo menos, os primeiros trinta anos do século passado. É preciso considerar que, como "produto", o livro infantil, embora "consumido" pela criança, tem no público adulto dois de seus *targets* primários, pois é predominantemente o adulto que adquire o livro infantil e muitas vezes lê o seu texto para a criança ouvir, antes de ser alfabetizada. Nesse particular, é significativo o registro sobre as tiragens dos livros de Lobato entre 1920 e 1950, relativas à circulação de outros livros e mesmo de periódicos, naquele período, feito mais adiante, no capítulo IV.

O *scholar* e especialista britânico Peter Hunt observa:

> Nenhuma mãe iria preocupar-se em ler histórias em voz alta para seus filhos, se não estivesse já convencida do valor da experiência literária, e do poder determinante das experiências da primeira infância.[4]

Houve, é claro, um lado subjetivo na escolha do tema deste livro. Nascido em plena Grande Guerra, no ano de 1941, eu sou uma das pessoas influenciadas. Muito antes de preocupar-me com a questão como tese social, nunca duvidara de que havia alguma coisa de engajamento – algo de deliberado – nas aventuras de Emília, Pedrinho, Narizinho, do Visconde de Sabugosa e dos demais habitantes do mundo imaginário do Sítio do Picapau Amarelo. Mesmo quando ainda não chamava a isso de "ideologia" e não me detivera a procurar avaliar o que continha de específico, com poder e intenção de influenciar o pensamento dos meus coetâneos. Até que ponto éramos "filhos espirituais" de Lobato? Hoje sei que não estou sozinho. A maioria absoluta dos especialistas, estudiosos e escritores de ficção infantil registra constatações ou sentimentos semelhantes, quando não idênticos. Gregory Maguire, por exemplo, escreveu:

> Suspeito que uma profunda e compreensiva memória de nossas próprias infâncias tem sido parte do nosso ímpeto de adultos ao interessar-nos pelos livros para crianças. [...] essas motivações [...] estão relacionadas com nossas memórias, aparentes ou recônditas, daquele tempo na vida quando não podíamos acreditar que, um dia, seríamos forçadamente expulsos do tremendo e penoso paraíso à nossa volta.[5]

À medida que o tempo passou – e que vivi a experiência de tornar-me adulto e envolver-me com as sérias questões da economia, da educação, da ciência política, da comunicação e da cultura –, brotava em mim a certeza de que existira uma relação e de que ela continuava maior e mais forte até do que admitiam as pessoas com quem abordava o assunto. Conversando com amigos que haviam compartilhado comigo o fascínio das histórias do Sítio, encontrava pontos em comum, refletindo posições individuais significativas diante do mundo e da vida. Aos poucos fui identificando aspectos bem definidos, muitos relacionados com os grandes temas sociais, econômicos e políticos da atualidade, como a família, a religião, os sistemas de governo, o progresso econômico, o papel do Estado e da iniciativa privada etc.

Durante as fases preliminares, cheguei a pensar que uma resposta concreta poderia ser obtida por intermédio de uma pesquisa, com a identificação das pessoas das faixas etárias que interessavam, confrontando-as com a pergunta direta se haviam ou não lido a obra infantil de Lobato. Mas logo percebi que não era assim tão simples. Em primeiro lugar, era necessário conhecer a ideologia do próprio autor, para poder identificar os elementos significativos no texto. Em seguida, havia que determinar qual era o conteúdo ideológico – ou o "universo" – da sua obra infantil por meio de um dos métodos reconhecidos para análise do discurso. Descobri que mais de um autor já havia se interessado pelo assunto. Lendo-os, contudo, não me pareceu que haviam esgotado a questão da influência dos fatores externos, como a mídia (e, portanto, a literatura), na formação da personalidade infantil e se, caso constatada, poderia ser individualizada no conteúdo.[6]

Em seguida, haveria necessidade de uma pesquisa. As fases dessa busca desenvolveram-se mediante a realização das seguintes etapas:

1. Estudar a vida e a obra de Monteiro Lobato, buscando definir as principais influências intelectuais na formação da sua ideologia pessoal.
2. Atualizar-me a respeito dos temas da formação da personalidade e do pensamento das pessoas.
3. Na continuação, destacar a importância do imaginário constituído pela literatura infantil naquele processo.
4. Pesquisar mais sobre a evolução da literatura para crianças, em geral, e no Brasil em particular.
5. Analisar em mais detalhe o universo de leitores de Lobato.
6. Finalmente, tentar comprovar a hipótese inicial.

Os capítulos desta obra seguem, portanto, o roteiro acima – depurados alguns aspectos mais técnicos da tese acadêmica original.

Capítulo I

Um homem da Velha República examina, inicialmente, depoimentos e informações sobre as atividades de Monteiro Lobato – e sua personalidade multifacetada, como escritor, jornalista, fazendeiro, empresário, ativista político, publicista, ensaísta e educador – e, em linhas gerais, sua vida e obra, desde o nascimento, em 1882, até a sua morte, em 1948, para, em seguida, concentrar-se em duas fases. O período compreendido entre 1882 (nascimento) e 1904-07 (formatura e casamento) é considerado "de formação". A segunda fase cobre os anos de 1907 a 1927. A data foi escolhida em função da partida de Lobato para Nova York, como adido comercial do Brasil e seu consequente distanciamento dos eventos que resultaram na queda da República Velha. Objetiva-se estabelecer a relação entre os fatos sociopolíticos e econômicos e a trajetória biográfica de Lobato, na tentativa de manter o fio da investigação sobre o desenvolvimento de sua ideologia.

Capítulo II

O nascimento da ideologia tem, como objetivo, validar a premissa de que o imaginário da literatura infantil possa agir como veículo de socialização e aprendizagem na fase pré-escolar e nos primeiros anos de escola, contribuindo como elemento constitutivo ideológico do pensamento adulto. Para discutir o mecanismo do imaginário da literatura infantil como instrumento de aprendizagem, procede-se a uma revisão sobre as origens e o desenvolvimento da literatura infantil, desde as suas raízes primitivas nos rituais mágicos e a transmissão do conhecimento através da tradição oral; a conceituação da infância como segmento específico de público leitor; o surgimento das primeiras obras a ele destinadas, a partir do século XVIII, e a codificação definitiva do gênero, com a divulgação dos textos de Perrault, dos irmãos Grimm e H. C. Andersen e o aparecimento dos primeiros "clássicos", como *Alice* e *Pinóquio*. Discutem-se, em seguida, os mecanismos de influência, reunindo as contribuições de diversos especialistas.

Capítulo III

A saga do Picapau Amarelo inicia-se com uma descrição da literatura infantil, no Brasil, até Lobato. Segue uma discussão sobre as motivações que o levaram a escolher o caminho da literatura infantil como processo de expressão artística aliado ao sentido prático da transmissão de suas próprias ideias e valores éticos a um público predisposto à sua assimilação. Na sequência, estabelece-se uma comparação entre a sua obra e a de outros autores reconhecidos internacionalmente. São revistas as obras publicadas sobre o conteúdo ideológico da literatura infantil de Monteiro Lobato e, em seguida, suas obras são apresentadas cronologicamente, com informações sobre tiragens e situação geral da mídia, no Brasil, durante o período em análise. Procede-se, por fim, a uma revisão dos textos lobatianos: cada livro é apresentado, com os respectivos resumos, assim como os personagens e seus papéis na narrativa.

Capítulo IV

Em **"Nós precisamos endireitar o mundo, Pedrinho"**, tomamos emprestada uma frase de um livro de Lobato para explicar as razões de escolha do temário utilizado neste trabalho, a partir de uma variedade muito grande, distribuída em mais de 4.600 páginas de texto. Assim, foram selecionados os temas família e papel da mulher; religião e misticismo; Estado, governo, povo e indivíduo; progresso e mudança; e loucura. São apresentadas as conclusões sobre o texto, que subsidiam a análise subsequente, principalmente sobre os depoimentos dos leitores de Lobato acerca dos mesmos assuntos. Nesse capítulo, evidencia-se que a literatura infantil pode exercer influência sobre as pessoas adultas, e Monteiro Lobato, ao tentar provocar mudanças na sociedade em que vivia, por diversos meios, sem sucesso, ou com sucesso limitado, escolheu o imaginário dos livros para crianças como veículo de transmissão persuasiva de seu ideário.

Capítulo V

Este capítulo, que repete o título do livro, contém os resultados obtidos nas pesquisas bibliográfica e de campo e reúne registros de depoimentos e impressões de adultos que leram a obra de Lobato na infância. As pesquisas qualitativas foram realizadas, por meio de questionário, com respondentes selecionados, representantes de uma variedade de ocupações, assim como de entrevistas de profundidade, gravadas, com adultos leitores de Lobato na infância, também representantes de diversas atividades. Os resultados obtidos nas investigações foram de modo a comprovar a amplitude e a profundidade das influências admitidas pelos entrevistados, no tocante aos temas propostos.

Final

Em **Nosso flautista mágico**, com base nas constatações e nos resultados de pesquisa obtidos, fazem-se os comentários finais, apresentando e discutindo as conclusões do trabalho, além de sugestões para estudos posteriores.

O *imaginário* – do título e de muitas referências no texto – não é utilizado de forma vaga, mas relativamente técnica: deve ser entendido numa perspectiva das "relações de si com o real visível ou o invisível que estão no centro de nossa vida imaginária"[7] – expressão simbólica analisada por G. Durand –, comum a toda a humanidade. Quando Gaston Bachelard, em *La Poétique de la Rêverie* (1960), evoca o devaneio como meio de reatar com a infância, com "nosso ser desconhecido, súmula de todo o 'inconhecível' que é uma alma de criança", ele analisa, também, as produções imaginárias da pessoa em relação com o universo.[8] Mais precisamente, esse imaginário é o produto da imaginação como processo. Etimologicamente, deriva do latim *imago* – "representação" –; trata-se de um termo utilizado para descrever o conjunto dos símbolos explícitos e implícitos nos textos das narrativas de Monteiro Lobato destinados às crianças.

No que se refere à *ideologia*, já foi dito que o termo, atualmente, em lugar de ganhar consistência, a perdeu, pois passou a abranger simplesmente tudo.[9] Para as finalidades a que se propõe o texto, adotei a definição mais geral, porém não passiva, de um sistema individual de crenças que aspira explicar o mundo com o propósito de agir sobre ele. Essa interpretação aproxima-se do conceito hoje empregado pela maioria dos cientistas sociais de que ideologia é um conjunto sistemático de princípios que relaciona as percepções a respeito do mundo exterior com valores éticos individuais específicos.

Cabe observar, ainda, que, sob certos aspectos, este estudo acrescenta, complementa ou preenche lacunas no que se poderia considerar uma discussão mais ampla, focada nas relações entre o imaginário da infância e o instrumental de percepção do sujeito adulto. Em muitos de seus textos, Sigmund Freud aborda a questão do brinquedo e da fantasia em relação ao real e de como o adulto pode recorrer às lembranças dos jogos e fantasias de criança como fator de alívio para a "pesada carga imposta pela vida". Em *Escritores criativos e devaneios*, de fato, ele escreve: "Acredito que a maioria das pessoas construa fantasias em algum período de suas vidas. Este é um fato a que, por muito tempo, não se deu atenção, e cuja importância não foi, assim, suficientemente considerada".[10]

No início dessa década, o especialista em literatura infantil Peter Hunt criticava a metodologia de análise comportamental, baseada em estímulos-respostas, geralmente utilizada para pesquisar os efeitos – "indubitáveis", segundo o autor – do texto sobre seus jovens leitores, alegando que os enfoques de adulto (tanto do pesquisador como do pesquisado, no futuro) e da criança são irreconciliáveis. Numa condição de simultaneidade, observa Hunt, os aspectos que despertam a atenção e as respostas da criança tenderão a dispersar-se num referencial muito diverso do que terá na maturidade.[11] Neste trabalho, feito exclusivamente sob o enfoque do adulto, tal distorção não ocorre.

Ora, a lembrança que em geral as pessoas têm dos primeiros anos de vida é escassa e, quando verbalizada, aparece na forma de imagens, sensações ou "quadros" inseridos na memória. Ela só começa a se mostrar mais estruturada quando se apoia nos relacionamentos possibilitados pelo início da fala. Portanto, ao proceder à busca, eu estava lidando também com esse período ainda relativamente obscuro entre o pré-literário e as fases de socialização proporcionadas pelo início da vida escolar.

Segundo profissionais consultados, durante o diálogo analítico, há símbolos que vêm à tona com relativa facilidade e outros que demoram a aparecer. Embora não exista uma correlação imediata entre o seu aparecimento e o grau de significação para o processo, em geral os mecanismos psíquicos de defesa tendem a fazer com que certas lembranças importantes, porém dolorosas, permaneçam nas camadas mais profundas do inconsciente. O analista tenta, de certa forma, "abrir" essas portas do inconsciente através do instrumental técnico que possui. Os contos infantis costumam ser uma dessas "chaves" de abertura. Não se deve esquecer, igualmente, que as pessoas não gostam de ouvir, ou de falar sobre coisas que representem conflito com o cognitivo mais imediato ou com autojustificativas e racionalizações longamente interiorizadas. Uma velha resposta para essa espécie de más notícias é "matar o mensageiro". Uma versão figurativa moderna desse "assassinato" consiste em culpar os meios de comunicação de massa pela apresentação de matérias que produzem sofrimento ou dissonância.

No caso presente, o convite à reminiscência da leitura de Lobato nas épocas mais distantes das memórias dos entrevistados funcionou quase sempre como um elemento facilitador – porque prazeroso – e permitiu, dessa forma, que viessem à tona informações em grande número e variedade. A maioria das pessoas entrevistadas admitiu com grande naturalidade terem sido influenciadas pela obra de Lobato na infância e na juventude com reflexos significativos na fase adulta. Não deixa de ser instigante, contudo, refletir sobre certos depoimentos – como o de uma jovem que decide ir viver com a avó, para evitar o lar que, de maneira já racionalizada, aparece como "agressivo". Ou a menina solitária e contida, que vislumbra na boneca Emília o possível modelo alternativo da própria individuação. Quantas histórias não houve, como essas, que a metodologia, forçosamente simplificada por fatores restritivos – incontornáveis nas circunstâncias –, deixou de revelar?

Falar sobre os contos de fadas é um modo admitido e até consagrado, por setores da psicanálise, de ganhar acesso à criança interior de cada um. Essa criança arquetípica, não obstante, tanto se abre para o novo, para a alegria, quanto encerra as queixas e o choro inerentes à sua posição forçada de dependência e, muitas vezes, de objeto de opressão.

Talvez tenha sido assim, contemplado pelo elemento mágico às vezes denominado sorte dos iniciantes, ou por aquela forma especial de proteção espiritual que – também dizem – se reserva aos inocentes e ousados...

Mas agora, parece-me claro, em vista da safra quase opulenta, que a proposta de congregar essas poucas crianças interiorizadas em torno de um tema tão agradável e simpático, como seus retratos pessoais do imaginário de Lobato, se constitui em chave para a abertura de algo mais do que o Sítio do Picapau Amarelo em cada um – a própria infância, que sabemos estar presente e atuante na nossa realidade de adultos.

E uma questão que surgiu depois do texto pronto: o que revelaria uma pesquisa semelhante feita em outro país, de cultura diversa do nosso? Sabemos que Lobato teve certa penetração e provavelmente alguma influência na Argentina. Mas o que ocorreria, por exemplo, se – atendendo ao que sugere John Stephens – fosse feito inquérito semelhante nos Estados Unidos? De um lado, parece-nos que seria difícil encontrar um fenômeno literário (e de mídia) como Lobato, na primeira metade do século. Talvez Frank Baum, da série *O mágico de Oz*. Entretanto, no país das comunicações e do *show business*, para examinar um período tão desprovido de estímulos mediáticos quanto o Brasil de 1920 a 1940, seria necessário retroceder ao século XIX, e não teríamos mais pessoas vivas para responder aos questionários. Nos anos entre as duas guerras, o mundo pronto e estruturado que Lobato propunha aos pequenos leitores brasileiros não sobreviveria à competição da imagística produzida por Hollywood ou pela própria produção gráfica destinada ao público infantil, em especial os *comics books*. Mas, ainda que fosse possível, contudo – lembrando a observação de Freud, citada no texto, de que as pessoas tendem a envergonhar-se de suas recordações de infância –, quantas estariam tão dispostas quanto os entrevistados brasileiros a nos franquear a porta de suas memórias de criança?

Finalmente, embora sabedor das limitações inerentes a este empreendimento caracteristicamente individual – em uma época em que são produzidos, eletronicamente, trabalhos bem mais especializados e de autoria múltipla –, o autor nutre a esperança de que seu estudo pluridisciplinar possa contribuir para uma compreensão mais nítida da realidade brasileira e dos elementos constitutivos de nossa evasiva identidade.

Como tese acadêmica, teve aprovação de sua banca, com grau máximo, e recepção generosa. Transformado em livro, a primeira edição foi objeto de análises e comentários apreciativos por alguns dos mais eminentes especialistas e estudiosos, em áreas tão diversas quanto literatura, ciências sociais, políticas, comunicação social – jornalismo, publicidade e mídia – no Brasil e fora dele. Mais eu não poderia desejar – salvo a sua aprovação, caro leitor, como fonte de informação e (como certamente desejaria o próprio Lobato) de lazer e diversão.

I. Um homem da Velha República

*Tudo, então, se transformou e tudo se tornou desconhecido ao redor.
Mas, curiosamente, foi então que emergiu, em segredo, do mais profundo
do ser, a possibilidade de reverenciar. E começou a crescer a árvore
em cuja sombra me recolho, a árvore do que está por vir.*
NIETZSCHE, *Ecce Homo*

1. Sonhos reais de uma pessoa real

> *Esqueceste muito, meu leitor, e, no entanto, enquanto lês estas linhas, lembrar-te-ás vagamente das visões de outros tempos e lugares que divisavam teus olhos infantis.*
> JACK LONDON

DURANTE SUA VIDA, Monteiro Lobato foi um personagem extremamente popular no Brasil, sobretudo entre os anos de 1935 e 1948, e a sua popularidade, devida principalmente ao fato de ser autor de livros de histórias para crianças, estendeu-se até os dias de hoje – decorridos bem mais de cem anos do seu nascimento e passados mais de sessenta anos de sua morte. Popularizados pela televisão, os personagens do Sítio do Picapau Amarelo gradualmente adquiriram vida e fama próprias: na primeira etapa, na adaptação para o teleteatro (a telenovela ainda não existia) da TV Tupi de São Paulo, feita com inteligência e sensibilidade por Tatiana Belinky, a partir de 1951, e depois pela TV Globo nos anos 1970, 1980 e novamente em 2001 até 2007, tornando-se programa "campeão de audiência" nos horários em que era exibido. Na produção da Rede Globo, a obra de Lobato ganhou cores, música, efeitos especiais de *chroma key* (técnica que elimina o fundo de uma imagem para isolar os personagens ou objetos de interesse e combiná-los com um outro fundo), além de histórias novas e enredos que – em grande parte – descaracterizaram o "universo" dos livros infantis e obscureceram o seu conteúdo ideológico. A preocupação maior da mídia com os aspectos de entretenimento e com a manutenção dos níveis de audiência resultou em uma tentativa de "disneylização" do imaginário lobatiano, que, na mesma época, também chegava às bancas de jornal, sob forma de histórias em quadrinhos, que no entanto não se tornaram muito populares. Todavia, apesar da queda do interesse das crianças contemporâneas pelos livros originais, ainda é bem possível que os personagens conheçam uma sobrevida importante na forma de brinquedos, animações computadorizadas, e mesmo em parques temáticos, ou ainda nas inúmeras versões eletrônicas, digitais, como é o caso dos jogos.

Vale lembrar que, em fevereiro de 1997, o jornal O Globo registrou que a literatura infantil era o setor de maior crescimento no mercado editorial brasileiro e os livros de Lobato continuavam sendo vendidos e usados nas escolas.[1] Em 2009, uma pesquisa, encomendada pela Câmara Brasileira do Livro à Fundação Instituto de Pesquisas Econômicas (Fipe), outorgava à literatura infantojuvenil uma fatia modesta no universo de títulos lançados no mercado. De acordo com a pesquisa "Produção e venda no setor editorial brasileiro", publicada em 2009, apenas 12,5% da distribuição de obras do ano anterior correspondiam à literatura infantil ou juvenil. Isso significa que, de um total de 51 mil títulos, apenas 6 mil eram infantojuvenis.[2] Não obstante, esse número vem crescendo, já que houve um incremento de 41,88% nos lançamentos de novas obras de literatura juvenil. Esses percentuais, num universo total de 13,39% novos títulos colocados no mercado, revela uma clara disposição em atingir mais crianças e jovens.[3] Outra boa notícia é que, atualmente, 70% dos títulos infantojuvenis publicados no Brasil são escritos por autores brasileiros.

Em Os filhos de Lobato o foco da pesquisa, como já foi explicado, é o período de aproximadamente vinte a trinta anos – entre 1925-35 e 1955 – quando, pelo menos, duas gerações de brasileiros *leram* a obra infantil em milhões de exemplares. Muitos ouviram, na infância pré-escolar, as histórias contadas pelos pais e parentes. Se estimarmos que o período habitual de leitura desse tipo de obras situa-se entre os 7-8 anos e os 15-16 anos, concluiremos que um número substancial de pessoas hoje entre 50 e 70 anos pode ter sido influenciado, nas suas atitudes e opiniões de adultos, pela "ideologia" contida nas aventuras de Pedrinho, Narizinho, Emília e os demais habitantes do mundo imaginário do Picapau Amarelo.

Convém não esquecer, também, que tratamos de um texto ainda relativamente subestimado no âmbito das ciências sociais e da própria literatura. Um importante estudioso de Lobato, André Luiz Vieira de Campos, escreve:

> Monteiro Lobato, embora tenha produzido suas obras entre 1914 e 1943 – período, portanto abarcado pelas considerações de Antonio Candido –, não costuma aparecer na galeria dos grandes pensadores do Brasil. Talvez porque não tenha sido historiador ou sociólogo, ou porque seja considerado um "escritor menor", ou, ainda, por ser mais reconhecido enquanto escritor para crianças. Entretanto, do ponto de vista da comunicação com o público, sua pregação talvez tenha sido mais eficiente que outras mais "doutrinárias".[4]

Vieira de Campos está se referindo a observações de Antonio Candido em seu livro *Literatura e sociedade* (1965), sobre o papel da literatura como elemento de apreensão da realidade brasileira, e ao fato de o autor não citar Lobato, sem esquecer, todavia, de mencionar os exemplos de José de Alencar, Machado de Assis, Graciliano Ramos, Gonçalves Dias, Castro Alves e Mário de Andrade.

Mas antes de proceder ao necessário exame dos textos de Lobato, bem como ao confronto dos personagens atuais com as lembranças explícitas ou implícitas que eles suscitaram, por coerência com a hipótese de trabalho era preciso examinar, na medida do possível, a formação das opiniões e atitudes do próprio Lobato, que o levaram a agir como agiu e a pensar como pensava quando produziu sua obra infantil.

Embora necessariamente incompleto e não poucas vezes especulativo, tal estudo preliminar é essencial. Precursor também das análises de conteúdo ideológico da obra literária, Sigmund Freud escreveu, em 1906, que "ao tentarmos compreender os sonhos reais de uma pessoa real, temos de examinar atentamente seu caráter e sua história, investigando não só as experiências que antecederam de pouco seu sonho, mas também as de seu passado remoto".[5]

Esta parte do estudo, portanto, concentra-se na formação do pensamento – e do ideário social e político – do *próprio* Lobato. Nascido em 1882, nos últimos anos do Império, Monteiro Lobato foi criança e adolescente durante a transição republicana e viveu os primeiros anos da fase adulta em plena República Velha. Este enfoque permitirá fazer, também, um levantamento cronológico das correntes de pensamento dominantes no Brasil nessas fases, as originadas tanto externa como internamente. O foco na biografia do sujeito das partes subsequentes da análise permite certa seleção, já que se trata de período relativamente longo, rico de correntes filosóficas e de ideias sociais e econômicas na passagem entre dois séculos e também entre duas guerras mundiais.

A garimpagem rendeu um número considerável de informações, que procurei classificar e organizar, seguindo a cronologia e dividindo os períodos estudados em dois: primeiro, o de formação da personalidade (do pensamento) da pessoa de Lobato, entre 1882 e 1907; e, segundo, o de início da fase adulta – ligeiramente retardada pelo fato de Lobato ter se formado em Direito e casado entre 1904 e 1907 –, abrangendo os anos de 1907 a 1927. A data de 1927 é arbitrária e foi determinada simplesmente porque, naquele ano, Lobato viajou com a família para os Estados Unidos, dando início a uma fase pessoal inteiramente nova – que teria influência na obra infantil, certo –, mas que tem mais a ver com o seu papel de ativista político ou social, característico dos anos subsequentes ao seu retorno, até o ano de 1948, quando morreu. Consideremos, contudo, que o ideário de Lobato está "pronto", para os objetivos de nossa análise no momento em que desaparece a República Velha para dar lugar ao Estado Novo.

Mesmo correndo o risco de antecipar de alguma maneira a discussão da obra infantil, é importante lembrar aqui que – com a exceção das primeiras histórias e de algumas fábulas adaptadas – virtualmente toda a obra infantil de Lobato é posterior a 1930, o que parece dar reforço à decisão de limitar o escopo deste estudo ao período considerado.

2. Um personagem fora de foco

> *Eu desejava dragões com um profundo desejo.*
> J. Tolkien

Quem foi Lobato? Decorridos mais de um século desde o seu nascimento, e mais de sessenta anos de sua morte, a pergunta não parece ter sido respondida satisfatoriamente.

Na *História da inteligência brasileira*, Wilson Martins demonstra perplexidade semelhante quando chega a hora de "tentar uma apreciação de conjunto e uma interpretação sintética da complexa personalidade, que, em nossa história intelectual, levou o nome de Monteiro Lobato":

> "O grande paradoxo da vida de Monteiro Lobato é que, sendo fundamentalmente um escritor, [...] viveu a existência de um homem de ação, e tendo gasto as energias e a vida numa luta desesperada de homem de ação, deve toda sua glória ao [...] que fez como homem de letras".[6]

Lobato foi um bom e competente (e, dizem alguns, grande) escritor para adultos. Ninguém menos que Jorge Amado considerava-o um dos maiores.[7] Para Rui Barbosa, Lobato era um "admirável escritor paulista", digno de ser citado na abertura de um discurso que proferiu, em 1919, em plena campanha eleitoral pela presidência. Antonio Houaiss julgava-o um dos maiores escritores brasileiros. E Nelson Werneck Sodré não se esquece de assinalar que, como escritor, foi o único entre seus contemporâneos a realmente conquistar o público, o que, na época, era uma "consagração excepcional".[8] Ana Maria Machado, num debate universitário por ocasião das comemorações do centenário, apontou Lobato como precursor do realismo fantástico nas letras latino-americanas.⁹ Guilhermino Cesar, em artigo publicado quando do centenário do nascimento do escritor,¹⁰ chamou a atenção para a qualidade da produção epistolar de Lobato – em especial a série de cartas enviadas ao escritor mineiro Godofredo Rangel e publicadas em dois volumes com o título de *A barca de Gleyre*.¹¹ A norte-americana Rose Lee Hayden, em sua tese de doutorado, descreve Lobato principalmente como um ótimo ensaísta.

Foi certamente como escritor – mas de obras "infantis" – que ganhou fama em vida e chegou a marcar profundamente o destino de muitos milhares, milhões até, de brasileiros. Gilberto Freyre consignou-o como "o centro de uma revolução intelectual e cultural do Brasil" – crítico tanto literário como social; artista criador e ao mesmo tempo editor.¹²

Segundo Macedo Dantas, "esse taubatiano hirsuto de cara e de caráter nasceu para ser jornalista. Poderia ser um dos nossos maiores jornalistas, se o quisesse".¹³ Lobato colaborou na imprensa: desde cedo, foi jornalista militante em São Paulo, e Assis Chateaubriand levou-o para o seu *Diário da Noite*, em 1925, como um moderno clube de futebol contrata um grande jogador.

Para André Luiz Vieira de Campos, Lobato era um publicista. E recorre ao dicionário do professor Aurélio Buarque de Holanda para trazer o apoio filológico à sua definição: "Publicista = a) escritor político; b) pessoa que escreve para o público sobre assuntos vários". Ele mesmo, em correspondência com Paulo Dantas, especula sobre sua faceta de "propagandista", ao refletir que sua eficácia nessa área seria resultado da força emanada das suas absolutas convicções pessoais. Ignorante desse aspecto, Getúlio Vargas, ditador, chegou a convidá-lo para assumir a chefia da propaganda, no Estado Novo. Também José Guilherme Merquior, numa importante conferência que foi transcrita e publicada,¹⁴ dá a Lobato a denominação de publicista, explicando que a palavra era usada com frequência, durante a juventude de Machado de Assis, no tempo dos românticos, e significa "um escritor que discute problemas de interesse coletivo". Só que, implícita ao termo, está a forma de fazê-lo: dentro de uma linguagem que busca a mais ampla comunicação possível com um grande público.¹⁵

Não há dúvida de que Lobato foi igualmente empresário. Dono de uma revista próspera e de duas empresas editoras que levaram o seu nome, foi o fundador, com outros sócios, de duas das principais editoras brasileiras: a Companhia Editora Nacional e a Brasiliense. Também teve participação em empresas de prospecção de petróleo e de exploração de ferro – além de uma casa lotérica, uma fábrica de geleias, um colégio e uma cadeia de restaurantes em Nova York (!).[16] Como artista, produziu uma coleção de aquarelas que a família ainda conserva. E foi um dos nossos primeiros redatores de publicidade, ao criar, para Cândido Fontoura, uma peça ainda hoje considerada magistral pelos publicitários brasileiros: a história do *Jeca Tatuzinho*, para divulgar a marca do Biotônico Fontoura – e que o incluiria entre os precursores das histórias em quadrinhos.[17]

Foi fazendeiro durante seis anos, administrando uma propriedade herdada de seu avô, o Visconde de Tremembé. Antes, havia exercido a magistratura, como promotor público, em Areias, um pequeno povoado do interior paulista, em seguida à sua graduação na tradicional Faculdade de Direito do largo de São Francisco, em São Paulo.

Anísio Teixeira, um dos grandes amigos de Lobato, definiu-o como "a maior e mais alta parcela individual do espírito, no Brasil".[18] E acrescenta algumas facetas a essa personalidade caleidoscópica: primeiro sociólogo brasileiro, mestre-escola, tradutor, diplomata, agitador, profeta...[19]

E, à luz do universo cotidiano dos seus "filhos" e "netos" espirituais – que iremos estudar mais adiante –, por que não lembrar o brasileiro comum, chefe de família de classe média, preocupado, como todos nós, com dinheiro? Sua filha Martha e a neta, Joyce, citaram, em diversas ocasiões, as preocupações de Lobato em "esticar" o orçamento doméstico, a importância de Dona Purezinha em sua vida, as brincadeiras e conversas "sérias" com os netos e sua liberalidade na educação dos filhos e filhas.

3. Um breve espaço no tempo

> *Mesmo que tua vida seja infeliz, tu podes te servir*
> *do exemplo dos heróis para atingir tua maturidade*
> *psicológica e tua salvação espiritual.*
> DENNIS BOYES

EXISTEM ALGUMAS BIOGRAFIAS DE LOBATO. A melhor delas continua sendo a de Edgard Cavalheiro – em que pese o texto um pouco romanceado, como era a técnica aceita há meio século. E muitos detalhes sobre sua vida, contudo, são contados e recontados nos seus próprios livros, em ensaios, livros de referência, enciclopédias e em grande quantidade de artigos na imprensa. Para as finalidades deste estudo, vamos lembrar alguns aspectos desse breve espaço no tempo que representa a vida de um homem, mas que foi marcado por muitos eventos históricos e sempre permeado pela intensidade – que foi a principal característica de Lobato.

Monteiro Lobato nasceu José Renato, em 18 de abril de 1882, na casa do avô José Francisco Monteiro, o Visconde de Tremembé. Foi o único filho homem de José Bento Marcondes Lobato e Olímpia Augusta Monteiro Lobato. Teve duas irmãs mais jovens: Ester e Judite.

A família, que chegou a ser abastada, vivia o início da decadência econômica do Vale do Paraíba. O menino aprende as primeiras letras com a mãe Olímpia, que era filha legitimada do Visconde com Anacleta Augusta do Amor Divino, humilde professora primária, a "vó Anacleta". Depois, estuda com professor particular e, aos 7 anos, entra para o Colégio Kennedy. Faz uma romaria de colégios que abrem e fecham em Taubaté, como o Colégio

Americano, o Colégio Paulista, do positivista Josino Mostardeiro, e o São João Evangelista, de Antônio Quirino de Sousa e Castro.

Com 11 anos, decide mudar o nome para José Bento Monteiro Lobato, a fim de ter as mesmas iniciais do pai e aproveitar uma bengala encastoada que o fascina. Aos 13 anos, vai para São Paulo, onde fica interno no Instituto de Ciências e Letras. Reprovado no exame de português, passa o ano de 1896 estudando. Corresponde-se muito com a mãe, a quem se queixa de dificuldades financeiras e observa que outros colegas milionários gastam verdadeiras fortunas... No tempo de colégio escreve um jornalzinho próprio, com o título de H_2O. Faz caricaturas e presencia escaramuças de rua entre a polícia e estudantes.

O pai morre em junho de 1898, com 48 anos. A mãe, um ano mais tarde, em junho de 1899, com 39 anos. Órfão aos 16 anos, não parece, contudo, abatido. Escreve: Dezesseis anos. Belo, simpático inteligente. Inebria-o a glória literária. Pensa num futuro brilhante de poeta e escritor emérito. Entusiasmado por Carlos Magno, seu guerreiro favorito! Traça planos de guerra e crê ver o seu nome ofuscando Alexandre, Napoleão e Moltke".[20]

Deseja ser pintor[21] ou engenheiro, mas acaba acedendo à vontade do avô e vai cursar Direito na faculdade do largo de São Francisco, em 1900. Nessa época, intitula-se "socialista". É eleito presidente do Centro Acadêmico Arcádia, em 1902. Escreve para vários jornais estudantis sobre teatro, arte e música. Na faculdade, adora Pedro Lessa e Almeida Nogueira. Acha os demais professores "uns chatos". Discute anarquismo e enfronha-se na filosofia dos revolucionários. Participa moderadamente na política estudantil. Em 1903, vive numa república de estudantes – "O Minarete". Forma-se em 1904 e é recebido em Taubaté, sua cidade natal, com discursos e banda de música, como se dizia na época.

Em 1905, faz planos para montar uma indústria de doces e geleias. Fica noivo de Dona Pureza, em 1907, e escreve poesia de qualidade duvidosa. Devido às influências de família, obtém um lugar de promotor público na comarca de Areias, município produtor de café, em decadência. Casa-se em 1908.

Em Areias, ocupa-se principalmente com leituras. Traduz artigos do *Weekly Times* (que assina) para o *Estado de S. Paulo*. No espaço de pouco

Faculdade de Direito – Largo São Francisco (1904)

mais de um ano, nascem-lhe dois filhos: Martha, a primogênita, e Edgar. O Visconde de Tremembé morre em 1911, e Lobato é o principal herdeiro de algum patrimônio e uma fazenda, a Buquira. Torna-se fazendeiro-empresário.

Administra a fazenda Buquira entre 1911 e 1917, época em que escreve o artigo "Velha praga", para o *Estado de S. Paulo*, que deu origem ao personagem Jeca Tatu. Começa a adquirir certa notoriedade como escritor e homem de letras. Transfere-se com a família para São Paulo, em 1917.

Na capital, torna-se colaborador assíduo da *Revista do Brasil*, fundada em 1916, e por ele adquirida em 1918, dando início à sua atividade de editor. O primeiro livro que publica, resultado de uma enquete sobre a figura do Saci-Pererê, vende 5.300 exemplares, número expressivo para a época. Em 1918, publica *Urupês*, possivelmente o primeiro grande sucesso editorial de autor brasileiro.

Em 1919, é citado por Rui Barbosa em discurso político no Teatro Lírico do Rio de Janeiro, o que lhe aumenta consideravelmente a popularidade. Em campanha, a princípio contra os *Jecas-Tatus*, assume, em seguida, posição jornalística em favor do saneamento. Acompanha o secretário Artur Neiva em viagem de inspeção sanitária e publica seus artigos reunidos em *Problema vital*, ainda em 1918.

Sua casa editora prospera. Lobato cria canais de distribuição inteiramente novos e prestigia autores nacionais inéditos. Em 1921, havia editado mais de cinquenta títulos. A primeira história infantil – *A menina do narizinho arrebitado* – é publicada em 1920, em edição da própria *Revista do Brasil*.

Sua atividade de contista cessa totalmente em 1923. A Revolução de 1924 causa-lhe grandes prejuízos, e a Monteiro Lobato & Cia. abre falência. Não participa da Semana de Arte Moderna de 1922, mas possui vários amigos no movimento.

Funda a Companhia Editora Nacional em 1925, ano em que se transfere para a capital da República, o Rio de Janeiro. Está pensando em promover e incentivar a produção de um "dicionário brasileiro", mas não leva o projeto adiante. Escreve regularmente para O *Jornal* e *A Manhã*. No Rio, escreve seu único romance – *O presidente negro* –, com a ideia de traduzi-lo para o inglês e vendê-lo no mercado norte-americano, à maneira das obras de ficção de H. G. Wells.

Monteiro Lobato jovem (1925)

Com a investidura de Washington Luís na presidência, seu amigo Alarico Silveira assume a chefia da Casa Civil, e isso proporciona a indicação de seu nome como adido comercial brasileiro em Nova York. Sua saída do Brasil coincide com o desagrado de setores militares com alguns artigos críticos que escrevera e que reunirá posteriormente no livro *Mr. Slang e o Brasil*.

Parte, com a família, para os Estados Unidos em 1927. Fica encantado com tudo o que vê e raciocina, de forma um tanto simplista, que todo o progresso americano é resultado da combinação petróleo-ferro. Leva a sério o emprego de adido comercial e defende a ideia do "processo Smith" (que não usava carvão) para a exploração do ferro no Brasil. Investe na Bolsa de Nova York – justamente em 1929. Vende sua parte na Companhia Editora Nacional e, em 1930, havia perdido praticamente todo o seu capital. Volta ao Brasil em princípios de 1931.

Aqui, forma uma empresa para desenvolver o ferro – o Sindicato Nacional de Indústria e Comércio –, porém o sistema Smith revela-se imporaticável no país. Volta a escrever regularmente na imprensa. "De dia, cuida de salvar o Brasil e de noite debruça-se sobre o mundo mágico da literatura infantil."[22]

Desanimado com o ferro, volta-se para o petróleo. Em outubro de 1933, escreve uma longa carta para o ministro da Viação, Juarez Távora. Novamente empresário, à frente da Cia. Petróleo do Brasil, luta contra o Serviço Geológico, transformado em Departamento Nacional da Produção Mineral, e escreve muito, sobretudo cartas e artigos. Reúne suas denúncias no livro *O escândalo do petróleo*, de 1936. Financia sua luta pelo petróleo com a atividade literária de escritor e tradutor.

Em 1940, é convidado por Vargas para assumir o Ministério da Propaganda. Lobato recusa. Depõe diante da Comissão de Inquérito, criada pelo Ministério da Viação, a respeito de suas denúncias. *O escândalo* é proibido de circular em 1939. Abatido com o suicídio do cunhado, Heitor de Morais, abandona as atividades de empresário. Em maio de 1940, no entanto, escreve uma longa carta a Fernando Costa e, em seguida, outra a Getúlio Vargas, o que acabará resultando na sua prisão, em março de 1941.

Julgado em 8 de abril daquele ano, é absolvido, mas, antes de ser solto, escreve mais duas cartas ao general Horta Barbosa, do Conselho Nacional de Petróleo, e ao ditador Vargas. Por isso, o Tribunal de Segurança condena-o

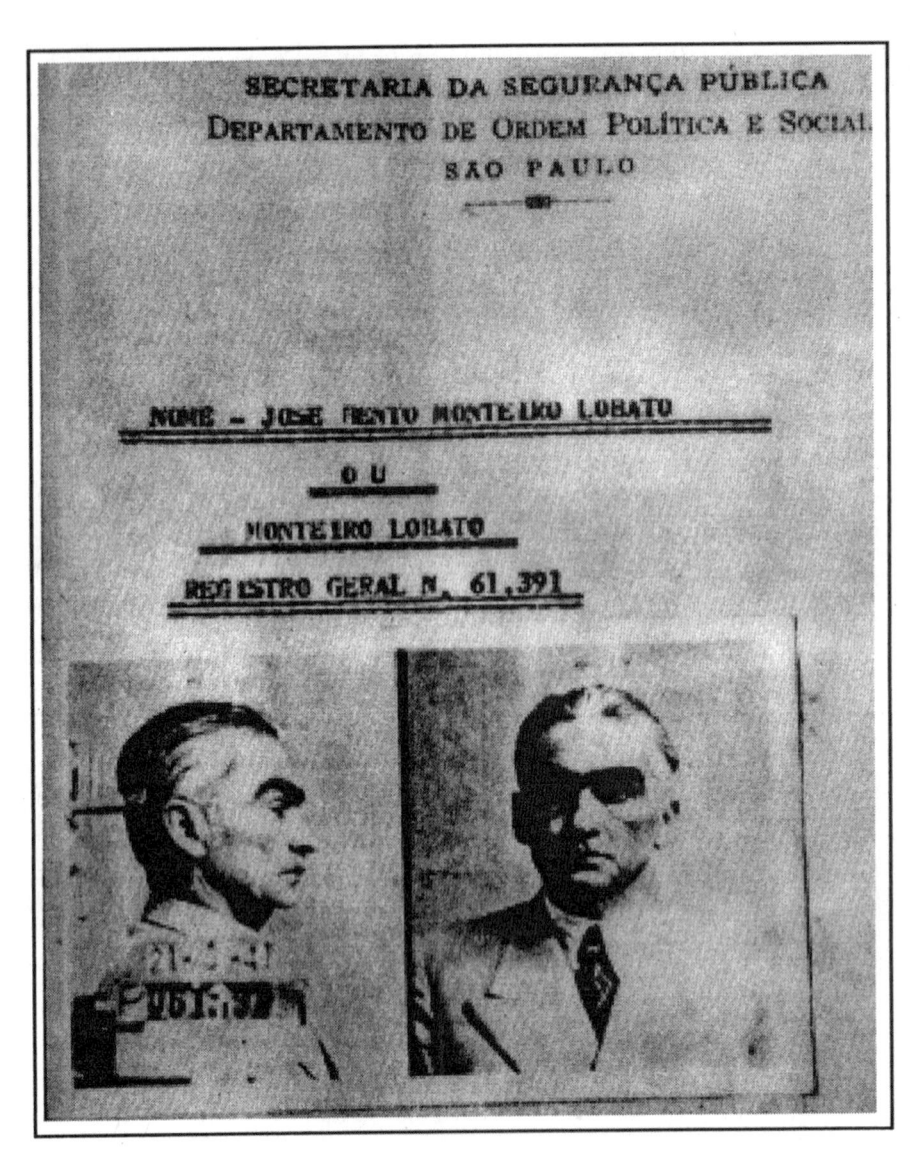

Identificação tirada em 1941 pelo DOPS *de São Paulo*

a seis meses de prisão. Passa noventa dias preso e é indultado por Getúlio. Dá muitas entrevistas, cuja publicação não foi permitida pela censura.

No final da década de 1930 e durante a de 1940, Lobato torna-se imensamente popular como escritor, sobretudo entre as crianças. Também é tradutor prolífico. Nos últimos anos de vida, teve simpatia pela União Soviética e seu sistema político-econômico; achava que o comunismo poderia resolver, por exemplo, os endêmicos problemas do Nordeste do país. Não chega, porém, a filiar-se ao Partido Comunista. Não regateou, contudo, em muitas ocasiões, elogios a Prestes, e há muitos textos, na sua correspondência, que o aproximam da esquerda.[23] Também foi o editor-chefe de uma revista publicada nos anos 1940 – *Fundamentos* –, que tinha como colaboradores, principalmente, os intelectuais de esquerda.[24] Nas entrevistas à imprensa, afirma que o mundo caminha para o socialismo. Mas a última ideia social que pareceu atraí-lo foi o georgismo.

A biografia de Lobato é um pouco avara em relação ao pai de família. A neta Joyce – que o conheceu de perto e chegou a ser incluída, como personagem, nas aventuras do Sítio – lembra-se do avô como um homem um tanto "fechado" e frequentemente preocupado com os "negócios" e as suas atividades externas. Estudos futuros talvez revelem material de interesse ao cotejar a criação literária lobatiana com sua realidade familiar. Lobato e Dona Purezinha tiveram quatro filhos: Martha, Edgard, Guilherme e Ruth. Os filhos homens morreram bem jovens: Guilherme, aos 24 anos, em 1936, e Edgard, aos 31, em 1943. Este último casou-se com Gulnara Monteiro Lobato e teve um filho, Rodrigo, único a manter o sobrenome famoso do avô. As filhas sobreviveram por mais tempo: Ruth faleceu em 1972 e Martha, em 1996.

Em 1946, muda-se para a Argentina, onde seus livros infantis desfrutam de grande sucesso. É recebido com carinho e demonstrações de entusiasmo, inclusive com uma exposição de seus personagens infantis na loja Harrods. Lá fica um ano, e volta ao Brasil em 1947. Morre em São Paulo na madrugada de 4 de abril de 1948, aos 66 anos, a maior parte deles vividos em São Paulo (vinte em Taubaté, 27 na capital paulistana, três em Areias e sete na fazenda Buquira) e mais três anos no Rio de Janeiro, cinco em Nova York e um em Buenos Aires.

4. O PERÍODO DE FORMAÇÃO: 1882-1907

> *As impressões de infância são duradouras e a soma dessas impressões forma o padrão assumido pela maturidade.*
> LILLIAN SMITH

EM ARTIGO SOBRE MONTEIRO LOBATO, publicado pelo *Estado de S. Paulo*, em 1955, Lucia Miguel Pereira escreveu que a história literária seria muito mais fácil se os escritores se arregimentassem eles próprios em escolas, ou, pelo menos, se conformassem com as tendências dominantes de seu tempo.[25]

Sensata opinião, ainda que irônica, que encontramos corroborada pelo próprio Lobato:

> É sumamente difícil aos contemporâneos de uma transição social apreender as linhas mestras do fenômeno e, sobretudo, prever até que ponto ela irá. Só depois da transformação operada é que os sociólogos veem claro. Sem o recuo do tempo, impossível visão de conjunto, como sem recuo no espaço impossível fazer a menor ideia da altura, forma, estilo de um castelo.[26]

A infância do escritor vai se desenrolar num daqueles períodos que se pode verdadeiramente chamar de transição, sem risco da crítica ao abuso comum da expressão retórica. Afinal, ao atingir 18 anos, Lobato verá mudar, nos calendários, o próprio século. Nascido nos últimos anos do Império, passou por todas as mutações que resultaram no Brasil de hoje: o ocaso do Império e a abolição da escravatura, a proclamação da República, o surgimento do modernismo, toda a República Velha, desde o seu nascimento até a decadência final, a Revolta da Vacina, o movimento tenentista, o início do rádio no país, a Revolução de 1924, a de 1930, Getúlio Vargas e o Estado Novo e a redemocratização em 1946. Foi testemunha de quatro Constituições, contemporâneo das duas guerras mundiais, da Revolução Russa de 1917, do *crack* da Bolsa de Nova York (em que, inclusive, perdeu as economias que levara do Brasil), da Guerra na Espanha, e até do início da era atômica e da Guerra Fria...

José Murilo de Carvalho registra que a época entre o fim do Império e o início da República foi caracterizada por grande movimentação de ideias, em geral importadas da Europa. "Na maioria das vezes, eram ideias mal absorvidas de modo parcial e seletivo, resultando em grande confusão ideológica."[27] De fato, confusão ideológica é a tônica do período em que Lobato vive os primeiros anos de sua vida, na fazenda e em Taubaté, onde fará seus estudos primários, e depois, em São Paulo, onde vai frequentar o Liceu e a faculdade do largo de São Francisco. Sobretudo em São Paulo, estado já economicamente forte e que concentrava então cerca de 10% da população brasileira de pouco menos de 14 milhões de almas, que conhece, já nos anos 1880, um problema de mão de obra. A campanha abolicionista atinge os objetivos, e cerca de 1,5 milhão de imigrantes entrarão no país entre 1880 e 1900.

Na Europa, seu futuro ídolo intelectual, Nietzsche, ainda se encontra em plena atividade produtiva. São, de 1886, *Para além do bem e do mal*; de 1887, *Genealogia da moral*, e de 1888, *Crepúsculo dos ídolos*. Na literatura do Brasil, Aluísio Azevedo escreve seus três romances mais importantes – *Casa de pensão*, *O mulato* e *O cortiço*.

Quais são as ideias que encontram recepção nos meios intelectuais com que o jovem Lobato vai conviver nos seus anos de formação?

É significativa – ainda que, certamente, de pouca profundidade – a sua experiência no colégio dirigido por um positivista interiorano. Introduzido no Brasil na segunda metade do século XIX, o positivismo encontrou por aqui muitos adeptos e exerceu influências importantes, notadamente na jovem oficialidade que estudava nas escolas militares e entre os propagandistas da República. Um dos biógrafos relata que, dos muitos professores que teve, um que lhe causou grande impressão foi o "doutor Quirino", um homem enorme, que usava cartola. Como seu avô, o Visconde, que também usava uma para as ocasiões de grande gala.[28]

Foram o positivismo e o liberalismo as duas grandes vertentes do pensamento político vigente no país durante o período inicial da República. Destacam-se as ideias de Alberto Sales, irmão do presidente Campos Sales, grande teórico da República, que se declara um spenceriano/darwinista e namora a ideia do separatismo para São Paulo. Para isso não deixa de contribuir o fato de ser proprietário do que era na época o mais importante jornal paulista – *A Província de S. Paulo* –, hoje *O Estado de S. Paulo*. O naturalista Darwin e o filósofo Spencer, ambos ingleses, foram quase contemporâneos e o biologismo sociológico e a teoria seletiva da evolução das espécies exercerão forte impacto no pensamento mundial contemporâneo, o que inclui as elites brasileiras. Joaquim Murtinho, ministro da Fazenda do governo de Campos Sales, mas também médico e engenheiro por formação acadêmica e prática profissional, preconiza um organismo funcionalista – uma lei que reja o todo, uma teoria que explique todos os fenômenos.

Sales demonstra preocupação com a República nascente, confessando-se perplexo ao analisar o Brasil segundo os modelos europeus. Como vai funcionar um país que ficou de fora dos grandes movimentos do Ocidente – a Reforma, a Revolução Industrial, a Revolução Burguesa? O brasileiro, diagnostica Sales, é um povo muito sociável, mas pouco solidário. Como fazer medrar, nesse terreno incerto, o vigoroso individualismo das ideias spencerianas, sucedâneas natural de um liberalismo já vigente no país desde as últimas décadas do segundo império? "Produzir o individualismo" de cima para baixo é tão incoerente quanto descentralizar a partir do centro...[29] Além disso, a sociedade recém-saída da longa noite escravocrata mal podia perceber em que consistia uma liberdade individual como direito de todos. Por isso tratava-se, em sua maioria, de ideias circunscritas à elite. E havia até quem afirmasse – como o francês Louis Couty, residindo há muitos anos no país – que "o Brasil não tinha povo".[30]

Trata-se de antigas "desventuras da nossa nacionalidade", pois, como observa um crítico em referência ao liberalismo brasileiro do qual Joaquim Nabuco foi personagem representativo: "[...] a de se ter constituído e renovado sem democracia e com o povo à margem das decisões, mal organizados e sem plena autonomia".[31]

As impressões infantis de Lobato são da fazenda. Lobato menino tem um primeiro contato com o poder através da visita que o próprio imperador faz ao seu amigo Visconde, num pernoite a caminho da província. Fascinado, o garoto ocultava-se pelos corredores, impressionado com a "falinha fina" da imponente figura. Lembra-se de ter visto, na cidade, um circo. As leituras são as da biblioteca do Visconde: a *Revista Ilustrada*, de A. Agostini, *Novo Mundo*, de J. C. Rodrigues, uma coleção do *Journal de Voyages*...

A literatura infantil da época é reconhecidamente pobre. Só em 1894 é publicada a primeira coletânea de contos de fadas tradicionais adaptados para o público infantil brasileiro – os famosos *Contos da Carochinha*.[32] Lobato se lembra de ter lido *O menino verde*, *João Felpudo*, *Robinson* e um exemplar sensaborão da Livraria Garnier intitulado *Dez contos*.

Único varão da família, suas irmãs recordam-no como "dominador" e "mandãozinho". Em 1893, quando é ainda uma criança de 11 anos, ocorre o episódio que merece maior atenção dos estudiosos de Lobato, em especial os ligados ao campo da psicologia: a sua decisão de mudar o próprio nome, por causa de uma bengala, objeto que, naquela idade, não lhe poderia ser de grande serventia...

O adolescente passa os últimos anos do século XIX, presumivelmente, entre São Paulo e Taubaté. Com a morte dos pais, em rápida sucessão, é natural que passe sempre as férias na chácara do Visconde. A biblioteca que – no seu dizer – fora, em sua maior parte, de um "filho de meu avô" (José Francisco Monteiro, também filho natural do Visconde, que não teve descendência com a esposa legítima) continua, além das revistas que lhe fizeram o encanto na infância, exemplares do *Zend-Avesta*, o *Mahabarata*, obras sobre o Egito de Champolion, Maspero e Breasted, o *Larousse* "grande", Cantù, o *Elysée Reclus*, romances de aventuras de Gustave Aimard e Mayne Reid e todas as obras de Spencer.[33]

Não subsistem muitos depoimentos detalhados sobre a vida doméstica do autor durante o período de infância, mas há indícios de que a família imediata de Lobato, embora gravitasse em torno do velho Visconde – que vivia numa casa cheia de livros –, não exerceu sobre ele influências repressoras. A orfandade na adolescência parece apressar a iniciação à fase adulta. Não devem ser subestimadas, também, as observações conscientes e inconscientes de que fará registro, em contato com as realidades sociais e econômicas do Vale do Paraíba – a terra de seus antepassados.

Embora o espírito utópico, que predomina durante o final do século XIX e o início do XX, tivesse incorporado pela primeira vez a ideologia nacionalista do progresso expressado sob diferentes formas e modelos e o patriotismo – presente em várias correntes – trouxesse consigo a ideia de nação, com influência sobre pensadores mais velhos que Lobato – casos de Manoel Bonfim e Silvio Romero, que se tornam ideólogos da República nascente –, nosso autor ainda é jovem para interessar-se por essa produção contemporânea.

Sua leitura de adolescente inclui, segundo os registros, obras de ficção histórica, com a narração das aventuras do legendário imperador dos francos, As aventuras de Carlos Magno e os doze pares de França, "especialmente Oliveiros e Roldão". Talvez a Canção de Rolando? E também Júlio Verne e Don Quixote, no original, ou na versão portuguesa. Na literatura mais "madura", Alencar, Coelho Neto, Herculano, um confessado entusiasmo por Joaquim Manuel de Macedo e os franceses Catulle Mendès, Daudet, Flaubert, pois os jovens brasileiros saem dos liceus lendo e escrevendo com fluência o idioma de Molière e Balzac. O romantismo rotulado "decadente" de Mendès e seus textos de sutil perversidade podem ter exercido alguma influência sobre o temário dos contos de Lobato para adultos, mas a maior importância deve ser atribuída à influência de Daudet – o criador de *Tartarin de Tarascon* –, que tem certamente muito a ver com a futura destreza narrativa das histórias infantis. As obras de Daudet são, ainda hoje, editadas – e, às vezes, adaptadas – para os jovens, tanto na França como no Brasil, em razão de seu estilo, que permanece "claro e gracioso".[34]

No Brasil, estamos em plena época da Campanha de Canudos. Lobato entra para a Faculdade de Direito em 1900. Dois anos antes, em 1898, o presidente Campos Sales sucedia a Prudente de Morais, para consolidar o domínio das oligarquias, numa campanha eleitoral aparentemente tranquila, em que as pressões e negociações ocorreram nos gabinetes. Lobato terá lido alguma coisa sobre ela, nos jornais.

Eliana Yunes conta-nos que "Lobato chega à universidade com um espírito contestador, que irá exercer ao longo da sua vida de homem público",[35] e atribui isso ao fato de ele ter tido, desde pequeno, acesso à literatura e de ter vivido a experiência de diversos métodos educacionais, nas várias escolas que frequentou. Os anos na Faculdade de Direito são extremamente importantes. As aulas a que assiste, bem como os debates com professores e colegas, e as leituras, recomendadas, obrigatórias, ou proibidas, terão forte influência sobre a formação do pensamento desse homem da Velha República.[36]

André Luiz Vieira de Campos concorda, em linhas gerais, com Yunes e observa que Lobato, aos 18 anos, não se encaixa no espírito da época, descrita por Campos como "bastante mundano e burguês", no qual pontificam intelectuais da "moda".

A importância do curso superior de Direito, feito na tradicional faculdade paulista, não pode ser menosprezada. Nos escritos de Lobato dessa época – que sobreviveram –, reeditados na edição das *Obras completas* sob o título *Mundo da lua e miscelânea*, Lobato faz referência a alguns professores que admirou, como Pedro Lessa e Almeida Nogueira. Lessa, jurista e magistrado, lecionou durante duas décadas na faculdade do largo de São Francisco e, como membro do Superior Tribunal Federal, aplicou pela primeira vez o *habeas corpus* na proteção à liberdade de imprensa. Almeida Nogueira, "autêntico representante do patriciado agrícola", foi aluno, contemporâneo de Rui Barbosa e Joaquim Nabuco, e professor da Faculdade de Direito durante 18 anos. Deixou uma longa série de depoimentos sobre a vida acadêmica da época, nos quais revela, por exemplo, que a cadeira de Economia Política "sempre esteve entregue a homens dedicados aos estudos de economia e finanças, todos adeptos da escola clássica", que procuravam incutir em seus discípulos a regra de não intervenção do Estado na ordem econômica.[37] Os mestres da Faculdade de Direito compartilhavam uma visão "progressista" do mundo, positivista e cientificista spenceriana. Os reflexos variados de iluminismo, cientificismo, evolucionismo, idealismo e/ou liberalismo que destacam os biógrafos e comentadores da obra de Lobato – especialmente da literatura infantil – parecem ter raízes nessa fase da sua formação intelectual.

O estudante Lobato faz reflexões contestatórias sobre os papéis do direito e da justiça:

Se o direito representasse um reverbero da Justiça, como sonham os filósofos, o direito "indurar-se-ia" na consciência de cada homem, confundindo-se com a moral e dispensando a sanção. Por que existem hoje, como outrora, como sempre, tantos infratores das leis? Porque tais leis só representam conservação, permanência, *status quo* de fato e nunca uma pura emanação da Justiça.[38]

Há diversos comentários sobre o sexo oposto, registrados em "diários", incompatíveis com as posições feministas que mais tarde assumirá, consciente e inconscientemente: "[...] a mentalidade do homem evolui. A da mulher não. O cérebro da mulher não digere as ideias recebidas. Conserva intactas todas as noções que lhe inculcam em criança ou moça. Conheço inúmeras que não passam de bichinhos ensinados".[39] Ou: "Não sei de homem que casasse com mulher cega ou aleijada – e não há cego ou aleijado que não encontre esposa".[40]

Não é fácil conciliar essas observações da juventude com a importância dos personagens femininos nas aventuras infantis. Dona Benta, uma viúva, é quem dirige o sítio como uma república liberal, e a boneca Emília, além de ser uma contestadora positivista, é apresentada como precocemente "divorciada" quando o Estado brasileiro ainda estava muito distante de reconhecer a legitimidade e a legalidade do divórcio.

Uma análise mais focada nos aspectos psicológicos da personalidade de Lobato, especialmente sob o ponto de vista do referencial masculino-feminino, poderá trazer contribuições interessantes. Ao longo dos textos, sobretudo em sua correspondência, há muitos trechos em que ele fala de si próprio como se possuísse o sistema reprodutor feminino e menciona, com frequência, palavras como "útero", "ovários", "gestação" e "parto", em relação a suas ideias e projetos – em particular os literários.[41]

Nessa colheita de pensamentos por volta de 1902, há abundantes registros do estudo filosófico de Lobato. Destacam-se Spinoza, Fichte, Hegel, Voltaire, Taine, Spencer, Darwin e Nietzsche. É possível que tenha lido, então, o contemporaneamente famoso ensaio de Taine, outro racionalista e positivista, sobre as fábulas de La Fontaine, que lhe servirão de referência, mais tarde, para a obra infantil.[42]

Mas é especialmente Nietzsche que o seduz. A leitura do filósofo alemão, em contraponto às ideias de autonomia moral preconizadas por Kant e saudadas por Fichte e Hegel, parece ter despertado em Lobato o respeito pela consciência individual, como parte responsável, essencial e dinâmica de um todo – muito mais do que uma eventual crença em homens predestinados ou super-homens.

> Não forma um conjunto a humanidade, quer Nietzsche, e sim uma multiplicidade indissolúvel de fenômenos vitais, ascendentes e descendentes – sem mocidade a que suceda maturidade e sem velhice. As camadas confundem-se, superpõem-se e após milhares de anos poderão surgir tipos de homens mais jovens do que os de hoje.[43]
>
> Como crescemos em força? Decidindo-nos lentamente e aferrando-nos com tenacidade ao que decidimos. O resto vem por aí. Só quando a cultura enceleira excedentes de forças é que pode tornar-se estufa propícia ao cultivo do luxo, da exceção, da tentativa, do perigo, do matiz: toda cultura aristocrática tende para isso.[44]

O entusiasmo pela leitura de Nietzsche acompanha-o pelo resto da vida. Alguns anos mais tarde, da tranquilidade da pequena Areias, encomendará a seu livreiro uma coleção das obras completas do filósofo alemão, na tradução francesa – por certo uma das poucas que aqui aportaram tão cedo. Segundo Eliana Yunes, da leitura de Nietzsche advém o seu idealismo, romântico e individualista, subjacente e remanescente de sua própria educação.[45]

Na correspondência com Godofredo Rangel, há uma carta, datada de dezembro de 1903 e escrita em Taubaté, em que Lobato fala de suas "intermináveis" leituras. Mistura os românticos e os racionalistas e reclama que seus olhos já estão cansados de tanto ler Lamartine sobre a Revolução Francesa, os romances de Zola, as visões da Índia primitiva de Michelet, Renan – "o sereno evocador da verdade" –, que preconiza a ciência como libertadora do gênero humano, discursos sobre o socialismo, do português Oliveira Martins e muito Eça. "A casa inteira lê o Eça."[46]

Essa é, também, a época do Minarete, o sobrado que o estudante de Direito Lobato compartilhou com companheiros da juventude, revivendo fantasias épicas de tanta literatura absorvida e recriando-se em personagens das páginas de Daudet[47] e outros, cujo nome foi apropriado de um jornal que Benjamim Pinheiro manteve, na cidade de Pindamonhangaba, de julho de 1903 a julho de 1907, com frequente e abundante colaboração dos cidadãos daquela "república".

Cavalheiro narra um episódio dessa época, em que, solicitados a escrever um artigo em defesa da iluminação da cidade com lampiões belgas, Cândido Negreiros e Lobato, para substanciar seus argumentos com precedentes de Primeiro Mundo, não hesitaram em inventar uma cidade da França, cujos cidadãos notáveis foram todos batizados com os nomes dos personagens do *Tartarin de Tarascon*. Na cidade fictícia, após árdua batalha legislativa, os administradores mais esclarecidos conseguiram fazer vencer a proposta da adoção de lampiões, em vez de iluminação a álcool. À persuasiva argumentação do artigo no *Minarete* parece dever-se a decisão final da Câmara de Pindamonhangaba. O artigo foi devidamente inserido nos seus anais, onde deve se encontrar até hoje.

Enquanto isso, na República brasileira, em 1901, uma cisão no Partido Republicano Paulista (PRP) dá origem ao Partido Republicano Dissidente, apoiado por Prudente de Morais e Júlio Mesquita. Um recenseamento realizado em São Paulo revela a existência de 108 indústrias: setenta estrangeiras e 38 de brasileiros. Como escreve Anita L. Prestes, "a industrialização passava a ser um fato indiscutível. Configurava-se o estabelecimento do capitalismo no país".[48] Santos Dumont ganha um prêmio, em Paris, contornando a Torre Eiffel com seu balão n. 6. Em 1902, Rodrigues Alves leva a província paulista à presidência, eleito com um total de 592.039 votos, a segunda maior votação da República Velha.[49] Euclides da Cunha publica *Os sertões*, e Graça Aranha, o "romance de ideias" *Canaã*. Em 1903, o médico Osvaldo Cruz é nomeado para a presidência da Diretoria Geral de Saúde Pública, no Rio. Sarah Bernhardt faz sua terceira visita ao país, apresentando-se no Teatro Polytheame, em São Paulo. Em novembro de 1904, explode no Rio uma revolta popular contra a vacina obrigatória. Em 1905, sai o primeiro número da revista infantil *O Tico-Tico*. Nesse mesmo ano, Lobato forma-se na Faculdade de Direito e é recebido com banda de música na sua Taubaté natal.

Suas leituras continuam abundantes e variadas. Em 1904, leu *Canaã* e não gostou muito. Acha a obra escrita sobre escravidão um modismo, como *A cabana do pai Tomás*. "Quem, hoje lê os romances sobre a escravidão?", escreve a Godofredo Rangel. Eterno, só Machado...[50] Mas considera Graça Aranha algo novo e admite que sua obra abre caminho para uma cultura "moderna". Faz elogios a Goethe e Stendhal, em quem admira os personagens que simbolizam a vontade individual como força criadora dos acontecimentos, e informa que está lendo *A Tempestade*, de Shakespeare, e *Teoria do socialismo*, de Oliveira Martins. Quase ao final da carta, conta ao amigo que está com a ideia de traduzir *O príncipe*, de Maquiavel, pois acha que os tempos são corruptos, sem estilo e sem filosofia, e que os "amadores" que andam a fazer política teriam – com Maquiavel bem difundido – um verdadeiro tratado de xadrez para usarem. Fala, profeticamente, de uma "Alemanha perigosa, que eu tenho medo surja de Nietzsche".[51] Mas estamos apenas no ano de 1904.

Vale citar uma observação de Lobato sobre Nietzsche, na carta ao amigo Rangel:

> Nietzsche me desenvolveu um velho feto de ideia. Veja se entende. O aperfeiçoamento intelectual, que na aparência é um fenômeno de agregação consciente, é no fundo o contrário disso: é a desagregação inconsciente. Um homem aperfeiçoa-se descascando-se das milenárias gafeiras que a tradição lhe foi acumulando n'alma. O homem aperfeiçoado é um homem descascado, ou que se despe (daí o horror que causam os grandes homens – os loucos – as exceções: é que eles se apresentam às massas em trajes menores, como Galileu, ou nus como Byron, isto é[,] despidos das ideias universalmente aceitas como verdadeiras numa época).[52]

Na mesma carta, ele comenta que está lendo um livro que o faz "vacilar nas velhas ideias". Trata-se de *Psicologia do socialismo*, de Gustave Le Bon. Estão aí as raízes do ceticismo lobatiano sobre a eficácia das revoluções e dos movimentos de massa, pois, como Nietzsche, Le Bon considera serem as revoluções explorações de emoções populares, "semibárbaras, incontroladas e destrutivas".[53] A menção é rápida, e Nietzsche volta ao centro do palco, com o apelo ao amigo: "Escreve em tua porta isto da *Gaya Scienza* de Nietzsche": "VADEMECUM-VADEMECUM/ Mon allure et mon langage t'attirent,/ Tu viens sur mes pas, tu veux me suivre?/ Suis-toi même fidèlement/ Et tu me suivras, moi! Tout doux! Tout doux!"[54]

As observações da carta seguinte, ao mesmo Rangel, são importantes e documentam o entusiasmo intelectual de Lobato por Nietzsche, ao fim desse período formativo.

Rangel, há muito que quero insistir em Nietzsche, e dele te mando um volume que lerás e devolverás, e então te mandarei outro. Não há Nietzsches nas livrarias desta Zululândia. Estes me vieram da França. Considero Nietzsche o maior gênio da filosofia moderna – e que vai exercer maior influência. É o homem "objetivo". O homem impessoal, destacado de si e do mundo. Um ponto fixo acima da humanidade. O nosso primeiro ponto de referência. Nietzsche está "au delà du bien et du mal", trepado num topo donde tudo vê nos conjuntos, e onde a perspectiva não é a nossa perspectivazinha horizontal. Dum banho de Nietzsche saímos lavados de todas as cracas vindas do mundo exterior e que nos desnaturam a individualidade. Da obra de Spencer saímos spencerianos; da de Kant, saímos kantistas; da de Comte, saímos comtistas – da de Nietzsche saímos tremendamente nós mesmos.[55]

É do período de estudante, quase formado, um dos primeiros escritos "políticos" de Lobato. Trata-se do artigo "A doutorice", publicado no *Minarete*, e no qual traça um quadro da bacharelice e do afastamento em que os moços se mantinham da atividade econômica, o que o assusta. Comentando um artigo de Gil Vidal, publicado no *Correio da Manhã*, sobre a superabundância de diplomados, discorre sobre o afastamento do brasileiro das profissões manuais, da indústria e do comércio, dando espaço ao elemento "alienígena" – os imigrantes (já, então, detentores de cerca de 70% das indústrias paulistas). Enquanto os nacionais "ficamos com a carrapatosa vaca do Estado".[56]

Em 1906, Afonso Pena e Nilo Peçanha assumem a Presidência e a Vice-presidência da República. Greves de operários são reprimidas com violência pela polícia, em São Paulo e no Rio de Janeiro. No Distrito Federal, realiza-se o Primeiro Congresso Operário Brasileiro. Lobato está às vésperas de seu casamento com Dona Pureza e da transferência para a promotoria de Areias, lendo muito e escrevendo para o seu amigo Godofredo Rangel sobre uma "indecisão filosófica entre Nietzsche e Spencer" – e travando o que devem ser primeiros contatos com a literatura russa: Dostoiévski, Górki, Gogol, Tolstói, Turgueniev... Os romances psicológicos do grande Dostoiévski impressionaram o jovem Lobato a ponto de fazê-lo assinar-se em vários escritos da época como "Lobatoievski". E antecipa-se aos eventos que abalarão o mundo em 1917: "A Rússia é a grande esterqueira onde fermenta o futuro – os futuros valores, os futuros pensamentos, os futuros moldes sociais, as futuras normas de tudo".[57]

O entusiasmo é comum em Lobato nessa época e frequente em seus escritos, mas parece constituir-se em emoção de natureza intelectual. Começam a desenhar-se, com mais nitidez, os contornos ideológicos.

> Nascendo na época em que o movimento realista/naturalista se consolidava no Brasil, Monteiro Lobato foi educado pelas diretrizes do positivismo progressista. Essa influência materialista, aprofundada depois pela filosofia dinâmica do Super-Homem e da Vontade de Domínio de Nietzsche (influência de que a vida e a obra lobatiana estão repletas), naturalmente impediu que ele, quando adolescente, fosse tocado pela redescoberta espiritualista...[58]
>
> Lobato foi legítimo representante das forças conflitantes que marcaram a primeira metade do nosso século. Conflitantes, porque a par do *questionamento* que abala as bases do sistema liberal burguês (valores, comportamento, instituições, preconceitos) herdado do século anterior, permanece o endosso a muitos de seus valores.[59]

5. Lobato e a República Velha: 1907-1927

> *A humanidade forma um corpo só. Uma bomba que cai em Londres me dói tanto como se caísse aqui.*
>
> Dona Benta

Em 1941, o principal biógrafo de Lobato, Edgard Cavalheiro, organizou para o jornal O *Estado de S. Paulo* uma enquete sobre a formação intelectual dos principais escritores brasileiros da época. Lobato, um dos entrevistados, registrou quatro nomes: Gustave Le Bon, Augusto Comte, Herbert Spencer e, sobretudo, Friedrich Nietzsche.

São todos – com a possível exceção de Nietzsche – autores "da moda" intelectual daquele início de século, que demonstram a fidelidade de Lobato aos pensadores que fizeram sua cabeça fervilhar como estudante e jovem adulto, recém-formado. Guilhermino Cesar é de opinião que Lobato não se entusiasmou particularmente com o positivismo de Comte: ele ficou mais próximo de Spencer, cujo evolucionismo, com respeito ao aperfeiçoamento gradativo das instituições sociais, "melhor se ajusta à sua cosmovisão pessoal".[60]

Naquele ano de 1907, casado, com a idade de 25 anos, transfere-se para a pequena cidade de Areias, onde sua família, por intermédio de relações pessoais, conseguira obter-lhe um disputado cargo de promotor público.

Aquele Brasil em que a República Velha ainda é jovem adolescente é, principalmente, o país do coronelismo e das oligarquias – conservador, econômica e politicamente controlado pelos grandes proprietários rurais. Em paralelo, contudo, sentem-se os primeiros sintomas da urbanização da população, e a industrialização, nas cidades, é influenciada pelas recentes correntes migratórias. A influência europeia é determinante – dentro de uma década, haverá a Semana do movimento modernista brasileiro, mas as influências tardias do racionalismo fazem-se sentir no grupo ainda reduzido de pensadores nacionais, de par com a teoria evolucionista, que era uma espécie de "certificado de garantia do progresso, sem consideração das estruturas sociais vigentes".[61] Esse contexto social brasileiro, após a primeira década do século XX, "oferece aos intelectuais um momento histórico propício para o debate de temas críticos, tais como a criação da nacionalidade e o estudo da realidade brasileira".[62]

São Paulo torna-se um dos estados mais prósperos da federação. O processo de industrialização estava, como observa Vieira de Campos, organicamente ligado à expansão cafeeira.[63] A família de Lobato perdeu parte do antigo poder econômico, pois o progresso já deixara o Vale do Paraíba, mas ainda desfrutava de importantes relações sociais.

Durante quatro anos, entre 1907 e 1911, Lobato viverá em Areias exercendo, da melhor forma, o cargo público que lhe coube. Para afastar a aridez intelectual, faz uma assinatura do boletim semanal do *Times* londrino e traduz alguns dos artigos que acha mais interessantes para o jornal da família Mesquita. Lê muito e traduz Nietzsche para ocupar o tempo, pois não há, ainda, mercado editorial para absorver essa produção.

Em 1911 herda do avô a fazenda Buquira e tentará ser um fazendeiro-empresário. Wilson Martins, na *História da inteligência brasileira*, estabelece curioso paralelo entre essa experiência de Lobato e o pano de fundo do romance *Policarpo Quaresma*, de Lima Barreto, publicado em folhetins, no *Jornal do Commercio*, em 1911. Ele insinua que Lobato teria lido o texto e que "a vida real vai transformá-lo, exatamente nesse ano, em outro Policarpo Quaresma". A experiência dura até 1917, quando se transfere para São Paulo. Permanecerá na capital paulista até 1925, e, em seguida a reveses econômicos, vai fixar residência no Rio de Janeiro entre 1925 e 1927.

Nessa retomada de contato com a realidade do "interior" brasileiro, intensificada durante o período de administração da fazenda, alguns analistas percebem que se desenvolveram em Lobato ideias elitistas, preconceituosas ou racistas. Segundo Vieira de Campos, elas seriam diretamente influenciadas pelas leituras de Gustave Le Bon.[64]

A influência de Le Bon em Lobato, contudo, não deve ser vista sob a óptica contemporânea, do fim do século XX, com o confortável conhecimento retroativo da história recente. Considerado hoje, em alguns textos de referência, como autor de obra "sem valor científico",[65] Gustave Le Bon (1841-1931) foi um dos intelectuais de maior prestígio da geração de 1890, na França. Embora suas ideias tenham estado na origem do moderno nacionalismo, e até nas raízes do nazifascismo, sua formação e experiências sucessivas como arqueólogo, "craneologista", historiógrafo, físico, fotógrafo – e até com atividades inusitadas como "equitação experimental" – forneceram-lhe elementos de intuição altamente originais, para volumosos textos de argumentação destinados a assimilação rápida que, não obstante, atraíram pessoas como Mussolini e Hitler e não deixaram de encantar alguns "monstros sagrados" como Sigmund Freud, que se mostra impressionado com as ideias de Le Bon, ao escrever *Psicologia das massas* e *Análise do eu*, em 1921.

Afastado dos centros de decisões, Lobato acompanha os acontecimentos pelos jornais e, por meio da contínua correspondência com seu amigo Rangel, conhecemos algumas das suas primeiras manifestações políticas: lamenta a morte de João Pinheiro e toma, exarcebadamente, o partido de Rui Barbosa, que, em 1909, está em campanha contra Hermes da Fonseca.[66] Nessa época produz um dos seus raros escritos sobre teoria política, descrevendo "o que deve ser o governo":

> Uma nação é o conjunto organizado das criaturas humanas num certo território. Para promover a ordem e a justiça essas criaturas delegam poderes a certos indivíduos para a aplicação de uma coisa chamada lei, a qual não passa da vontade coletiva aceita por consenso unânime [...]. O governo é, pois, um delegado, uma criatura da nação. Só esta é soberana... Quando os delegados fogem aos seus deveres e se voltam contra a nação [...] esse governo deixa de ser governo. Cessa de funcionar legalmente e [...] deve ser incontinenti varrido por todos os meios...[67]

Numa carta a Rangel, datada de 1911, Lobato fala do projeto de fundar um colégio exclusivamente para meninos ricos: "que ensine os ricos a serem ricos" e confira "atestados de riqueza".[68] Com a morte do avô, assume a herança da fazenda Buquira e formula grandes planos desenvolvimentistas, que esbarram, entretanto, no sério problema de mão de obra na região. Em outra carta, de 1912, desabafa suas frustrações e fala do caboclo brasileiro como "piolho da terra": "Já te expus a minha teoria do caboclo, como o piolho da terra, o '*Porrigo decalvans*' das terras virgens? Ando a pensar em coisas com base nessa teoria, um livro profundamente nacional...".[69]

Mas, naquele início de século, o nacionalismo ainda não possui os contornos políticos bem definidos que terá mais tarde e adquire os aspectos de um "ufanismo" ingênuo e romântico. O livro do conde Afonso Celso – *Por que me ufano do meu país* –, publicado em 1900, se não chega a ser adotado como texto oficial, é utilizado como leitura quase obrigatória em todas as escolas do país.

O ano de 1914 é significativo – durante seu transcorrer se dão o nascimento do Jeca Tatu e o início de uma participação mais decidida de Lobato na vida política brasileira. Mas vale ainda nos deter numa observação que faz o autor, em carta a Rangel datada de maio de 1913.[70] Lobato conta que, ao entrar na Livraria Alves, "para comprar um tratadinho, em francês, sobre criação de porcos", tem o que chama de "recaída" intelectual: "[...] saio com 200$000 de Paul de Saint Vitor, de Taine, Henri Fabre etc. E mergulhei, literalmente chafurdei, no vício antigo, para grande escândalo dos meus canastrões, caracus e Leghorns. Que revanche! E no dia seguinte compro uma tal 'Biblioteca internacional de obras célebres'...".[71]

Escreve para Rangel sobre "o papel do intelectual", argumentando que, embora não seja o de mudar as instituições do país por meio de revoluções, é, contudo, o de afirmar-se, "perscrutando a essência recôndita do fato". Se há políticos e homens de ação que "se metem na peleja, chefiando movimentos e colhendo os despojos da vitória", há também, observa, quem escreva *Os sertões*: "Ora roubamos, ora matamos, ora somos o Marquês de Sade, ora Cesar Borgia. O que não somos nunca é ovelha – fiel ovelha do Santo Padre, de S. M. o Rei, do partido, da Convenção Social, dos Códigos da Moral Absoluta, do Batalhão, de tudo que mata a personalidade das criaturas e as transforma em números".[72]

A animosidade em relação aos caboclos que vivem em suas terras começa a transformar-se em guerra, repete-se nas cartas a Rangel e vai se transformar em artigo célebre para *O Estado de S. Paulo*, em 1914.

> [...] é preciso matar o caboclo que evoluiu dos índios de Alencar e veio até Coelho Neto – e que até o Ricardo (Gonçalves) romantizou tão lindo: Cisma o caboclo à porta da cabana...
> Eu vou contar o que ele cisma. A nossa literatura é fabricada na cidade por sujeitos que não penetram nos campos por medo de carrapatos [...]. O meio de curar esses homens de letras é retificar-lhes a visão. Como? Dando a cada um, ao Coelho, à Julia Lopes, uma fazenda na serra para que a administrem. Se eu não houvesse virado fazendeiro e visto como é realmente a coisa, o mais certo era estar lá na cidade a perpetuar uma visão erradíssima do nosso homem rural. O romantismo indianista foi todo ele uma tremenda mentira; e morto o indianismo, os nossos escritores o que fizeram foi mudar a ostra. Conservaram a casca. Em vez de índio, caboclo.[73]

Esses são os ingredientes básicos do artigo "Velha praga", publicado pel'*O Estado de S. Paulo* em novembro de 1914, responsável por criar as condições para que Lobato adquirisse notoriedade.

Aquela época pode ser contextualizada por alguns eventos importantes. Machado de Assis morrera em 1908, ano em que aporta, em Santos, o *Kasato Maru*, trazendo a primeira leva de imigrantes japoneses. Euclides da Cunha morre em duelo, no Rio de Janeiro, em 1909, e Lima Barreto consegue publicar, em Lisboa, o seu *Recordações do escrivão Isaías Caminha*. Para decepção de Lobato e da maioria dos intelectuais que apoiam Rui Barbosa, é o marechal Hermes da Fonseca que vence as eleições de 1910, após "árdua luta de insultos e calúnias".[74] Em novembro do mesmo ano, dá-se a Revolta dos Marinheiros, no Rio. Em 1911, Graça Aranha publica *Malasarte*, e Lima Barreto, *Triste fim de Policarpo Quaresma* em folhetins. No ano seguinte, em 1912, Oswald de Andrade retorna da Europa com uma cópia do *Manifesto futurista* de Marinetti, que recortara do *Le Figaro*. Heitor Villa-Lobos conclui a *Suíte popular brasileira* para violão. As poesias de Augusto dos Anjos são publicadas pela primeira vez, no livro *Eu*. Hermes da Fonseca é sucedido pelo civil Venceslau Brás, que se candidata à presidência em 1913 e é eleito e empossado em 1914 – ano em que se inicia a Grande Guerra.

O ataque de Lobato à figura mitificada do caboclo ou sertanejo é socialmente desviante e antecede em oito anos a posição dos modernistas, não apenas no tocante a denunciar o caráter idealizador do indianismo (a primeira parte de *Urupês* forneceu a Oswald de Andrade nomes e ideias, referências históricas e perspectivas para escrever o *Manifesto Pau-Brasil*), mas também na identificação do "caboclismo" então reinante de uma nova metamorfose das sublimações românticas.⁷⁵

Lúcia Lippi Oliveira, em trabalho sobre a Revolução de 1930, observa que esse tipo de regionalismo ufanista foi característico do início do século XX, estende-se até 1922 e teve como uma de suas expressões o "sertanismo", representado por figuras como Catulo da Paixão Cearense e Cornélio Pires.⁷⁶

As motivações de Lobato, à parte suas decepções como empresário rural, têm também raízes na formação intelectual fundamentada nos mestres europeus: "Não somos ainda uma nação, uma nacionalidade. As enciclopédias francesas começam o artigo sobre o Brasil assim '*Une vaste contrée...*' Não somos um país, somos região".⁷⁷

O racionalismo vigente, contudo, não pode deixar de produzir versões de um nacionalismo um pouco mais objetivo. Olavo Bilac, além de escrever textos didáticos e patrióticos para a juventude, propõe, em 1915, o serviço militar obrigatório, e Rui Barbosa, como presidente da Liga de Defesa Nacional, encoraja o país a aderir, internacionalmente, à causa dos aliados. Lobato confessa-se envergonhado pelo número reduzido de obras referentes à história do Brasil em sua biblioteca e propõe-se estudar melhor a história nacional.⁷⁸ Entre os livros disponíveis, na época, estão os de Manoel Bonfim e Alberto Torres. As ideias de Bonfim – fundador do primeiro laboratório de psicologia experimental no Brasil – que foram "uma tentativa sistemática e global de aplicar a noção de *parasitismo*, colhida nas ciências naturais, ao estudo dos organismos sociais e políticos"⁷⁹ – devem ter encontrado eco no jovem e indignado Lobato. Crítico de Le Bon, Bonfim, não obstante, lida com a noção de "inferioridade efetiva" dos países sul-americanos de ordem não racial, e sim histórica e psicológica, com o parasitismo elevado à categoria de sistema social.

Já Alberto Torres, cujo ideário serviu de base ao texto da Constituição de 1934, não atrai Lobato. Em 1918, o autor o mencionará, em artigo publicado n'*O Estado de S. Paulo*, citando sua observação de que "somos um dos mais inteligentes e sensatos povos do mundo", inserida no *Problema nacional*. Eis seu comentário cáustico: "[...] como o pensador ocupa quatrocentas páginas de sua obra no demonstrar que em apenas um século de vida livre chegamos à completa degradação moral, política e financeira, o leitor sai do livro com esta mirífica lição nos miolos: quanto mais inteligente e sensato um povo, tanto menos capaz de organizar o progresso".[80]

Em 1916, Lobato tem sua única experiência com o processo eleitoral. Candidata-se ao cargo de vereador, na comarca, mas não chega a ser eleito. Porém o fato mais importante daquele ano, na sua biografia, será a fundação da *Revista do Brasil*, na qual Lobato participa desde a criação, e dela será proprietário e editor a partir de 1918.

A *Revista do Brasil* foi, efetivamente, uma publicação eclética, pela variedade dos temas e grande prestígio social e intelectual dos colaboradores mais assíduos – entre eles E. Roquete Pinto, Mário Pinto Serva, Oliveira Lima, Oliveira Viana e Rui Barbosa (Lobato também escreve, mas as suas colaborações eram quase invariavelmente literárias) –, e exerceu considerável influência entre os intelectuais no período em que circulou, de 1916 a 1925:[81] "[...] a *Revista do Brasil* pretendia ser o instrumento de difusão não só de valores culturais e morais, como também de um conjunto de atributos particulares e únicos que permitissem a todos os membros da nação brasileira se reconhecerem, constituindo, assim uma identidade política".[82]

Além da *Revista do Brasil*, Lobato colabora em outros jornais e revistas, como *A Cigarra*, *Vida Moderna* e *O Pirralho* – esta última surgida em 1911 e que tinha Oswald de Andrade entre seus diretores.

Três manifestações, em 1917, já indicam as contradições e a pluralidade do pensamento lobatiano. Num momento, é o cidadão de classe média, preocupado com a educação dos filhos: "Dói-me ter filhos, Rangel. Como educá-los, nesta terra? Em que princípios? Que moral ensinar-lhes? Nossa ascensão como povo é ladeira abaixo. A monstruosidade do hermismo não foi nenhuma crise; aquilo é endêmico".[83] Noutro, empolga-se pela brasileiríssima figura do Saci-Pererê, e tem a ideia de conduzir uma grande enquete através das páginas de *O Estado de S. Paulo*, cujos resultados se transformam no seu primeiro livro, contudo não assinado.[84] Em 20 de dezembro, publica, no mesmo jornal, o artigo criticando a pintora Anita Malfatti, que lhe valerá, durante muitos anos, a censura dos modernistas. Embora, hoje, muito da controvérsia tenha sido desfeita – graças aos trabalhos de Vasda Bonafini Landers e de Tadeu Chiarelli –, não há dúvida de que, na época, o artigo de Lobato causou prejuízo à carreira da artista.[85]

A defesa de Monteiro Lobato foi feita com muita competência e municiada argumentação pela professora Vasda Bonafini Landers, no seu livro *De Jeca a Macunaíma – Monteiro Lobato e o modernismo* (1987). Embora utilize a literatura infantil, bem como o mundo livre e utópico do Sítio do Picapau Amarelo como exemplo do individualismo de Lobato – que "os modernistas só foram descobrir anos depois da Semana" –, o trabalho de Vasda aborda quase que totalmente a obra "adulta" de Lobato. A defesa é apresentada como necessária, tendo em vista o afastamento do escritor do movimento modernista brasileiro. Segundo analistas, seus representantes, decepcionados com Lobato, teriam procurado em Graça Aranha a legitimidade do movimento – gesto do qual se arrependeriam mais tarde. Para Landers, e para Wilson Martins, seu professor e orientador de tese acadêmica, Lobato foi o verdadeiro precursor dos modernistas, na literatura, com a obra publicada antes de 1922, notadamente *Urupês* (1918), *Cidades mortas* (1919) e *Negrinha* (1920).[86]

Landers conclui enfatizando a presença de Lobato como "mentor espiritual" e "advogado" na defesa de todas as novas causas, literárias – como o modernismo –; sociais – como a questão da saúde –, e políticas, casos do ferro e do petróleo, confirmando a sua honestidade intelectual baseada na filosofia "libertadora" de Nietzsche. E quer corrigir o erro histórico da inclusão de Lobato entre os autores "regionalistas", embora recuse, contudo, outra etiqueta qualquer, como a de "modernista": "[Este] gigante nasceu, viveu, marcou uma época e desapareceu sem mesmo ter tido tempo de avaliar ou ver avaliado o seu papel dentro do cenário intelectual brasileiro de sua época, talvez a época mais importante de toda a história da literatura brasileira".[87]

E, ao mencionar a literatura infantil, aponta para a linha condutora deste nosso trabalho:

> A exclusão de Monteiro Lobato pelos modernistas teve outro efeito significativo que também deixou seu rastro na vida cultural do país. Infrutífero o seu esforço de modificar as atitudes do adulto com respeito ao individualismo artístico, ao nacionalismo, ao petróleo, à importância da campanha contra as doenças [...] Monteiro Lobato dirigiu-se a outro setor do grande público nacional, às crianças [...] [tentando] inculcar-lhes os valores que sempre advogara: a crença num Brasil do futuro, autossuficiente no petróleo, explorador dos seus próprios recursos naturais e livre das pragas da ignorância e da doença e [...] de toda a influência estrangeira.[88]

Um estudo de Tadeu Chiarelli, publicado em 1995, parece finalmente remeter todo o incidente a uma perspectiva objetiva: o autor realizou uma pesquisa detalhada, na qual reconstitui os anos "efervescentes" que antecederam a Semana de 1922 e contesta a noção de que Lobato possa ter sido um mau crítico. Ao contrário, dentro dos padrões da época, Chiarelli chega à conclusão de que Lobato foi um dos poucos profissionais do setor – e competente, conquanto "original e de forte personalidade".[89]

Em 1917, Lobato vende, finalmente, a fazenda Buquira, por 120 contos e utiliza parte do dinheiro arrecadado para comprar a *Revista do Brasil*, depois de transferir-se para São Paulo. Começa a despender a energia acumulada no interior em 1918. Num só ano, publica três livros: *O Saci-Pererê*, *Urupês* e *Problema vital*. Neste último, tenta encontrar uma saída para a contradição entre o nacionalismo, que começa a exercer sua atração, e o racismo de base científica da sua formação de juventude: o Jeca Tatu não *é* assim; *está* assim, porque se encontra doente. Nasce o publicista, engajado na primeira grande campanha social em que toma parte ativa: o sanitarismo.

A definição recorrente de Lobato como "publicista" é correta, até mesmo na ambiguidade em relação à atividade publicitária. Em 1918, como empresário, utiliza a publicidade para aumentar a circulação da sua revista e, sem dúvida, também percebe a força publicitária que sua atividade panfletária mais visível lhe traz como escritor e jornalista. O livro *Problema vital* compõe-se de uma coletânea de artigos, publicados na imprensa, sobre a questão da saúde, nos quais Lobato, agora, investe sua esperança. Tranquiliza-o a certeza de que os cientistas, com seus aparelhos e métodos, chegarão a resultados efetivos, norteados pelo seguro critério pasteuriano: "Osvaldo, Gaspar Viana, Chagas, Neiva, Lutz, Astrogildo, Chaves Vilela e Belisário Pena fizeram em um lustro o que a legião de chernovizantes anteriores não fez em um século".[90]

Encontramos, na obra de Lobato publicada em 1918, sintomas do que os comentaristas identificam como um novo componente do seu ideário: a eficiência "fordista", como afirmação e concretização da individualidade que o fascinava no plano filosófico, em Nietzsche:

Em *Urupês*, considerada até hoje sua obra literária "adulta" mais importante, Lobato oscila entre duas concepções de vida, que mediam forças no entresséculos: a do naturalismo positivista, que situa o homem em um mundo trágico que o esmaga e onde tudo está destinado a parecer de maneira brutal ou silenciosa; e a do vitalismo, que acaba por se identificar, principalmente, com a crença nietzschiana na força do Homem, capaz de vencer todos os obstáculos, pelo poder de sua vontade e energia vital.[91]

[...] a produção de Lobato até *Urupês* (1918) está marcada por dois condicionantes: o primeiro, a imagens racistas da população brasileira. O segundo condicionante [...] foi a necessidade de atualizar as formas de dominação sobre os trabalhadores livres, no momento em que o país vivia a transição para o trabalho livre e a formação de um mercado interno capitalista.

[...] Jeca Tatu e o seu mundo constituem verdadeiros símbolos de um atraso econômico, político e mental que, no entender de Lobato, devia ser vencido. O momento exigia um tipo de trabalhador eficaz, produtivo, integrado à economia de mercado.[92]

Lobato conhece o sucesso literário em 1918, com a tiragem de *Urupês* alcançando a marca de 12 mil exemplares vendidos. No entanto, quem dá a contribuição decisiva para que seu nome seja conhecido em escala nacional, não apenas como escritor, mas como analista social, é Rui Barbosa, o candidato da intelectualidade brasileira do período – Lobato inclusive – à presidência:

Senhores: Conheceis, porventura, o Jeca Tatu, dos *Urupês*, de Monteiro Lobato, o admirável escritor paulista? Tivestes, algum dia, ocasião de ver surgir, debaixo desse pincel de uma arte rara, na sua rudeza, aquele tipo de uma raça que, "entre as formadoras da nossa nacionalidade", se perpetua, "a vegetar de cócoras, incapaz de evolução e impenetrável ao progresso"?.[93]

Esse é o famoso trecho do discurso-conferência que Rui Barbosa pronunciou, no dia 20 de março de 1919, no Teatro do Rio de Janeiro.

O quadro pintado por Lobato antes das reconsiderações do *Problema vital* produz, entretanto, algumas reações contrárias e indignadas. Ildefonso Albano, deputado nortista, cria um "Mané Chique-Chique" para antepor ao Jeca Tatu. Rocha Pombo, no Sul, inventa o "Jeca Leão". Todos sertanejos "fortes". Mas se é verdade que Lobato cria o Jeca, em primeira instância, com olhos patronais, acaba por perfilhá-lo como inocente vítima da doença e do descaso das autoridades. No entusiasmo da campanha sanitarista, acompanha o secretário Artur Neiva, em viagens de inspeção, para constatar o cenário alarmante: cerca de dois terços da população brasileira sofrem de uma variedade de moléstias, como opilação, malária, doença de Chagas, lepra, sífilis, tuberculose e a úlcera de Bauru. A questão da saúde ocupa também os espaços do noticiário: em 1918 grassa, no país, a mesma gripe espanhola que assolava o mundo e que, só na cidade de São Paulo, faz 8 mil vítimas; acaba por atingir o próprio presidente da República, Rodrigues Alves, que se vê obrigado a entregar o cargo ao vice-presidente Delfim Moreira.

Para Lúcia Lippi, essas manifestações se constituíram na primeira "tomada de consciência histórica", no Brasil, da questão do subdesenvolvimento econômico.[94] Já Vieira de Campos é mais cético e atribui as medidas efetivas tomadas pelo governo, no período, de saneamento em escala nacional, bem como as de urbanização, principalmente na capital da República, à penetração de capitais europeus no Brasil.[95] Tais enfoques contemporâneos, contudo, certamente seriam pouco compreensíveis a um homem da velha República.

A partir desses eventos, e nos anos que se seguem – 1920 e 1921 –, podemos vislumbrar algumas dimensões importantes da atividade social e política de Lobato. De um lado, a força que assumem os jornais como veículos de informação e de mobilização social. Macedo Dantas, em artigo publicado em *O Estado de S. Paulo*, por ocasião do centenário do nascimento de Lobato, qualifica de "extraordinária" a repercussão que obtinham as cruzadas sanitaristas do escritor através do mesmo jornal, sessenta anos antes.[96] O rádio simplesmente não existia. A primeira transmissão no Brasil, em caráter experimental, só vai ocorrer em 1922, durante a Exposição Nacional. Lobato sente as possibilidades que tem de participar na vida nacional como jornalista.

Dessa época, também, é a gênese do projeto posterior de criar um gênero literário único, especialmente para crianças. Do amigo Toledo Malta ouve uma ideia que o fascina: a história de um peixinho que desaprende a nadar. Escreve-a "de uma sentada", publica-a, mas – segundo seu próprio depoimento – esquece onde.[97] É claro que se trata do tema introdutório da primeira história de Lúcia, a menina do narizinho arrebitado. Pouco depois, em 1922, escreve e publica uma seleção de fábulas de La Fontaine "nacionalizadas", adaptando e alterando, na maioria dos casos, as mensagens originais, de cunho moral, que elas transmitiam.

Já como empresário e editor (Monteiro Lobato & Cia. foi fundada em 1919), descobre os livros de Henry Ford, que traduz e edita. Mas o país ainda não estava "mentalmente" preparado para essa opção capitalista e industrializante.[98] No prefácio, não hesita em considerar o industrial americano a "mais alta expressão da lucidez moderna": "É possível que a 'questão social' não se solucione já com as ideias de Henry Ford: o homem é estúpido e cego. É possível que o comunismo, solução teórica, faça no mundo inteiro a experiência que iniciou na Rússia. Isto apenas retardará a única solução certa, visto como a única baseada nas realidades inexpugnáveis – a de Henry Ford".[99]

Repercutem também no Brasil, naturalmente, as consequências da Primeira Grande Guerra, despertando aspirações e correntes de pensamento tendentes a fortalecer a originalidade, na arte e na literatura, mas igualmente na política e na organização institucional dos estados. As maiores repercussões vão ocorrer em 1922: além da fundação do Partido Comunista do Brasil (PCB), como assinala Anita L. Prestes, a Semana de Arte Moderna, a criação, pela Igreja Católica, do Centro Dom Vital – como reflexo de uma "rearticulação" da Igreja – e a eclosão dos primeiros levantes tenentistas no país.[100]

Porém, no contexto em que Lobato vive, não é de estranhar que não participe da Semana de 1922. Além de não aprovar muito as soluções "revolucionárias" – e para Wilson Martins a Semana consistiu na "primeira manifestação revolucionária, coletiva e programática" de uma década simpática aos movimentos revolucionários[101] –, provavelmente Lobato se via sobretudo como empresário, além de intelectual e jornalista ou "publicista". E não deixará de abrir canais de divulgação, na sua editora, para os poetas e escritores modernistas. Procura administrar a *Revista* como uma empresa. Em carta a Rangel, escreve que a *Revista* só começou a prosperar depois que se "desliteratizou", ou seja, após terem se afastado os homens de letras que a dirigiam: "Agora já não há cabeças na redação; há bundas. Somos cozinheiros". E todos estão aprendendo inglês.[102] O ficcionista para adultos sairá de cena quase definitivamente em 1923. A não ser um ou outro texto de ocasião, Lobato efetivamente encerra, nesse ano, a sua carreira como tal. Entre 1925 e 1926 escreverá *O presidente negro*, um frágil romance de ficção científica, na suposição de que poderia interessar editores norte-americanos a traduzi-lo e publicá-lo naquele país. O projeto, entretanto, não foi adiante.[103]

Na política, a situação começa a descontrolar-se com os movimentos de rejeição social à hegemonia das classes que dominavam o país desde o início da República. Epitácio Pessoa vence Rui Barbosa nas eleições de 1919, mas a escolha do seu nome não satisfizera às lideranças partidárias dos grupos mais importantes do PRP e do PRN. O mineiro Artur Bernardes assumirá a presidência em 1922, sob oposição dos setores militares e o ruído das "cartas falsas" em conjunção com a insatisfação das classes médias nascentes.

Desse período, são vários os depoimentos de Lobato de que não se interessa e não quer participar de política. O círculo de amizades que frequenta, em torno de 1923, é considerado "de oposição", mas ele, contudo, parece mais absorvido pelas ocupações empresariais. Edgard Cavalheiro menciona os componentes do grupo d'*O Estado* ("a roda que sempre frequentava"): Alfredo Pujol, Plínio Barreto, Ricardo Severo, Luís Pereira Barreto, Mário Pinto Serva, Arnaldo Vieira de Carvalho, Adolfo Augusto Pinto, Martim Francisco, Armando de Sales Oliveira, Amadeu Amaral e Alberto Seabra.[104] Convites para ir visitar a Argentina, onde suas obras começam a ser traduzidas, despertam-lhe a ideia de mudar de ares: "Que vontade de mudar de terra – ir viver num país vivo, como dos americanos! Isto não passa dum imenso tartarugal. Tudo se arrasta".[105] Em outra carta, fala da sua "orgânica antipatia" a todos os governos[106] e vê com pessimismo a participação dos intelectuais na vida política: "Jogamo-nos na luta política, convencidos de que somente pelo poder nos seria possível impor a nova ordem (velha ideia, como se vê, comum a todas as gerações mais ou menos atingidas pelas crises). Uns fizeram-se fascistas, outros comunistas, outros ainda socialistas cristãos".[107]

Como interpretar os movimentos de aparente retirada de Lobato, quando a evolução dos acontecimentos sociais e políticos, os quais irão provocar na cidade em que ele reside e atua a Revolução de 1924 justificaria uma posição mais engajada? Cassiano Nunes, outro estudioso da vida e da obra de Lobato, acha que se trata de uma corajosa escolha individual:

> Lobato pôs de lado uma carreira literária, em que atingira o auge do sucesso e até mesmo a popularidade, para se tornar um dos líderes da vanguarda da transformação social e econômica do país. O mais curioso é que se propôs a operar essa profunda alteração no território nacional alheado da política, desdenhador de ideologias. Desta espécie era o seu corajoso individualismo ou quixotismo.[108]

Reculer, pour mieux sauter – como dizem os franceses? Não há muita evidência disso... Em 1924, sente-se arrasado: "Não sou mais nada. Não passo dum ex-escritor, com o rabo entre as pernas".[109]

A Revolução de 1924, em São Paulo, entre outras consequências, levará sua empresa à falência. Pouco tempo antes, todavia, o intelectual empresário distribuía aos seus operários um apelo, que poderia ter sido assinado pelo próprio Henry Ford, contendo frases como "Precisamos não esquecer nunca de que o trabalho é a lei da vida".[110] Em 1924, também, encabeça as assinaturas de uma carta dirigida por um grupo de personalidades paulistas ao presidente Bernardes defendendo a ideia do voto não obrigatório. Seu principal biógrafo, Edgard Cavalheiro, afirma que o texto, composto de uma detalhada análise dos acontecimentos que tiveram lugar entre 1922 e 1924, é da autoria de Lobato.[111]

Ao largo, no mundo "desenvolvido", os camisas-negras fazem a marcha sobre Roma, e Mussolini instaura o fascismo na Itália. Stálin torna-se secretário do Partido Comunista Russo. Com a morte de Lênin, inicia-se a disputa pela liderança soviética. Freud publica *Ego e superego,* e Joyce termina de escrever seu *Ulysses*. No ano de 1925, Thomas Mann publica *A montanha mágica*, Kafka lança seu *O processo*, e Fitzgerald, *O grande Gatsby*. Picasso principia sua fase surrealista e Eisenstein filma *O encouraçado Potemkin*. O Brasil parece estar cada vez mais distante do centro das ações...

A falência da editora não chega a levá-lo à ruína. Os credores vendem o acervo gráfico – que devia ser importante – para duas organizações recém-fundadas: São Paulo Editora e Editora Gráfica Revista dos Tribunais.[112] Lobato funda, no ano seguinte, a Cia. Editora Nacional, admitindo sócios que lhe permitirão afastar-se do dia a dia da empresa e transferir-se para o Rio de Janeiro, depois de aceitar – como conta Fernando Morais – um convite de Assis Chateaubriand para revitalizar os quadros de *O Jornal*. Morais relata, ainda, que Assis Chateaubriand adquiriu, no ano seguinte, de Monteiro Lobato, a *Revista do Brasil*, que passou a ser dirigida por Rodrigo Melo Franco de Andrade.[113]

No Rio, além do jornalismo, dedica-se às traduções – uma atividade de Lobato, aliás, que mereceria estudo mais aprofundado. Num artigo de jornal, Cavalheiro lista 82 títulos por ele traduzidos e observa que o escritor traduziu, sem assinar, ou em colaboração com outras pessoas, um número indeterminado de livros. Como o ato de traduzir implica envolvimento maior do que a simples leitura, essa análise pode acrescentar alguns elementos ao capítulo que trata de como se "fez a cabeça" do escritor. Lobato traduziu (ou adaptou), por exemplo, alguns dos principais livros infantis da época: dois volumes de contos de Andersen; o *Pinóquio*, de Collodi; o *Robinson Crusoe*, de Defoe; três volumes da coleção Tarzan de Burroughs; os dois volumes de *Poliana*, de Porter; o texto completo de *Hans Staden*; dois volumes de contos dos irmãos Grimm; os dois livros de *Alice*, de Carroll; as aventuras de *Huck* e de *Tom Sawyer*, de Twain; os *Contos de fadas* de Perrault; os livros de aventuras indianas, de Kypling; o *Gulliver* de Swift e o *Robin Hood*. Entre os livros para adultos, destacam-se obras de Russell, Hemingway, Nietzsche, Wells, Ford, De Lery, Maeterlinck, a biografia de Lincoln, de Stephenson, Wilkie e Durant. Alice Koshyiama informa que esse número se refere apenas às obras traduzidas para a Cia. Editora Nacional. O número total de traduções feitas por Lobato deve ultrapassar uma centena.[114]

O escritor relê Nietzsche e faz, ao amigo Rangel, reflexões sobre a literatura infantil: "Estou a examinar os contos de Grimm, dados pelo Garnier. Pobres crianças brasileiras! Que traduções galegas! Temos que refazer tudo isso – abrasileirar a linguagem".[115]

Escreve para *O Jornal* e também para *A Manhã*. Seus artigos tratam de política, de economia, de questões sociais. Irá reuni-los no livro *Mr. Slang e o Brasil*, colocando na boca de um inglês, radicado na Tijuca, a parte essencial e ferina da sua própria visão crítica do país. As conversas com Mr. Slang envolvem uma gama vasta de assuntos: estabilização da moeda, imprensa, imigração, justiça, moralidade administrativa, revoluções, eleições, sistema tributário, barreiras alfandegárias, voto secreto, burocracia, estradas de ferro, trabalho, parasitismo, Exército, Marinha, transportes, orçamentos, livros e editores...

Boa parte dos artigos escritos por Lobato antes de sua partida para os Estados Unidos, em 1927, está presente no livro *Na antevéspera* e permite uma visão panorâmica do seu inquieto pensamento no ocaso da República Velha: propostas econômicas para a estabilização da moeda e o enriquecimento dos trabalhadores; apreciações sobre Lênin como "o maior reformador social de todos os tempos"; a imagem do Brasil como um "gigante deitado e amarrado" como novo Gulliver; a proposição de transformar Cunhambebe – o cacique tamoio que, no século XVI, participou das escaramuças entre portugueses e franceses, chefiando a nação tupinambá – no único e verdadeiro herói nacional; a consideração da separação dos poderes democráticos como "modismo" e o elogio a Mussolini; a condenação do Parlamento como uma "rosa artificial"; elogios a Plínio Salgado como filósofo; a visão de que as religiões nascem, crescem, esclerosam-se e morrem, e de que a ciência será a "última religião"; a descoberta de Krishnamurti; e especulações sobre o direito de secessão do povo do estado de São Paulo.[116]

É bem possível que, nessa fase, Lobato tenha acalentado fantasias de uma solução autoritária para o problema brasileiro como alternativa para as "soluções catastróficas" – guerra ou revolução – diante da herança colonial e de quatro décadas de experiências geralmente malsucedidas com a República. É certo que lera, com alguma atenção, Oliveira Viana, Amoroso Lima, Plínio Salgado, Francisco Campos e Azevedo Amaral – autores hoje considerados formuladores de um pensamento autoritário no Brasil. Talvez, se não tivesse se ausentado do país, chegaria a saudar o desaparecimento da República Velha, que, nesse momento, coloca em xeque todo seu arcabouço político. São especulações, contudo; mas a sabida ojeriza que nutria às simples substituições de homens no poder, sem que se alterassem as estruturas causais dos problemas que combatia, e seu ulterior repúdio ao Estado Novo varguista confirmarão sua posição política sempre individualista e liberal, que lhe valeram alguns meses na prisão...

Nos últimos tempos de Rio de Janeiro, vamos encontrá-lo, ainda, assinando a análise de um livro de Assis Chateaubriand[117] e fazendo críticas às propostas liberais de Inglês de Sousa, do próprio Oliveira Viana e até do cientista Artur Neiva. Comenta as ideias do turista americano – publicadas em livro da época – que considera o Brasil um país "de mulatos e loucos".[118]

Em meio à grave crise, não só econômica, mas também social, política, ideológica e cultural, Lobato chega a ver com algum otimismo a investidura de Washington Luís na presidência da combalida República. É verdade que foi graças às relações de amizade com Alarico Silveira, chefe de gabinete, que surgiu uma oportunidade concreta para ausentar-se do país. Depois de aceitar um convite do novo presidente para assumir o posto de adido comercial brasileiro em Nova York, parte com a família rumo aos Estados Unidos, a bordo do *American Legion*, em 25 de maio de 1927. O bom salário para a época, de 700 dólares mensais, permitirá a ele desfrutar dessa experiência intensamente.[119] Antes da viagem, ouve de Silveira que, na capital da República, os militares não viam com bons olhos os textos que Lobato publicava na imprensa diária.

Caberia, ainda, um registro sobre as relações de Lobato com a Academia Brasileira de Letras. Humberto Marini, em sua primorosa tese sobre a vida e a obra do escritor, relata que até hoje há versões desencontradas sobre o episódio; é certo, contudo, que foi preterido em eleições de 1919, 1922 e 1926 – mas, quando tinha chances de ser aceito, em 1944, recusou-se a sentar-se ao lado de Getúlio Vargas, eleito no ano anterior.[120]

6. Ponto de reflexão

*Quando olho para trás, fico sem saber o que realmente sou.
Porque tenho sido tudo, creio que minha verdadeira
vocação é procurar o que valha a pena ser.*
Monteiro Lobato

Esta não pretende ser uma análise completa nem exaustiva sobre a formação do ideário lobatiano, nem de toda sua obra literária e jornalística anterior a 1930, sob o ponto de vista do conteúdo ideológico. É uma tentativa de estabelecer pontos de referência sobre a formação do pensamento social e político do autor durante os anos de infância e juventude e a continuidade desse processo nos anos que antecederam a sua viagem ao Estados Unidos – que vai coincidir aproximadamente com a época em que começa a escrever a sua extensa obra infantil.

São pertinentes algumas observações sobre o perfil ideológico da pessoa que tentará a construção de sua utopia brasileira no cenário realista-fantástico do Sítio do Picapau Amarelo.

André Luiz Vieira de Campos foi bastante longe nessa análise, em sua tese de mestrado, transformada em livro – *A República do Picapau Amarelo*[121] –, na qual estabelece um paralelo entre a crítica de Lobato à sociedade brasileira dos anos 1920, e a utopia representada pelas suas propostas frequentes de "salvação" do Brasil mediante investimentos em ferro e petróleo, por exemplo, e "o lugar do sonho": o Sítio do Picapau Amarelo. Segundo Vieira de Campos, no final dos anos 1920, a crítica do Brasil feita por Lobato enfatizava os aspectos político-institucionais. Seus pontos de vista coincidem com a perspectiva da oposição oligárquica dissidente representada pelo

Partido Democrático. Mas Lobato não é porta-voz dos interesses agrários, nem representante da ideologia ruralista. Ao contrário, Campos o vê como "intelectual orgânico" dos industriais, apoiado pelo fato de ter sido, até 1925, um pequeno industrial, proprietário de uma gráfica-editora.[122] O "silêncio" de Lobato aproxima ainda mais o texto do autor do discurso dos industriais paulistas, que, segundo Luiz Werneck Vianna, "tentaram estabelecer a sua hegemonia na sociedade brasileira a partir de um discurso fordista, no qual o combate à legislação social e a insistência nos aumentos de produtividade do trabalho eram pontos fundamentais".[123]

Analisando as ações de Lobato, que sobrevieram após o período de estágio nos Estados Unidos – especialmente no que diz respeito à luta pelo petróleo e pelo ferro –, e sem negligenciar o aspecto propagandístico da literatura infantil, tema do seu livro, escreve Campos: "O ponto de partida da crítica de Lobato à sociedade brasileira da década de 20 foi a categoria de *atraso* [...] Aceitar a noção de atraso implicava aceitar uma série de outras ideias que lhe eram de certo modo tributárias (econômicas, político-institucionais e ideológicas)".[124]

Carlos Ziller Camenietzki, em tese-dissertação de mestrado de Filosofia da Educação, fez um estudo sobre a "noção de ciência" na obra infantil de Lobato, com o objetivo explícito de demonstrar que esta retrata os caminhos do liberalismo oligárquico, em São Paulo, durante a Primeira República. O autor, embora com cautela, admite que "não é totalmente desprovido de sentido afirmar que este autor interferiu na formação de nossa cultura".[125] O trabalho de Camenietzki identifica uma continuidade evolutiva nos escritos infantis, que expressariam uma "homologia clara" com o desempenho político do "Grupo do *Estado*" (*de S.Paulo*), com contornos definidos e formas de expressão próprias. Lobato seria "o intelectual do grupo".[126] O autor diverge da conclusão de Vieira de Campos, de que a postura de Lobato sempre foi a do liberalismo fordista, e identifica-o fortemente com os objetivos político-institucionais do grupo dissidente do PRP. Mas já no fim da vida, o escritor registrava – em correspondência a um amigo – sua rejeição aos "cabrestos" de qualquer tipo: "Jamais consegui me registrar sob partido nenhum, me dá a ideia de pôr em mim mesmo um cabresto. Não tomo *motu proprio* um cabresto político, como também não aceito nenhum cabresto que um governo policial me queira impor...".[127]

Há, ainda, comentários esclarecedores de Nelly Novaes Coelho e Eliana Yunes:

> Entre os problemas que continuam despertando polêmica, entre os adultos que endossam e os que criticam o universo lobatiano, no que se refere aos seus padrões ideológicos, destacamos a ênfase que ali é dada à relatividade dos valores e à atitude libertária que tal relatividade provoca. Os que endossam tal ênfase, como absolutamente positiva, atendem obviamente à necessidade de se liquidar de uma vez por todas com os preconceitos tradicionais, já superados ao nível das ideias, mas que ainda persistem, institucionalizados, na vida concreta do dia a dia, entravando a ação livre, que se faz urgente.[128]
>
> Lobato de um modo geral, pelo que já foi exposto, pauta sua filosofia no conhecer para agir; pragmático e no entanto moralista, materialista e idealista simultaneamente, "realiza uma espécie de simbiose que se quer dialética sem romper, contudo, as tradições humanísticas da história: o idealismo aponta para a justiça, através da racionalidade e do cientificismo, ou seja, paradoxalmente, através do aludido realismo pragmático".[129]

E Glória Pondé expressa um ponto de vista de ponderada objetividade, destacando, inclusive, a ambiguidade de muito do que é proposto no texto: "Embora todo o discurso seja ideológico, a arte lobatiana não é doutrinária e dogmática porque encerra contradições que não podem ser resolvidas mais ao nível ideológico, mas sim no da ficção (literatura). Curiosamente em sua obra infantil, deixou, nos últimos anos, marcada a sua inquietação pelas ambiguidades do sistema capitalista que tanto defendeu".[130]

Na análise pluridisciplinar que norteou a pesquisa biográfica e bibliográfica de Lobato – conquanto se reconheçam os esforços e se respeitem os pontos de vista dos estudiosos da obra infantil de Lobato –, não creio que se possa estabelecer um modelo exclusivo, ou mesmo um esboço de contornos delimitados com rigor para o que possa ter sido a "ideologia" de Lobato na década de 1930 ou nos períodos anterior e posterior.

Os autores das obras publicadas – Cavalheiro, Zinda Vasconcellos e Vieira de Campos – testemunham, o primeiro, uma amizade próxima com Lobato e sua família; os demais, mais jovens, trabalham sob a influência de um sentimento profundamente interiorizado, e algo perplexo, de "débito" intelectual para com o autor de suas leituras de infância e juventude. Mesmo Camenietzki, que busca um distanciamento objetivo para uma interpretação que contém elementos de crítica, sob o aspecto político, inicia o trabalho caracterizando-o, também, como "um acerto de contas" com a própria infância.[131]

Desde o título desta obra, incluo-me pouco discretamente entre os "filhos intelectuais" de Lobato. E isso já na adolescência, quando meus livros de infância estavam relegados às prateleiras mais escondidas e pouco consultadas da biblioteca doméstica, onde as minhas tímidas aquisições se mesclavam aos milhares de livros de meu pai. Era o que restava dos exemplares editados pela Cia. Editora Nacional, que tinham sido meus companheiros de visitas e revisitas (as crianças nunca leem os livros de que gostam apenas uma vez) e constituíam-se em objeto de reverência. Em 1982, sob a influência do centenário do nascimento do escritor, escrevi a crônica para a revista *Marketing*, já a intitulando "Os filhos de Lobato".

Geminiano, como Fernando Pessoa, outro ser magnificamente plural, identifico-me nas várias facetas de Lobato e o incluí entre os heróis da minha galeria particular. Creio que comecei a discernir melhor o contorno de sua personalidade durante as aulas de Filosofia do mestre Carneiro Leão, na ECO/UFRJ, ao ouvir e anotar suas exposições sobre a filosofia platônica, e inferi que, tanto na trajetória biográfica do escritor como em sua obra adulta e infantil estão presentes, simultaneamente, ou em momentos diversos, os pensamentos e ações através dos quais se definem os homens como filósofos, políticos, sofistas, profetas e loucos...

> Eles ora se apresentam em uma, ora se apresentam em outra forma. O que constitui a proposta de Platão é que, em todas essas apresentações, em todas essas presenças da condição humana, o importante é que – em todas elas – está um processo genealógico de aquisição das diferenças; vão-se desenhando os perfis e as fisionomias das singularidades, das individualidades, das personalidades de um conjunto, de uma comunidade. A partir desse processo comunitário, marcam-se as qualidades diferenciais dos indivíduos.[132]

Sem pretender exatidão epistemológica, os significados contextuais de cada uma dessas facetas, na discussão do discurso platônico, podem ser assim resumidos:

(1) O *filósofo* busca a verdade, independentemente dos seus interesses materiais e das suas conveniências momentâneas.

(2) O *sofistayode* pode ser conceituado, ao mesmo tempo, como um político e um técnico, pois sua atividade está ligada ao processo de tomada de decisões. Nos tempos modernos, poderia ser um consultor. Péricles e Platão incluem-se na categoria de *sophistes*, mas não Heráclito. Na antiga Grécia, viviam de cidade em cidade, dando cursos, e eram chamados de "trovadores da cidadania". Seu propósito era instruir o cidadão, para colocá-lo em condições de utilizar os conhecimentos no desempenho de sua atuação política. Esses cursos eram construídos, predominantemente, sobre a base da chamada *polimatia*, que significava um conhecimento enciclopédico, global e da poli-historiografia, ou seja, de toda a tradição grega dos mitos, dos poemas, das tragédias, da História.[133]

(3) O *político* é a pessoa que age, na pólis, com o objetivo de tornar a sociedade viável e produtiva.

(4) O *profeta* não deixa de ser, de certa forma, o deus interior em cada um de nós: o nosso eu, que abre caminho e que sabe das coisas do futuro, porque é intemporal.

(5) O *louco* é o ser especial, o homem raro, que não pode ser compreendido por todo mundo, mas só por aqueles que também já experimentaram a loucura.

Na análise feita, ao longo desse tempo, da trajetória e da obra de Lobato, de como ela pode ser inserida na realidade sociopolítica brasileira, tive a sensação frequente de estar lidando com um herói mitológico, como o grande Hércules, sob o invólucro de homem comum, paulista do interior. Viu-se, ou se sentiu, inspirado, em algum momento, por uma centelha olímpica – possível fruto das próprias leituras da infância e da juventude, Rolando, Tartarin, Dom Quixote –, saindo, de lança em riste, escudo e armadura, para corrigir o que estivesse errado.

Duas vezes sai Lobato da fazenda e vai para a cidade, a fim de realizar seu intento. Porque é na cidade, na pólis, que se dá o aparecimento dessa estranheza, dessa multiplicidade de outros que pertence a cada homem. É na pólis – na ordem da política, da história, da civilização e da cultura – que aparecem o filósofo, o sofista, o político, o profeta, o louco e todas as outras modalidades de integração das várias dimensões que compõem o modo de viver dos homens.

Maníaco?

Quem tem uma mania é dominado por uma força que vem do seu próprio ser, mas que assume o controle. Todas essas possibilidades que compõem e integram a realização cultural e histórica dos homens sempre aparecem ora como mania, ora como atitude sofista, filosófica, profética ou política. Em certo grau, todo homem é sempre todos esses modos. A força e a experiência de cada diálogo platônico consistem em não ceder à tentação de separar os modos de ser da realização de cada homem. Platão fala a esse respeito, mas evidentemente a eles não se reduzem todos os modos de realização humana.

O horóscopo de Lobato

Ao mencionar minha assumida condição de geminiano, referi-me à astrologia. Não resisti a fazer uma consulta a um especialista sobre a questão, solicitando-lhe um mapa astral para alguém que tivesse nascido em Taubaté, na madrugada do dia 18 de abril de 1882:

Caráter. Com o Sol em Áries, o nativo é cheio de energia e está sempre pronto a tentar novos empreendimentos. Nunca se abate com os fracassos, sempre supera os obstáculos. São líderes, que preferem as ações às palavras.

Mentalidade: Com Mercúrio em Áries, tem mente ativa disposta a ideias originais. Tende a falar de tudo, até de assuntos de que não entende. A impulsividade das suas energias mentais gera dificuldades para levar suas empresas até o fim. Tendem a ser sarcásticos e dominadores.

Afeição: Vênus em Touro. Extremamente leal aos amigos e amantes, seus afetos são duráveis. Muitas vezes conquista fortunas através dos negócios. Com grande magnetismo pessoal e personalidade fervilhante, é fácil provocar romance. Artistas e músicos, são geralmente românticos sonhadores.

Personalidade: Áries sobe, e sua ambição e desejo de vencer tornam-no destemido, possibilitando que enfrente situações que a maioria das pessoas evitaria. Mas tende a acreditar que nada é impossível.

Geral: Um número equilibrado de planetas nos signos de Fogo indica uma mistura de realismo e compromisso. A preponderância dos planetas nos elementos da Terra, contudo, permite, ocasionalmente, bom-senso e praticidade.

A falta de planetas em Ar leva o nativo a permitir que as emoções dominem as ações e a ter dificuldades em revelar os próprios sentimentos, e a falta de elementos em Água conduz ao estoicismo e à inabilidade para revelar emoções, que se quedam sob a superfície. Mas a preponderância das modalidades fixas tornam o nativo persistente para desenvolver planos e projetos, podendo acarretar teimosia e desconsideração pelas ideias (e sentimentos) dos outros.

Num plano mais mundano, no entanto, existe a lógica do esteta na trajetória. Lobato tenta resolver a questão que o atormenta – do progresso considerado evolução do homem que vê, contudo, dominado e de cócoras em relação ao extenso mundo – inicialmente através da terra, como fizeram seus antepassados pela vertente do Visconde de Tremembé, depois pela conquista da terra e no terreno das ideias, através de uma correspondência com o arauto da pólis – o jornal *O Estado*. Constatando que é este o sendeiro mais promissor, muda-se para a cidade grande, onde vai de fato *comprar* a mídia, assumir a sua posse e dos meios para sua edição.

Frustrado por eventos fora do seu controle, como golpes políticos, revoluções de verdade e crises financeiras, continua a lide de publicista, dirigindo-se aos adultos, em artigos de jornais, mas adquire também a visão pragmática que lhe acena com a possibilidade do empreendimento mediante o domínio da máquina. O profeta, porém, está fora de seu tempo.

Aos poucos, percebe que ainda bem cedo descobrira, sem se dar conta, um caminho que lhe facultará atingir dois objetivos simultaneamente: escrever para crianças é o que lhe proporciona, em vida, a fama e a fortuna (esta estritamente necessária à sobrevivência mais ou menos digna). Mas é também a descoberta do terreno sequioso em que poderá semear o seu ideário. Vai dizer às crianças o mesmo que dizia aos adultos. Estes, entretanto, já se encontravam excessivamente fatigados – ou cínicos – para reagir em termos de mais do que aprovação tácita e simples indignação interiorizada.

Considerando a obra fantástica de Lobato como fruto de um particular estado de sonho – ou loucura –, ela nos leva a uma saga antiga, que nasceu entre as ocorrências da peste negra e da Cruzada das Crianças medieval: a do *Flautista de Hamelin*. Ao não receber recompensa ou reconhecimento dos cidadãos da cidade de Hamelin, como julgava merecer, por tê-los livrado do flagelo das ratazanas, o Flautista rouba-lhes o futuro (a própria vida), ao raptar suas crianças, elo mais evidente de imortalidade.[134]

Lobato também capturou os corações e as mentes de várias gerações de brasileiros, os quais – como o herói – tampouco puderam mudar o mundo. Não obstante, tiveram a sensação de estar tomando contato com alguma coisa importante. E alguns ainda sabem disso.

II. O NASCIMENTO DA IDEOLOGIA

*A vasta sabedoria que impregna os contos de fadas –
fonte de espanto e reconhecimento – não tem
igual em qualquer outro gênero literário.*
DENNIS BOYES

1. Como num transe...

> *O homem deve criar uma ordem que possa proporcionar*
> *às crianças uma consciência tão disciplinada quanto*
> *tolerante, um mundo no qual elas possam agir positivamente.*
> ERIK ERIKSON

NESTE CAPÍTULO VEREMOS como a literatura destinada a crianças pode agir como veículo importante de aprendizado e socialização, em especial na fase pré-escolar e nos primeiros anos de escola – o que influenciará, mais tarde, o pensamento e o comportamento na idade adulta.

Serão tratados com certo detalhe, nas páginas seguintes, os temas do desenvolvimento e formação da personalidade, bem como as questões da socialização e da aprendizagem, antes de entrarmos no assunto da literatura fantástica e dos mecanismos de sua influência ideológica.

Na parte teórica da comunicação, sobre análise de texto e discurso, foi de grande utilidade o meticuloso trabalho de John Stephens, professor de inglês na Universidade Macquarie, na Austrália, intitulado *Language and ideology in children's fiction* – publicado em 1992. A lamentar, apenas o fato de o instrumental analítico sofisticado do autor ser específico para textos em inglês.

Com efeito, um dos problemas encontrados pelo pesquisador brasileiro é que se defronta, invariavelmente, com uma bibliografia de produção inglesa ou americana, além de textos de originais em francês e alemão. A óptica "fechada" desses autores e de suas obras em geral é a de que nada existe – ou muito pouco – digno de nota fora de seus quadros de referência linguística...

Ou, então, obras substanciais, como *As raízes históricas do conto maravilhoso* (1946), do russo Vladimir J. Propp, tratam de textos de circulação restrita, pouco traduzidos, das histórias e lendas universais, da tradição oral, que sobreviveram na moderna literatura infantil, mas não se constituem em textos literários propriamente ditos.

Ao elaborar sua rica descrição das implicações psicológicas do texto *A Gradiva*, de W. Jensen, Freud teve o cuidado de escrever, em 1906, que era longe de ser geral a crença de que os sonhos possuíssem um significado e pudessem ser interpretados.[1] A relação por ele estabelecida era de que a fantasia criativa de um escritor contém fortes elementos de identificação com os sonhos.

No seu estudo sobre Lutero, Erik Erikson refere-se ao que chama de curiosa capacidade da humanidade de fragmentar uma verdade maior, indesejável ou pouco verossímil, em meias verdades menores, em exageros ou em brilhantes distorções, "verdadeiras caricaturas das intenções iniciais".[2]

Embora reconhecendo sua importância recente como negócio editorial, a sociedade em geral atribui pouca importância à literatura infantil. Na introdução da sua *Psicanálise dos contos de fadas* – sucesso editorial, nos Estados Unidos –, comenta Bruno Bettelheim: "As relações da literatura infantil com a não infantil são tão marcadas quanto sutis. Se pensar na legitimação de ambas através dos canais convencionais da crítica, da universidade e da academia, salta aos olhos a marginalidade da infantil. Como se a menoridade do seu público a contagiasse, a literatura infantil costuma ser encarada como produção cultural inferior".[3]

No Brasil não tem sido diferente e valeria perguntar se alguma das tentativas mais recentes de valorizar o texto "adulto" de Monteiro Lobato não disfarçaria um constrangimento social de levar totalmente a sério o discurso da sua narrativa infantil.

Entre as razões que podem explicar certa relutância, nos meios intelectuais, em tratar literatura infantil como coisa "séria", está a de que o conteúdo mágico das narrativas representa um conflito potencial com o pensamento racional característico da pesquisa acadêmica contemporânea. No passado mais recente, contudo – em especial na segunda metade do século XX, em que o segmento infantil passou a constituir-se em importante mercado consumidor[4] –, a literatura infantil parece ter chegado à sua "maioridade" intelectual. A *Encyclopaedia Britannica* registra no verbete "Children's literature": "Segundo alguns dos seus praticantes de maior destaque, [a literatura infantil] possui um grau de independência como único meio literário que permite que certas coisas sejam ditas [...]. É distinguida pela natureza de seu público; pois é lida, em especial pelas crianças de menos de 12 anos, de maneira a sugerir um transe, bem distinta da leitura dos adultos".[5]

2. Uma crença para mudar o mundo

Flautista, senta-te e escreve um livro, para que eu possa ler.
WILLIAM BLAKE

UMA DAS DEFINIÇÕES DE IDEOLOGIA afirma tratar-se de um sistema de crenças que pretende explicar e mudar o mundo.⁶ A criação do termo é atribuída ao filósofo francês Destutt de Tracy (1754-1836), fundador da escola dos ideologistas, com o objetivo de distinguir o conhecimento adquirido por meio dos sentidos humanos dos já desacreditados princípios de fé e autoridade ligados à Igreja e ao Estado monárquico. É o conceito de ideologia que empresta sua definição a um texto de Roy C. Macridis: "o conjunto de conceitos através do qual as pessoas veem o mundo e aprendem a seu respeito". Na forma expandida: "um conjunto de ideias e crenças através das quais percebemos o mundo exterior e atuamos sobre a nossa informação".⁷ Trata-se, portanto, de um conjunto sistemático de princípios que relacionam as percepções pessoais do mundo exterior com valores morais explícitos.

Quase sempre, a ideologia tenta explicar os problemas que uma dada sociedade enfrenta, interpretar os eventos-chave que nela ocorrem e proporcionar um sentido para a vida e um significado para a história. Atualmente é quase impossível separar o conceito de ideologia das suas conotações políticas. Liberalistas, anarquistas, socialistas, comunistas ou fascistas, todos têm lidado com a natureza da individualidade – do eu – e da sua interação com a coletividade e as relações entre a pessoa e o seu ambiente físico, ou ecossistema, as características da sociedade em que vive e uma visão em geral evolutiva da própria história. Historicamente, as ideologias sempre estiveram associadas a movimentos que objetivaram mudanças sociais. Por isso são – elas próprias – mutantes, "constructos intelectuais", não verdadeiros em si mesmos, mas reflexos da infraestrutura sobre a qual repousa a realidade.[8]

Tendo em vista, entretanto, que aqui estamos nos referindo a "ideologias" individuais, seria oportuno refletir, neste ponto, sobre a seguinte questão: como é que se avalia a ideologia de uma *pessoa*?

Tentei abordar essa questão a partir de uma posição "empírica-individualizada": digamos que quisesse descrever a ideologia de alguém que conheça muito bem, um amigo ou amiga de muitos anos. É claro que estaria em condições de traçar um perfil de seus valores internalizados, porém manifestos na convivência. Mas o resultado seria uma percepção pessoal minha a respeito dos valores hierárquicos de outrem. Poderia ir um pouco mais adiante e solicitar àquela pessoa que dedicasse meia hora a preencher os dados, em duas folhas de papel. Numa, ela escreveria *o que eu gosto, o que eu não gosto*; na outra, *o que eu quero, o que eu não quero*. Certamente, as respostas permitiriam traçar um perfil muito aproximado de seus gostos e de suas vontades, resultando no que poderíamos considerar um tipo de ideologia pessoal.

Como não fiz o teste – e para não deixar a reflexão sem conclusão –, o que quero passar para o leitor é que um quadro de preferências e rejeições, obtido por esse método, tenderia a exibir dados contraditórios. Pessoas gostam e não gostam de certas coisas, querem e não querem outras – o que é simplesmente característico da natureza humana.

Uma ideologia – qualquer uma – tende a funcionar como tela ou filtro perceptual através do qual o indivíduo aceita algumas alternativas que lhe são propostas e rejeita outras. No sentido semiológico, estrito, a ideologia é uma dimensão analítica própria a todo discurso.

Na continuação, contudo, lidaremos com um pressuposto mais sutil: o de que a ideologia dominante, sob certas condições, pode ser contestada. Como escreve Mario Brockmann Machado,

> as relações de poder nos sistemas políticos são tais, que a ideologia política dos atores dominantes tende a ser a ideologia política dominante do sistema como um todo. Na medida em que isso se verifique, o processo de socialização política, ao reproduzir essa ideologia

em cada nova geração de atores do sistema, legitimará essas mesmas relações de poder que explicam o fato de que tal ideologia, e não outra, seja a ideologia dominante do sistema.[9]

Embora de aplicação e estudo relativamente recentes nos campos da ciência política e da comunicação, a constatação de que os conceitos e valores individuais presentes na idade adulta são fortemente influenciados, e até moldados, pelas experiências na infância e adolescência tem sido frequente nos campos da psicologia e da pedagogia. Sobre transferência de ideologia, há quem reaja à ideia, alegando que as crianças sejam uma minoria que, como outras, não têm direito a voz, nem dita seus valores, devendo, portanto, ser protegidas.[10]

Vários estudos foram realizados sobre a socialização política na infância, e as suas conclusões são indicativas de que o aprendizado resultante seja mais abrangente do que se imaginava até poucas décadas atrás. O de Searing, Schwartz e Lind, por exemplo, reforçou a hipótese de que as orientações políticas adquiridas no início da vida, seja porque elas tendem a perdurar por longos períodos [...] seja porque tendem a estruturar o aprendizado político posterior; [...] são importantes fatores determinantes das opiniões de membros adultos de sistemas políticos sobre questões relevantes (*issue beliefs*)".[11]

O psicanalista Erik Erikson, um dos pioneiros do estudo do desenvolvimento psicológico humano, para ilustrar a formação da identidade na infância, selecionou dois personagens com fortes implicações políticas – Hitler e Górki – como estudos de casos para validar propostas sobre a permanência e a importância das impressões recebidas na infância.[12]

Fred I. Greenstein, em estudo realizado em princípios dos anos 1960, afirma que as diferenças na participação política de adultos de diferentes classes socioeconômicas, tanto entre homens como entre mulheres, são claramente influenciadas pelas mesmas diferenças presentes na pré-adolescência.[13]

Easton e Dennis foram mais cautelosos, ao concluir, em estudo realizado alguns anos mais tarde, que existe clara correlação de que as bases do pensamento político adulto na infância tendem a ser difusas e não nítidas. Segundo esses autores, se o pesquisador estiver imbuído de uma definição demasiadamente estrita do que seja pensamento "político", prejudicará o estabelecimento de relações de significância.[14]

3. Um ser diferente do adulto

> *Encontrar a criança interior não é um projeto frívolo,*
> *mas um empreendimento sério de autogratificação e realização.*
> Jack Zipes

O ESTUDO SISTEMÁTICO do desenvolvimento psicológico da pessoa, do seu nascimento à fase adulta, é campo relativamente recente, embora existam registros frequentes de observações mais ou menos especulativas sobre o assunto desde a Antiguidade.

A oposição entre inatistas e ambientalistas, ao longo da história, tornou-se definida como o aparecimento das correntes racionalista e empirista. Nesta última, deve-se a Locke (no *Ensaio acerca do entendimento humano*) a radicalização da tese que atribui à aprendizagem um papel exclusivo. O intelecto é descrito como uma *tábula rasa*, cuja organização decorre de experiências sucessivamente incorporadas. Hume elaborou a doutrina associacionista, fundada nas relações entre fatos e ideias e no plano ético nos dois tipos fundamentais de experiências – prazer e desprazer.

No fim do século XIX, com o advento da maioridade da Psicologia como ciência, começa-se a pesquisar seriamente o assunto. O problema é sobretudo metodológico. A coleta de dados sobre os processos psicológicos no período subsequente ao nascimento e à primeira infância, durante pelo menos os dois primeiros anos de vida, só pode ser feita mediante a observação – de pais, parentes e pessoas que lidam com crianças –, uma vez que não se pode contar com a colaboração ativa do "objeto" do estudo. Informações obtidas por meio de reminiscências esbarram na extrema imprecisão das lembranças de adultos sobre as primeiras fases da sua formação e numa impossibilidade generalizada de registrar fatos relativos ao primeiro ano de vida.

A psicanálise compreendeu bastante cedo que todas as lembranças conservadas pela memória passam, sucessivamente, por certo número de telas. Por causa dessas telas, ou filtros, as lembranças mais antigas surgem em meio a uma bruma, que deforma os contornos e modifica a coloração. E. G. Schachtel, em sua obra *On memory and childhood amnesia*, explica a incapacidade de o indivíduo lembrar-se de acontecimentos de seu primeiro ano de vida como resultado de não ter ele símbolos capazes de representar tais acontecimentos na memória.[15] E, fazendo a ressalva de que a prática psicológica consegue propiciar o ressurgimento de algumas lembranças, Marc Soriano registra como fato de ciência comum que não temos nenhuma lembrança distinta dos três primeiros anos de nossas vidas.[16]

Rousseau considerava a criança um ser diferente do adulto, que devia ser educado de acordo com suas próprias capacidades. Ele foi um dos primeiros a analisar sistematicamente o desenvolvimento infantil, no qual distinguiu quatro estágios evolutivos, descritos a seguir. No primeiro estágio, até atingir a idade de 5 anos, a criança é como um pequeno animal, e o filósofo recomendava atividades físicas para fortalecer o seu arcabouço. Comparando a formação da personalidade humana com o próprio desenvolvimento da humanidade, preconizava que, na segunda fase, dos 5 aos 12 anos, a criança estaria num estado humano, porém "selvagem", enquanto adquire consciência da sua identidade separada e desenvolve a curiosidade natural para explorar o mundo, exercendo sua capacidade de linguagem e descobrindo os primeiros elementos da escrita e da leitura. A terceira fase, compreendida dos 12 aos 15 anos, seria o estágio racional, no qual o jovem estaria apto a avaliar e formar juízos críticos. O quarto estágio, entre os 15 e os 20 anos, seria o social. As conclusões de suas observações estão em *Emílio* ou *Da educação*, de 1762, obra principal de Rousseau como educador e precursor da maioria dos sistemas subsequentes.[17]

Um especialista latino-americano, Jesualdo Sosa, escreve: "Há muito se quis ver no desenvolvimento espiritual da criança uma simples e breve recapitulação da evolução da humanidade. Este é o princípio da famosa lei biogenética de Hackel. O homem primitivo, na primeira infância do mundo, começou sua cultura, sua arte, sua religião, querendo explicar a si mesmo o mundo através dos milagres do mito...".[18]

Essa relação explicaria, portanto, a notável empatia entre a criança na primeira infância e os contos fantásticos, de origem milenar.

Freud preocupou-se com a gênese dos processos mentais, propondo a existência de um processo – denominado *catéxis* – pelo qual as fontes de energia seriam ligadas ou investidas em pensamentos. Segundo Freud, a criança recém-nascida é dotada de apenas uma estrutura psíquica, o *id*, ou reservatório dos instintos. À medida que cresce, cria duas estruturas psicológicas derivadas, o *ego* e o *superego*. O primeiro é a parte da psique que contém as habilidades, os desejos aprendidos, o medo, a linguagem, o sentido de si próprio e consistência. O *superego*, como verdadeira consciência, emerge durante os anos pré-escolares. Quando o *id*, o *ego* e o *superego* estão todos em funcionamento, após os 5-6 anos, é preciso que ajam de modo harmonioso.[19]

A classificação de Freud encontrou aplicação funcional nos consultórios de psicanálise. Bettelheim é de opinião de que os símbolos criados por Freud para aspectos isolados da personalidade foram, sem dúvida, o melhor caminho para ajudar a dar um sentido a partir da incrível mistura de contradições que existem na nossa mente e vida interna.[20] E são ainda de grande validade.

A primeira fase freudiana, oral, corresponde à primeira infância, durante a qual as atividades de alimentação são catexizadas. No decorrer do segundo e terceiro anos de vida, a região anal e as atividades envolvidas na defecação passam a ser catexizadas – trata-se da fase anal. O terceiro estágio, fálico, é mais completo e decorre durante os anos "pré-escolares"; é quando a criança inicia o processo de identificação edipiano com o genitor de mesmo sexo.

Relacionando a teoria freudiana com a psicanálise dos contos de fadas, Bruno Bettelheim descreve a fase edipiana, da pré-adolescência, como a dos primeiros passos na busca da maturidade. Para ele, os símbolos gregos podem explicar adequadamente o processo, na medida em que Édipo se torna rei (pessoa), ao matar o pai (interior) e casar-se com a mãe (mulher), depois de solucionar o enigma da esfinge (as três idades do homem), que desaparece, suicidando-se.[21]

De fato, Freud considerava de tal modo crítica essa fase da estruturação psíquica do ser humano que, convidado pela *Encyclopaedia Britannica* a escrever o verbete "Psicanálise" da 13ª edição de 1926, não hesitou em deixar registrado que era tão significativa a solução do conflito edipiano na infância a ponto de ser a fonte das realizações mentais mais preciosas e mais importantes socialmente – "e não apenas na vida dos indivíduos, mas na história da espécie humana como um todo".[22]

Piaget – que, aliás, nunca se rotulou de educador, ou pedagogo, nem desenvolveu nenhum método "piagetiano" de educação – é, não obstante, considerado a maior influência isolada sobre as teorias e práticas psicopedagógicas mais atuais. A partir do estudo e do convívio com os próprios filhos, ele elaborou uma teoria sobre o desenvolvimento das estruturas e processos mentais de grande pertinência para a metodologia pedagógica. Duas de suas conclusões são particularmente importantes:

- Os castigos e as recompensas são de limitado valor pedagógico e podem ser contraproducentes; as estruturas mentais das crianças conduzem a um tipo de desenvolvimento espontâneo.
- A função do educador é limitada. Para Piaget, a criança é o seu próprio professor.

O cientista e pesquisador suíço delimitou assim as fases do desenvolvimento:[23]

Período sensório-motor

Inicia-se no nascimento e vai até os 2 anos, aproximadamente. Nesse período, a criança passa do estado de recém-nascido, com reflexos simples, caracterizado pela total ausência de diferenciação entre si próprio e o mundo que o rodeia, a uma organização relativamente coerente de percepção e adaptação.

Período pré-operacional

A gênese do pensamento conceitual produz-se no fim do estágio sensório-motor. Na fase pré-conceptual (dos 2 aos 4 anos), a criança aprende a falar e a construir símbolos. Também começa a utilizar a técnica do "faz de conta", mas não é ainda capaz de elaborar processos mentais mais complexos, como a serialização e o grupamento. Egocêntrica, mostra-se desprovida de senso crítico, inclusive no que diz respeito aos próprios processos mentais.

O estágio intuitivo, dos 4 aos 7 anos, é a segunda subdivisão desse período, durante o qual, embora o pensamento permaneça limitado ao ambiente perceptual onde vive, a criança constrói imagens e pensamentos mais elaborados, como as noções de conjuntos e de inclusão nos conjuntos. A criança ainda não é capaz de perceber os vários aspectos simultâneos de uma dada situação.

É um período importante, porque, apesar de lhe faltar a capacidade abstrativa para análises conceituais mais complexas, sobra na criança o espaço para a sua vasta mente instintiva, pré-lógica, que opera por semelhanças, correspondências entre formas, descobrindo vínculos de similaridade entre elementos que a lógica racional condicionou a separar ou excluir. A ausência de abstração é compensada pela presença da concretude, a vivência cotidiana da criança que, por contiguidade, procede à transferência e à aprendizagem dos conceitos.

Período das operações concretas

Nesse período, dos 7 aos 11 anos, a criança torna-se capaz de realizar operações intelectuais num contexto que Piaget chama de "mobilidade de reflexão". Distingue com precisão a parte do todo, é capaz de manipular com segurança os termos relativos, as seriações e os grupamentos e de visualizar toda a sua ação antes de empreendê-la, bem como de representar mentalmente atividades complexas.

Nessa fase desenvolvem-se os sentidos de moralidade e justiça – uma justiça retributiva através de punições às vezes, mas baseada em princípios igualitários, dentro de uma unidade social – o lar – em que se configuram com clareza as relações de autoridade. Não se trata, ainda, da lógica do adulto:

> O pensamento da criança permanece animista até a idade da puberdade. Seus pais e professores lhe dizem que as coisas não podem sentir e agir; e por mais que ela finja acreditar nisto para agradar a estes adultos, ou para não ser ridicularizada, bem no fundo a criança sabe melhor. Sujeita aos ensinamentos racionais dos outros, a criança apenas enterra seu "conhecimento verdadeiro", mas no fundo de sua alma permanece intocada pela racionalidade.[24]

Período das operações formais

Esse período, compreendido entre os 11 e os 15 anos, é marcado pela descoberta de que a realidade não é senão uma parte de um conjunto de possibilidades. O raciocínio do adolescente parte do exame do problema, conceitua todas as relações (hipóteses) possíveis de serem verificadas e analisa-as logicamente, escolhendo a mais apropriada. O adolescente, dotado do que Piaget chama de "reflexão propositiva", é o ser humano capaz de, pela primeira vez, pensar em si como um membro de uma sociedade de seres humanos.

Para Piaget, os estágios são contínuos e cada um deles é elaborado a partir do anterior, sendo também um derivado deste. Ele acredita que nenhuma criança possa omitir qualquer dos estágios, dado que cada um empresta do anterior seus feitos e realizações. Cada nova experiência é agregada ao material já acumulado, e sempre há uma relação entre a habilidade e as crenças atuais do indivíduo e todo o seu passado.

A partir da adolescência têm início crises emocionais, que, segundo Erik Erikson, marcam a passagem, para certos indivíduos, para a idade adulta. Mas elas não são restritas à adolescência. Como bem sabem os psicólogos e educadores, processos neuróticos podem ser deflagrados muito antes, na infância e mesmo nos primeiros anos de vida. Nas palavras de um psicólogo-clínico brasileiro:

> A contradição do adulto, ou das agências de educação, gera na criança, no jovem uma profunda ambiguidade ou insegurança. A confrontação com duas ordens de exigências leva a pessoa a um conflito existencial: de um lado, a necessidade de ser alguém, de afirmar-se, que brota em si mesmo e que é estimulado pela sociedade e, de outro, a expectativa social de como deve comportar-se. Não é de se admirar que surjam duas entidades em conflito: o que ele é, EU pessoal, e o que ele deve ser, seu EU social.[25]

Há estudos mais recentes e muita informação disponível sobre os estágios de desenvolvimento, sob as variadas ópticas da alimentação, sono, funções motoras, linguagem e comportamentos sociais e intelectuais. E que levam em conta outros fatores, tais como a psicologia cognitiva e a formação de conceitos. A psicologia cognitiva estabelece uma ligação com os estudos linguísticos, pois se refere às maneiras através das quais o indivíduo pensa e organiza a sua informação sobre o mundo exterior. São promissores, também, os caminhos abertos pelo psicólogo norte-americano Howard Gardner, nos anos 1980, sobre as várias formas de inteligência, desenvolvidas a partir da infância e da adolescência: linguística, matemática, espacial, musical, corporal, quinestética, inter e intrapessoal etc. Mas, para os objetivos deste estudo, as observações dos pioneiros, aqui citadas, permanecem sólidas e válidas em suas linhas gerais.

Ao falarmos de "desenvolvimento" ou "crescimento" psicológico do ser humano, estamos tratando da sua *personalidade*. Vista simplificadamente pelos sociólogos como "a organização da pessoa, depois de modelado o indivíduo no decurso da interação com outros", para os psicólogos trata-se "da organização dinâmica, dentro do indivíduo, dos sistemas psicofísicos que determinam seu ajustamento ao ambiente". Já cientistas sociais como T. Parsons e E. A. Shils referem-se ao sistema de personalidade como um sistema específico de disposições de necessidades que atuam como reações seletivas para as alternativas apresentadas por uma situação ou por ele organizadas, à procura de novas situações e a formulação de novas metas.[26]

Embora haja explicações alternativas para o desenvolvimento psicológico do ser humano, há considerável acordo sobre o fato de que, no decurso desse desenvolvimento, o que sobressai é o eu individual como objeto e consequência de todo o processo.

Para G. Allport, que se dedicou extensamente ao estudo e à conceitualização da personalidade, o eu evolui de acordo com as fases cronológicas. Durante os três primeiros anos de vida desenvolvem-se (1) o sentido do eu corporal, (2) o sentido contínuo de autoidentificação e (3) a formação da autoestima. Dos 4 aos 6 anos ocorrem (4) a extensão do eu e (5) a autoimagem. E, dos 6 aos 12 anos, desenvolve-se (6) o eu como fator de ajustamento racional. Allport admite que é um pouco arbitrário datar a evolução desse aspecto do eu numa faixa tão imprecisa quanto a dos 6 aos 12 anos, mas os estudos e as pesquisas em que se apoiou, apesar de concludentes, não permitiram maior precisão.[27]

De qualquer forma, a partir de Rousseau e culminando com os meticulosos estudos de Piaget, a criança deixou de ser considerada um "pequeno adulto" ou um adulto ignorante a quem se incutem informações. A evolução do eu, da inteligência e das estruturas mentais demonstra as coisas de que ela é capaz e as de que ainda não é . E ilustra, enfaticamente, a importância da atuação pedagógica dos fatores sociais no nível da criança.

Demonstra-se, portanto, a importância dos anos pré-escolares para o desenvolvimento futuro das opiniões e atitudes. Se a formação das estruturas mentais e a descoberta do eu ocorrem entre o nascimento e os 5, 6 anos de idade, ao entrar para a escola, a criança já tem, estruturalmente, a sua personalidade formada. Mesmo a teoria psicanalítica mais moderna sugere que a estrutura e o caráter básicos da personalidade são determinados, sobretudo, durante os primeiros cinco anos de vida – o que é cotidianamente confirmado por professores e pedagogos. Um exemplo prático e próximo de cada um de nós pode ser dado pelas "fotos de turma" que guardamos da escola. Ao observar uma foto dos primeiros anos, basta um pequeno esforço de memória para retomar as principais características de personalidade dos colegas de então: este inteligente, vivo, outro caladão, dissimulado, aquele esportivo; o outro brigão e agressivo. Se não perdemos o contato com eles, reconhecemos o jornalista de hoje, o contador, o bancário, o médico, o desportista ou o empresário...

Nessa fase, inclusive – ultrapassados os 4 anos de idade –, a curiosidade infantil inicia uma fase que Jesualdo Sosa chama de "etapa de coleções" aparentemente absurdas, mas por meio das quais se capturam as relações das coisas entre si e se estabelecem paralelismos entre seus valores incipientes e suas experiências. É a fase, conhecida de todos, "das interrogações": segundo alguns psicólogos, uma criança perguntadeira é capaz de formular cerca de 360 questões num período de doze horas, ou seja, em média, trinta perguntas por hora.[28]

Os seguidores de Freud, como Erik Erikson, acentuam que, após a infância, os aspectos sociais vão se sobrepor aos biológicos, no desenvolvimento humano. E Allport considera que a consciência do eu, como aquisição gradual dos primeiros cinco ou seis anos, é o evento mais importante que ocorre na vida das pessoas.[29]

Assim, estruturada na fase pré-escolar, a personalidade do ser humano está pronta para ser instrumentalizada e participar do processo mais formal de socialização.

4. O SEGUNDO NASCIMENTO

*Como Merleau-Ponty, eu também nunca serei capaz
de me recuperar da minha incomparável infância.*
FERNANDO SAVATER

AO CONTRÁRIO DO QUE OCORRE NA LENDA, a sabedoria não surge de uma vez, inteira e desenvolvida, como Atenas irrompendo da cabeça de Zeus. Ela é construída por pequenos passos a partir do começo mais irracional. A compreensão do significado da vida – quando ocorre – não é adquirida subitamente numa certa idade, nem mesmo quando se alcança a maturidade temporal.

"Socialização" é um termo utilizado por cientistas sociais para descrever o processo por intermédio do qual os indivíduos de uma geração adquirem os elementos de conhecimento e de comportamento das gerações anteriores. O processo inicia-se na infância e, na fase pré-escolar, inclui principalmente as influências do meio familiar, do grupo e de agentes externos, tais como a mídia – impressa e eletrônica, na medida em que está presente no lar – e outros. Alguns antropólogos utilizam o termo "aculturação" para descrever o processo de absorção de cultura. Os psicólogos descrevem a "individuação" como um processo que se desenvolve gradualmente e que sempre pode ser mais aprofundado e completado. É a luta do eu, empenhado em sua realização interior profunda no nível existencial, que busca, no nível social, a sua realização exterior. C. Jung confessa não saber o que seja a realização plena de si: "Nunca encontrei até hoje um homem que a tivesse alcançado".[30]

Desde registros mais antigos da civilização existem os rituais de iniciação, que não se caracterizam exclusivamente pela realização durante a fase da puberdade. Nas religiões modernas, pode ocorrer nos primeiros dias ou semanas de vida. São muitos os rituais coletivos cuja função é propiciar a transição da infância para a adolescência ou para a idade adulta.

A ideia de socialização, portanto, está intimamente ligada ao processo de aprendizagem (ou aprendizado), a ponto de os conceitos não raro aparecerem como complementares. "Aprendizagem" é o termo preferido pelos psicólogos – em especial os behavioristas, e não se restringe à experiência humana – para designar as mudanças relativamente permanentes, provocadas pela experiência, no comportamento de qualquer organismo vivo. Os estudos sobre aprendizagem são contemporâneos das teorias evolucionistas e foram objetos de reflexões de Darwin e Spencer, entre outros. Nos Estados Unidos, os estudos de William James, de 1890, contribuíram para o início do poderoso movimento behaviorista que ainda hoje domina a ciência psicológica norte-americana.

No seu influente *Principles of psychology*, James descreve o processo de socialização/aprendizagem como a absorção, por parte da criança em idade pré-escolar, dos papéis e das atitudes dos "outros significativos", tornando-se os seus. A criança adquire uma identidade subjetiva, coerente e plausível, construindo a própria personalidade, por sua vez "uma entidade reflexa, que retrata as atitudes tomadas pela primeira vez pelos outros significativos com relação ao indivíduo",[31] que se torna o que é por essa ação.

Aristóteles afirmava que, com cerca de 7 anos, o homem já seria capaz de fazer a distinção entre o bem e o mal. Modernamente, seria essa a "idade escolar". Erik Erikson observa que, justamente com essa idade, Martinho Lutero foi enviado à escola onde lhe deveriam ensinar o latim, considerado na época o principal instrumento tecnológico de cultura.[32]

Discutindo o sentido da socialização, Erikson afirma que o primeiro vínculo fundamental para o sentido de identidade do ser humano é a visão de um rosto sorridente; o segundo, a afirmação de uma voz que o acompanha.[33] Assim, a comunicação externa desempenha bem cedo na existência das pessoas o seu papel fundamental, identificador do próprio eu. Erikson compara o processo aquisitório de conhecimento a uma sucessão de crises, em que cada uma prepara a seguinte, assim como um passo conduz a outro; e cada crise se acrescenta às outras como elementos constituintes de um alicerce sobre o qual se apoiará a personalidade adulta.

A respeito da formação do jovem Lutero, Erikson quer demonstrar que todos os valores fundamentais do homem – a fé, a vontade, a consciência e a razão – se desenvolvem bem cedo, "a partir de uma raiz única, ainda que embrionária, e são os componentes necessários do sentimento de identidade que marcam o final do estágio da infância".[34]

Na primeira infância, o papel materno é crítico. É da qualidade dos cuidados maternos que vai depender a atitude psicológica fundamental do ser: ou ele será dominado por um sentimento geral de confiança, ou, ao contrário, vai basear-se sobre uma insegurança generalizada.

Na segunda infância, na fase pré-escolar, desenvolve-se o sentimento da vontade – constituinte importante da crise seguinte, marcada por processos de tentativa e erro, caracterizada pela saída da criança do ambiente familiar, a ida à escola e a sua efetiva exposição ao processo mais geral de socialização. Nessa fase, principalmente, é preponderante o papel da linguagem. Com a linguagem, e por meio dela, vários esquemas motivacionais e interpretativos são interiorizados com valor institucional definido. É o que defendem Bergman e Luckmann: "A linguagem realiza um mundo, no duplo sentido de aprendê-lo e produzi-lo. A conversação é a atualização desta eficácia realizadora da linguagem nas situações face a face da existência individual. Na conversa, as objetivações da linguagem tornam-se objetos da consciência individual".[35]

Socialização é, na essência, um processo pelo qual a pessoa internaliza as atitudes, as crenças e os valores de sua cultura. Requer interação com os outros, experiência de aceitação emocional e comunicação simbólica, principalmente através da linguagem. É evidente que a socialização não começa na idade escolar. É, contudo, nesse momento, em que a criança deixa o ambiente familiar, que intervêm, de forma mais intensa no processo, outros agentes. Segundo os mesmos autores, "a realidade original de infância é a 'casa'. Impõe-se inevitavelmente como tal e, por assim dizer, naturalmente. Comparada a ela, todas as outras realidades são artificiais. Por isso, a professora procura 'provar', trazendo para casa, os assuntos que está transmitindo [...] fazendo-os parecer tão vívidos quanto o mundo da criança".[36]

R. Konig, referindo-se ao desenvolvimento da personalidade sociocultural, chama o processo de socialização de "segundo nascimento",[37] que é o mesmo termo emprestado por Erikson para tratar da formação do pensamento e das atitudes do jovem Lutero. W. James faz uma distinção entre aqueles que "nascem de uma só vez" e essas "almas doentes", esses "eus divididos" que buscam um "segundo nascimento" capaz de levá-los ao centro normal de sua energia pessoal. James cita Starbuck e reitera que "a conversão é, na sua essência, um fenômeno normal da adolescência".[38]

No tocante à adolescência, Erikson observará que é nessa idade que se formam os conceitos dos ideólogos mais fanáticos, tornando-os presa fácil de líderes psicopatas. Mas é também aí que os verdadeiros chefes podem construir as suas solidariedades mais estreitas. Entretanto, o processo básico de socialização que nos interessa processa-se mais cedo: aos 7 anos, idade em que, como vimos, Martinho Lutero foi à escola.

Para o aprendizado dos aspectos relativos a opiniões e atitudes de caráter "político" – nos dois sentidos, de relacionamento ideológico e da pólis –, em especial, a orientação para a comunidade é considerada básica. Esse aprendizado situa-se na infância, no período que vai dos 5-6 anos aos 11-12, aproximadamente. Por se tratar de uma aprendizagem infantil, caracteriza-se pela presença de forte poder emotivo e de grandes identificações afetivas que fazem com que os escassos elementos cognoscitivos, de natureza mais difusa e pré-política que político-institucional, se enraízem e constituam, em virtude disso, um sólido quadro no qual se situam as sucessivas informações e um ponto de referência fundamental para as ulteriores orientações e identificações.

Várias pesquisas sobre assuntos relacionados à socialização têm demonstrado que, nessa fase, as crianças começam a identificar-se com o próprio país, desenvolvem sentimentos de apego aos seus símbolos sociais e políticos mais visíveis e, em certos países, consideram-se membros de uma Igreja determinada e ligados a um partido ou corrente política.

Como já mencionado, os agentes de socialização "clássicos" são representados pela família, a escola e os chamados grupos de referência. A maioria dos autores atribui uma função socializante de relevo ao âmbito familiar. Credita-se à escola grande importância para a orientação política fundamental do indivíduo. O papel dos demais agentes, nessa fase, é, contudo, ainda pouco claro e – muitas vezes – objeto de polêmica, sobretudo quando se trata do papel da mídia. A infância e a adolescência modernas são sujeitas a uma imensa variedade de estímulos, num ambiente social cada vez mas vasto e no qual a quantidade crescente de comunicações se evade à medida e ao controle dos agentes de socialização clássicos.

Mas não é intenção discutir a influência dos meios de comunicação em geral sobre a socialização dos jovens. O que nos interessa é a evidência da importância dos fatores externos à mídia, em especial no mundo contemporâneo, e, nela, o papel da palavra escrita.[39] É nessa área, em particular, que se situa a influência exercida pela literatura infantil.

Finalmente, qualquer incursão pelos temas de socialização e aprendizado não poderia deixar de levar em conta a questão da motivação. Porém esse é um tema tão vasto e complexo que apenas pode ser tratado aqui de forma restrita, com o registro de que é, naturalmente, de grande e geral interesse, e não apenas para os psicólogos, saber quais os tipos de motivos que existem, como se originam e como se desenvolvem no indivíduo.

Os pedagogos preocupam-se com a natureza das motivações para o aprendizado e reconhecem que – particularmente nas faixas etárias pré-escolares e durante os primeiros anos de escola –, se existir esse tipo específico de motivação, não parece ser nem aparente nem eficiente. Mas é indiscutível que, na criança que vai frequentar a escola, já estão presentes pelo menos dois tipos de motivação: a curiosidade sobre os fatos da vida em geral e o prazer da brincadeira, que poderia ser conceituado, também, como uma busca pelo entretenimento lúdico, já que não existe, ainda, a noção de lazer. Ambos despertam a fantasia, a imaginação infantil, através do que os adultos chamam de ilusão.

> Nas fantasias lúdicas, ela investe muito afeto e aprende a lidar com a realidade, em que se apoia para brincar. A brincadeira, o jogo constituem, assim, um "espaço potencial", ou seja, um lugar mediador na formação do psiquismo, onde se registra o processo de transição do "não eu" para um "eu", uma identidade que inscreverá a existência como algo contínuo. [...] Os meios de comunicação fazem as vezes, na terminologia de Winnicott,

de "espaço potencial", administrando a experiência ilusória do jovem, por meio da localização de fantasias culturais orientadas para uma socialização sob a égide do mercado e das novas tecnologias reguladoras da vida social.[40]

Ouvir ou ler histórias fantásticas, portanto, atenderia a essas valiosas motivações nos anos de infância.

5. O papel da literatura fantástica

Cada vez que uma criança diz: "Não acredito em conto de fadas", em algum lugar uma pequena fada cai morta.
PETER PAN

Uma continuidade imemorial

BETTELHEIM, EM APOIO à sua argumentação sobre os aspectos positivos dos contos de fadas na formação dos jovens, cita Platão e Aristóteles. O primeiro sugeria que os futuros cidadãos de sua república ideal começassem sua educação com a narração dos mitos, em vez de meros fatos ou ensinamentos racionais. E o mestre da razão pura teria dito que o amigo da sabedoria é também um amigo do mito.[41]

Para o psicanalista, o conto de fadas não poderia exercer seu impacto psicológico sobre a criança se não fosse primeiro e antes de tudo uma obra de arte. E é como obra de arte que dá contribuições psicológicas positivas para seu crescimento interno. Como observa Savater, toda obra de arte e até todo fragmento de obra de arte são parte de uma história qualquer.[42]

Nelly Novaes Coelho, ao estabelecer a distinção entre "contos de fadas" e "contos maravilhosos", explica que os primeiros teriam, como eixo gerador, uma problemática existencial e seus argumentos dentro da magia feérica (reis, rainhas, bruxas, fadas, gigantes, anões, objetos mágicos etc.). No seu roteiro, sempre há obstáculos ou provas a serem vencidas, como um ritual iniciático, para que o herói encontre sua autorrealização existencial. No segundo, sem a presença de fadas, teríamos como eixo gerador uma problemática social, desenvolvida no cotidiano mágico (animais falantes, tempo e espaço reconhecíveis ou familiares, objetos mágicos etc.). Trata, quase sempre, do desejo de realização do herói (ou anti-herói) no âmbito socioeconômico, mediante a conquista de bens materiais.[43]

A palavra "conto" vem do latim *computare*, no sentido de computar, relacionar, contar, enfim, os fatos. Mas, como veremos, desde a metade do século XIX mesmo a designação "contos de fadas" se tornou insuficiente para abranger os vários gêneros da ficção infantil. Em alguns momentos, isso pode provocar certa confusão, pois autores como Bettelheim, Von Franz, Zipes e outros empregam essa expressão de forma restritiva. Embora a literatura mais recente estabeleça grande número de categorias para a literatura infantil, a adoção de critérios demasiadamente técnicos não é essencial para o argumento central. Portanto, as referências são feitas aos textos como literatura e/ou ficção infantis, englobando na definição os contos de fadas, os contos maravilhosos e outras ficções destinadas a crianças. Veremos também que, em relação à literatura infantil de Monteiro Lobato, quase todos os gêneros catalogados pelos especialistas encontram-se presentes. De modo geral, os especialistas consideram hoje literatura infantil a que se escreve para crianças desde os 4 até aproximadamente os 14-15 anos.[44]

Como surgiu a literatura infantil?

Não se deve confundir a origem antiquíssima da literatura infantil com a origem do *livro* infantil, bem mais recente. Se perseguirmos as pistas encontradas nos textos (muitos dos quais surgidos séculos antes da nossa Era Cristã), encontraremos suas raízes espalhadas pelo mundo oriental, na Índia, no Egito, na Palestina bíblica; na Grécia clássica e no Império Romano (as fábulas de Esopo são do século VI a.C.) e, principalmente, no mundo muçulmano – Pérsia, Irã, Turquia, Arábia –, de onde é quase certo que tenham emigrado para a Europa medieval.

Pierre Lévy, com o objetivo de entender a atual revolução tecnológica, que ameaça relegar a escrita às prateleiras de bibliotecas convertidas em museus, propõe em seu livro *As tecnologias da inteligência* (1992) uma evolução da transmissão de informações através dos tempos. A tradição oral consistiu em seu principal veículo (mídia) durante muitos milênios, antes do advento da escrita, e continua a ser importante até a Idade Moderna, pois só a difusão da imprensa vai sobrepujá-la. Inscritos numa continuidade imemorial, narrativa e rito confundem-se como formas canônicas do saber, e a permanência ou conservação dos significados adquire dimensões emocionais. Assim, possuindo apenas a sua memória de longo prazo, os membros das sociedades orais exploravam ao máximo os únicos instrumentos de inscrição de que dispunham: dramatização, personalização e artifícios narrativos. É possível, mesmo, que a transformação de pessoas comuns em heróis tenha alguma coisa a ver com a necessidade de se criarem processos mnemônicos eficazes. O mito serviu, portanto, de mensageiro das realidades dignas de registro, para sua viagem temporal.[45] Segundo Eileen Colwell,

> esperava-se do contador de histórias que registrasse os eventos importantes na memória e os reproduzisse em forma de histórias. Ele tornou-se, assim, historiador, genealogista e, talvez, *medicine man*, a quem se creditavam conhecimentos mágicos. À medida que o tempo passava, nas histórias misturavam-se heróis, lendas, mitos e outros fragmentos de memória cujo significado ninguém mais conhecia.[46]

O raciocínio de Lévy serve de base à sua proposta de que nos encontramos, atualmente, no limiar do terceiro "polo" – o informático-midiático –, em que os "atores da comunicação" dividem um mesmo hipertexto, *on-line*, e no qual os dispositivos técnicos passam a predominar sobre a verdade e a crítica.

Pioneiro, em 1928, o russo Vladimir Propp é possivelmente autor do estudo de maior profundidade e abrangência sobre as raízes históricas dos contos fantásticos, os quais, afirma ele sem hesitar, como gênero relevante de composição determinada, estão geneticamente ligados aos ritos e às concepções das sociedades primitivas. No entanto Propp levanta uma questão que não chegará a responder completamente, ao final de mais de quinhentas páginas de argumentação: como explicar a existência de lendas e histórias tão semelhantes – como a da Gata Borralheira ou do sapo que vira príncipe – nos países da Europa Central, na Escandinávia, na Rússia, na Nova Zelândia ou entre os povos indígenas das Américas, se ainda hoje etnólogos enfrentam dificuldades para estabelecer as relações concretas entre todos esses povos?[47]

Propp encontra, como substrato religioso mais remoto do tema, o medo respeitoso desses seres humanos primitivos diante das forças invisíveis que os cercavam e que deram origem, também, às extraordinárias formas de comunicação visual encontradas em Lascaux, Altamira e, mais recentemente, nas grutas de Chauvet, especulando que "as causas desses fenômenos ainda não foram suficientemente estudadas".[48]

Materialista histórico, sua constatação mais geral é de que a unidade encontrada na composição dos contos fantásticos não residiria em nenhuma particularidade do psiquismo humano, e sim nas realidades socioeconômicas históricas do passado, tendo se sobreposto aos ritos mágicos e de iniciação social, numa correspondência direta entre as infra e as superestruturas. Sua posição é contestada pelos analistas psicológicos mais recentes – o freudiano Bettelheim e os junguianos Hans Dieckman, Marie Louise von Franz e Dennis Boyes. O interesse especial dos junguianos pelos contos de fadas tem a ver, naturalmente, também com a rica safra de arquétipos – importante matéria-prima de análise – que se colhe em seus textos. M. L. von Franz, em especial, dedicou longamente sua atenção à análise do processo narrativo e de espécimes individuais de contos de fadas em três livros distintos e diversos ensaios. Cheia de admiração pela fonte quase inesgotável de arquétipos, em relatos escritos ao longo de pelo menos 3 mil anos sem modificações substanciais nos seus temas básicos, ela observou que há indícios de que alguns desses temas principais dos contos de fadas tenham suas origens até 25 mil anos antes de Cristo.[49]

A biblioteconomista e pedagoga Lillian Smith relata que os folcloristas identificaram mais de quinhentas variantes europeias da história de Cinderela, e pelo menos mais uma centena em outras localidades de todo o mundo. Embora considere mais influentes os relatos de Perrault e dos irmãos Grimm, Smith aponta uma versão chinesa com mais de mil anos, *Yen-Shen*, como real fonte original de inspiração e propõe como evidência os pés diminutos da heroína, pois os chineses sempre valorizaram os pés pequenos como virtude feminina. Ela também menciona uma versão romana do enredo, que reconta o casamento do faraó egípcio Amasis com uma escrava grega e que predataria até a chinesa e a antiquíssimas lendas africanas na região do Zimbábue.[50] São igualmente frequentes os depoimentos de especialistas – como

Rousseau – que relacionam o elo instintivo existente entre a criança e esses relatos, cujas raízes estão na infância da humanidade.[51] Para os junguianos, sobretudo, que consideram os relatos maravilhosos importantes para o processo de individuação das crianças, todos esses símbolos, imagens e arquétipos do passado as impelem à iniciação na vida e à descoberta do eu. A leitura dos contos serve de preparação para enfrentar a solidão e constitui-se em verdadeiro "remédio para os males do século".[52]

Mas essa antiga literatura maravilhosa destinava-se aos adultos. Incorporada pela tradição oral popular, mesmo depois do advento da imprensa, não existe um "público" infantil como hoje o percebemos. Só entre os séculos XVII e XVIII é que ela se transforma em literatura para crianças. Neste sentido, uma estudiosa do tema, Sheila Egoff, observa que as raízes da literatura infantil são mais profundas do que as de qualquer outro gênero literário, pois repousam na mais antiga literatura existente: os mitos, as lendas e o folclore.[53]

Embora Paul Hazard só conceda a existência de um público real e exigente em meados do século XX, que conquistou o direito de ter seus próprios jornais, seu próprio teatro e cinema, como os adultos,[54] o ressurgimento do público infantil como segmento social, na civilização ocidental, é situado por Philippe Ariès em fins do século XVII, com o processo mais ou menos universal, na Europa, de escolarização, que, em suas formas mais severas, nos séculos seguintes, chegou à demasia do confinamento em internatos. De fato, segundo o autor, a família começou a se organizar em torno da criança, supervalorizando-a a tal ponto que se tornou necessário limitar o seu número para melhor cuidar dela. E essa "revolução escolar e sentimental foi seguida, com o passar do tempo, de um malthusianismo demográfico, de uma redução voluntária da natalidade, observável no século XVIII".[55] De qualquer modo, há razoável consenso sobre a cronologia do final do século XVII como o momento em que a criança deixou de ser misturada aos adultos e de aprender a vida diretamente por intermédio desses contatos. Essa verdadeira revolução na conceituação do mundo infantil teria, segundo Ariès, influenciado a própria polarização da vida social, a partir do século XIX, em torno da família celular e das atividades profissionais. Na interpretação de Ariès, deu-se um ressurgimento porque depois de a criança ter tido a sua presença reconhecida na *paideia* e nos rituais de iniciação, nas sociedades primitivas e nas posteriores, como a civilização helênica, tal fenômeno literalmente desapareceu durante a Idade Média.

No entanto, o fato de surgir uma percepção individual da sua presença não significa que as crianças tenham, com isso, adquirido, automaticamente, um novo *status* de privilégio. A discussão da relação entre pais e filhos teria lugar se não fosse, em si, extraordinariamente complexa. Decerto tem a ver com as observações de entrevistados e do autor, nos capítulos finais, acerca da figura de Monteiro Lobato como pai ou *avô*. É oportuno e instrutivo ver, sobre o assunto, o brilhante e preocupante estudo de Arnaldo Rascovsky intitulado O *filicídio*.[56]

Há registro de obras editadas nos primeiros tempos da imprensa, se não para crianças, pelo menos com a ideia de que poderiam servir de instrumento educativo. O primeiro editor inglês, chamado William Caxton, publicou uma seleção de lendas gregas em 1474 e, em 1479, *The book of courtesye*, bem como Esopo e Reynard.[57] Durante a infância da imprensa, mesmo que a literatura infantil ainda não se constituísse em gênero próprio, isso não quer dizer que muitos textos impressos antes do século XVII não pudessem se destinar às crianças, ou fossem até, num sentido muito exato, livros para crianças.

Contudo, em que pese a criança ter sido "inventada" intelectualmente por John Locke, em fins do século XVII, e do trabalho posterior de Rousseau (que via com grande reserva a atitude de submetê-la às influências de contos e lendas), de acordo com o registro histórico, a literatura infantil nasceu, em algum momento entre os anos de 1690 e 1697, pelas mãos do erudito Charles Perrault, para entretenimento e educação de seus filhos. Entre os contos clássicos recontados por Perrault – que foi buscar sua inspiração em fontes tradicionais e também no trabalho do italiano Gianbattista Basile (1575-1632) – estão *Cinderela, Chapeuzinho Vermelho, O Pequeno Polegar* e *A Bela Adormecida*.[58]

Frequentador da corte do rei Luís XIV, supõe-se que Perrault tenha escrito seus *Contes de Fées, Contes de la Mère Oye* ou *Histoire du Temps Passe avec Moralités*,[59] pelo menos em parte, com objetivos contestatórios e críticos da sociedade em que vivia. Há quem veja o apoio de Perrault a causas feministas, *avant la lettre*, ou *l'époque*, uma vez que a natureza de boa parte dos seus argumentos era relacionada a mulheres injustiçadas, ameaçadas ou vítimas. Jesualdo Sosa observa que autores como Perrault, Swift, Defoe e

Verne tiveram de recorrer às histórias destinadas à infância devido às condições adversas para a liberdade de expressão em seus tempos e espaços de vida. Assim, La Fontaine teria preferido dar voz aos animais "para não sofrer toda classe de oposição, como aconteceu com Moliére", este contemporâneo de ambos: Perrault e La Fontaine.[60]

Apesar da existência de registros merecedores de respeito de esforços isolados, no século XVII, em que se considerava a criança como indivíduo – é o caso da obra de Comênio, *Orbis sensualium pictus* [O mundo das imagens], de 1658 –, a maioria dos cronistas da literatura infantil observa que, durante todo o século e em boa parte do século seguinte, as crianças eram vistas diversamente ou como almas condenadas, que precisavam ser salvas através do rigor de ações piedosas, ou como adultos em potencial, que deviam ser preparados exaustivamente com essa única finalidade. As histórias a elas destinadas refletem a mentalidade: crianças não nascem para viver e ser felizes, e sim para morrer com as almas puras, para encontrar o Criador.[61] Ou então deviam aprender muito cedo as normas aceitas pela sociedade dos adultos. Durante cerca de um século e meio, a literatura infantil consistiu quase que exclusivamente de obras didáticas, sobre boas maneiras e moralidade. Só no século seguinte, o XVIII, é que os contos e as histórias dirigidos a crianças vão passar por transformações significativas importantes.

> O florescimento da literatura infantil na primeira metade do século XVIII corresponde ao período pré-romântico, quando são rompidos os preconceitos do classicismo, quando a interpretação da mimesis aristotélica deixa de ser a da imitação e passa a ser a da expressão, quando a influência de Rousseau se fez sentir na pedagogia (*Émile*) e na valorização da natureza, quando os autores não são mais da aristocracia, mas sim de famílias burguesas, que buscam seu *status* através da literatura e ainda quando o público leitor se amplia e se transforma...[62]

Na verdade, o debate não terminou até hoje. Danúsia Bárbara, em tese de mestrado, questiona: "Por que a separação radical entre criança e adulto, colocando a criança como algo a ser adestrado, como alguém a quem se ensina? O poder nesta relação emana do adulto; a dependência, da criança. Quem escreve e faz a literatura infantil é o adulto; a criança, que não tem poder econômico de comprá-la ou produzi-la, a recebe".[63]

O estereótipo familiar torna-se mais burguês. Ao pai cabe a sustentação econômica, e à mãe, a gerência da vida doméstica. O beneficiário maior desse esforço conjunto é a criança, que passa a deter um novo papel na sociedade, motivando o aparecimento de objetos industrializados especialmente para o seu consumo, como brinquedos e livros. Mas ainda não se espera dela que assuma algum papel na sociedade, a não ser o do aprendizado de ser adulto. Nos livros que são a ela dirigidos, o escritor continuará a ser, invariavelmente, um adulto que busca a sua adesão intelectual e afetiva para um projeto de realidade histórica que diz respeito exclusivamente ao mundo dos adultos.

O primeiro livro infantil que a história registra apareceu em 1744: trata-se de *A little pretty pocket book*, editado na Inglaterra por John Newbery. Até sua morte, em 1767, ele escreveu, produziu e editou cerca de trinta obras especificamente para crianças – é, portanto, considerado o "pai" do livro infantil. A Inglaterra, certamente como reflexo da evolução da criança como segmento social, foi berço de grande número de livros e autores influentes, entre eles Dickens, Ruskin, Thackeray, Oscar Wilde, Lewis Carroll, Charles Kingsley e George MacDonald. São, ainda do século XVIII, obras originalmente escritas para adultos que tiveram influência na literatura infantil, como *Robinson Crusoe* (1719), *Gulliver* (1726) e *As aventuras do Barão de Munchausen*, de R. E. Raspe (c. 1780). Com exceção de Raspe, que parece ter se baseado na própria personalidade para criar a figura do barão mentiroso, os demais – Defoe e Swift –, ou a exemplo do polemista Perrault, usaram o texto metafórico, tão do agrado das crianças, para expor as mazelas sociais do seu tempo.

Os alemães Jacob Ludwig (1785-1863) e Wilhelm Carl (1786-1859) – mais conhecidos como irmãos Grimm – e o dinamarquês Hans Christian Andersen (1805-75) são nomes que se tornaram famosos pela coleta de um grande número de narrativas fantásticas tradicionais, além de contos e histórias inventados por conta própria. Entre os clássicos de Grimm estão *João e Maria* e *Branca de Neve*. Andersen popularizou *O patinho feio* e *A sereiazinha*. Os primeiros *Contos* de Grimm foram publicados em 1812. De importância para o mundo anglófono e também pela época em que foram publicadas são as adaptações de *Shakespeare para crianças*, de Charles e Mary Lamb (1805).

Durante todo o século XVIII e o início do XIX, contudo, a ideologia dominante está geralmente presente. O discurso dos contos de fadas era controlado, durante a primeira metade do século XIX, "pelas mesmas tendências sociopolíticas que haviam contribuído para reforçar a dominação burguesa dos espaços públicos". Razão e moralidade eram utilizadas em um senso perverso para conservar os privilégios conquistados pelas classes ascendentes.[64]

Para Jack Zipes, alguns autores ingleses, como Kingsley, Carroll, Christina Rossetti e outros, foram criadores de uma obra infantil que reflete os movimentos sociais e culturais que naquele país questionavam as forças dominantes, responsabilizando-as pelo que havia de pobreza e exploração. Zipe singulariza George MacDonald, Oscar Wilde e Frank Baum, herdeiro americano desse movimento caracteristicamente inglês, como partes significativas de um novo processo de liberação social.[65]

O escocês MacDonald, embora muito apreciado pelos seus contemporâneos, é pouco conhecido fora do mundo anglófono. Mas o rebelde Wilde, de vida fascinante e fim miserável, escreveu obras para crianças que tiveram ampla repercussão, sob estímulos, compartilhados por MacDonald, de modificar o conteúdo anacrônico e o estilo dos contos de fadas tradicionais, que nada tinham a ver com as realidades política e social da moderna Inglaterra. Seus livros infantis venderam milhões de exemplares em diversos idiomas e foram adaptados para o teatro, o rádio e o cinema. Wilde preocupava-se com a maneira pela qual a sociedade condicionava e punia os jovens que não se conformavam com suas normas. E, no fim da vida, encarcerado, denunciou com furor o tratamento cruel dado aos jovens delinquentes nas prisões inglesas. Os contos de Wilde estão "impregnados de um humanismo socialista e cristão, contradizendo o processo cultural tal como era praticado na Inglaterra",[66] e muitos levam a desenlaces inesperados, com a morte dos personagens principais, incitando os pequenos leitores a refletir sobre as razões que impediam seus heróis de encontrar a felicidade no seio da sociedade.[67]

Para Zipes, o texto fantástico subverte as relações entre o real e o simbólico e torna fluidas as relações entre essas áreas, sugerindo, ou projetando, a dissolução do simbolismo por meio de uma alteração súbita, ou pela rejeição do processo de formação do sujeito. A ideia de subversão, contida no seu livro *Fairy tales and the art of subversion*, leva o adulto a modificar o discurso histórico dos relatos para "abrir e subverter a socialização tradicional, ao propor possibilidades textuais infinitas à apreciação dos sujeitos/leitores, que se deverão definir diante do conjunto de escolhas propostas pelas sociedade".

O herdeiro de MacDonald e Wilde é L. Frank Baum, o autor de *O mágico de Oz* (1900), a visão utópica que Hollywood popularizou, mas cujo conteúdo social enfraqueceu. A temática de Baum, em *O mágico*, é: *podemos mobilizar nossas energias criativas e ser o que quisermos, sem comprometer nossos sonhos*. Baum escreveu *Oz* e mais treze outras obras, até 1919, com os mesmos personagens, imbuído de uma inconformidade ingênua diante das contradições entre o que parecia ser a "idade de ouro" da nação americana e a situação desesperada dos lavradores e operários, em particular no Meio-Oeste, onde nascera. Zipes observa que Baum procurou conscientemente intervir no discurso dos contos de fadas a respeito das maneiras, normas e valores vigentes, com o objetivo de transformá-los.[68]

No século XIX surgem as primeiras grande obras destinadas ao público infantil. Os especialistas chamam o período que vai de 1880, aproximadamente, ao início da Primeira Guerra Mundial, na Europa, em 1914, de a primeira Idade de Ouro da literatura infantil.[69]

São desse período as grandes obras que influenciaram os caminhos da literatura infantil desde o início do século XX até os nossos dias. *Os bebês-d'água*, de Kingsley, data de 1863. *Alice no País das Maravilhas*, de Carroll, é de 1865. Sua publicação é considerada o "vulcão espiritual dos livros para crianças, tal qual as atividades de John Newbery foram seu vulcão comercial".[70] Do mesmo ano são as primeiras histórias do alemão Wilhelm Busch: *Max und Moritz, Juca e Chico, história de dois meninos em sete travessuras*, na versão brasileira de Olavo Bilac. Destacam-se ainda obras de outros autores, como *Pinóquio* (Collodi), de 1880; *Heidi* (Spyri), de 1881; *O pequeno lorde* (Burnett), de 1885, e *Peter Pan* (Barrie), de 1911. Na França, em 1857, Sophie Rostopchine, a condessa de Ségur, cria um universo em que atuam "crianças comuns e verdadeiras",[71] como seus pequenos leitores. Devem-se registrar, também, as obras de Mark Twain, nos Estados Unidos, e, já no século XX, os livros da sueca Selma Lagerloff, especialmente *Nils Holgersson*, de 1907.[72]

Trata-se agora de livros de verdade, literatura "séria", porém escritos especialmente para diversão e entretenimento do público infantil e infantojuvenil.

As finalidades didáticas ou moralistas, quando presentes, constituem-se em pano de fundo para personagens e enredos que falam diretamente ao coração e à mente das crianças e que parecem pertencer ao seu mundo cotidiano, em vez dos longínquos países e eras dos mitos antigos.[73] São considerados autores clássicos da literatura infantil do século XX Edward Stratemeyer (1862-1930), Theodor Geisel (Dr. Seuss,1904-91) e Laura I. Wilder (1867--1957), nos Estados Unidos; A. A. Milne (1882-1956) e Kenneth Grahame (1859-1932), na Inglaterra; Jean de Brunhoff (1899-1937), na França, criador do personagem Babar, e Erick Kastner (1899-1974), na Alemanha.[74]

Os "críticos sociais" da época já encontram com o que se preocupar: "Ultimamente [os livros para crianças] têm-se multiplicado de forma espantosa e alarmante, e muito perigo esconde-se em muitos deles. [...] Não se deve permitir às crianças que façam suas próprias escolhas [...] mas que considerem um dever consultar seus pais".[75]

A literatura infantil do gênero "lobatiano" tem, portanto, pouco mais de um século. É inútil especular sobre qual teria sido seu papel numa perspectiva universal, já que escreveu num idioma de um país marginal. Previsivelmente, a presença de autores terceiro-mundistas nas obras que tratam de literatura infantil nos países desenvolvidos é escassa. Encontrei, nas pesquisas, por exemplo, um representante isolado do continente africano, o nigeriano P. L. Travers, que escreve em inglês e reside num gracioso *cottage* do bairro londrino de Chelsea. Talvez seja pertinente lembrar que o grande sucesso infantil iniciado nos anos 1930 foi *Winnie-the-Pooh* (1926), em que se narram as aventuras do ursinho Pooh. Seu autor, um inglês chamado A. A. Milne, nasceu, como Lobato, em 1882.

Outra especulação diz respeito à pequena possibilidade de que o gênero subsista no formato "engajado" dos últimos decênios. Hoje, a maior parte das histórias fantásticas ou de aventuras ocorridas na virada do século XIX para o XX tende a ser considerada demasiadamente racista, sexista ou autoritária – crítica a que não escapam os textos do próprio Lobato. Mas, possivelmente, novas ameaças de destruição do ambiente, guerra nuclear e crises econômicas globais tenderão a gerar, também nesse gênero, seus próprios atores e canais de resistência.

A verdade da imaginação

É possível, como propõe Bettelheim, que o mecanismo principal de influência da literatura sobre a criança que sabe ler seja a capacidade que possuem os seus símbolos de ordenar o seu "caos interno"... Se o próprio Freud, argumenta Bettelheim, precisou nominar símbolos como *id*, *ego* e *superego* para ajudar a dar um sentido à incrível mistura de contradições que fazem parte da nossa vida interna, os quais são utilizados pelos adultos, que a eles atribuem grande praticidade, com mais razão ainda é bem-vinda, para as crianças, a simbologia das histórias maravilhosas.[76]

Jacqueline Held observa que os efeitos da literatura, como uma espécie de "educadora indireta", não são perceptíveis senão no longo prazo. Isso se dá precisamente porque são efeitos de uma educação global, "fermentos secretos que agem indissociavelmente sobre a sensibilidade e sobre o intelecto". O valor educativo do fantástico seria mal percebido, muitas vezes negado, por ser indireto, com ação subterrânea, no longo prazo, no quadro da educação global.[77]

A bibliografia recente sobre o tema é praticamente unânime ao constatar os efeitos do texto de fantasia sobre seus leitores, registrando que, em que pesem suas contradições, escopo e complexidades, o gênero tem sua individualidade reconhecida como um veículo utilizado pelos escritores para exprimir suas insatisfações com a sociedade e com a natureza humana ou para estabelecer uma "ponte" entre os mundos visível e invisível. De acordo com Sheila Egoff, "como tal, o gênero é mais exigente com seus praticantes do que as restrições do realismo".[78]

Os textos dirigidos às crianças nessa fase tão crítica de assimilação de valores podem representar um poderoso fator de influência:

> O texto tornar-se-á tanto mais inquietante porque pode penetrar impunemente na intimidade e no mundo íntimo do leitor, setores que a escola, por exemplo, não atinge [...] Assim, é por intermédio da leitura, hábito vivido na solidão, que a subjetividade da criança é virtualmente invadida. [...] Deste modo, se a obra literária pode oferecer um horizonte de criatividade e fantasia à criança enquanto ficção, solidarizando-se com o mundo infantil, por outro lado, ela reproduz, por seu funcionamento, os confrontos entre a criança e a realidade adulta. E pode fazê-lo de maneira mais eficiente, porque atinge o âmago do universo infantil, alcançando uma intimidade nem sempre obtida pelos mais velhos; e vem a converter-se num hábito...[79]

A ideologia da família e os seus sistemas de valores burgueses são em geral fáceis de estabelecer e conhecer. A escola, salvo um pequeno número de exceções igualmente identificáveis, e no que não se refere às suas funções mais específicas de adestramento, age em todas as sociedades como um veículo transmissor dos valores ideológicos que representam a hegemonia da classe dominante (ou classes).

Jack Zipes toma emprestada a teoria do psicólogo francês Jacques Jean para descrever um mecanismo que seria muito mais simples e ligado ao cotidiano, fator verdadeiramente importante no processo de socialização. Para Jean, o elemento maravilhoso não é utilizado com a finalidade de enganar, mas de esclarecer. Em nível inconsciente, os "bons" contos de fadas conseguem reunir os impulsos subjetivos assimilatórios às intimações objetivas do ambiente social, que intrigam o leitor e permitem diferentes interpretações, de acordo com suas crenças ou ideologias individuais. As experiências midiáticas dos contos de fadas teriam o poder misterioso de propor a todos nós uma conduta para enfrentar a realidade social.[80] Tal conceito não está muito distante da perplexidade semântica de Freud, ao examinar um conto de E. T. A. Hoffmann, autor de contos de terror, em termos de "familiar" e "não familiar", uma vez que as palavras designativas, em alemão, são *Heimlich* e *Unheimlich* – de *Heim*, "casa" ou "lar".[81] Zipes observa que o ato de ler um conto de fadas é uma experiência de mergulho deliberado no não familiar, que "isola o leitor, desde o início, das limitações da realidade e torna familiar o não familiar reprimido".[82]

Tolkien, recriador contemporâneo dos mitos fantásticos, descreve as facetas que são necessárias num bom conto de fadas: fantasia, recuperação, escape e consolo – recuperação de um desespero profundo, escape de algum grande perigo, mas, acima de tudo, consolo, para Tolkien, é o componente mais importante das histórias de fadas completas.[83]

Lúcia Pimentel Góes adverte que a literatura não tem a função precípua de educar, mas lembra que numa sociedade determinada são os adultos, afinal de contas, que educam as crianças. Ela cita Marc Soriano: "A literatura para a juventude é uma comunicação histórica (ou localizada no tempo e no espaço) entre um emissor adulto e um receptor que, por definição, [...] dispõe apenas de modo parcial da experiência do real e das estruturas linguísticas, intelectuais, afetivas e outras que caracterizam a idade adulta".[84]

A questão do desequilíbrio entre transmissor e receptor na comunicação estabelecida na literatura infantil é insolúvel, se for considerada problema. A emergência da infância como público diferenciado, carecendo de informação, motivou o aparecimento da literatura infantil, da mesma forma que esse novo gênero sempre pôde lhe fornecer um subsídio existencial e cognitivo inalcançável pela educação doméstica ou escolar. Para a educadora Regina Zilberman, a literatura infantil consiste a princípio em um problema pedagógico, e não literário. Se decorre de uma situação histórica particular, vinculada à origem da família burguesa e da infância como "classe" especial, participa dessa circunstância não apenas porque provê textos a essa nova faixa, e sim porque "colabora na sua dominação, ao aliar-se ao ensino e transformar-se em seu instrumento".[85]

Entretanto, cabe expor a questão não apenas a partir de uma pedagogia, ou sociologia da infância; é preciso tomar como base a existência que esta tem do mundo, em nível propriamente existencial. K. W. Peukert acredita que uma função antropológica para o livro infantil pode dar-se somente se estiver centrada na criança, caracterizando o seu mundo interior como um "espaço vazio". E explica: "O espaço vazio não é vazio porque as crianças ainda não viveram, mas porque não podem ordenar as vivências".[86] Assim, "se a criança, devido à sua circunstância social, mas também por razões existenciais, se vê privada de um meio interior para a experimentação do mundo, ela necessitará de um suporte fora de si que lhe sirva de auxiliar. É este lugar que a literatura infantil preenche de modo particular".[87]

Lillian Smith, responsável durante muitos anos pela seção infantil da *New York Public Library*, escreveu, em 1953, o livro *The unreluctant years,* que se tornou referência básica para estudos posteriores. Nele, ela escreve com intuição e dramaticidade: "Para a criança, a experiência vivida está necessariamente confinada aos limites estreitos do seu ambiente. Ela busca, então, uma passagem veloz para além de suas fronteiras. Uma vez descoberta a passagem num livro, sua transição instantânea parece, ao adulto, como se fosse um voo".[88]

Para a especialista americana, as crianças podem não reconhecer verdades permanentes na leitura forçosamente indiscriminada de contos de fadas, histórias em quadrinhos, de fantasia e aventura. Mas sentem que, sob a superfície, há algo de concreto. Essas impressões de juventude são duradouras e constituem-se no padrão de suporte da estrutura psíquica da maturidade.

Dante Moreira Leite procura responder à pergunta "será certo que a literatura pode ter influência decisiva na formação das crianças?", e para isso alinhava alguns argumentos cautelosos. Na idade em que a literatura começa a atuar sobre a criança, ela já é um ser com características específicas e não recebe passivamente *nenhuma* influência. Por outro lado, uma mesma história pode causar um efeito construtivo numa personalidade e destrutivo na outra. Não existe, afirma ele, uma relação imediata e linear entre a leitura e o comportamento do leitor. Moreira Leite admite, porém, que tais histórias atendem à necessidade infantil de fantasia, apresentando um universo organizado, em que a fantasia pode ser reveladora de conflitos de outra forma inexprimíveis, o que pode contribuir para o alívio das tensões existentes no interior da criança. Ele conclui que se trata, certamente, de um poderoso instrumento pedagógico.[89]

Outra educadora, Giselda Gomes, aponta para os recursos utilizados pela literatura infantil para exercer alguma influência sobre a criança, como a identificação com o mundo mágico em que elas vivem nessa fase de desenvolvimento (animismo), e na qual o seu raciocínio é sempre baseado nas aparências. É por essa razão que se tornam uma verdadeira necessidade para as crianças.[90]

Jesualdo Sosa observa que existem valores, elementos ou caracteres, na literatura escrita para crianças, que respondem às exigências de sua psique durante o processo de apreensão e que se ajustam ao ritmo tanto de sua evolução mental como, especialmente, de sua capacidade intelectiva. Para ilustrar, ele cita a anedota acerca da neta de Tolstói: ao lhe perguntarem se gostara de um conto escrito pelo avô, a menina respondeu afirmativamente, acrescentando preferir, contudo, as histórias que a babá lhe contava.[91] O autor propõe que a assimilação dos elementos fantásticos e até surrealistas – para os adultos – que encontram guarida fácil no intelecto infantil decorre da escassa fantasia que a criança possui internamente. Sua natural tendência à fabulação revela a carência de lembranças ordenadas de uma vida social própria e é produto de uma memória insuficiente. Para ela, com frequência, é a lógica dos adultos que parece extraordinária:[92] "A imaginação da criança requer excitantes [...] que atuem como hormônios psíquicos [que] ampliam, por transferência, as demais faculdades ou poderes psíquicos, onde intervirão ativamente a atenção, a memória, a associação de ideias, o julgamento etc. e sedimentam nela, com uma série de imagens, o conhecimento posterior".[93]

Os pais, de modo geral, reconhecem a importância da experiência literária na educação dos filhos, pois não investiriam tempo e esforço na compra dos livros e em sua leitura em voz alta. Muitos recordam-se, consciente ou inconscientemente, da própria experiência infantil. Alguns chegam a temer a influência que a literatura pode ter sobre seus filhos, questionando exatamente o seu aspecto fantástico. A "verdade" dos contos, no entanto, é a verdade da nossa imaginação, e não a da causalidade habitual. Tolkien afirma que a questão "isto é verdade?" não é para ser respondida, visto que, para a criança, o que importa é "quem é bom e quem é malvado". A criança está mais interessada em definir o lado "certo" e o lado "errado" de uma dada situação porque, antes que chegue a controlar a realidade, deve ter algum esquema de referência para avaliá-la...[94]

Segundo muitos especialistas em literatura infantil, as narrações fantásticas são um fator de equilíbrio no desenvolvimento psicológico da criança. Crianças em estado patológico emocional recuperam a saúde mediante a ludoterapia, que inclui o uso extenso de narrativas e, quando possível, a leitura.[95] Não é tarefa fácil, contudo, ajustar racional e cientificamente essa transmissão de conhecimento para que atinja a adequação entre a criança e a obra, uma vez que se lida, essencialmente, com arte e emoções.

Bettelheim defende a fantasia porque seu alto grau de liberdade criativa possibilita grande variedade de "saídas", encontráveis também na realidade. E, dessa forma, provê o ego de um rico material de elaboração. A criança, inconscientemente, compreende a mensagem, sem menosprezar as lutas interiores em que está envolvida, e encontra nas histórias exemplos de soluções temporárias e/ou permanentes. Para ser bem-sucedida, ela deve receber ajuda, a fim de dar sentido coerente ao seu turbilhão de sentimentos. São ideias de que necessita para "pôr ordem na sua casa interior" e, sobre ela, criar ordem na sua vida.[96]

Na literatura psicanalítica, há muitos exemplos de como os contos de fadas, tal qual os sonhos, funcionam como elemento catártico de conflitos reais. Assim, a história de Branca de Neve, para uma menina de 7 anos com problemas de insegurança pelo lado materno, funcionaria como poderoso auxiliar de equilíbrio e reforço da figura paterna, consubstanciada nos sete anões protetores e no príncipe salvador.[97]

No afã de estabelecer tais relações, entretanto, houve certos exageros, como a notória interpretação da história de *Chapeuzinho Vermelho* feita pelo psicanalista norte-americano Erich Fromm. A narrativa, em sua análise, estaria repleta de simbologia sexual: o chapeuzinho vermelho evocaria a menstruação; quebrar o pote de manteiga significaria perder a virgindade; o lobo representaria o sexo masculino, cruel e astucioso; o ato sexual, canibalesco e cruel; seu disfarce, uma forma de travestimento da fecundidade feminina; as pedras no seu ventre, a esterilidade etc.[98]

Para o psicanalista menos engajado nesse tipo de devaneio, todavia, nada é tão enriquecedor e satisfatório para a criança como o conto de fadas. Através dele pode-se apreender mais sobre os problemas interiores do ser humano e sobre as soluções corretas para as suas dificuldades em qualquer sociedade do que com qualquer outro tipo de história: "Lidando com problemas humanos universais, particularmente os que preocupam o pensamento da criança, estas histórias falam ao ego em germinação e encorajam o seu desenvolvimento. [...] as crianças – tanto as normais como as anormais, em todos os níveis de inteligência – acham os contos de fadas satisfatórios...".[99]

Para Bettelheim, o conto de fadas conforta a criança, honestamente, com preocupações humanas básicas, e ela não pode atingir a compreensão racional da natureza, a não ser familiarizando-se com o seu inconsciente por meio de devaneios prolongados, de modo a adequar o conteúdo inconsciente às fantasias conscientes e a capacitar-se a lidar com esse conteúdo. Sem perigo de tornar-se "dependente" da fantasia, o conto de fadas é orientado para o futuro e guia a criança – em termos que ela pode entender na sua mente tanto inconsciente como consciente – a abandonar seus desejos de dependência infantil e "conseguir uma existência mais satisfatoriamente independente".[100]

A confiança que a criança deposita no conto de fadas é atribuída ao fato de que a visão de mundo que lhe é apresentada está de acordo com a dela. Seu desejo de "libertação", por exemplo, é amplamente satisfeito pela história protagonizada por reis e príncipes. Nenhuma delas acredita, com efeito, que um dia virá a governar um reino. Mas, em qualquer idade, "tornar-se rei" pode ser interpretado como atingir a maturidade.[101]

Outra dificuldade psicológica abordada por Bettelheim é o "medo do abandono", de ficar complemente sozinho; observa ele que essa ansiedade de separação, na psicanálise, é o "maior medo" do homem.[102] Nos dias de hoje, é concebível que uma criança busque a companhia de que necessita, quando nenhum membro humano da família se encontra presente, no receptor de televisão. Quando esse aparelho não existia, a companhia mais acessível e mais imediata eram os livros de histórias. Em ambos os casos, se ela estiver na idade "anímica", tais companheiros lhe trarão o estímulo à fantasia de que necessita – com vantagem, certamente, para as histórias fantásticas.[103]

Walter Benjamin, ao comentar apreciativamente a obra do escritor russo Nicolau Lescov, considerado pelos seus compatriotas um de seus maiores ficcionistas, destaca o papel do narrador como conselheiro do leitor, criança ou adulto, com um propósito definido. Para Lescov, por exemplo, as lendas russas atuavam como aliadas de sua luta contra a burocracia ortodoxa – ele é o autor de "uma série de lendas cujo centro é o homem justo".[104]

E Freud, que bem cedo dedicou especial interesse à interação entre autor e leitor,[105] destaca a função deste último como espectador, para quem "estar presente, interessado num espetáculo ou peça, representa para os adultos o que o brinquedo representa para as crianças". A identificação com o herói era a dádiva especial e exclusiva que só o autor podia conceber. Como em muitos textos de Freud, o comentário tem a ver com a sinonímia das palavras "jogo" e "peça" (de teatro), ambas, em alemão, *Spiel*.[106] E o escritor criativo é aliado – e cúmplice – do psiquiatra, pois "a descrição da mente humana é [...] seu campo mais legítimo; desde tempos imemoriais ele tem sido um precursor da ciência e, portanto, também da psicologia científica".[107]

Freud acreditava que a fantasia da obra de ficção se aproximava bastante da do sonho – matéria-prima da psicanálise – e tinha o que admitia ser "intensa curiosidade" em estudar as fontes de onde "este estranho ser, o escritor criativo", retirava o seu material. Os devaneios provocados pela leitura, segundo ele, eram um fato a que, por muito tempo, não se dera atenção, nem sua importância fora devidamente considerada:[108] "A verdadeira satisfação que usufruímos de uma obra literária procede de uma liberação de tensões em nossas mentes. Talvez até uma grande parte desse efeito seja devida à possibilidade que o escritor nos oferece de, dali em diante, nos deleitarmos com os nosso próprios devaneios, sem autoacusações ou vergonha".[109]

Mais do que conselheiro e inspirador, para Marie Louise von Franz – que tratou com maior profundidade e meticulosidade do que Bettelheim o papel da literatura infantil na individuação, definida como a realização do si-mesmo (*self*) –, antes que mera tomada de consciência do eu, o mundo da fantasia literária ocupa verdadeiro papel de "mestre" a iniciar-nos na vida interior.[110] A criança, contudo, em que pese a escassez de memória ou de fantasia, costuma ser um leitor exigente e não aceita inadvertidamente tudo o que lhe propõem, mesmo que por escrito. Segundo o autor de obras infantis E. B. White, as crianças são os leitores "mais dispostos, atentos, curiosos, observadores, sensíveis, rápidos e geralmente simpáticos na face da Terra. Elas aceitarão tudo o que v. lhes apresentar, desde que o faça com honestidade, clareza e coragem".[111]

As crianças são resistentes à falsa moralidade e distinguem facilmente – por meio de uma percepção de aparência quase extrassensorial – que, quando lhe dizem "fígado faz bem para você", a metacomunicação revela que dar bife de fígado ao filho satisfaz, em primeiro lugar, à ansiedade materna de bem representar o seu papel de nutridora. São comuns, na bibliografia de referência psicopedagógica, as acusações à educação escolar como inibidora da criatividade infantil. Ellen Key, no livro *The century of the child*, escreve que "o desejo por conhecimento, a capacidade de agir por si mesma, o dom da observação – qualidades que a criança traz para a escola –, em regra geral, após os anos escolares, desapareceram".[112] A educação formal pouco utiliza a marcada tendência à criatividade, à lateralidade do pensamento que descreveu o especialista inglês Edward de Bono, e, "à medida que vão crescendo, a educação as vai privando [de sua natural criatividade], pois consiste, em sua maior parte, de ter coisas inexplicáveis feitas por razões obscuras, que não é de surpreender que suas pequenas vítimas acabam deixando de oferecer resistência".[113]

O cientista Stephen Jay Gould propôs o termo "neotonia" para descrever o processo de desaceleração das taxas de desenvolvimento na idade adulta, com a consequente retenção dos traços que marcam os estágios juvenis: "A analogia entre o sentido do admirável, na infância, e a criatividade, no adulto, é biologicamente correta e não apenas uma metáfora".[114] Encontrar a criança interior não seria, realmente, um projeto frívolo.

Fernando Savater, professor de Filosofia da Universidade de Madri, que escreveu um ensaio fascinante sobre a influência dos contos fantásticos na sua própria história pessoal e em seu desenvolvimento intelectual, é enfático sobre a influência que os livros e a literatura exercem sobre os jovens – e apenas sobre os jovens – porque, mais tarde, "livros deixam de ser um problema para nós para tornarem-se compatíveis com a divisão do trabalho e da resignação":[115]

> As crianças e os adolescentes são sofredores transitórios de uma condição que outros não podem ter sob o risco de ser considerados perigosamente desviantes. Ouvir histórias pertence-lhes como mobiliário de seu mundo, juntamente com a masturbação, as espinhas e as ansiedades religiosas. É o período da imaginação enlouquecida, dos devaneios sem razão, em que a solidão e o companheirismo são paixões compatíveis e até complementares. É o período em que lemos, ouvimos e sonhamos. E daquele tempo distante de nossas vidas chega-nos o soar insistente de uma campainha, que só Freud ousou examinar e, assim mesmo, com resultados não muito felizes.[116]

O conto de fadas tem, assim, um papel libertador, mesmo quando propõe soluções doutrinárias e moralizantes, refletindo um processo de luta contra todos os tipos de restrição e autoritarismo, ao mesmo tempo que apresenta diversas possibilidades de realização concreta de uma utopia. Avaliando seu conteúdo ideológico, Zipes conclui que os efeitos desejados pelo autor podem ser obtidos por intermédio de uma característica "perturbadora" em níveis consciente e inconsciente e propõe, como parâmetro de avaliação, não apenas o grau de aceitabilidade pelo leitor, mas a forma pela qual evidenciam relações sociais insatisfatórias e nos incitam a fazer autoquestionamentos.[117]

Entre 1975 e 1985, um número expressivo de especialistas reuniu-se no Centro para Estudos sobre Literatura Infantil da Universidade de Boston para debater questões sobre infância, literatura e sociedade. Os seminários resultaram num livro intitulado *Innocence & experience*, que cobre grande número de temas. Já não se tratava de "se" a literatura infantil desempenhava um papel importante, mas de *como* se processavam as influências e quais as suas implicações para a sociedade.

Duas anedotas registradas durante o encontro ilustram, com a emoção que ultrapassa o simples enunciado científico, as relações essenciais entre receptor e transmissor da manifestação midiática contida na literatura destinada aos jovens, em contraposição ao mesmo relacionamento verificado entre adultos. Uma delas era a simples legenda de um desenho do escritor-cartunista James Thurber: um senhor bem-vestido observa uma pintura, através de um monóculo, enquanto dois outros comentam: "Ele conhece tudo sobre arte, mas não consegue decidir-se sobre o que gosta...". A outra foi relatada pela autora de livros infantis Katherine Paterson. Conversando com uma mãe e sua filha de 12 anos, que haviam lido seu conto *Jacob have I loved*, ouviu da mulher o elogio: "Adorei, porque conheço todos os lugares". E a menina acrescentou: "Eu também, porque conheço todas as sensações".[118]

6. Para não perder a identidade

> *Chapeuzinho Vermelho foi meu primeiro amor.*
> *Senti que se eu pudesse ter casado com*
> *Chapeuzinho Vermelho teria conhecido*
> *a perfeita bem-aventurança.*
> DICKENS

São variados os depoimentos sobre a influência dos livros e da leitura para a formação do pensamento, das opiniões e das atitudes de cada indivíduo. Em carta ao livreiro Hernani Ferreira, é o próprio Lobato que fala de suas sensações:

> Temos de ser ímãs; e passar de galopada pelos livros, com cascos de ferro imantado, para irmos atraindo o que nas leituras nos aproveite, por força de misteriosa afinidade com o mistério interior que somos. Ler não para amontoar coisas, mas para atrair coisas. Não coisas escolhidas conscientemente, mas coisas afins, que nos aumentem sem o percebermos.[119]

E também da influência que reconhece ter recebido da literatura infantil:

> Estou condenado a ser o Andersen desta terra – talvez da América Latina [...]. E isso não deixa de me assustar, porque tenho bem viva a recordação das minhas primeiras leituras. Não me lembro do que li ontem, mas tenho bem vivo o Robinson inteirinho – o meu Robinson dos onze anos. A receptividade do cérebro infantil ainda limpo de impressões é algo tremendo.[120]

Na literatura universal, temos Charles Dickens, que, em artigo para uma revista inglesa, escreveu em outubro de 1853:

Acredito não ser singular ao entreter uma grande ternura pela literatura maravilhosa da nossa infância. O que nos encantou, então, e cativa milhões de imaginações agora, abençoou, ao mesmo tempo, o tempo da vida, encantou vastas hostes de homens e mulheres que, após seus longos dias de trabalho, pousaram suas cabeças encanecidas em repouso.[121]

E Chesterton:

Minha primeira e última filosofia [...] aprendi na infância. [...] As coisas em que mais acreditava então, as coisas em que mais acredito agora são os contos de fadas. Eles me parecem ser as coisas inteiramente razoáveis.
Não são fantasias: comparadas com eles, as outras coisas são fantásticas. Comparadas com eles, a religião e o racionalismo é que são anormais... O país das fadas nada mais é do que o ensolarado território do bom-senso.[122]

Para Graham Greene, só na infância os livros exercem influência marcante na vida das pessoas.[123] Jesualdo fala da poderosa influência dos personagens e das histórias infantis na vida e na obra de Górki e descreve o seu próprio encantamento com as histórias populares e os contos das *Mil e uma noites* narrados pelo pai.[124] Nathalie Babitt relata como as histórias de fadas lidas na infância contribuíram para reforçar, em adulta, sua confiança na vida.[125] Milton Meltzer descreve minuciosamente o cenário da Biblioteca Pública de Nova York, de sua infância, os livros que traziam para o presente a companhia de personagens que viveram séculos ou milênios antes, com a certeza de que essas leituras contribuíram para dar forma ao mundo enquanto se tornava adulto.[126] É interessante observar – escreve J. Cott – como os livros favoritos de uma criança frequentemente se tornam modelos, ou a influência mais importante, nas suas crenças ou estilo de viver de adulto.[127]

O psicanalista junguiano Dennis Boyes inicia seu livro *Initiation et sagesse des contes de fées* rendendo tributo às influências que trouxe da infância de personagens como Parsifal, Artur, o alfaiate valente e o Pequeno Polegar. Segundo ele, os contos de fadas se tornam, para os jovens, um guia simultaneamente pragmático e espiritual.[128]

Nas conversas e debates que tenho mantido com especialistas, desde as primeiras repercussões deste trabalho, sinto às vezes um desejo de supervalorização do livro – e do ato da leitura. Particularmente, contudo, devo confessar que não acho que *ler*, em si, seja uma habilidade que valha a pena preservar a qualquer preço. Contrariamente ao escritor norte-americano de ficção científica Ray Bradbury, que escreveu *Fahrenheit 451* como manifesto pela preservação das bibliotecas no futuro, não acredito que livros como objetos mereçam ser preservados a todo custo nas civilizações ainda impensadas (e, nas visões contemporâneas, um tanto improváveis) do futuro – a não ser para os museus. O que a humanidade, se for sábia – e quiser assim permanecer –, deverá cultivar e proteger são as *ideias*.

Neste momento, o fator de maior influência sobre as crianças, não só no Brasil como em todo o mundo, é a televisão. E sua influência não se exerce apenas na faixa etária de 5-6 anos aos 11-12 anos, enfocada no presente trabalho. Diante da telinha, durante seis a sete horas diárias, em média, encontram-se jovens seres humanos de 2, 3, 4 anos, em fases de estruturação da personalidade e de desenvolvimento dos mecanismos de pensamento completamente diferentes daquela que caracteriza o período de socialização estudado neste capítulo. Mas deixo a outros a tarefa de estudar suas consequências, sem esquecer que, como o livro, a televisão intermedia as mensagens entre transmissores e receptores. Os estímulos à fantasia e seus fatores inibidores deverão ser procurados nesse imaginário tão real quanto virtual – inclusive, e especialmente, nos comerciais, que consistem em moderna e prolífica fonte de imaginário com finalidades ideológicas...

Entre os anos 1930 e 1950, no entanto, a palavra escrita teve um papel de destaque na transmissão de conceitos e valores que contribuíram para moldar o pensamento da nossa e de outras gerações. Outro veículo também importante foi o rádio. Em oposição à mídia impressa, contudo, tanto o rádio como a televisão são efêmeros. E, em relação ao rádio, que no período considerado não contava com o auxílio de uma tecnologia avançada de gravação, a maioria dos programas perdeu-se para sempre.

Acredito que a evidência apresentada é conclusiva sobre a importância da fase entre a chamada "infância" e a "adolescência" como um momento crítico de aquisição de informações e conhecimento que influenciarão os mecanismos de percepção e de reação do ser humano durante grande parte da vida adulta.

Parece-me igualmente determinante a quase unanimidade entre os estudiosos – e a variedade e a riqueza dos seus argumentos – como evidência de que a ficção infantil é um dos instrumentos de envolvimento e socialização de conteúdo ideológico que podem ser manipulados deliberadamente em diversos contextos.

Quanto à atuação de Monteiro Lobato, o assunto passa a ser tratado em detalhe a partir do capítulo seguinte, em que serão examinadas as características de sua influência como sujeito transmissor de um conjunto de valores que teve o mérito principal de despertar nos seus "filhos" uma consciência tão clara de identidade.

Ainda que tenha sido, sob muitos aspectos, um homem "do seu tempo", acredito que a figura de Lobato transcende os programas de televisão, as histórias em quadrinhos, as fantasias de Carnaval com seus personagens e até as invocações de políticos e governantes e outros porta-vozes que se inspiram na sua vida e na sua obra. Desde o início, parece desenhar-se com nitidez a imagem do gênio de Erikson ou do herói da descrição de Savater, cujo heroísmo consiste em permanecer suficientemente impenetrável a tudo o que o rodeia para não perder a própria identidade.[129]

III. A saga do Picapau Amarelo

> *Devemos escrever para as crianças*
> *do mesmo jeito que escrevemos para adultos.*
> *Só que melhor.*
> MAXIMO GÓRKI

1. ESSES POEIRENTOS CARTAPÁCIOS

> *A lenda, ainda hoje, é o primeiro*
> *conselheiro das crianças.*
> W. BENJAMIN

A HISTÓRIA DA LITERATURA INFANTIL BRASILEIRA pré-Lobato é curta e pobre. Durante praticamente três séculos, nada houve de nacional, mesmo porque nada se imprimiu, no Brasil, até a chegada da corte portuguesa em 1808. Lúcia Pimentel Góes especula que por aqui tenham circulado exemplares de uma das primeiras publicações lusas destinadas (também) às crianças, os *Contos do Trancoso*, de Gonçalo Fernandes Trancoso: histórias de príncipes, gigantes, madrastas e mouras encantadas, cuja primeira edição, de 1575, é do mesmo impressor de *Os lusíadas*.[1]

No Brasil colônia, governantas e preceptoras, em geral mulheres trazidas pelas famílias patriarcais abastadas de países europeus, naturalmente utilizavam livros de leituras para seus jovens discípulos em seus idiomas de origem: o francês era comum nas casas de fazenda brasileiras. Nos séculos XVII e XVIII, acompanhando as modificações sociais ocorridas na Europa – e adocicadas talvez pelo clima dos trópicos –, muitas histórias devem ter sido contadas às crianças brasileiras: inicialmente os contos de fadas tradicionais, de origem europeia, e, mais tarde, com a chegada dos escravos, as lendas africanas, narradas aos filhos dos senhores pelas amas negras.

Um depoimento interessante, embora não exatamente sobre literatura infantil, é dado pela preceptora alemã Ina von Binzer, que aqui esteve entre 1881 e 1883 (lembremos que Lobato nasceu em 1882), lamentando a inadequação dos métodos de ensino alemães para as crianças brasileiras na perceptiva – e divertida – correspondência que manteve com sua amiga Grete, na pátria distante, e que foi transformada, depois, em livro:

> S. Francisco, 9 de junho de 1881
> Querida Grete.
> Você sabe quem afundei hoje nas profundezas mais profundas de minha mala? O nosso Bormann, ou melhor, suas quarenta cartas pedagógicas que não têm aqui a menor utilidade. E confiava tanto nelas!

> Rio, 21 de fevereiro de 1882
> [...] Reconheço ser indispensável adotar-se uma pedagogia aqui, mas ela deve ser brasileira e não alemã, calcada sobre moldes brasileiros e adaptada ao caráter do povo e às condições de vida doméstica. As crianças brasileiras não devem, em absoluto, ser educadas por alemães; é trabalho perdido, pois o enxerto de planta estrangeira que se faz à juventude daqui não pegará.[2]

Os primeiros registros bibliográficos só dão conta de alguns títulos infantis em idioma português, em circulação, no Brasil, a partir do século XIX. Leonardo Arroyo cita, entre outros, *Diálogo de uma sábia mestra e suas discípulas*, de Marie Beaumont (1818); *Conselhos e avisos de uma mãe a seu filho*, da marquesa de Lambert (Lisboa, 1819); *O código do bom-tom*, de I. J. Roquete (Paris, 1859); *Lições de um pai a uma filha em sua primeira idade*, de Ferreira Lobo (Lisboa, 1860); *Estudos morais e religiosos* ou a *Educação prática das meninas* (Recife, 1875); *Mimo à infância*, de Emilio Monteverde (1877).[3]

Entre as primeiras traduções feitas no Brasil estão *O conde de Monte Cristo* (1852), *Fábulas de Esopo* (1857), *Mil e uma noites* (1882), *Robinson Crusoé* (1885), *As viagens de Gulliver* (1888), *As aventuras de Jean-Paul Choppart*, de Desnoyers (c. 1890), *As aventuras do Barão de Munchausen* (1891), *Contos da Carochinha* (1896), *Histórias da avozinha* (1896), *Histórias da Baratinha* (1896) e outras. Data também do final do século XIX o livro *Contos infantis* (1886), de Júlia Lopes de Almeida e Adelina Lopes Vieira.

Silvio Romero, evocando, nos anos 1880, as condições em que estudara, fala sobre sua leitura escolar: "Ainda alcancei o tempo em que nas aulas de primeiras letras aprendia-se a ler em velhos autos, velhas sentenças fornecidas pelos cartórios dos escrivães forenses. Histórias detestáveis e enfadonhas em suas impertinentes banalidades eram-nos administradas nestes poeirentos cartapácios".[4]

Mas mesmo no final daquele século, às pobres crianças brasileiras ainda eram ofertados livros com propostas muito pouco atraentes, como neste prefácio escrito pelo editor sobre a capa das *Histórias da avozinha*: "As crianças brasileiras, às quais destinamos e dedicamos esta série de livros populares, encontrarão nas *Histórias da avozinha* agradável passatempo, aliado a lições de moralidade, porque tais contos encerram sempre um fundo moral e piedoso".[5]

Adelino Brandão, na obra *A presença dos irmãos Grimm na literatura infantil e no folclore brasileiro*, de 1995, mostra que os contos coletados por Wilhelm e Jacob Grimm tiveram grande repercussão também no Brasil, e foram adaptados pela nossa cultura popular via tradição oral. Brandão coletou e comparou as versões alemã e brasileira de diversos contos e concluiu que essas narrativas infantis "penetraram fundo no seio da família brasileira" e, certamente, influenciaram várias gerações. O autor cita Alberto Figueiredo Pimentel, autor de *Contos da Carochinha* e *Histórias da Baratinha*, como precursor, responsável pelas primeiras adaptações dos *Kinder-und Hausmärchen*, no final do século XIX, e também pela Biblioteca Infantil, possivelmente a primeira coleção de livros destinada a crianças, criada por Weiszflog & Irmãos, atual Editora Melhoramentos, a partir de 1915, sob a responsabilidade de Arnaldo de Oliveira Barreto. Brandão menciona pesquisadores que registraram os contos populares do Brasil no século XIX: Couto de Magalhães (*O selvagem*, 1876), Juvenal Galeno (*Lendas e canções populares*, 1865), Silvio Romero (*Contos populares do Brasil*, 1883) e Barbosa Rodrigues (*Poranduba amazonense*, 1890).[6]

No início do século XX, muitas vozes reclamavam por melhores livros escolares. José Veríssimo, em *A educação nacional*, publicado em 1906, insistia que uma das reformas mais urgentes era a do livro de leitura e sugeria que "ele seja mais brasileiro [...] pelos assuntos, pelo espírito, pelos autores transladados, pelos poetas reproduzidos e pelo sentimento nacional que os anime".[7]

Ao apelo urgente, respondeu, pelo menos em parte, Olavo Brás Martins dos Guimarães Bilac. Da sua mão nascem os primeiros livros escolares nacionais brasileiros: *Contos pátrios* (1904), *Teatro infantil* (1905) e *A pátria brasileira* (1910), escritos em colaboração com Coelho Neto, e *Através do Brasil* (1910), em que narra as aventuras de dois irmãos que percorrem o país. Embora criticados, mais tarde, pelo patriotismo de tipo ufanista que permeia as obras, os textos são considerados de boa qualidade e o seu conteúdo pedagógico mais adequado à realidade vivida pelos jovens brasileiros da época.

Outras obras contemporâneas são *Pátria* (1901), de João Vieira de Almeida, o famigerado *Por que me ufano de meu país* (1904), do conde Afonso Celso, e as *Histórias de nossa terra* (1907), de Júlia Lopes de Almeida. E, a despeito de tal segmento não ter sido incluído aqui – deliberadamente, pois é amplo e merece estudo à parte –, não se deve esquecer a importante contribuição dada pela revista *O Tico-Tico*, pioneira entre as publicações de histórias em quadrinhos no Brasil, lançada em 1905. Pouca coisa mais digna de nota ocorreria até 1920, ano em que Monteiro Lobato & Cia. edita *A menina do narizinho arrebitado* como "álbum de figuras", seguindo-se, em 1921, *Narizinho arrebitado*, como "segundo livro de leitura para uso das escolas primárias", nas quais predominavam – como revelou uma breve pesquisa no acervo da Biblioteca Nacional – os títulos patrióticos ou laudatórios: *A pátria brasileira,* de Coelho Neto (1911), *Histórias da terra mineira,* de Carlos Góes (1914), *Leituras morais,* de Otelo Reis (1919), *Páginas de propaganda patrióptica* (sic), de Maria Pereira Carvalho (1933), e outros.

Há outro testemunho interessante: em 1931, Cecília Meireles, que, além de poeta, era pedagoga, realizava um "inquérito sobre as leituras infantis", durante o qual foram entrevistadas 1.387 crianças predominantemente na faixa etária de 11 a 14 anos (mas estão incluídos respondentes de 7 a 17 anos). Embora de metodologia precária, inclusive quanto à formulação das perguntas (o inquérito produz 99,8% de respostas afirmativas ao primeiro quesito: "Você gosta de ler?"), alguns dos dados publicados são pertinentes. Os autores "literários" mais citados foram Olavo Bilac, José de Alencar, Coelho Neto, M. Delly e Júlio Verne. Lobato foi citado como autor literário apenas por 1,7% dos entrevistados – todas meninas. Entre os autores considerados "didáticos" pela entrevistadora, surgem Erasmo Braga, Rocha Pombo e Nelson Costa. Quanto às motivações, os jovens pesquisados responderam

A MENINA DO NARIZINHO ARREBITADO

MONTEIRO LOBATO & Cia
SÃO PAULO

que gostavam de ler porque é instrutivo, útil, bonito, por razões morais, interesse por assuntos nacionais, histórias do Brasil etc. Lê-se, também, predominantemente em casa (68,7%) e menos na escola (25,8%).[8]

Do viés consciente ou inconsciente dos tabuladores, no entanto, escaparam algumas informações sugestivas. Por exemplo, à pergunta "que livros tem vontade de ler?", obtiveram-se as respostas "histórias" em primeiro lugar (44%), seguidas de "romances" (9%), "aventuras" (8%) e "estudos" (7%).

Embora tenha havido outros autores – alguns com produção volumosa, como Viriato Correia (1884-1967) –, entre os anos 1920 e 1950, os livros de Monteiro Lobato pontificam praticamente isolados como verdadeiros *best-sellers* entre as obras de autores brasileiros editadas para crianças. Os especialistas brasileiros no assunto costumam dizer que a literatura infantil em nosso país só pode ser estudada em dois períodos: antes e depois de Lobato...[9]

2. Acaso ou intencionalidade no descobrimento do Sítio?

> *Acho que o único lugar do mundo onde há paz e felicidade é no sítio de Dona Benta. Tudo aqui corre como um sonho.*
> Emília

ZINDA VASCONCELLOS, responsável por um dos trabalhos mais completos sobre o universo ideológico da obra infantil de Monteiro Lobato, identifica duas vertentes na prática social do escritor: a do empresário e a do intelectual militante que se atribuía uma missão social de esclarecimento da população. Segundo a autora, a atividade "missionária" de Lobato insere-se numa tradição entre os intelectuais brasileiros, resultante da influência do racionalismo iluminista europeu do século XVIII sobre nossos bacharéis enviados a estudar na Europa.[10]

Vimos, em capítulo anterior, como Lobato foi influenciado pelas teorias cientificistas em voga na Europa e importadas para o Brasil no início do século XIX: o positivismo, o evolucionismo e, no plano estético, o naturalismo. Zinda observa que essas ideologias não só conservaram, durante muito tempo, a aura de progressistas, como de fato o foram, dentro do quadro contemporâneo de atraso e obscurantismo do nosso meio, onde prevaleciam ensinamentos dogmáticos, baseados na autoridade e na tradição, em especial da Igreja Católica.[11]

Mas será apenas isso? Estaremos simplesmente diante do trabalho de um empresário frustrado, ainda que pioneiro, ou de um intelectual missionário? Longe, muito longe disso.

Iniciando sua meticulosa análise sobre a formação do caráter e do temperamento do jovem Lutero, Erik Erikson propõe uma curiosa definição de gênio – ou, pelo menos, "um tipo particular de gênio". São homens com uma característica em comum: cada um em sua época assumiu uma sombria determinação de se encarregar do "trabalho sujo" que eram capazes de discernir. "Cada um deles acabou obrigando a humanidade [...] a permanecer claramente consciente",[12] afirma Erikson.

É possível distinguir uma linha-mestra na atividade de Lobato que o aproxima da categoria dos gênios segundo Erikson: a clareza de propósito, que muitas vezes o impeliu a procurar os caminhos mais difíceis, enfrentando riscos e aborrecimentos sem desistir do objetivo maior de apontar o caminho da luz – como ele a compreendia – para a tomada de consciência da sociedade brasileira. Como advogado, não se acomodou à segurança de uma promotoria pública que as relações de família lhe haviam assegurado. Fazendeiro, buscou formas de transformar em negócio lucrativo o latifúndio que herdara. Escritor, opôs-se ao nacionalismo ufanista que rendia os frutos relativamente fáceis oferecidos pela sabedoria convencional. Editor, investiu em traduções das obras que lhe pareciam importantes e abriu o catálogo da empresa para escritores brasileiros, que admirava. Como empresário, não buscou o conforto sem riscos de uma loja de comércio bem situada, ou de uma indústria subvencionada pelo Estado; ao contrário, procurou criar empresas de capital aberto para explorar o ferro e o petróleo, em desafio aos trustes e à incompetência conivente dos donos do poder.

Mesmo ocupando o que poderia ser classificado de "sinecura", favorecida por amigos, durante o governo de Washington Luís, de adido comercial brasileiro em Nova York, não se limitou, como poderia ter feito, ao turismo bem remunerado; tentou de fato fazer negócios para o Brasil, tanto nos Estados Unidos como junto à União Soviética.

Com efeito, sua última e mais bem-sucedida empreitada foi tornar-se escritor de livros infantis. Os dez anos entre o lançamento das histórias de Narizinho Arrebatado, em 1920-21, e de uma coletânea de fábulas, em 1922, e a decisão de dedicar quase todo o seu tempo ao Sítio do Picapau Amarelo, em 1931, logo após o retorno dos Estados Unidos, são significativos. A decisão foi tomada *depois* de muitos fracassos como editor e empresário. Cabe também lembrar, mais uma vez, que Lobato encerrara deliberadamente, em 1923, uma carreira de escritor que se podia dizer promissora.

Mas não é muito claro o momento exato em que ele vislumbra a oportunidade de prosseguir na sua luta ideológica, numa frente nova e reconhecidamente vulnerável: o coração e a mente dos cidadãos em formação. Nos escritos de 1912, já o fascina a ideia de escrever um romance para crianças, referindo-se à capacidade criativa do filho pequeno de Godofredo Rangel, que pensa em usar "foguetes com ponta" para matar passarinhos.[13] Em 1916, Lobato identifica a precariedade dos textos disponíveis no país para crianças e pensa em nacionalizar as fábulas de Esopo e de La Fontaine, que os próprios filhos ouvem, contadas pela mulher. Numa carta a Godofredo Rangel ele comenta: "É de tal pobreza e tão besta a nossa literatura infantil, que nada acho para a iniciação dos meus filhos [...] um fabulário nosso, com bichos daqui em vez dos exóticos, se for feito com arte e talento dará coisa preciosa".[14]

Mais tarde, em 1926, parece decidido. Antecipa ao amigo Rangel que está com ideias de fazer uma opção. Enjoou de escrever "para marmanjos". Para as crianças, contudo, um livro pode ser um mundo. Lobato relembra que "viveu dentro" do Robinson Crusoé: "Ainda acabo fazendo livros onde as nossas crianças possam morar. Não ler e jogar fora, sim morar, como morei no *Robinson* e n'*Os filhos do capitão Grant*".[15] Nesse ano, antes de partir para os Estados Unidos, escreve seis novos livros curtos – futuros episódios de *Reinações de Narizinho*.

Na leitura da correspondência e das crônicas de Lobato, são muitos os textos em que o escritor discute a necessidade e a importância de educar adequadamente as crianças. Como Rousseau, antes dele, e como Nietzsche... "A criança", como registra o lugar-comum, "é a humanidade de amanhã."[16] Lobato revela: "Uma coisa que sempre me horrorizou foi ver o descaso brasileiro pela criança, isto é, por si mesmo, pois a criança não passa de nossa projeção para o futuro. [...] é trabalhando a criança que se consegue boa safra de adultos".[17]

Eliana Yunes observa que Lobato nunca negou a intencionalidade de seu discurso infantil, em seguida a decepções com os adultos, seus contemporâneos, que constituíam as classes dirigentes do país. Ao contrário: "Lobato só via este espaço – o da renovação – na educação das novas gerações".[18]

Lobato tivera uma experiência significativa das possibilidades editoriais para a literatura infantil no Brasil: *Narizinho* teve a inusitada tiragem, para os anos 1920 (como até hoje), de 50.500 exemplares, em boa parte graças ao marketing de distribuição, praticado pelo autor. São conhecidos os esforços de Lobato para colocar à venda, em consignação, livros da sua editora em armazéns, farmácias, quitandas e outros pontos de venda não livrescos. E não menos, é claro, pelo fato de ter sido adotado pelo governo estadual como livro de leitura para as escolas de primeiro grau. Aliás, a norte-americana Lee Hayden, em sua tese de doutorado, observa, com o pragmatismo de sua cultura, tão apreciado por Lobato, que, entre suas motivações, não se pode menosprezar uma das mais óbvias: o ganho financeiro.

Lobato empresário escreve, em 1932, para o amigo e educador pioneiro, Anísio Teixeira, sobre os planos pedagógicos que vai executar com o dinheiro do petróleo, que também acha não tardará a possuir:

> [Criarei luxuosamente] [...] um aparelho educativo com você à testa, como nunca existiu no mundo. [...] Qualquer coisa como a Radio City do Rockefeller, mas educativa. O governo que ensine ao povo o que quiser; a religião, idem. Nós, do alto da nossa Education-City, servida por todas as máquinas existentes e as que hão de vir, pairaremos sobre o país qual uma nuvem de luz. Um corpo de cérebros, dirigidos por você, prepara; a máquina multiplicadora dissemina. Iremos fazer com um pugilo de auxiliares o que o Estado – essa besta do Apocalipse – não faz com milhares de milhares de infecções chamadas escolas e de cágados chamados professores.[19]

Naquele ano, Anísio e Fernando de Azevedo davam os últimos retoques no seu projeto de "Escola Nova", cujas características originais – de unicidade, gratuidade, obrigatoriedade, coeducação, laicização e descentralização – acabaram transformadas em pálida caricatura pelo Estado Novo, cinco anos depois.[20] Previsivelmente, foi o Estado Novo que se apropriou dos canais que lhe eram acessíveis – da escola e dos meios de comunicação. Para a incursão sobre a escola, contava com o decidido apoio das Forças Armadas: "Cumpre organizar o nosso sistema educacional de modo a que desde a escola primária até a universidade seja ministrado às novas gerações o ensino militar, que as habilite [...] ao desempenho da função de soldado, tornada hoje a precípua missão de cidadania" (Góes Monteiro-72).[21]

A família e os demais grupos de referência também faziam parte dos objetivos a serem conquistados: "Era necessário desenvolver a alta cultura do país, sua arte, sua música, suas letras; era necessário ter ações sobre os jovens e sobre as mulheres, que garantissem o compromisso dos primeiros com os valores da nação [...] e lugar das segundas na preservação das instituições básicas...".[22]

As baionetas – reais ou virtuais –, contudo, dificilmente produzem arte ou cultura. O caminho certo Lobato conhecia e dominava como poucos: a arte da narrativa fantástica, que fala diretamente ao coração, pela forma, e ao cérebro, através da fantasia.

Embora não possa ser classificada especificamente nem como conto de fadas, nem como contos maravilhosos, de acordo com uma das classificações já vistas, a forma das histórias de Lobato insere-se com facilidade em ambos. E, diversamente do que argumentam alguns estudiosos da obra de Lobato, não são necessariamente os livros "paradidáticos" que possuem conteúdo ideológico mais forte. É possível, mesmo, que os classificados como histórias, ou aventuras, apresentem propostas mais revolucionárias, ou contestatórias em face de serem menos referenciados ou interpretativos.

Até que ponto houve deliberação na decisão de Lobato? Se houve, foi gradual. Seu desencanto com o Estado Novo pode ter sido um fator determinante. Nelson Jahr Garcia, em levantamento minucioso, mostra com que eficácia foram ocupados os espaços referentes ao controle dos meios de comunicação durante a ditadura Vargas.[23] A censura, presente nos principais veículos da mídia, não dava margem senão a uma contestação simbólica em canais alternativos. O próprio Lobato foi preso, entre outras coisas, por ter se dirigido desrespeitosamente a um alto burocrata do governo numa simples carta particular.

Em 1938, numa carta a Flávio de Campos, Lobato observa que seus contemporâneos adultos não o entendem: "[...] tive a desgraça de dar um salto na minha evolução mental. Passei do plano inteligível [...] a um ininteligível".[24]

Já Anísio Teixeira, amigo próximo de Lobato, parece achar que predominou o acaso na descoberta do mundo maravilhoso do Picapau Amarelo e afirma que a literatura infantil foi toda escrita "como um imenso divertimento e só no fim é que começou a surpreendê-lo e a absorvê-lo como sua obra maior".²⁵ Mas Wilson Martins vê o nascimento do Sítio como ato deliberado de vingança contra o rancor e a hostilidade da sociedade adulta: "E vingou-se de maneira espetacular, não só com as tiragens astronômicas dos livros infantis, mas também porque, vencido o sensacionalismo efêmero das campanhas pelo ferro e pelo petróleo, o que realmente ficou foi o autor de livros para crianças e, através deles, a consagração...".²⁶

Nessa opinião, Martins tem o apoio total da americana Lee Hayden:

> Lobato usou conscientemente sua literatura infantil como veículo para influenciar seus jovens leitores a aceitar suas crenças e opiniões. Era desejo de Lobato que, onde tinha falhado com os adultos, teria sucesso com as crianças. Lobato era um propagandista quase sem exceções, que esperava que o impacto último de sua literatura infantil fosse uma mudança de atitudes e comportamento na direção que Lobato acreditava ser moralmente imperativa.²⁷

Nelly Novaes Coelho estabelece dois "tempos" para o processo de tomada de decisão de Lobato. A autora acha que, ao escrever os primeiros livros infantis, no final da segunda década, ele ainda não tinha um projeto definido para seu "universo" do Picapau Amarelo. Em 1926, entretanto, percebe o alcance das experiências isoladas anteriores e escreve nada menos do que seis novos livros, todos publicados em 1927, pouco antes de partir para os Estados Unidos.²⁸ Ao retornar, virá com um projeto definido.

Ele se insere, porém, na alma literária profunda do escritor-bacharel, que se espelhou nos muitos comentários sobre literatura e na profusa correspondência. Lobato não ocultava sua preferência pela literatura ligada à vida, ao inconsciente, em contraposição à burilação formal e aos excessos dos "literatos". Dava ênfase ao processo espontâneo, embora tivesse preocupação rigorosa com a apresentação de seus livros e noções muito particulares, suas, sobre estilo. Sob tal enfoque, a representação da literatura para crianças como mundo – no qual pudessem habitar – é coerente com a intenção de uma literatura sobre o mundo dos homens, desvinculada de julgamentos morais, tal qual é a visão infantil do mundo.

Estudiosa da obra de Lobato, Marisa Lajolo reafirma a intencionalidade do projeto, segundo ela, amplamente debatido com Rangel, e situa a sua gênese na correspondência de 1916.[29] A análise dos textos, desde as primeiras histórias curtas ilustradas, mostra que a imaginação criadora de Lobato preparou o cenário do Sítio do Picapau Amarelo muito cedo. Não obstante tenha dito mais tarde a Rangel, que este "mundinho", no qual viveram milhares de crianças, foi se criando por agregações, os elementos essenciais e os personagens, quase todos, nasceram ainda nos anos 1920 e de certa forma foram se sofisticando, como o estilo do autor.[30]

Quem iria, todavia, desconfiar da metalinguagem de livros infantis, aparentemente inofensivos? E, no entanto, como nos lembra Jacqueline Held: "Os conhecimentos adquiridos sem o verdadeiro interesse da criança, sem que ela se sinta apaixonada, não deixam traços duráveis, ao contrário daqueles em que a criança se empenha com interesse e paixão".[31]

Nietzschiano convicto durante toda a vida, Lobato não ignorava a importância da função do artista como mediador da realidade. Em carta escrita a Rangel, datada de 1915, afirma que o escritor tem como função, apenas, sugerir, como toda arte: "fazer com que o leitor puxe o carro sem o perceber".[32] E, em depoimentos posteriores, já consagrado como autor infantil, manifesta-se de forma inquestionável: "Acho a criatura humana muito mais interessante no período infantil do que depois de idiotamente tornar-se adulta. As crianças acreditam cegamente no que digo; o adulto sorri com incredulidade".[33]

Existem, ainda, os depoimentos de parentes e amigos de Lobato, principalmente em relação aos seus últimos anos de vida, a respeito dos quais com frequência lamentava não ter se dedicado totalmente a escrever livros para crianças.[34]

Caio Graco Prado, citado por Azevedo, Camargos e Sacchetta,[35] é incisivo: "Militante da causa do progresso, Monteiro Lobato percebeu acertadamente que só através dos jovens seria possível apressar a modificação do mundo".

Aos antigos valores da sociedade tradicional, de origem romântica, consolidada no século XIX, tais como o individualismo, a infalibilidade da autoridade, a moral dogmática de base religiosa, a uma sociedade classista, sexófoba e racista, a uma linguagem convencional, dirigida a uma criança considerada um "adulto em miniatura", sobrepõem-se os novos valores, que hoje já podem ser encontrados na literatura infantil mais recente: espírito comunitário, relativismo, estímulo à capacidade mental e à intuição, redescoberta das origens culturais, valorização do trabalho como meio de realização do homem e uma linguagem literária sem convenções, dirigida a uma criança vista como "ser em formação", cujo potencial "depende fundamentalmente da educação ou da orientação que tiver...".[36]

Estão aí, já presentes, quase todos os ingredientes do Sítio do Picapau Amarelo, de cujo autor a ausência é ainda sentida, como observa a professora Glória Pondé, lamentando que Lobato tenha morrido em 1948 e que poucos, depois dele, conseguiram escrever bem para as crianças. Talvez, especula ela, porque o adulto costuma ver na criança de hoje a criança que já foi, esquecendo-se das distâncias e transformações ocorridas entre as gerações.[37] Lobato, contudo, em momento algum cometeu esse erro, quase certamente porque tinha clara consciência dos seus objetivos. É pena, entretanto, refletir que o jovem leitor do início do século XXI, e que mora sobretudo nas cidades, já não se satisfará apenas com leituras sobre um Brasil rural, de mais de meio século, provavelmente incompreensível.

Durante a longa preparação deste trabalho, entrei em contato com uma bibliografia extensa a respeito de literatura infantil sob muitos aspectos. Através do viés livresco, ela tem caráter predominantemente nórdico, como ilustram Andersen, os irmãos Grimm, Busch, Milne, Seuss, Carroll, Baum, com as exceções marcantes do francês Perrault e do italiano Collodi. A tal ponto que o espanhol Savater, ao admitir que a literatura de sua juventude foi um poderoso fator de influência à sua imaginação de adulto, suscitando a criação de um livro sobre o tema, lista 16 obras, 13 delas de autores não latinos,[38] enquanto o francês Paul Hazard escrevia, em 1947: "Para os latinos, crianças nunca foram nada além de futuros homens. Os nórdicos compreenderam melhor esta verdade mais verdadeira, que os homens são apenas crianças tornadas adultos".[39]

Lobato é quase inteiramente desconhecido no planeta anglo-saxão. Encontrei apenas duas menções a ele em livros estrangeiros: na *Encyclopaedia Britannica* e no *Oxford dictionary of children's literature*. O livro inglês apenas registra, mas o colaborador americano do verbete qualifica-o de "notável". O "latino" Lobato é autor de uma obra de tal envergadura, quer na extensão, quer na abrangência, que, tivesse ele participado do *mainstream* do mundo econômico e artístico, estaria qualificado entre os seus autores principais. E por que não como o maior deles? José Guilherme Merquior, numa conferência, colocou-o entre os dez maiores.[40] Não sei se serão tantos... No mundo da literatura infantil, Monteiro Lobato, além de tudo mais, parece ser um personagem bastante improvável.

3. O UNIVERSO E A REPÚBLICA

> *O Mundo da Fábula não é nenhum mundo de mentira, pois o que existe na imaginação de milhões e milhões de crianças é tão real como as páginas deste livro. O que se dá é que as crianças logo que se transformam em gente grande fingem não mais acreditar no que acreditavam.*
> DONA BENTA

ANTES DE ENTRAR NA DISCUSSÃO mais detalhada dos elementos da narrativa e dos textos infantis de Lobato, é importante mencionar duas obras de autores que mergulharam no seu conteúdo ideológico e identificaram, cada um a seu turno, ora um "universo", ora uma "república".

O conteúdo ideológico do discurso foi analisado por Zinda Maria Carvalho de Vasconcellos, em tese de mestrado, transformada em livro e publicada em 1982 sob o título *O universo ideológico da obra infantil de Monteiro Lobato*. Na introdução de seu trabalho, a autora faz estas observações:

> A quantidade de temas abordados por Lobato é tal, que ficaria extremamente difícil fazer um inventário exaustivo de todos os problemas colocados por ele em sua obra para as crianças Os conteúdos didáticos transmitidos *não são* uma compilação inocente. Estão diretamente relacionados a teorias científicas e filosóficas em voga no início do século – teorias sobre o surgimento do universo, da vida e da Terra; sobre a linguagem e os estilos artísticos; sobre a origem do conhecimento e a natureza da ciência; concepções econômico-sociais e sobre problemas históricos; e provavelmente outras que não pude identificar.[41]

Outra fonte valiosa de análise sobre o conteúdo da obra de Lobato é o estudo de André Luiz Vieira de Campos, que se originou, igualmente, em dissertação de mestrado e foi publicado em 1986 pela Livraria Martins Fontes, sob o título *A república do Picapau Amarelo – uma leitura de Monteiro Lobato*. Vieira de Campos observa, no capítulo introdutório:

> O que vamos encontrar nessa releitura de sua obra é um projeto de hegemonia burguesa que não se concretizou, derrotado que foi pela vitória do corporativismo autoritário que o Estado Novo concebeu e implantou. Neste projeto, chama a atenção o papel político de sua literatura infantil que, vista desse ângulo, deixa de ser apenas um "entretenimento para crianças", tornando-se uma estratégia para a formação dos futuros cidadãos, encarregados de construir a democracia liberal que Lobato sonhou. Por outro lado, e surpreendentemente, encontramos também uma faceta de Lobato pouquíssimo conhecida: uma visão pessimista da ideia de progresso, que coloca em dúvida todos os valores que sua vertente otimista da História sempre concebeu.[42]

O universo ideológico

Embora registre certa perplexidade diante da variedade de temas abordados por Lobato, Zinda Vasconcellos identifica duas grandes linhas de argumentação ideológica na sua obra infantil: (1) a ruptura relativa com a tradição evolucionista e (2) o papel de luta contraideológica representado pela obra. Além disso, como elementos presentes na obra de Lobato, ela lista:

- rebeldia contra a estrutura oligárquica do poder existente;
- preocupação crescente com a miséria do povo;
- ridicularização das convenções morais pregadas pela Igreja Católica, atribuindo-lhe parte da culpa da manutenção do *statu quo*;
- crença no desenvolvimento econômico e político de forma capitalista como solução dos problemas brasileiros;
- questionamento da justiça como instrumento de poder de quem estava do lado do governo.

No detalhamento, Zinda Vasconcellos define como "marcante" a presença de concepções morais na obra infantil, citando a *História do mundo para crianças* como o livro em que esse moralismo está mais diretamente presente. Ela estabelece ligações desse tipo de moralismo – bem como do lado "amoralista" – com as concepções de Lobato sobre a história e sobre a sociedade: "Ambos estão ligados com a sua desilusão em relação ao poder econômico, por si só, poder resolver os problemas sociais".[43]

Lobato também opõe à moral tradicional outra alternativa, segundo a autora, fortemente influenciada por Nietzsche. O contexto ao qual ele tenta ajustar os valores é sempre o da sociedade brasileira. Zinda Vasconcellos destaca o esforço do escritor no sentido de tornar seus pequenos leitores "capazes de exercer uma discriminação crítica face às verdades a eles apresentadas – o aspecto da luta ideológica concreta contra os valores dominantes...".[44] E considera que, onde a audácia de Lobato vai mais longe, é na apresentação como ideal de um modelo de criança que vai contra o tradicional incentivo à obediência, aos bons modos, à boa linguagem e educação. "É nessa área", afirma, "que reside provavelmente o maior impacto da obra sobre o leitor."

> Esse modo de representar os personagens infantis é mais um aspecto da luta contraideológica de Lobato [...]. O que está em questão não é tanto o incentivo à desobediência das crianças, mas o estímulo da sua independência face aos adultos e à sua possibilidade de recusar os valores e modos de ação por eles oferecidos, buscando outros.[45]

A autora não considera o texto lobatiano "subversivo"; ela acredita que, dentro de um clima geral permissivo, ele busca que a criança forme seus valores racional e voluntariamente.

A república do Picapau Amarelo

Numa análise mais deliberadamente estruturada do conteúdo ideológico do território livre e utópico em que se constitui o Sítio do Picapau Amarelo, Vieira de Campos distingue algumas posições de Lobato de forma nítida: a industrialização é a alternativa para o Brasil; a redenção está no trabalho; ferro e petróleo são as bases da indústria e a democracia é a outra face do progresso. Nessa linha, *O poço do Visconde* cria a cidade do Tucano Amarelo e a "república" do Sítio se constitui sob uma forma de governo cuja administração é racional e eficiente, tendo permanentemente em vista os interesses da sua "sociedade civil". Vieira de Campos estuda a formação do pensamento econômico, político e social de Lobato e conclui pelo seu posicionamento como o de um liberal ortodoxo, cuja vertente idealista permite ver o socialismo como uma alternativa possível para os problemas que afligem a humanidade e o nosso país.

Embora respeite os pontos de vista do autor, bem como a seriedade com que fez sua pesquisa, simpatizo mais com a interpretação mais "aberta" de Zinda Vasconcellos, que considera o ingrediente ideológico na obra infantil de Lobato de natureza predominantemente ética. A releitura dos registros e da correspondência de Lobato deixou transparecer a influência da obra de Nietzsche – outro grande moralista – na estruturação de sua ideologia. Lobato, se os estudos sobre formação do pensamento na infância e na adolescência estiverem corretos, sobrepôs essa atitude a uma personalidade infantil aventurosa, idealista e contestadora.

Vale mencionar, também, que embora a *História do mundo* possa, como afirma Zinda Vasconcellos, ser o livro mais moralista do escritor, não foi o de maior leitura entre as pessoas que compõem o universo a ser futuramente estudado. Estes estão, quase certamente, entre as obras ficcionais – sobretudo levando em conta o seu conjunto –, como *O Sítio do Picapau Amarelo*, *Memórias da Emília*, *A chave do tamanho* ou mesmo *Reinações de Narizinho*.

Contudo, o perfil ideológico de Lobato, traçado por André Luiz, está bem próximo da realidade desse homem que viveu entre 1882 e 1948 e nos deixou os registros da sua obra e depoimentos sobre sua vida. Ele só é limitante na medida em que Lobato não foi um ativista político partidário e também considerando que não temos sido, por natureza de origem e cultura, uma sociedade que se caracterize pela existência de líderes – na área das ideias políticas, morais ou meramente carismáticos – com contornos nítidos.

Vamos reexaminar alguns aspectos da obra infantil de Lobato nas páginas seguintes, respeitando o que foi elaborado pelos autores que se ocuparam anteriormente do assunto, sob um enfoque diferente – o da temática relevante tratada pelo autor.

4. Livros para ler

> *A literatura é um reencontro com a infância.*
> GEORGES BATAILLE

A LITERATURA INFANTIL DE LOBATO cuja ação se desenrola em torno ou em relação ao *Sítio do Picapau Amarelo* e na qual atuam seus personagens principais abrange 22 livros, a saber:[46]

Ficcionais
- *Reinações de Narizinho*
- *Viagem ao céu*
- *O Saci*
- *Caçadas de Pedrinho*
- *Memórias da Emília*
- *O poço do Visconde*
- *O Picapau Amarelo*
- *A reforma da natureza*
- *O Minotauro*
- *A chave do tamanho*
- *Os doze trabalhos de Hércules*

Paradidáticos
- *História do mundo para crianças*
- *Emília no País da Gramática*
- *Aritmética da Emília*
- *Geografia de Dona Benta*
- *Serões de Dona Benta*
- *Histórias das invenções*

Adaptações de outras narrativas
- *Hans Staden*
- *Peter Pan*
- *Dom Quixote das crianças*
- *Histórias de Tia Nastácia*
- *Fábulas*[47]

A classificação é de Zinda Vasconcellos. Mas há alguma polêmica sobre as maneiras de classificar os textos de Lobato. Eliana Yunes, por exemplo, considera impraticável uma divisão clara, pois o autor acolhe todas as fantasias no Sítio e, mesmo quando incursiona pela didática ou narra o anteriormente narrado, conserva os personagens do seu mundo ficcional como condutor crítico do texto.[48]

Também não é essa a ordem cronológica em que cada texto foi escrito, mas a maneira em que Lobato arranjou o seu "rocambole infantil", tendo em vista certa seriação das aventuras, mais de acordo, provavelmente, com a sua óptica e suas precursoras ideias de marketing pessoais.[49]

As primeiras obras foram editadas, inicialmente, por Monteiro Lobato & Cia., passando – à medida que o próprio Lobato mudava o curso de seus empreendimentos pessoais – para a Companhia Editora Nacional e, em seguida, para a Brasiliense, que as edita até hoje. Na passagem da Companhia Editora Nacional para a Brasiliense, sempre deplorei que não tivessem sido conservados os desenhos de Belmonte,[50] um dos melhores ilustradores e cartunistas brasileiros, presentes nas primeiras edições de 17 livros de Lobato.

Primeira ilustração para a primeira edição de
A menina do narizinho arrebitado (Ed. Fac-símile de 1982), 1920.

Os números

Em 1943, Lobato escreve a Rangel entusiasmado porque as tiragens de seus livros infantis haviam ultrapassado 1 milhão de exemplares.[51]

Não foi possível compilar com precisão as tiragens dos livros infantis de Lobato editados a partir de 1920, ano por ano, até os dias atuais. Mas fizemos uma avaliação bastante aproximada, por meio dos números existentes nas editoras – e por elas gentilmente fornecidos ao autor –, abrangendo o período que interessava mais de perto: 1927 a 1955. Os dados obtidos confirmam e, provavelmente, superam a estimativa de Monteiro Lobato, feita em 1943, em especial se considerarmos que a tabela não inclui os episódios das obras *Reinações de Narizinho* e *Caçadas de Pedrinho*, publicados como livros isolados até 1931.

De pouco adianta listar as tiragens dos livros infantis de Lobato sem estabelecer relações de comparação com dados populacionais do período, bem como outras estatísticas e dados sobre a mídia contemporânea, sobretudo revistas, jornais e rádio. Mas, se hoje ainda carecemos de números confiáveis sobre muitos indicadores sociais importantes, a situação até 1950 – como sabem os pesquisadores – é quase caóptica. Até 1950, por exemplo, os dados de recenseamento eram tratados no conceito da "população presente" no momento da entrevista e só passaram a abranger a "população residente" a partir de 1960. Agências de propaganda e associações profissionais consultadas pelo autor não dispõem de dados anteriores às décadas de 1970 e 1980, e as publicações especializadas existentes nos anos 1930 e 1940 (revistas *Propaganda* e *Publicidade & Negócios*), quando publicavam números da pesquisa era de forma pouco completa e confiável. O Ibope, por exemplo, só começou a funcionar em 1942 e, muito embora fosse um verdadeiro modelo do "estado da arte", na época, do ponto de vista estatístico e metodológico, o seu acervo para o período não permite nada além de referências de valor histórico, social ou político. Mesmo assim, as pesquisas levantaram alguns dados de apoio, que se apresentam a seguir.

Outra obra de referência, a *Estatística da imprensa periódica no Brasil (1929-1930)* registra que, em 1912, havia apenas uma revista infantil (certamente *O Tico-Tico*) e eram em número de onze as publicações do gênero em 1930.[52]

Alice Mitika Koshiyama, em dissertação de mestrado de 1978, publicada em 1982, faz um estudo importante sobre Lobato editor e mostra a exiguidade de escolha oferecida pela indústria livreira nacional, em pouco mais de trinta livrarias em todo o país (1919), em especial nos livros destinados à juventude: antes de 1920, praticamente não havia editoras em São Paulo, apenas gráficas; em 1920, era grande a predominância dos livros didáticos nas obras para a juventude, o correspondente a dois terços do total.[53]

Quase 5 mil páginas de texto

A criação da obra infantil de Lobato desenrola-se durante 27 anos, de 1920 até 1947. Até 1930, Lobato publicará livros curtos, com muitas ilustrações. As obras mais longas dessa fase – *O Saci*, *Fábulas* e *Hans Staden* – têm seus fatos geradores externos: *O Saci* é consequência da obra "adulta" de mesmo nome,[54] e tanto as *Fábulas* como as *Aventuras de Hans Staden* fazem parte da obra "recontada", na qual os personagens do Sítio do Picapau Amarelo assumem o papel passivo de ouvir as histórias narradas por Dona Benta durante os serões, limitando-se a comentários entre uma narração e outra. Muitos desses comentários são pertinentes e foram incluídos no capítulo seguinte. Mas os livros aumentam de tamanho e tomam forma de verdadeira literatura no que se chama de "segunda fase" do escritor, que coincide com a sua volta ao Brasil, depois de ter passado cinco anos em Nova York.

Em carta a Rangel, escrita dos Estados Unidos em 1930, Lobato afirma sua disposição de escrever mais livros infantis, porque, felizmente, "as crianças não mudam".[55] Quando reúne todas as aventuras do Sítio num volume "grande", em 1934, a obra começa a tomar forma, na sua mente: "Trezentas páginas em corpo 10 – livro para ler, não para ver. [...] Vou fazer um verdadeiro Rocambole Infantil, coisa que não acabe mais. [...] Pela primeira vez estou a entusiasmar-me por uma obra".[56]

É significativo que todas as obras de natureza ostensivamente didática de Lobato foram escritas nos cinco anos entre 1933 e 1937, isto é, depois de sua vivência norte-americana. A partir de 1936-37, contudo, Lobato concentra-se no que se denomina obra de fantasia, sem finalidades didáticas formais ou explícitas, nem são obras recontadas de terceiros. As próprias aventuras que se desenrolam na Grécia clássica – *O Minotauro* e *Os doze trabalhos de Hércules* – usam o temário mitológico como pano de fundo para as muitas atividades dos "picapauzinhos". O grupo, que a princípio se encontra esporadicamente nas férias, vai se tornando, ao longo da narrativa, mais coeso até virar uma espécie de família, ou clã, "unidos [...] não por mero contrato, mas por possuírem uma mesma orientação em matéria de direito, de arte, de moral, de educação etc.".[57]

Essa obra extraordinária, sem par em nenhuma outra literatura, alonga-se por quase 5 mil páginas de texto, parcimoniosas em ilustrações, e abrange quase a totalidade dos gêneros que os especialistas desenvolveram como instrumento classificatório para a ficção infantil: contos literários, fantasia épica, realismo encantado, histórias de magia, fantasias de animais, viagens ao passado, ficção científica, histórias de humor e anedotas, fantasia sobre fantasias, histórias de bonecas, fantasia baseada em folclore, fantasia baseada em lendas e mitos e possivelmente outros mais, como a sátira política ou a crítica social... A única categoria em que não se enquadra a obra infantil de Lobato parece ser a de "histórias de fantasmas".[58]

Na classificação proposta pelo linguista John Stephens, o texto lobatiano está mais frequentemente próximo do "realista" do que do "fantástico", e Lobato seria, então, mais metonímico do que metafórico. Trata-se, porém, de aproximações, visto que, no conjunto, a obra é praticamente inclassificável. E as terras do Sítio, embora identificáveis com muitas regiões do interior do estado de São Paulo, não apresentam as mesmas características da América rural idealizada, comum na literatura infantil dos Estados Unidos da época, a que se refere Stephens.

O texto infantil de Lobato ainda hoje surpreende pela simplicidade e pela objetividade de um coloquialismo apenas aparentemente fácil, que acabam produzindo grande impacto. Alaor Barbosa, por exemplo, enumerou nada menos que 517 neologismos presentes no texto – de "trabalhão" e "homão" até "sapecar" e "emilíssima".[59] Aliás, são de tal atualidade algumas das expressões de Lobato, como em *Reinações* (de 1931), onde fala de "caranguejos caranguejando, camarões camaronando", que foram utilizadas, consciente ou inconscientemente, no final dos anos 1980, pelo comediante

Jô Soares – outro "filho de Lobato" – na televisão, na sua paródia do então ministro da Agricultura Delfim Netto.

Na correspondência dos últimos anos, com Godofredo Rangel, Lobato deixou depoimentos sobre o que considera "bom estilo", na literatura infantil.

> Estilo ultradireto, sem nem um grânulo de "literatura" [...]. A coisa tem de ser narrativa a galope, sem nenhum enfeite literário. [...] o que é beleza literária para nós é maçada e incompreensibilidade para o cérebro ainda não envenenado das crianças. [...] Não imaginas a minha luta para extirpar a literatura dos meus livros infantis.[60]

Analistas dos vários textos constataram que Lobato escreveu e reescreveu muitas vezes seus livros infantis, a partir de *A menina do narizinho arrebitado*. Em muitas ocasiões – como nas primeiras passagens dessa mesma obra –, Lobato altera, corrige ou corta muitos textos originais. Uma alteração importante é o corte da cena do "sonho", na primeira edição de *Reinações de Narizinho*, para uma nova situação, em que os pequenos heróis simplesmente retornam ao Sítio, respondendo a um chamado de Tia Nastácia, ouvido nas profundezas do Reino das Águas Claras. Ali, Lobato rompe com a tradição inspirada em Alice e derruba, no seu universo, as fronteiras entre o reino da fantasia e o mundo "real".

Nelly Novaes Coelho afirma que este foi um dos grandes "achados" de Lobato: a anulação de fronteiras entre o real e o maravilhoso. Rompendo com a tradição de Branca de Neve, Cinderela, e até mesmo de Peter Pan, que vivia na Terra do Nunca, a maioria das situações vividas por seus personagens ocorre no mundo cotidiano e, quando passam para o plano fantástico – do sistema solar (*Viagem ao céu*) ou da Grécia antiga (*O Minotauro, Os doze trabalhos de Hércules*) –, o pó de pirlimpimpim ou o superpó oferecem a concretude de um veículo, ainda que abstrato, para as transposições. Além dos dois "pós", ainda há o faz de conta da Emília, um "instrumento supressor de impossibilidade".[61] Esse ingrediente textual e contextual seria, assim, um poderoso estímulo à criatividade, por demonstrar que qualquer ser humano pode atingir dimensões maravilhosas através de sua imaginação criadora:[62] "Diversamente do que, com frequência, ocorre nas obras para crianças, em que o maravilhoso apenas ilustra e recobre a óptica do adulto que lhes é imposta, Lobato se utiliza da fantasia para fazê-las ver criticamente o real".[63]

O pioneirismo de Lobato torna-se mais evidente diante de comentários nos vários textos consultados, no sentido de que o abandono da convenção sonho *versus* realidade, nas histórias infantis, só vem a ser característica dos autores da segunda metade do século XX. Edgard Cavalheiro, na biografia de Lobato, cita Alceu Amoroso Lima, em cuja opinião *Reinações de Narizinho* – publicada entre 1920 e 1921 – foi uma obra de antecipação do modernismo. Já Alaor Barbosa vai mais além e defende que toda a literatura infantil de Lobato é modernista "naquilo que o modernismo brasileiro apurou de mais seu [...]. Uma literatura moderna, com uma linguagem brasileira bastante emancipada [...] do português de Portugal, nutrida de construções e formas orais e coloquiais do linguajar do povo brasileiro".[64]

Quanto ao conteúdo ou viés ideológico, não há dúvidas: Eliana Yunes, analisando as condições de produção do sentido expresso no discurso lobatiano, resume o pensamento da maioria dos analistas, de que se pode falar de uma ideologia desse discurso, não se podendo negar, inclusive, o caráter de persuasão que o percorre – "enquanto poder adulto" – ao dirigir-se a crianças.[65] A autora identifica as raízes de "certa ambiguidade", no texto, na leitura exaustiva de Nietzsche, em que Lobato descobre "uma sociologia da moral fundada no relativismo axiológico e na transmutação de todos os valores: estes teriam a sua própria realidade, não se esgotando no ato estimativo dos homens [...]. Com isto, distanciava-se a origem apriorística, a validade universal, para fazer da experiência a fonte de conhecimento e da norma ética".[66]

Lobato recorreria, então, entre outros instrumentos, à intertextualidade entre o seu discurso e aquele das fábulas, provérbios e narrativas de que se utiliza, apontando para alternativas mais criativas e menos formais para a "moral vigente". Yunes, no entanto, é de opinião que os educadores viram em Lobato um aliado – mais idealista do que realista – que encorajava a formação do pensamento próprio das crianças: a "desrepressão metafórica" da boneca Emília é cooptada pela tolerância esclarecida da avó, autoridade presente que pode representar, de alguma maneira, os modelos consensuais. Segundo a autora, o texto apresentaria certa "oscilação" – uma incerteza de negar ou de afirmar – que não nega os valores, e sim os depura, dirigindo a responsabilidade do juízo, por meio do conhecimento, em direção à verdade.[67]

Alguns focos de referência propostos por John Stephens, e revistos no capítulo anterior, servem para encontrar, no texto de Lobato, material para uma análise mais ideologicamente centrada. Vimos que, no discurso lobatiano, fantasia e realismo alternam-se, com predominância estilística do segundo elemento. Embora Stephens considere os dois tipos de discurso – metáfora e metonímia – diametralmente opostos,[68] de fato, em Lobato, ocorre uma bem-sucedida conjugação de modos.

A ideologia do discurso contido na ficção narrativa de Lobato sempre esteve aparente, disponível para críticos e simpatizantes. Em que pesem eventuais ambiguidades, as convenções utilizadas geralmente tornam bastante aparentes as práticas sociais cooptadas ou censuradas pelo autor. Seu discurso narrativo – no qual o autor está sempre presente, mas não participa diretamente das ações – conta com uma diversidade de personagens suficiente para oferecer ao leitor escolhas entre uma variedade de posições. Do ponto de vista do sujeito narrativo, prevalecem duas instâncias em Lobato: na grande maioria dos textos, o narrador é o próprio Lobato, que, contudo, não se identifica nem se justifica a não ser pela assinatura e eventuais notas introdutórias ou em apêndice, proporcionados pela casa editora. Nos livros recontados, a condução da narrativa passa do autor para o personagem de Dona Benta, retornando ao autor nos entreatos, geralmente no início e no encerramento dos capítulos. As duas exceções são as histórias contadas por Tia Nastácia, em que a empregada assume o papel desempenhado por Dona Benta, ou por Emília, nas suas "memórias", em que adota parcialmente a estrutura formal da narrativa usual de Lobato. Eliana Yunes observa que o fato explícito de se tratar de narração de um narrado "estabelece uma ponte entre o texto original e o ponto de vista do narrador desta versão".[69] Embora o narrador Lobato costume permanecer na terceira pessoa, Yunes chama atenção para o discurso adotado, que permite a inserção de muitas vozes, concordantes ou divergentes aos julgamentos de fatos, explicando posições e referindo fontes e fundamentos alternativos.[70]

O leitor-sujeito da obra é uma criança, a princípio internalizada no autor, que vai se concretizando no decorrer do tempo, mediante um processo de *feedbacks* sucessivos. Textos biográficos sobre Lobato dão conta de uma vasta correspondência recebida de seus jovens leitores (e de suas famílias), e o autor introduz, em alguns de seus textos – como *A reforma da natureza, Picapau Amarelo* e *Memórias da Emília* –, a "visita" de leitores ao Sítio, sem se esquecer de aí incluir os próprios netos. É claro que, para os propósitos do presente trabalho, nos interessa conhecer esse "efeito de transação entre leitores e texto"[71] ao longo de um tempo cronológico medido em decênios e que se constitui na tentativa apresentada nos capítulos 6 e nas conclusões. Como observado, é aspecto de notável originalidade do texto a frequente introdução de leitores de carne e osso como participantes das aventuras, embora em papéis secundários. Alguns desses leitores citados por Lobato, além da "Rã", da *Reforma*, são Raymundo Araujo, Helio Sarmento, Gilbert Hime, Hilda Vilela, Nice Viegas, David Appleby, além dos netos Rodrigo e Joyce e muitos outros. Há, também, pelo menos uma instância curiosa, em que os personagens conversam a respeito do próprio Lobato, como alguém que conta as histórias sobre o Sítio e privilegia a Emília... (*Dom Quixote das crianças*).

A intertextualidade, em Lobato, é variada e chega a ser complexa. Além da relação explícita com os mundos da fantasia, das fábulas e das mitologias grega e indígena brasileira, estão presentes as realidades históricas e temporais do Brasil e de outros países, com exemplos variados: a caçada fictícia ao rinoceronte, promovida pelo governo federal em *Caçadas de Pedrinho*; os eventos no Sítio, durante a prospecção de petróleo em *O poço do Visconde*; a visita de Dona Benta e Tia Nastácia à Europa (*A reforma da natureza*) ou as andanças de Emília e do Visconde em *A chave do tamanho*. Esses cenários e suas interações, além de enriquecerem o texto, anulam "as fronteiras entre o real e o sonho"[72] e oferecem algumas possibilidades interessantes no campo da psicanálise. Neste sentido, o Sítio do Picapau Amarelo se constituiria em espaço intermediário entre o consciente (mundo real) e o inconsciente (mundo da fantasia). Parece haver pouca dúvida de que a intertextualidade é predominantemente explorada "para inculcar conhecimento sobre a cultura contemporânea e para ilustrar como este conhecimento deve ser usado", agindo com frequência como "crítica dos valores sociais prevalentes".[73] Yunes observa que, segundo a psicanálise, dessa interação – entre os desejos inconscientes e a realidade consciente –, "nasce[m] o indivíduo descondicionado e a harmonia que vemos realizada no Sítio do Picapau Amarelo".[74]

As situações de narrativa inserem-se com precisão quase total no que Stephens classifica de textos "interrogativos" e situações de "carnaval" – em que as estruturas sociais são invertidas, alteradas ou subvertidas de modo ostensivo. Os leitores são efetivamente alertados para o fato de que o que se passa, tanto no cenário brasileiro como no resto do mundo, no presente e no passado, são constructos principalmente culturais.[75] E, retomando a citação do capítulo anterior, demonstra-se como isso ocorre em Lobato:

> [...] subvertendo aspectos convencionais da narrativa [...] tais livros mostram o mundo diferente, menos sério e conseguem [...] subverter muitas das suas ideologias e estruturas de autoridade [e muito embora] não preguem a desobediência anárquica [...] reconhecem que a autoridade dos adultos [e seu exercício] é muitas vezes arbitrária e que ambos são muitas vezes nada mais do que um disfarce para encobrir uma radical incompetência.[76]

A ficção histórica, presente em Lobato nas aventuras que se desenrolam no passado, procura oferecer aos leitores possibilidades de conhecer simultaneamente o passado e o presente e, a despeito de não afirmarem uma igualdade essencial entre ambos – pois Lobato adere ao discurso evolucionista –, em geral reafirma a predominância dos indivíduos sobre as circunstâncias.

Nas páginas seguintes, encontram-se os resumos dos livros que compõem a obra infantil de Lobato, com observações consideradas necessárias ou pertinentes, em cada caso.

A fim de não tornar maçante a repetição por extenso dos títulos dos livros, a partir deste ponto eles são referenciados por abreviações, de acordo com a seguinte convenção:

Reinações	*Reinações de Narizinho*
Saci	*O Saci*
Fábulas	*Fábulas*
Caçadas	*Caçadas de Pedrinho*
Hans Staden	*Aventuras de Hans Staden*
Peter Pan	*Peter Pan*
Viagem	*Viagem ao céu*
Hist. Mundo	*História do mundo para crianças*
Gramática	*Emília no País da Gramática*

Invenções	*História das invenções*
Aritmética	*Aritmética da Emília*
Geografia	*Geografia de Dona Benta*
Memórias	*Memórias da Emília*
Quixote	*Dom Quixote das Crianças*
Poço	*O poço do Visconde*
Serões	*Serões de Dona Benta*
Tia Nastácia	*Histórias de Tia Nastácia*
Picapau	*O Picapau Amarelo*
Minotauro	*O Minotauro*
Reforma	*A reforma da natureza*
Chave	*A chave do tamanho*
Trabalhos	*Os doze trabalhos de Hércules*

Reinações de Narizinho

> Numa casinha branca, lá no Sítio do Picapau Amarelo, mora uma velha de mais de 60 anos. Chama-se Dona Benta. Quem passa pela estrada e a vê na varanda, de cestinha de costura ao colo e óculos de ouro na ponta do nariz, segue seu caminho pensando:
> – Que tristeza viver assim, tão sozinha nesse deserto... (*Reinações*).[77]

Com essas palavras simples, evocadoras com serenidade da revolução semântica com que Collodi inicia o seu *Pinocchio*, começa uma verdadeira saga cujas reais dimensões ainda não estão inteiramente avaliadas. O primeiro capítulo, publicado como livro independente em 1920, já introduz a maioria dos personagens lobatianos. Por ordem de entrada: Dona Benta, Lúcia, a menina do nariz arrebitado, Tia Nastácia (Anastácia, na primeira versão), "negra de estimação", Emília, uma boneca de pano, e Pedrinho, o outro neto de Dona Benta. Na sequência das histórias reunidas em *Reinações*, surgem, ainda, o Marquês de Rabicó, o Visconde de Sabugosa e o Burro Falante. Da equipe "permanente" do Sítio, fica faltando apenas o rinoceronte Quindim, que fará sua aparição nas *Caçadas de Pedrinho*.

Durante minhas releituras de todos os livros da minha infância, na quietude da serra de Petrópolis, mesmo sem o auxílio do pó de pirlimpimpim,

J. U. CAMPOS – *Marquês de Rabicó e Emília* – Reinações de Narizinho – *11ª ed., 1945.*

viajei muitas vezes. Uma especulação que fiz foi sobre o tamanho dos personagens, já a partir das obras iniciais. Lobato mistura seres de dimensões variadas, desde besouros, formigas e aranhas, passando por pessoas adultas, um sabugo, uma boneca e o enorme rinoceronte. Não seria tarefa fácil lidar com essas desproporções, mesmo no imaginário... Já que o tamanho é elemento incômodo, Lobato acabará com ele em *A chave do tamanho*.

Reinações é dividido em seções, cada uma das quais apareceu como livro independente antes da sua integração no livro de 1931:

- Narizinho arrebitado
- O Sítio do Picapau Amarelo
- O Marquês de Rabicó
- O casamento de Narizinho
- Aventuras do Príncipe
- O Gato Félix
- Cara de coruja
- O irmão de Pinóquio
- O circo de cavalinhos
- Pena de papagaio
- O pó de pirlimpimpim

As aventuras iniciam-se com a visita de Narizinho ao Reino das Águas Claras, onde Emília aprende a falar ao ingerir as pílulas do Doutor Caramujo e o qual é invadido por Dona Carochinha em perseguição ao Pequeno Polegar. As crianças visitam os reinos das vespas e das formigas, chega Pedrinho, aparecem Tom Mix, o Gato Félix, Branca de Neve, Barba Azul, o Barão de Munchausen, Peter Pan... Narizinho casa-se com o Príncipe Escamado e fica, aparentemente, viúva; Emília casa-se com o Marquês de Rabicó, numa "armação" de Narizinho, mas logo se divorcia. Alguns personagens são esboçados, como João Faz de Conta e Peninha ("irmão de Peter Pan"), mas aparecem e desaparecem.

Reinações é, ainda hoje, um belo e competente livro de histórias maravilhosas para crianças, que inaugura uma importante fase da literatura infantil brasileira. Fosse ele o único livro de Lobato, seu lugar na galeria dos grandes autores infantojuvenis já estaria assegurado.

O Saci

O Saci para crianças foi um subproduto do livro *O Saci-Pererê: resultado de um inquérito*, que Lobato publicou após uma série de pesquisas que fez sobre o personagem da mitologia brasileira, fascinado pelos seus variados aspectos culturais e narrativos. A captura do Saci por Pedrinho, auxiliado pelo Tio Barnabé, um personagem "permanente" do Sítio – mas que, como o Coronel Teodorico, o Elias Turco da venda, entre outros, faz aparições infrequentes, determinadas pela trama da narrativa e necessidades de contraponto dos personagens principais –, é o pretexto para incursões aventurosas pelo folclore nacional. Segundo a pesquisadora Hilda Vilela, o texto só conhece sua forma final nas *Obras completas*, de 1947, e "pode ser considerado uma obra-prima".[78]

O "clima" do livro é muito semelhante ao de *Reinações,* e o que acaba determinando a sua singularidade é certa "especialização". Em *Saci* só cabe a mitologia do território do "nosso" Mundo das Maravilhas. São atores coadjuvantes do Saci, que se transforma em companheiro fiel de Pedrinho, os animais da floresta e o Boitatá, o Curupira, a Mula sem Cabeça, o Lobisomem, o Negrinho do Pastoreio, a Iara e a Cuca, esta popularizada pelo programa de televisão da Rede Globo, mas que desempenha papel coadjuvante na obra de Lobato – e apenas em *O Saci*.

J. U. CAMPOS – *Pedrinho* – O Saci – 9ª ed., 1944.

Fábulas

Publicado inicialmente como *Fábulas de Narizinho*, em 1921, o livro é relançado no ano seguinte com o título simplificado. Trata-se de uma coletânea de 73 fábulas, recontadas por Dona Benta aos netos, extraídas principalmente das obras de Esopo e La Fontaine. Algumas, contudo, como *Américo Pisca-Pisca, o reformador da natureza*, foram inventadas pelo próprio Lobato. A escolha das histórias e sua sequência, bem como os comentários dos personagens do Sítio, que as entremeiam, dão marca e conteúdo personalíssimos a este livro que o autor, anos mais tarde, na reordenação dos títulos para a publicação das *Obras completas*, coloca em último lugar. Lobato editor fazia, sem dúvida, o marketing da série, entremeando os temas das aventuras na sequência que considerava mais adequada para aumentar o interesse dos seus pequenos leitores.

KURT WIESEL – *Conselheiro* – Fábulas – *11ª ed., 1945.*

Caçadas de Pedrinho

Última obra de fantasia da "primeira fase", este livro reúne duas obras. A primeira consiste em uma caçada às onças do capoeirão dos taquaruçus, mato muito cerrado – versão nacional lobatiana da "floresta maravilhosa", muito presente nas antigas narrativas – próximo ao Sítio, e que parece ter sido inspirada pela obra anterior (*Saci*), de forma a mobilizar os demais personagens, e cuja trama é algo inferior ao nível do resto da série. À primeira caçada, Lobato juntou, mais tarde, uma divertida narrativa a respeito de um rinoceronte fugido de um circo da cidade, que vem dar com os chifres nos arredores do Picapau Amarelo e é entusiasticamente adotado pela garotada, que, para isso, é compelida a afrontar a burocracia governamental, que o deseja recapturar para devolvê-lo aos legítimos proprietários.

Contudo, Quindim, que é como o rinoceronte será batizado por Emília em *Gramática*, prefere ficar no Sítio e passa a fazer parte do quadro permanente dos personagens, como guarda-costas, meio de transporte e também intérprete, visto que, nascido na então colônia africana de Uganda, fala inglês com perfeição, além de ter conhecimentos avançados de linguística e gramática.

JEAN G. VILLIN – *Quindim* – As caçadas de Pedrinho – 3ª ed., 1936.

Aventuras de Hans Staden

Lobato traduzira pessoalmente, desde 1921, livros de histórias para crianças como os contos de Andersen e o *Robinson Crusoé* para publicá-los, como editor. Provavelmente entusiasmado com a experiência das *Fábulas*, e desejoso de distinguir o livro de memórias do aventureiro hamburguês do seu contraparente mais famoso, o *Robinson* de Defoe, decidiu inserir esta "sua" versão da narrativa de *Hans Staden*, historicamente um dos primeiros livros escritos sobre o Brasil, na coleção de obras sobre as aventuras dos pequenos "picapaus".

KURT WIESEL – *Dona Benta, Pedrinho, Narizinho e Emília* –
As aventuras de Hans Staden – 6ª ed., 1926.

O formato utilizado é semelhante ao das *Fábulas*. A cada capítulo, dividido de acordo com as conveniências da adaptação, os personagens do Sítio fazem comentários sobre a narrativa de Staden que lhes é contada de forma simplificada pela avó.

Peter Pan

Trata-se de outra adaptação, desta vez da obra *Peter Pan and Wendy*, do escritor inglês J. M. Barrie, "recontada" às crianças do Sítio por Dona Benta, com o subtítulo *A história do menino que não queria crescer, contada por Dona Benta*, seguindo o mesmo formato das *Fábulas* e *Hans Staden*. Vale ressaltar que esta edição simplificada por Lobato precede de cinco anos o texto semelhante na Inglaterra.[79]

A leitura e a tradução de *Peter Pan* – assim como a das aventuras de *Alice* – devem ter causado forte impressão em Lobato, que transporta e transfere muito do imaginário da novela destinada às crianças inglesas ao ambiente do Sítio. O menino que não quis crescer tornar-se-á amigo e companheiro dos netos de Dona Benta e aparecerá em mais de um episódio das suas narrativas.

Viagem ao céu

Lobato inseriu deliberadamente sua *Viagem ao céu* como segundo volume da série de literatura infantil da Biblioteca Pedagógica Brasileira, edição da Cia. Editora Nacional, então de sua propriedade com outros sócios. Nas contracapas dos livros lia-se a observação: "Estes livros de Lobato possuem uma continuidade episódica e devem ser lidos na seguinte ordem..." – talvez para proporcionar variedade aos pequenos leitores. Na verdade, trata-se do primeiro livro de fantasias do que foi chamado de segunda fase de literatura infantil do autor, quando Lobato retorna dos Estados Unidos. Publicado em 1932, é também, em sentido amplo, um dos poucos escritos de ficção científica de autor brasileiro em sua época, embora destinado a crianças.

Aficionado leitor de Júlio Verne na juventude e tradutor de H. G. Wells, não é de estranhar que Lobato levasse os netos de Dona Benta ao espaço sideral. Eles vão à Lua com o pó de pirlimpimpim e lá deixam Tia Nastácia como cozinheira de São Jorge; seguem então para outros planetas, brincando de escorregar pelos anéis de Saturno, passeando pela Via Láctea, de onde voltam à Terra depois de resgatar o Visconde perdido numa órbita do nosso satélite e trazendo consigo um anjinho de asa quebrada, chamado Florzinha das Alturas, que será um dos personagens principais de *Memórias da Emília*.

JEAN G. VILLIN – *Emília, Pedrinho, Narizinho* – Viagem ao céu – 4ª ed., 1940.

História do mundo para crianças

Primeiro dos livros "didáticos" ou "paradidáticos" de Lobato, *História do mundo* é, de acordo com a introdução da primeira edição, de 1933, uma adaptação livre de *A child's history of the world* (1924), de V. M. Hillyer, identificado no texto como diretor da Calvet School, de Baltimore. Lobato acrescentou fatos históricos novos até 1947.

Emília no País da Gramática

Esta é uma obra de grande originalidade e é de lamentar que a nossa gramática tenha mudado tanto, desde o já distante ano de 1934, a ponto de tornar o livro impossível de ser utilizado hoje com os mesmos objetivos didáticos previstos pelo seu autor, há mais de sete décadas.

Grandemente enriquecido pelas ilustrações de Belmonte, *Gramática* descreve uma viagem de Narizinho, Pedrinho, Emília e o Visconde de Sabugosa, cavalgando Quindim (segundo Lobato, um eminente gramático), ao País da Gramática, terra fabulosa onde substantivos, adjetivos, pronomes, verbos, advérbios, preposições e conjunções – e até a "Senhora" Etimologia, as Figuras de Sintaxe e os Vícios de Linguagem – adquirem vida e personalidade próprias. A notar, na trama, uma tentativa do Visconde de raptar (e eliminar?) o ditongo "ão" – uma "feiura" da língua portuguesa.[80]

História das invenções

Trata-se, como *História do mundo*, de uma adaptação livre da obra *A história das invenções do homem, o fazedor de milagres* (1921), de Hendrik Willen van Loon, autor de obras de vulgarização histórica e científica que gozou de certa popularidade editorial no Brasil e internacionalmente nos anos 1930 e 1940. Como autor de livros infantis, Van Loon foi o primeiro ganhador, em 1922, da importante medalha Newbery atribuída anualmente pela American Library Association à melhor obra destinada ao público infantil.

Aritmética da Emília

Como a *Gramática*, uma ideia original. Só que em vez de irem visitar o País da Matemática, os números é que vêm se exibir para a turma do Picapau Amarelo. O resultado é possivelmente um pouco menos bem-sucedido do que o de *Gramática* – talvez pela maior complexidade do tema, que é duvidoso, inclusive, que Lobato dominasse com a mesma competência com que lidava com os assuntos de gramática. Mas sua leitura é agradável e as ilustrações de Belmonte enriquecem o texto.

Geografia de Dona Benta

Trata-se de outra adaptação de obra de V. M. Hillyer: *A child's geography of the world* (1929). Só que, desta feita, em vez de Dona Benta contar aos netos o conteúdo do livro, adaptado, o pessoal do Sítio embarca num "navio faz de conta", o *Terror dos Mares*, e vai observar *in loco* tudo o que narra a *Geography*

MANOEL VICTOR Fº – *Narizinho, Pedrinho, Visconde, Emília* – Aritmética da Emília – *18ª ed., 1981.*

original. Possivelmente premido pelo tempo e pelo volume de páginas para um livro infantil, Lobato não viaja por todos os países, deixando de lado, por exemplo, os territórios da antiga União Soviética.

Memórias da Emília

Com *Memórias*, Lobato retoma o fio das narrativas puramente fantasiosas, interrompidas a partir de *Viagem*. Naturalmente, as atenções (dos leitores e, no texto, do mundo) se voltam para o anjinho de asa quebrada que os meninos trouxeram de sua incursão à Via Láctea.

O Sítio do Picapau Amarelo é invadido por batalhões de crianças, traduzindo, talvez, o desejo ou o sentimento do próprio Lobato, que começava a sentir de perto, por meio de cartas e de manifestações na rua, a notoriedade adquirida como autor de obras infantis. Além disso, *Memórias* dá forma concreta à ideia de Lobato, de que as crianças devem "morar" em seus livros.

Emília assume o papel de narradora das aventuras e aproveita para dizer o que pensa sobre todos os moradores do Sítio.

Dom Quixote das crianças

A partir do século XVII, o *Don Quixote* original passou por diversas adaptações para o público infantil. Lobato faz com que, desta vez, a iniciativa parta não de Dona Benta, mas sim de Emília, que gostava de mexer nos livros da biblioteca, em busca de novidades, e muito especialmente os da terceira e quarta prateleiras, que "ela via e lambia com a testa". Entre os que mais a interessavam, estavam uns enormes, como a edição do engenhoso fidalgo, no original espanhol, com as ilustrações de Gustave Doré. Lobato manteve-as na primeira edição da versão infantil, mas provavelmente os problemas de qualidade de impressão, ou de direitos autorais, fizeram com que fossem mais tarde abandonadas.

ANDRÉ LR BLANC – *Visconde, Emília* – Memórias de Emília – *12ª ed., 1965.*

Para retirar os livros da prateleira alta, Emília pede ajuda do Visconde, que acaba achatado no processo, pois os livros desabam sobre sua cabeça, numa de suas muitas "mortes". Ele será ressuscitado por Tia Nastácia, para protagonizar a próxima aventura.

O poço do Visconde

Uma das obras mais famosas de Lobato, fora do círculo ligado à literatura infantil, deve a sua notoriedade em boa parte à agitação popular que Lobato lograra alcançar em torno da sua campanha em favor da extração de petróleo no Brasil. Por isso mesmo, o livro – que deveria ser mais um "didático", visto que é subintitulado *Geologia para crianças* – acabou por se tornar uma das mais populares obras de fantasia. De fato, desenvolve-se uma trama cinematográfica em torno da perfuração do poço de petróleo no sítio de Dona Benta, culminando com a sua descoberta e nas grandes transformações em toda a área da propriedade, graças ao progresso proporcionado pela revelação do precioso mineral.

O mais politizado dos livros infantis de Lobato deve ter alertado algumas gerações de brasileiros, cada um à sua moda, sobre as virtudes do desenvolvimento econômico como projeto nacional.

Serões de Dona Benta

Nas opiniões coincidentes do menino e do pesquisador, já adulto, é o mais enfadonho dos livros infantis de Lobato. Por isso, talvez, encerra a série dos "didáticos", que não mais será retomada. Se for adaptação, Lobato não menciona a fonte. *Serões* retoma o modelo da narrativa de Dona Benta, dentro de casa, seguindo, de certo modo, o formato de livro-texto da matéria Ciências, como era ministrada nas escolas primárias e secundárias ao tempo da publicação do livro. É possível que Lobato estivesse convencido de que o milagre, que profetizara em *Poço*, não ocorreria numa sociedade tão pouco comprometida com o conhecimento e o estudo das ciências e quisesse, mais uma vez, dar a sua contribuição para alterar a situação.

Histórias de Tia Nastácia

Segue o mesmo formato de *Fábulas*; variam apenas as fontes das narrativas, neste caso todas originadas do folclore que, no dizer de Dona Benta, são as coisas que "o povo sabe por boca, de um contar para o outro, de pais e filhos – os contos, as histórias, as anedotas, as superstições, as bobagens, a sabedoria popular etc. e tal" (*Tia Nastácia*). As histórias narradas por Tia Nastácia ("Tia Nastácia é povo. Tudo o que o povo sabe [...] ela deve saber") têm raízes europeias, africanas e indígenas brasileiras e são complementadas, no final, por histórias contadas por Dona Benta, da tradição do Cáucaso (*sic*), da

Pérsia, do Congo, da Rússia, da Islândia, dos esquimós e até do Rio de Janeiro, onde Lobato registra a do célebre "conto do vigário".

O Picapau Amarelo

Este livro inicia, em 1939, a série das que são certamente as melhores e mais acabadas obras da coleção infantil de Lobato, que já era então homem maduro, com mais de 50 anos. Talvez por isso o autor sugestivamente o intitulou *O Picapau Amarelo*, afinal a "marca registrada" do seu mundo particular de fantasia, como se se tratasse de uma afirmação ou de um reinício.

Simplesmente *todos* os personagens do mundo da fantasia resolvem se mudar de vez para o Sítio, reconhecendo que é lá, e não em outro lugar, como os livros ou os armários da Dona Carochinha, que reencontrarão a essência vital da qual foram criados e de que se alimentam: o sonho.

Anunciados por uma carta trazida pelo Pequeno Polegar, chegam ao Sítio Aladim, Branca de Neve, Chapeuzinho, o Gato de Botas, Dom Quixote, Barba Azul, a Gata Borralheira, Peter Pan e seus meninos perdidos, Alice,

RODOLPHO – *Tia Anastácia* – O Picapau Amarelo – 3ª ed., 1944.

os personagens da mitologia grega... Todos. Para acomodá-los, Dona Benta, enriquecida pelo petróleo, adquire as terras vizinhas à sua propriedade. As aventuras do *Picapau* terminam com a chegada dos monstros do País das Fábulas, que se consideram incluídos no convite, mas são na verdade indesejáveis. A turma do Sítio consegue livrar-se dos monstros, porém com uma baixa importante: Tia Nastácia é raptada.

O Minotauro

Quem raptou Tia Nastácia foi o Minotauro. É o que os personagens acabam descobrindo, e isso serve de pretexto para Lobato fazer a primeira de duas excursões pela Grécia clássica. A busca ao esconderijo do monstro, localizado na ilha de Creta, leva Dona Benta e os netos à Grécia de Péricles e Fídias, em visita às obras do Partenon, aos campos da Tessália, ao oráculo de Delfos e ao próprio Olimpo, para finalmente chegarem ao Labirinto. Ali, valendo-se do mesmo estratagema de Dédalo, isto é, usando rolos de linha para entrar e sair, salvam a cozinheira das garras do monstro. Este se mostra indefeso, empanturrado com os famosos bolinhos cuja receita só Tia Nastácia conhecia e astutamente oferecera ao taurino personagem, em troca da própria pele...

A reforma da natureza

O livro reúne duas obras mais curtas, porém aparentadas: *A reforma da natureza* e *O espanto das gentes*. O primeiro desenvolve uma ideia antiga de Lobato, já incluída nas *Fábulas*, de 1922: a história do "reformador da natureza".

Dona Benta e Tia Nastácia são chamadas às pressas à Europa, onde ditadores, reis e presidentes estão reunidos para discutir a paz, que deve sobrevir (a primeira edição de *Reforma* é de 1941), e Emília consegue convencê-las de que deve ficar – embora desacompanhada – no Sítio. Ao pilhar-se sozinha, convida uma amiga, a Rã (na vida real, uma leitora de Lobato), e as duas começam a reformar a natureza, criando o "passarinho-ninho", mudando as características da Vaca Mocha, de borboletas, moscas, formigas, pulgas, a cozinha de Tia Nastácia e os livros de Dona Benta. Com a volta dos adultos, Emília concorda em desfazer a maioria das suas reformas.

BELMONTE (Benedito Carneiro Bastos Barreto) –
Dona Benta e Tia Nastácia – A reforma da natureza – 1ª ed., 1955.

Na segunda parte, o Visconde de Sabugosa desenvolve uma técnica capaz de alterar o ritmo da produção de hormônios das glândulas de vários insetos, transformando-os em monstros gigantescos que escapam do Sítio e assustam as pessoas. Ambas as narrativas, assim como *A chave do tamanho*, que virá a seguir, podem ser classificadas como ficção científica destinada ao público infantojuvenil.

A chave do tamanho

Esta obra versa sobre o tema da Segunda Guerra Mundial,[81] cujo término, em 1942, era difícil de antever. Emília decide partir em busca de uma hipotética "chave das guerras", que ficaria em algum lugar "no fim do mundo", onde se localiza a "casa das chaves". Tomando uma pitada do novo superpó, inventado pelo Visconde – mais potente do que o pirlimpimpim original, para levá-la ao que parece ser outra dimensão –, a boneca consegue o seu intento. Mas, como as chaves não têm identificação, resolve aplicar o sistema de "tentativa e erro", e a primeira chave que desliga não é a das guerras, mas a do tamanho de todas as pessoas do mundo. Desligada a chave, a humanidade é subitamente reduzida a 1/40 do seu tamanho. Trata-se de uma ideia original, possivelmente inspirada no *Gulliver*, que fora uma das leituras da juventude do autor e que faz parte das obras infantis por ele traduzidas.

No primeiro momento, o texto descreve as aventuras da Emília, que busca maneiras de sobreviver dentro da nova ordem – no que é beneficiada pelo fato de ter se iniciado na vida com dimensão e ponto de vista de boneca de pano. Ao reencontrar o Visconde (que, por ser "vegetal", não passara pelo "apequenamento"), Emília "toma posse" do único gigante sobre a face da Terra e parte à cata das consequências da sua "reinação". Descobre que a redução do tamanho da humanidade tivera como um dos resultados o fim da guerra, mas à custa de muitos novos desastres. Surge uma "nova ordem", na qual prospera Pail City, uma cidade dentro de um balde, nos Estados Unidos, habitada por uma comunidade recém-formada, liderada por um antropólogo...

A realização de um plebiscito, com os membros da comunidade do Sítio (entre os personagens principais não há baixas, mas não se sabe o que ocorreu com o Coronel Teodorico, o Elias Turco e o Tio Barnabé), determina que as pessoas voltem ao tamanho original – e o voto de Minerva é dado pelo Visconde, que desempata o resultado.

A chave do tamanho é um livro intrigante e talentoso e tem sido analisado por especialistas nos aspectos de forma literária e conteúdo ideológico. Lobato, numa das últimas cartas a Rangel, descreve-o como "filosofia, que gente burra não entende". É, segundo ele, "demonstração pitoresca do princípio de relatividade das coisas".[82]

Antonio Carlos Scavone fez uma análise detalhada do texto e encontrou inúmeras ocorrências do que denominou "reflexos do positivismo" formador de Lobato, a saber: a teoria da evolução, dificuldades de adaptação das pessoas mais velhas, preocupação pela exatidão, cientificismo nas atitudes da Emília e do Visconde de Sabugosa, importância da experimentação, formulação e eliminação de hipóteses, o uso da razão aliada à criatividade como meio de solucionar problemas, e o pó de pirlimpimpim, elemento mágico, que "por mais incrível que possa parecer, é fruto de longas pesquisas regadas com intercâmbios científicos".[83]

Os doze trabalhos de Hércules

Esta obra foi inicialmente publicada em 1944 pela Editora Brasiliense em doze pequenos volumes, cada um contendo o relato de um dos trabalhos de Hércules, de acordo com a narração de Lobato, ou seja, com a participação operosa e providencial da turma do Picapau Amarelo nas façanhas do herói grego.

São os seguintes os trabalhos, na ordem de narrativa:

1. O Leão da Nemeia
2. A Hidra de Lerna
3. A Corça de Pés de Bronze
4. O Javali de Erimanto
5. As cavalariças de Augias
6. As aves do lago Estinfale
7. O Touro de Creta
8. Os cavalos de Diomedes
9. O Cinto de Hipólita
10. Os bois de Gerião
11. O Pomo das Hespérides
12. Hércules e Cérbero

Uma família quase perfeita

A estrutura de pessoas dramáticas constituída pelos personagens principais ou permanentes dos livros infantis de Lobato tem sido objeto de estudo de especialistas nas áreas de literatura e pedagogia. Sob o ponto de vista psicológico, o material é certamente rico de informações sobre os perfis das personalidades dos personagens, das suas interações e dos enredos das narrativas. As observações que faço, sob este ponto de vista, são, em grande parte, fruto de discussões com profissionais dessas áreas. O assunto, contudo, está longe de ser esgotado e ainda aguarda interpretações semelhantes às obtidas por Bettelheim, Zipes ou Von Franz, a partir de textos tradicionais de complexidade bem menor...

De todo modo, é difícil discutir o conteúdo ético-ideológico da obra infantil de Lobato sem buscar estabelecer um "perfil de personalidade" de cada um dos personagens principais, que participam das aventuras que se desenrolam ao longo dos 22 volumes da produção lobatiana. Pode-se ter uma ideia da importância desse aspecto da obra de Lobato ao constatar-se que, mesmo decorridas muitas décadas da leitura do texto, a maioria dos adultos guarda lembranças vívidas de quase todos os seus figurantes.

Entre os personagens permanentes, os humanos, adultos, são Dona Benta e Tia Nastácia. Os dois outros personagens humanos são crianças: Lúcia, a menina do nariz arrebitado, tratada como Narizinho, e seu primo Pedro, o Pedrinho. São três os personagens animais, nenhum deles irracional: Conselheiro, o Burro Falante; o Marquês de Rabicó, um porco, e o rinoceronte Quindim. Fecham o conjunto das *dramatis personae* dois bonecos, originalmente brinquedos das crianças: Emília, uma boneca de pano costurada pelas mãos de Tia Nastácia, "que evoluiu e virou gente", e o Visconde de Sabugosa, fabricado com sabugo de milho inicialmente por Pedrinho, para servir de emissário do noivo, o Marquês de Rabicó, no episódio do casamento da Emília, em *Reinações*, e, depois, pelas mãos da Tia Nastácia.

Nelly Novaes Coelho considera os personagens do Sítio – à exceção de Emília[84] – *arquétipos*. Assim, Narizinho e Pedrinho são crianças sadias, sem problemas. Dona Benta é a avó ideal. Tia Nastácia, a serviçal eficiente, afetuosa e humilde. O Visconde, símbolo da sabedoria intelectual adulta. O Marquês, a irracionalidade animal da gula, e Quindim, a força bruta. Outra estudiosa da obra de Lobato, Maria Edith di Giorgio, identifica, em Dona Benta, o superego familiar do próprio autor; em Pedrinho o seu ego mais real; Emília é o inconsciente; Narizinho, a *anima*; o Visconde de Sabugosa representaria a relação de Lobato com a morte, e o Marquês de Rabicó, o seu horror racional ao instinto bruto.[85]

Nesse grupo social, também podemos identificar uma hierarquia, mais ou menos evidente pela leitura dos livros, que pode ser visualizada em forma de um organograma, com as seguintes características:

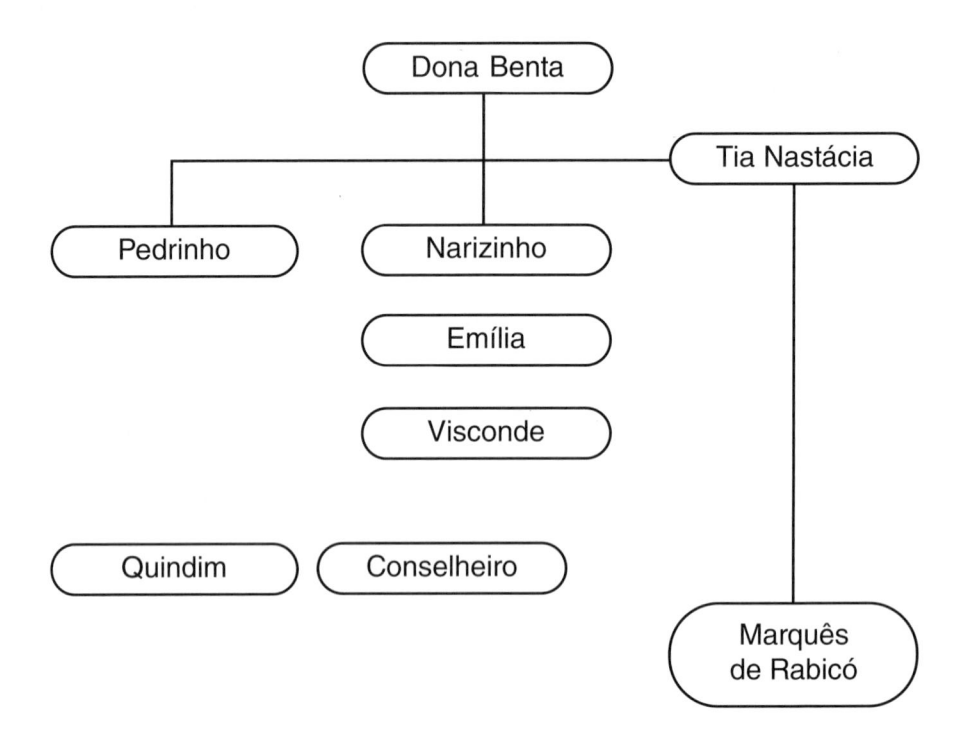

```
                    ┌─────────────┐
                    │ Dona Benta  │
                    └─────────────┘
                           │
         ┌─────────────────┴──────────────┐
         │                                │
   ┌──────────┐      ┌───────────┐  ┌────────────┐
   │ Pedrinho │      │ Narizinho │  │ Tia Nastácia│
   └──────────┘      └───────────┘  └────────────┘
                     ┌───────────┐         │
                     │  Emília   │         │
                     └───────────┘         │
                     ┌───────────┐         │
                     │ Visconde  │         │
                     └───────────┘         │
   ┌──────────┐      ┌─────────────┐       │
   │ Quindim  │      │ Conselheiro │       │
   └──────────┘      └─────────────┘       │
                                    ┌─────────────┐
                                    │  Marquês    │
                                    │ de Rabicó   │
                                    └─────────────┘
```

Na tentativa de organização formal, desde o início da narrativa fica claro que Emília "pertence" a Narizinho e que Narizinho, embora não pertença à avó, deve, como dependente, obediência a ela, assim como o outro neto, Pedrinho, que, em férias, também se subordina formalmente a Dona Benta. Na organização informal, contudo, com frequência fica bem claro que quem lidera o grupo é a boneca, na maioria das situações dinâmicas. Novaes Coelho considera Emília a personagem-chave do universo lobatiano, por ser a única que se confronta, em tensão dialética, com os demais.[86]

Quanto à funcionalidade, uma distribuição de "responsabilidades" pelos personagens poderia ter o seguinte aspecto:

- Dona Benta: chefe/rainha/monarca;
- Tia Nastácia: provedora de alimentos e de apoio logístico doméstico;
- Pedrinho: de certa forma, o "homem da casa";
- Narizinho: ser feminino. No início da narrativa é a namorada/noiva;
- Emília: super-herói ou heroína (dependendo do ponto de vista do leitor);

- Visconde: adulto do gênero masculino, exerce funções de professor e sábio;
- Quindim: guarda-costas/protetor;
- Conselheiro: em alguns casos, age como primeiro-ministro, mas só quando é chamado;
- Marquês de Rabicó: ser irresponsável e instintivo, criança (?), malandro às vezes; como Tia Nastácia, é "povo".

Benjamin Abdala Jr. assinala que, na ausência de pai e mãe convencionais, o poder formal dos adultos é exercido por Dona Benta e que sua função é, quase sempre, ritual: "Não impositiva, inteligente e democrática, a velha limita-se a reforçar o comportamento já evidenciado pelas crianças, moderando as atitudes mais extremadas em função da própria coesão do grupo e marcando ritualmente o momento de ir para a cama".[87]

A orientação do grupo infantil é sempre de apreciar criticamente todo o saber transmitido: não se aceitam, sem questionamento, sequer as histórias fantásticas entremeadas no texto.

Comenta-se a suposta falta do elemento masculino na constituição do grupo central dos personagens das histórias de Lobato. Entretanto, num exercício de fantasia – neste contexto, certamente apropriado –, se levarmos em consideração *todos* os personagens da ficção em pé de igualdade, o equilíbrio é restabelecido. É verdade que, entre os elementos "humanos", a proporção é de 3:1, ou seja, os dois adultos são do sexo feminino e, de duas crianças, só um é menino. Ao examinar-se o grupo de nove figurantes como estrutura familiar básica, com a qual opera o autor, encontramos, porém, cinco personagens do sexo masculino e quatro do sexo feminino:

Masculino	Feminino
Pedrinho	Dona Benta
Visconde	Tia Nastácia
Quindim	Narizinho
Conselheiro	Emília
Marquês	

A análise do grupo acima, conjugando-se os atributos sexo *versus* hierarquia *versus* função, permite afirmar que a única posição não convencional é a do Visconde de Sabugosa, pois, embora atue com características que podem ser consideradas paternais, isso ocorre sob as ordens muitas vezes despópticas da boneca Emília...

A americana Rose Hayden, que analisou o texto infantil de Lobato, é partidária da tese "feminista"; ela observa que, entre os homens adultos, um é retratado como um tolo (o Coronel Teodorico), e o outro como "curiosidade" (o Tio Barnabé). E, "quando homens visitam o sítio, trata-se de burocratas do governo, descritos negativamente".[88]

Os outros personagens mais ou menos permanentes, ao longo dos 22 volumes, são o Tio Barnabé, o Coronel Teodorico e o Elias Turco, da venda. Têm, contudo, diminuta participação na organização central, tanto funcional como hierárquica.

Quais são os traços dominantes das personalidades de cada um dos personagens? Vejamos a seguir.

Dona Benta

É uma "velha", dentro do conceito que o termo possuía no início do século XX. Lobato descreve-a, variadamente, como "uma velha de mais de 60 anos" (*Reinações*), "tem 64 anos" (*Saci*), "tem 66 anos" (*Saci*) e chega a ter 70 anos (*Caçadas*). Na primeira descrição de Lobato, como vimos, Dona Benta é muito mais velha e frágil do que nos textos posteriores – passa dos 70 anos e não enxerga direito. Lobato teve de remoçá-la, para que pudesse acompanhar as estripulias dos netos e agregados. É viúva do major Encerrabodes, embora não se explique desde quando. Tem uma filha, Antônia, ou Tonica, que vive no Rio de Janeiro e é a mãe de Pedrinho. É a chefe do grupo e preenche funções de autoridade materna e paterna, cada uma a seu turno, de acordo com as necessidades. É também professora: conhece todos os assuntos e é capaz até de conversar com cientistas e chefes de Estado. Algumas vezes é simples companheira, quando acompanha os meninos nas suas aventuras, ainda que quase sempre numa posição de conforto ou, de alguma forma, protegida pelo grupo. Lobato afirma ter-lhe dado o nome por causa da avó de um colega seu, de escola, que lhe contava histórias que o menino repassava aos amigos.

Tia Nastácia

Tia Nastácia foi escrava de Dona Benta quando jovem e, liberta, passa a ser sua empregada – fenômeno comum, no final do século XIX, nas famílias que Lobato conheceu como criança, inclusive a sua própria. Excelente cozinheira, supersticiosa de forma caricatural, provocou a ira do clero, como, por exemplo, o padre Sales Brasil, para quem se tratava de um grande desafôro que o escritor atribuísse a Tia Nastácia as principais características de "religiosidade", enquanto o resto do grupo – ainda segundo o padre – permanece ateu.[89] Lobato usa Nastácia como contraponto "adulto"; para ela, o desconhecido é indesejável e/ou ameaçador diante das posturas mais abertas das crianças, que confrontam suas experiências com as dos mais velhos e confiam no futuro.[90] Lobato inspirou-se numa babá de seu filho Edgard, de nome Nastácia, para batizar o seu personagem – inquestionavelmente familiar às gerações que leram as primeiras edições de seus livros.

Tia Nastácia tem aproximadamente a mesma idade de Dona Benta – o que a identifica com a patroa nos momentos de tensão ou perigo e a torna o alvo predileto dos comentários críticos de Emília, hoje considerados racistas. Gilberto Mansur defende a boneca, explicando que, no contexto da época, o tratamento dado a Tia Nastácia por Emília está, ao contrário, "impregnado de naturalidade". E escreve: "Como, aliás, praticamente tudo na obra infantil de Lobato. Uma naturalidade tão espontânea que pode até soar, às vezes, como agressiva – acostumados que estamos a artifícios verbais e a meias verdades mentais".[91]

Narizinho

Os analistas consideram provável que Lobato tenha se inspirado em Alice, personagem de Lewis Carroll, para criar Narizinho. A menina, cujo nome verdadeiro é Lúcia, surge como personagem principal da narrativa, mas, aos poucos, cede o lugar a outros. Sua idade é mencionada na obra desde 7 até 9 anos. É neta de Dona Benta, vive com a avó, no Sítio, mas não há, em nenhuma parte, explicação sobre o que poderia ter acontecido com seus pais, nem se Dona Benta é sua avó por parte de pai ou de mãe.

Pedrinho

O outro neto de Dona Benta tem idade próxima à de Narizinho – entre 8 e 10 anos de idade – e é apresentado como filho de uma filha de Dona Benta, Tonica, que mora no Rio de Janeiro. Pedrinho é mais ativo do que a prima, tanto física como intelectualmente, o que se encaixa de certa forma no estereótipo contemporâneo de Lobato para um "menino" e o aproxima, provavelmente, do que teria sido o próprio Lobato em garoto, como vimos nos depoimentos das irmãs do autor. Como Lobato, Pedrinho é leitor ávido das narrativas de aventura e ficção histórica. O escritor atribui características meio idealizadas ao menino, muitas vezes descrito como "corajoso", "honesto", "responsável", interessado por assuntos sérios e "científicos" e pela leitura de jornais.

Conselheiro

O Burro Falante das aventuras de Lobato é o mesmo personagem da fábula *Os animais e a peste*, que os meninos testemunham numa de suas viagens pelo País das Fábulas (em *Reinações* e recontada em *Fábulas*). Salvo do sacrifício, cedo adere ao grupo e mantém-se presente, ainda que à distância, na maior parte das histórias. Trata-se de personagem de grande sabedoria e bom-senso, como se Lobato desejasse – tendo vivido na fazenda –, literalmente, modificar a imagem prototípica do animal.

Marquês de Rabicó

Ostensivamente crítico a cerimoniais e títulos de nobreza, Lobato deve ter tido sentimentos ambivalentes a respeito – fruto, com certeza, da sua complicada relação com o avô visconde –, razão pela qual atribui os graus de visconde e marquês a criaturas tão diversas quanto Sabugosa e Rabicó. Este personagem suíno é o sétimo de uma ninhada de porquinhos que vão tendo, todos, o destino do facão da cozinha até Narizinho se condoer da sorte do último, que acaba sobrevivendo.

O Marquês, contudo, parece ser um incorrigível mau-caráter. Subsiste entre os personagens permanentes, por um lado, porque só comete "pequenos" pecados e, por outro, talvez, porque representa o necessário papel contrapontístico de bufão e, algumas vezes, de porco expiatório.

Quindim

Por que Emília batiza com o nome de um doce tradicional – onomasticamente evocativo de suavidade – o enrugado rinoceronte da família, é outro motivo de curiosidade. Em conversas com amigos, segundo a diretora da Biblioteca Infantil Lobato, Hilda Vilela, Lobato teria afirmado ser esta, exatamente, a sua intenção: o paradoxo. Trata-se, entretanto, de um figurante bem diferente do rinoceronte de Ionesco (não contemporâneo de Lobato), e sua força bruta é subjetiva de uma natureza interior refinada e culta. Tem-se aqui a força manobrável; os canhões ao lado da inteligência.

Com os dois personagens anteriores, forma-se um trio ilustrativo do sincretismo criativo que Lobato estabelece entre os três mundos da fantasia: pessoas, animais e brinquedos.

Visconde de Sabugosa

Lobato, como sabemos, foi neto e herdeiro do Visconde de Tremembé, figura que aparece com força nas suas memórias de infância. Aqui, novamente, a relação é ambivalente, pois, ao mesmo tempo que censura intimamente a forma da relação do avô com a avó, Lobato não podia evitar a realidade prazerosa de ter se tornado herdeiro de bens consideráveis por ocasião de sua morte. Talvez seja essa a razão de Lobato matar e ressuscitar tantas vezes o herói sabugo...

Criado na fazenda, Lobato teve a oportunidade de conhecer e brincar com bonecos feitos de sabugo de milho e outros materiais, assim como os bois de chuchu. Nos escritos de juventude, ele comenta que as crianças "desadoram os brinquedos que dizem tudo, preferindo os toscos nos quais a imaginação colabora. Entre um polichinelo e um sabugo acabam conservando o sabugo".[92] Artur da Távola sugere que Emília e o Visconde, sendo uma boneca de pano e um sabugo de milho, tornam-se ricos de criatividade para as crianças, "exatamente porque incompletos como forma".[93] Abdala Jr. encontra, no Visconde, uma interseção entre o saber científico e mágico[94] – um sabugo que virou gente e que "embolora" e morre se não lhe for preservado o "caldo da vida", ou essência vital, quando, pelas mãos de Tia Nastácia/Medeia, lhe é restaurada a organicidade.

A Biblioteca Internacional de Obras Célebres, que Lobato adquiriu em 1913 – e que deve ter lido, ou pelo menos consultado, com frequência –, trazia escritos, entre outros, do conde de Sabugosa. Antônio Maria José de Melo César e Meneses – o conde de Sabugosa verdadeiro – era filho do marquês de Sabugosa e foi um escritor português, nascido em 1851, portanto vivo e atuante à época da publicação da Biblioteca. Ambos são descendentes do conde de Sabugosa original, Vasco Fernandes César de Meneses (1673-1741), que foi vice-rei do Brasil em 1720. As coincidências são expressivas, e Lobato deve ter apreciado a ironia do trocadilho.

O Visconde desempenha funções importantes em quase toda a obra. De fato, vai se tornando mais "simpático", um "gigante" em *A chave do tamanho*, e, na última, é vítima de uma loucura "heroica", o que indica um desejo interior do escritor de redimi-lo. Não fosse a posição assegurada de Emília, na obra de Lobato, como personagem principal, o Visconde de Sabugosa poderia ter tido pretensões próprias ao estrelato.

Emília

Mergulhando fundo no imaginário funcional dos autores infantis, Lobato não inovou ao fazer de uma boneca personagem, nem ao atribuir-lhe fala e outras características humanas. Sheila Egoff atribui a primazia a Richard Horne, autor de *Memoirs of a London doll* (1846).[95] Esta nossa boneca de pano em particular, que se torna gente, é, contudo, um dos grandes personagens da literatura universal, e só não alcançou fama e fortuna compatíveis por ter sido criada num igarapé neolatino secundário, em meio a sistema fluvial marcadamente anglo-saxão, ao qual tiveram acesso parcial o francês, o italiano e o espanhol, mas não o português – especialmente no que diz respeito à literatura infantil.

Nelly Novaes Coelho, entre outros, identifica na boneca um "protótipo-mirim do Super-Homem nietzschiano", pela vontade de domínio e individualismo extremado.[96] Emília é a porta-voz de Lobato em momentos importantes e sobre os assuntos mais polêmicos. Tem a mesma independência de personalidade e autonomia intelectual que caracterizavam o escritor, mas também uma esperteza e um "jeitinho" brasileiros que não eram muito características suas. Lobato conta que, muitas vezes, ria sozinho, ao escrever, das coisas que colocava na boca da boneca. O poder de Emília origina-se nas suas ideias – frequentemente classificadas como "asneiras" pelos outros personagens ou pelo próprio Lobato, numa espécie de autocensura convencional – e da coragem de passar ao empreendimento e à ação. Como observa Vieira de Campos, um dos estudiosos da obra de Lobato, "ela é a própria imagem do indivíduo empreendedor, apto e esperto, que, para Lobato, identifica aqueles que são capazes de vencer na competição pela vida".[97]

Nas palavras de Lobato, "[ela] começou como uma feia boneca de pano, dessas que nas quitandas do interior queixinho empinado: sou a Independência ou Morte! E é tão independente que nem eu, seu pai, consigo domá-la. [...] Fez de mim um 'aparelho', como se diz em linguagem espírita. [...] Emília que hoje me governa, em vez de ser por mim governada".[98]

O sentimento é frequente entre os criadores de personagens literários "fortes". Os cartunistas Quino e Bill Waterson deixaram de criar as aventuras de seus personagens Mafalda e Calvin. P. L. Travers, que escreveu as aventuras de *Mary Poppins*, registra que não foi ele que a inventou, mas ele, autor, é que foi inventado por ela.[99] Outra especulação atraente consiste em imaginar se Lobato teria batizado a boneca, inconscientemente, com a versão feminina do nome dado por Rousseau à criança que cria e molda de forma idealizada: Émile...

Para Julio Gouveia, Emília é a personagem feminina na qual Lobato juntou todos os atributos possíveis da sua concepção de mulher bem-sucedida.[100] A concordância é geral de que a boneca é o principal personagem das histórias de Lobato e de que as suas palavras, gestos e ações são fio condutor da narrativa e definem, em grande parte, o seu conteúdo ideológico. E permanece presente: em 1996, o Centro Cultural do Banco do Brasil, no Rio de Janeiro, recebia milhares de visitantes para ver a exposição *Sete Vezes Emília,* na qual sete ilustradores brasileiros modernos mostraram seus trabalhos, tentando "decifrar" visualmente a boneca.[101]

5. Livros para queimar

> *Não será mentindo às crianças que*
> *consertaremos as coisas tortas.*
> Monteiro Lobato

Desde cedo, muita crítica foi feita a Lobato pelos seus contemporâneos em função, por exemplo, da imagem, considerada "indesejável", do Jeca Tatu – depois perfilhada pelos modernistas. Acusaram-no de ser antipatriota e de contribuir para o descrédito do país no exterior.[102] Mas foi predominantemente em relação aos textos infantis, destinados a crianças e adolescentes e que ofereciam exemplos de independência contestatória, numa sociedade em que a classe média era, ainda, diminuta, que as controvérsias foram frequentes e, às vezes, graves.

O padre Sales Brasil, um de seus críticos mais severos, chegou a escrever e publicar um livro com a finalidade exclusiva de condenar a obra infantil de Lobato e de alertar as famílias brasileiras sobre o que continham de atentado à moral vigente. O padre lista, meticulosamente, o que chama de erros filosóficos, teosóficos, históricos e/ou sociais que encontra no texto infantil de Lobato: negação de uma causa superior à matéria, na tentativa de conciliar teorias incompatíveis, como o criacionismo, o idealismo e o materialismo dialético; negação da divindade de Cristo, da existência de Deus e da superioridade do cristianismo; negação da espiritualidade da alma e da existência de outros espíritos; negação da verdade lógica e ontológica, da imoralidade da mentira e da força do direito; negação do vínculo matrimonial indissolúvel; negação da moralidade do pudor e do impudor das obscenidades (*sic*);

negação da hierarquia social; negação da independência da pátria; negação da propriedade particular; negação da cultura inspirada no cristianismo e negação do respeito devido aos pais, superiores, pessoas idosas, polidez e boas maneiras.[103] O padre convidou Alceu Amoroso Lima para prefaciar a obra. Este, embora admitindo que a *História do mundo* fosse "perniciosa", declinou, por não concordar com a crítica indiscriminada nela contida.[104]

Mas há outras instâncias desse tribunal contemporâneo, além das eclesiásticas. Gilberto Mansur relata lembranças de sua infância, nos anos 1940: "Levando seus personagens a agir como ele, Lobato viu uma boa parte da sua obra para crianças ser proibida, e até queimada em praças públicas de muitas cidades [...], como o Rio de Janeiro, então capital da República".[105]

Em Belo Horizonte, em 1934, o jornal da paróquia de São José publicava notificação aos leitores: "Cuidado! Tornamos a avisar a todos que o livro *História do mundo para crianças*, do senhor Monteiro Lobato, é péssimo e não pode ser lido por ninguém".

Mansur conta que o mesmo livro foi expurgado de escolas e bibliotecas em todo o país, além de receber pareceres censores de associações católicas e ligas femininas. Num de seus boletins, a Liga Universitária Católica Feminina, apesar de reconhecer algum valor na obra infantil de Lobato, chega à conclusão de que, no conjunto, ela era "deletéria".[106]

Lembrando os cortes mais recentes, como do pó de pirlimpimpim, feitos pela ditadura militar nos programas de televisão do Sítio, o mesmo articulista reporta que, nos anos 1940, um Serviço das Instituições Auxiliares da Escola do Departamento de Educação da Secretaria dos Negócios da Educação e Saúde Pública do Estado de São Paulo proibiu os livros de Lobato por julgá-los "inconvenientes".[107] Entre as inconveniências, descritas no boletim da autarquia, incluem-se as referências de Lobato a Jesus Cristo, à queima do café e à mágoa de Santos Dumont de ver seu invento utilizado como arma de guerra, além do uso excessivo de gíria, neologismos e pejorativos.[108]

Em Portugal e colônias, a *História do mundo* teve destino semelhante, segundo depoimento do próprio Lobato, por ser partidário da descoberta do Brasil por acaso e de mencionar que Vasco da Gama teria cortado 1.600 orelhas de marinheiros árabes.[109]

Na era das posições e dos conceitos "politicamente corretos" surgem, hoje, frequentes críticas ao texto infantil de Lobato como "preconceituoso" – não só acerca da negritude servil de Tia Nastácia, como em relação a outros aspectos do texto. Nelly Novaes Coelho adverte para o perigo de tal análise que subjetiva o texto do autor – a literatura – como preconceituoso; esquece-se assim que, como mediadora, ela reflete os valores e desvalores de um sistema social contemporâneo de Lobato e que ele, nem mais nem menos do que outros artistas, refletiu com bastante fidelidade a sociedade e os tempos em que viveu. A autora observa brevemente que as atitudes libertárias defendidas, assumidas ou reivindicadas pelos personagens lobatianos – Emília em especial – não causam, nas crianças de hoje, o mesmo impacto que nas de ontem.[110] A respeito, vale lembrar um paralelismo da atuação ideológica de Lobato com o papel desempenhado, quase contemporaneamente, pelo filósofo inglês Bertrand Russell. Embora seus livros estejam à venda nas livrarias, pouca gente ainda os lê, quatro décadas após sua morte, em 1970, quase centenário. Russell, que considerava o pensamento o único domínio em que o homem pode ser realmente livre, também buscou com contundente lucidez demolir tolices e mitos seculares que tentavam privar os homens de suas liberdades. Escreveu dois ensaios famosos que lhe valeram ódio e preconceito, nos quais explicava por que não era cristão e por que não era comunista. Foi expositor e divulgador de teorias científicas avançadas; explicador da filosofia; formulador de conceitos importantes em psicologia do comportamento quando a ciência era infante; defensor da educação com e para a liberdade (*Summerhill*); participou da política, defendeu o pacifismo durante a Primeira Guerra e contra o holocausto nuclear...

Com tudo isso, eu perguntaria: por que já não se ouve falar de Bertrand Russell, como nas décadas de 1950 e 1960, quando seus livros eram quase indispensáveis para formular os conceitos e valores éticos que ajudaram a "fazer a cabeça" de pelo menos três gerações, inclusive aquela da qual faço parte? A resposta parece ser tão singela quando surpreendente – e nisso reside o paralelo com Lobato: é porque, em quase tudo, Russell estava certo. Errados estavam aqueles que o combatiam. Suas ideias, polêmicas há trinta ou quarenta anos, foram, uma a uma, incorporadas à nova inteligência. Já não provocam espanto ou indignação. Sob essa análise singela, é possível, portanto, que haja esperança para a humanidade.

6. Um genial mestre-escola...

> *A coisa mais bela que podemos experimentar é o misterioso.*
> *É a emoção fundamental que se encontra no berço da ciência.*
> *Quem não a conhece, não é mais capaz de se maravilhar*
> *ou de se espantar, é como se já tivesse morrido.*
> Einstein

Devo registrar um agradecimento especial a minha amiga Germaine Dennaeker, por ter localizado nos Estados Unidos um importante trabalho sobre o conteúdo ideológico do discurso infantil de Lobato: a verdadeiramente pioneira tese de doutorado da professora Rose Lee Hayden, de 1974, submetida ao College of Education da Michigan State University.[111] É pena que essa obra não tenha sido traduzida e lançada no Brasil. Algumas propostas e conclusões de Hayden devem ser aqui mencionadas, pois muitas subsidiam e referendam o que se deseja demonstrar – concedendo-lhe, com justiça, o mérito da primazia.

Entre os objetivos do estudo, Hayden pretende acrescentar, ao acervo de sua universidade, conhecimentos sobre a literatura infantil de outros países, mostrando como ela pode ser usada como veículo escolar (ou paraescolar) para o aprendizado cognitivo e afetivo de uma variedade de valores culturais e subjetivos ("autorais"), assumindo que:

- a literatura infantil reflete as crenças, os valores e as atitudes de uma cultura;

- a pedagogia funciona de forma diferente em diferentes ambientes culturais;
- opiniões, atitudes e valores das crianças podem ser moldados por aquilo que leem.[112]

A autora procura demonstrar que a literatura infantil brasileira, de modo geral, reflete o contexto cultural dos seus espaço e tempo, bem como os interesses e preocupações do autor. E afirma: "Isso é particularmente verdadeiro em relação à literatura de Lobato, que reflete o seu nacionalismo e o desejo de promover o desenvolvimento socioeconômico e tecnológico [de seu país]".[113]

Mas é sobre a qualidade didática da obra que a autora concentra o foco do seu estudo e conclui que Lobato utilizava o método socrático de ensino e valorizava, sobretudo, o aprendizado informal, já que ele próprio assim absorvera a maior e melhor parte do seu conhecimento. Hayden conta 25 menções – em geral negativas – à escola formal, em 4.683 páginas de texto.[114] Em uma delas, Lobato usa o tradicional colégio Caraça, de Minas Gerais, como uma espécie de prisão para crianças malcomportadas (*Reinações*). Podemos lembrar que Lobato se queixava, em 1915, do sofrimento que passou, em menino, decorando "sem nada entender, os esoterismos [da gramática] de Augusto Freire da Silva". Aliás, acabou reprovado no exame, em Português...[115]

Os princípios da educação lobatiana, contida no seu texto infantil, de acordo com Hayden, seriam, então:

- Os conhecimentos a serem transmitidos devem-se relacionar com o campo de experiência do educando, ao que lhe é familiar.
- Sempre que possível, os educandos devem participar ativamente do processo educativo. Isso se consegue por meio de interações, fazendo experiências e viajando para examinar diretamente os fenômenos.
- A experiência de aprendizado deve ser agradável e interessante. Em vez de diminuir, pela distração, a eficácia da situação de aprendizado, esse clima a aumenta perceptivelmente.
- Os tipos de conhecimentos devem ser transmitidos de forma adequada à idade do educando.

- Para ser efetivo, o conhecimento deve ser transmitido de maneira simples e clara, sem embelezamentos pretensiosos ou desnecessários.
- Quando um educando se assenhora de um fato ou conceito, eles devem ser reforçados positivamente, e isso deve ocorrer imediatamente à resposta correta, o que aumenta a eficácia da experiência de aprendizagem.[116]

Há outras referências apreciativas ao valor pedagógico da obra de Lobato. Vencidas as resistências iniciais e contemporâneas, as gerações posteriores leram seus livros, sob orientação e conselhos de pais e mestres nas décadas que se sucederam, e deles apreenderam muito conhecimento e prazer. A lamentar que muita coisa, hoje, se tenha tornado obsoleta, antiquada e até "incorreta", no senso estrito de ciências como a matemática ou a física. Não apenas a leitura de Lobato, mas muitas outras atividades escolares continuam a ser estimuladas pelos professores, principalmente das escolas primárias. A revista *Escola*, em sua edição de março de 1997, dedica a capa e dez páginas do texto, em trabalho assinado por Adriano Vera e Silva, a mostrar como os livros de Lobato podem servir de fonte para um grande número de atividades.[117]

A notar, ainda, uma contribuição do psicanalista e professor Carlos Byington, que, no livro *Pedagogia simbólica*, afirma que os estudantes, que passam boa parte da infância e da adolescência na escola, esquecem cerca de 90% do que aprendem. Na operação de aritmética simples, que o autor faz juntamente com o leitor, esse fato sugere que, dos milhões que se gastam em todo o mundo para sustentar sistemas escolares, a maior parte estaria sendo desperdiçada. Byington sustenta que a raiz desse fenômeno se encontra na metodologia educacional, que privilegia a racionalidade em detrimento das experiências práticas e concretas, e propõe integrar o construtivismo piagetiano com os princípios da psicologia do inconsciente desenvolvida por Freud, Jung, Heidegger e Teilhard de Chardin, entre outros, a fim de aliar o conhecimento ao prazer e transformar radicalmente a relação entre educador e educando. Neste sentido, Byington cita Lobato diversas vezes, pois o considera precursor do que existe de mais atualizado em psicopedagogia.[118]

Quase quatro décadas antes, Jesualdo Sosa escrevia que nenhum conhecimento que se tente inculcar na criança de maneira abstrata irá interessá-la porque "o espírito da criança precisa do drama, da movimentação dos personagens, da soma das experiências populares e tudo isso dito por meio das mais elevadas formas de expressão e com inegável elevação de pensamento".[119]

E o próprio Anísio Teixeira, educador eminente, também registrou sua admiração pelos textos de Lobato como material didático. E escreveu que, em livros "milagrosos", revelando uma capacidade espantosa de ensino, Monteiro Lobato promoveu uma verdadeira revolução didática, transformando-se num "mestre-escola genial".[120]

IV. "Nós precisamos endireitar o mundo, Pedrinho..."

Muitas das imagens poderosas que fascinam os adultos derivam da sua leitura de infância.
Mary Cadogan & Patricia Craig

1. Os contornos ideológicos

> *Uma história é a melhor forma de expressão*
> *para alguma coisa que se deseja dizer.*
> C. S. Lewis

ANÁLISES DE TEXTO DA OBRA INFANTIL de Monteiro Lobato feitas até hoje esbarram no obstáculo do volume de páginas e palavras a pesquisar. A decupagem de tantas situações diferentes, de variáveis graus de complexidade em temas específicos, arquiváveis e catalogáveis, foi, até agora, uma tarefa que desafiou seus admiradores, mesmo os mais meticulosos. E há outras questões: como e/ou onde classificar cada personagem, cada comentário, cada opinião, cada emoção? Muita coisa passaria pelo filtro perceptual do pesquisador.

A rápida difusão dos instrumentos de informática, todavia, vai tornar possíveis essas e outras análises, não só do texto de Lobato como de outros escritores brasileiros, desde que estejam registrados na nova memória coletiva virtual.

No âmbito deste estudo, foram examinados os conteúdos dos livros infantis de Lobato a partir de cinco temas pré-selecionados, que pareciam pertinentes tanto aos contornos ideológicos no quadro referencial do autor como a certa "hierarquia pessoal" de opiniões e atitudes do universo de leitores que desejava pesquisar. Eles são:

- A família e o papel da mulher
- Religião e misticismo
- Estado, governo, povo e indivíduo
- Progresso e mudança
- Loucura

A princípio, esta seção abordaria somente os quatro primeiros temas, os quais me pareciam de conceituação mais concreta. Mas, na universidade, assistindo às aulas do professor Chaim Katz, em 1993, decidi acrescentar um quinto, a loucura. O tema estava sendo tratado em aula sob a óptica de Foucault, de que seria um dos princípios de exclusão que a sociedade utiliza para definir a si própria. Pareceu-me, naquele momento, que a pesquisa poderia produzir – como de fato ocorreu – alguma luz sobre a visão que Lobato poderia entreter a respeito dele mesmo, como desviante na sociedade em que vivia.

O resultado desta "garimpagem" está nas páginas seguintes. *Mas a leitura desses trechos da narrativa de Lobato deve ser precedida por uma advertência: eles foram "pinçados" do texto para servir de suporte a uma tese.* Para alguém cuja leitura da obra já esteja distante no tempo, é útil lembrar que o autor nunca se detinha demasiadamente sobre um tema em detrimento dos demais, nem se tornava obsessivo ou panfletário. São valorizados, sempre, a fantasia e o entretenimento. O maravilhoso e o divertido – embora muitas vezes servindo de veículo condutor de ideologia – são a matéria-prima essencial do que Lobato teve consciência de estar criando como sua obra literária principal e durável.

A família e a mulher

Vejamos alguns aspectos das relações familiares como se apresentam nos livros. Já vimos que Dona Benta é a líder de fato e de direito do grupo – uma espécie de "monarca", extremamente tolerante, que não se envergonha de admitir que, apesar da idade, aprende sempre com os mais jovens (*Reinações*)[1] e, em especial, com os netos.[2] Isso, contudo, não significa que, quando necessário, não exerça sua autoridade até com certo vigor – mesmo em relação a Pedrinho, o "homem da casa", repreendendo-o (*Reinações*). Mas são momentos passageiros. Em geral, Dona Benta é matriarca acessível, a quem os netos convencem, com certa facilidade, a fazer uma incursão pelo Mundo das Fábulas, por exemplo, já no primeiro livro *Reinações*. E também, com Tia Nastácia, adere corajosamente a brincadeiras inusitadas, como passear numa charrete puxada pelo gigantesco rinoceronte (*Caçadas*).

– Vovó diz não só por dizer, porque o tal "não" sai das bocas dos velhos por força de hábito. Mas o "não" de vovó quer sempre dizer "sim". (Pedrinho/*Trabalhos*).

Embora as relações entre os adultos e as crianças do Sítio sejam geralmente cordiais, há situações de conflito, durante as quais as últimas se dirigem aos primeiros de forma considerada "desrespeitosa", levando em conta os padrões vigentes ao tempo em que Lobato escreveu sua obra. Passagens como as abaixo devem ter levado os críticos seus contemporâneos a achar que ele se excedia:

– Emília, respeite os mais velhos!
– A senhora me perdoe – disse a pestinha –; mas cá para mim isso de respeito nada tem a ver com a idade. Eu respeito uma abelha de um mês de idade que me diga coisinhas sensatas. Mas se Matusalém vier para cima de mim com bobagens, pensa que não boto fogo na barba dele? Ora se boto!... (*Tia Nastácia*)
– Cala a boca! – berrou Emília [para Tia Nastácia]. – Você só entende de cebolas e alhos e vinagres e toucinhos. Está claro que não poderá nunca ter visto fada porque elas não aparecem para gente preta. (*Peter Pan*)
– Chega! – berrou Emília. – Não enjoe. Vá cuidar das suas panelas – e foi empurrando a negra até a porta da cozinha. (*Quixote*)
– Emília! – gritou Dona Benta. – Mais respeito com os mais velhos. – Mas Emília não quis saber de nada. Botou meio palmo de língua para o almirante e lá se foi pisando duro. Dona Benta suspirou. (*Memórias*)
E quando o chefe dos astrônomos, já no terreiro, olhou para trás, ela botou-lhe uma língua deste tamanho.
– Ahn...
O maioral, furiosíssimo, perdeu a compostura e também botou para ela um palmo de língua. (*Viagem*)

E não é só Emília, a malcriada...

– ... todos se casam com gente da mesma igualha. É muito diverso disso de casar com um peixe...
– Dobre a língua, vovó!... (Narizinho/*Reinações*)

Em muitos depoimentos – próprios e de terceiros – e, sobretudo, nos últimos anos de vida, Lobato não escondia sua opção preferencial pelas crianças.

Mas é interessante observar como ele também coloca, na boca de Dona Benta, certa apologia da maturidade. Afinal, ele próprio, José Bento Monteiro Lobato, a voz do autor, era um adulto.

– Só os adultos, gente de cérebro bem amadurecido, podem ler a obra inteira [de D. Quixote] e alcançar-lhe todas as belezas. Para vocês, miuçalha, tenho de resumir, contando só o que divirta a imaginação infantil. (*Quixote*)

Mas predominam as passagens criticando a constante incompetência dos adultos e valorizando as crianças e o que é infantil.

– A vida entre os homens só vale enquanto vocês se conservam meninos. Depois viram uma calamidade. [Palavras do Saci] (*Saci*)
– Gente grande não sabe fazer a única coisa interessante que há na vida: brincar. Morrem de medo de parecer crianças. Se, em vez de boneca, tivesse nascido gente grande, suicidava-se com um tiro de canhão na orelha. (Emília/*Viagem*)
Adultos... desses que tratam as crianças como seres inferiores e não acreditam em nada. (*Viagem*)
– Nós precisamos endireitar o mundo, Pedrinho.
– Nós quem, Emília?
– Nós, crianças; nós que temos imaginação. Dos "adultos" nada há a esperar... (*História do mundo*)

A comunidade familiar – pelo menos o clã do Sítio – é vista como algo positivo e saudável, salvo em algumas raras ocasiões, quando Emília, por exemplo, acha que vai ter de ficar sozinha para executar os seus planos de reforma da natureza. O mesmo não acontece, contudo, com a instituição do casamento. De fato, ninguém, no Sítio, é convencionalmente casado. Dona Benta é viúva; Tia Nastácia é, digamos, uma "solteirona"; os pais de Pedrinho e Narizinho estão distantes ou simplesmente não existem (só há menções à mãe de Pedrinho, Tonica). Ocorrem, na trama, dois casamentos – o de Narizinho com o Príncipe Escamado e o de Emília com o Marquês de Rabicó –, mas são desfeitos, o primeiro por viuvez e o segundo por divórcio, questão polêmica nos tempos em que Lobato escrevia.

– Emília não tem jeito para aturar marido. (*Reinações*)
– Quem manda neste casamento sou eu! (Emília/*Reinações*)

– Vou casar-me com ele, mas não o "adoro" coisa nenhuma. (Emília/*Reinações*)

[Emília] ficou casada com o marquês de Rabicó, mas separada dele para sempre. (*Reinações*)

– ... aquele é o Marquês, marido desquitado da Emília. (*Picapau*)

Emília, por ser divorciada, não pode casar de novo. (*Picapau*)

– Péricles divorciou-se da primeira mulher [...] e o Amor ligou-o a Aspásia [...] mas as leis de Atenas opunham-se... (Dona Benta/*Minotauro*)

– ... nunca me casei de medo de ter filhos. (Emília/*Chave*)

– Boba nº 1 é o que ela era! [Penélope] Vinte anos a esperar um marido que não faria outra coisa senão namorar todas as Circes do caminho! Ah, se fosse eu... (Emília/*Trabalhos*)

– Já me casei e me arrependi bastante. Felizmente não tive filhos [...] não deixarei descendência neste mundo, como não pretendo casar-me de novo. (Emília/*Gramática*)

Esta última frase lembra a célebre frase de Machado de Assis: "Não tive filhos, não transmiti a nenhuma criatura o legado da nossa miséria".[3]

A relação com a empregada doméstica negra, Tia Nastácia, é prototípica do que era socialmente aceitável no Brasil da infância de Lobato, que, nascendo numa zona rural, em 1882, conheceu escravos e ex-escravos. Emília é a que verbaliza isso com mais frequência; mas o tipo de relação está presente com naturalidade nos comentários dos demais personagens.

– Ela está com vergonha, coitada, por ser preta... (Narizinho/*Reinações*)

– ... é preta só por fora. Foi uma fada que a pretejou [...] ela virará uma princesa loura. (Emília/*Reinações*)

– ... não vai escapar ninguém! [do ataque das onças] Nem Tia Nastácia que tem a carne preta... (Emília/*Caçadas*)

– Para que uma cozinheira precisa saber a história do Peter Pan? (Emília/*Peter Pan*)

– ... uma fada morre sempre que vê uma negra beiçuda. (Emília/*Peter Pan*)

Apesar do reconhecimento de que Tia Nastácia é "pobre" e "analfabeta", não lhe são proporcionadas chances de ascensão social. Nos livros "didáticos", como *Emília no País da Gramática* e *Aritmética da Emília*, Nastácia fica em geral na cozinha e não tem participação. Só aparece literalmente quando, numa passagem da *Aritmética*, falam de alho e cebola... (*Aritmética*). Certo "racismo" e a noção de superioridade da raça branca aparecem em relação a outros personagens e situações. Em *Geografia de Dona Benta*, por exemplo, Dona Benta não permite que as crianças tragam um bebê esquimó com eles, dizendo que é para que o Sítio não vire um "jardim zoológico".

> – Como são lindas as crianças inglesas. Para transformá-las em anjos bastaria colar nas costas de cada uma duas asinhas. (Emília/*Memórias*)

Mas em muitas outras passagens o pessoal do Sítio demonstra carinho com o ser humano Tia Nastácia, apesar da sua cor... O enredo de um livro inteiro – O *Minotauro* – acontece porque Tia Nastácia foi raptada durante a invasão dos monstros mitológicos ao Sítio, e o grupo precisa resgatá-la.

> – Negro também é gente, sinhá... (*Caçadas*)
> – ... não compreendo por que Deus faz uma criatura tão boa e prestimosa nascer preta como carvão. (Emília/*Memórias*)
> – ...Tia Nastácia é povo. [...] As negras velhas são sempre muito sabidas. (Pedrinho/*Tia Nastácia*)
> – [Tia Nastácia] ... é a Circe da cozinha. (*Trabalhos*)

Se igualdade racial não faz parte do seu discurso, contudo, veremos que Lobato propõe ideias no mínimo avançadas para a época no que se refere ao relacionamento entre os sexos. É bem verdade que, inicialmente, encontramos também, nos diálogos com Narizinho e, às vezes, com Emília, alguns exemplos de relacionamento bastante formal; no tocante aos personagens de referência masculina, Pedrinho, principalmente, constitui-se em modelo ou arquétipo e, algumas vezes, o Visconde de Sabugosa exerce as funções de pai/professor, ou ainda como avô – quando se apresenta com achaques e reumatismo.

> [Pedrinho chega ao sítio e é recebido com todas as honras, provocando inveja em Narizinho, que diz:]
> – As meninas são muito mais espertas do que os meninos.
> – Mas não têm mais muque [diz Pedrinho]. Com o meu muque e a sua espertza, ninguém pode conosco. (*Reinações*)
> – [Pedrinho] é sério, de confiança, de palavra. Mas Peter Pan também era gabola e vaidoso e Wendy lhe perdoava os defeitos. (Emília/*Memórias*)
> – Dinheiro é assunto masculino. (Narizinho/*Poço*)

"Branca de Neve desmaiou [...] e as outras princesas imitaram-na. Descobriram esse maravilhoso jeito de sair-se de apuros: um gritinho, ai, ai, e pronto. Já os homens [...] não tinham esse direito." (*Picapau*)[4]

– ... receio que, nesses trajes, [Narizinho] vire a cabeça de Alcebíades. (Dona Benta/*Minotauro*)

Emília desmaiou [ao ouvir a história de Medusa].

– Olhe o que você fez, Visconde! Emília já não é aquela mesma [...] virou gentinha e das que têm coração de banana. (Pedrinho/*Trabalhos*)

– Queria ter nascido na Idade da Pedra só para ter o gosto de ver uma noiva arrastada pelos cabelos. (Emília/*História do mundo*)

Mas, tendo definida sua faixa de "normalidade" no que diz respeito ao comportamento social e de relação entre os sexos, pois há casamentos bem convencionais, ainda que desfeitos mais tarde – Pedrinho namora Cléo, uma amiga de Narizinho; o próprio Visconde apaixona-se por Clímene, graciosa pastorinha da Tessália, embora tenha sido "o primeiro e o último amor na vida do Visconde" –, Lobato vai marcar com contornos bastante precisos a sua posição "feminista". É interessante notar que o escritor só mostra essa sua atitude com clareza na obra infantil; nos seus diários e na correspondência, ele aparece convencionalmente como "machista". Nos livros infantis, no entanto, Lobato opta, em geral, pela superioridade feminina, condenando, por exemplo, por considerar criminoso, o hábito de as mulheres indianas se jogarem na pira funerária dos seus finados maridos. Ele afirmava que os homens dominam apenas em razão da força bruta (*História do mundo*) e sustentava que as mulheres sabem governar melhor do que os homens (*História do mundo*). A elas Lobato atribui a autoria de diversas invenções úteis para a humanidade, "pois os homens passavam o tempo todo fora de casa" (*Invenções*), e faz com que Emília defenda uma participação maior dos homens no cuidado aos filhos (*Reforma*).

– Não faz mal, Narizinho, quando nós tomarmos o mundo [...] havemos de ficar com doze terminações e só deixar seis para eles... (Emília/*Gramática*)

– ... querem que, em vez de século de Péricles, se diga "século de Péricles e Aspásia". (Dona Benta/*Minotauro*)

– ... acabou o desaforo de todo o trabalho de botar e chocar os ovos caber só à fêmea. Os homens sempre abusaram das mulheres. (Emília/*Reforma*)

– Dona Benta é uma mulher que vale mais que todos os impérios do mundo. (Emília/*Chave*)

Aquele sábio era uma verdadeira Emília masculina. (*Chave*)

Julio Gouveia considera Lobato o primeiro escritor brasileiro "não só antimachista, mas até mesmo o primeiro a colocar a mulher em posição privilegiada, de destaque, de autoridade e até mesmo de inegável liderança".[5] Em vários outros episódios o autor também marca posição: Narizinho tem "chiliques" ao ouvir a história de Joana D'Arc (*História do mundo*), Emília convoca uma menina e não um menino para ajudá-la a reformar a natureza (*Reforma*), Narizinho implica com os árabes, pela forma como tratam as mulheres (*História do mundo*), Pedrinho fica de "queixo caído" ao conhecer as guerreiras amazonas (*Trabalhos*). Além disso, vale enfatizar a forma como Lobato estabelece o matriarcado do Sítio como modelo "ideal" de organização social e de governo. Nos seus últimos livros – *Reforma* e *Chave* – da série de "fantasia", o escritor coloca Dona Benta e Tia Nastácia, duas mulheres e brasileiras, diante de "todos os governos do mundo" para "dar um jeito nas coisas" viradas de pernas para o ar pela Segunda Grande Guerra; também põe nas femininas mãos e na consciência da Emília, literalmente, o poder sobre a vida e a morte da humanidade. Parece duvidoso que propusesse o mesmo em relação a qualquer um dos personagens masculinos, humanos ou não.

Religião e misticismo

A começar pela seleção temática dos textos, inúmeros títulos já indicam a preocupação de Lobato – tanto o adulto como o autor infantil – com os mistérios da vida e da morte, o real e o imaginário: *O Saci, Fábulas, Viagem ao céu, O Minotauro, A reforma da natureza, A chave do tamanho, Os doze trabalhos de Hércules*... E também a impaciência do reformador com os obstáculos "teológicos" às necessidades de mudanças, como as via: "Em tudo quanto escrevi há em dissolução uma forte dose de liberalina: o alcaloide que nos desencrosta da velha camada de teologicite. Somos verdadeiras cavalariças de Augias. O guano acumulado vem desde o tempo dos pajés – e muitos séculos serão ainda necessários para que o Hércules-ciência nos modifique".[6]

Lobato lida com temas relacionados com as religiões e as superstições, os medos e as fantasias, a fé e o ceticismo, ao longo de toda a sua narrativa. O Visconde se torna um explorador inglês – para desespero de Tia Nastácia (a única "católica" convicta do grupo) – de fé protestante (*Viagem*); adiante, "mistério dos mistérios", o grupo do Picapau Amarelo estabelece contato com São Jorge, em plena Lua (*Viagem*); o real mistura-se com o imaginário para produzir a descrição de "estrelinhas em formação" e da captura de um anjinho (*Viagem*); a história de Jesus Cristo merece três páginas da *História do mundo*, e os monges da Idade Média "se retiravam do mundo para servir a Deus lá do modo que imaginavam certo", mas nem por isso deixavam de prestar "seus bons serviços à civilização" (*História do mundo*); Dona Benta, como qualquer avó, deseja aos netos que "Deus" os acompanhe (*Serões*); subir ao Olimpo, "para ver os deuses" (*Minotauro*), é programa imperdível; a própria Emília, quem sabe, é um "anjo do céu disfarçado" (*Reforma*); Hércules e Atlas (*Trabalhos*) são companheiros de aventuras, menos perigosos, por certo, que "os vingativos deuses" (*Trabalhos*) e tudo culmina, nos últimos episódios escritos por Lobato, com uma impressionante incursão ao território de Hades, o inferno helênico (*Trabalhos*). Mas a religião vigente e semioficial do Brasil na velha República – a católica – nunca é tratada como protagonista sério nem importante por Lobato, e o Visconde sugere, com naturalidade e sem autocensura, a Pedrinho que assopre no boneco João Faz de Conta para fazê-lo viver (*Reinações*).

O ato de rezar, por exemplo, é lembrado na visita de Dona Benta, que possui um oratório (*Memórias*), ao cemitério de Portugal, para rezar pelos seus antepassados (*Geografia*), mas aparece também nas feitiçarias do Saci: ele "reza" o milho e adeus pipoca! – "reza" os ovos e todos goram... (*Saci*). Ou a mitológica Fênix, quando se "ajoelha" e "reza" de mãos postas (*Trabalhos*).

– Os cristãos agiam como se em vez de "amai-vos", Jesus houvesse dito: "massacrai-vos uns aos outros". (Dona Benta/*História do mundo*)

– ... mais de fiar-se num selvagem do que num rei branco como aquele Fernando, o Católico... (Dona Benta/*Hans Staden*)

Os gregos eram artistas até nisso [usar veneno] [...] naquele tétrico período da Idade Média.

[...] os homens [...] inventaram os suplícios da Inquisição e da Justiça Pública. (*Invenções*)

– A estupidez humana! O fanatismo religioso. (Dona Benta/*Minotauro*)

– O coitadinho [Visconde] caiu de joelhos, começou a rezar e a fazer pelos-sinais.

– Pronto! – exclamou Emília. – Agora é que está perdido de uma vez. Dona Benta diz que as loucuras religiosas são incuráveis. (*Trabalhos*)

– Credo, [ter Saci na garrafa] nem parece ato de cristão... (*Saci*)
– ... aquele tal de Lúcifer que fez a revolução dos anjos lá no céu e foi jogado no inferno. (*Peter Pan*)
– Credo – e deu um tapa na boca porque achava inconveniente pronunciar essas palavras perto de um protestante. (*Viagem*)
– O mundo está mesmo perdido [...] ah, meu Senhor Bom Jesus de Pirapora!... (*Minotauro*)

E para que não subsistam dúvidas quanto à natureza dos agentes da fé religiosa convencional, tais manifestações em geral vêm acompanhadas de explicações lobatianas:

– [...] estudos da ignorância e burrice do povo [...] coisa mesmo de negra beiçuda como Tia Nastácia. Não gosto, não gosto e não gosto... (Emília/*Tia Nastácia*)

Ainda que as religiões formais não resultem valorizadas, são frequentes as referências de caráter espiritual, até metafísico, sobre a alma, a verdade, a bondade, a justiça, o concreto e o abstrato.

– O que nesses seus olhos enxerga é a fada invisível que há dentro de você. (Saci/*Saci*)
– Bastaria que a humanidade seguisse o preceito de Confúcio para que o mundo virasse um paraíso. (Dona Benta/*História do mundo*)
– A religião dos gregos – diferente da judaica e da egípcia – era alegre e poética. (Dona Benta/*História do mundo*)
Mas o Mundo da Fábula não é realmente nenhum mundo de mentira, pois o que existe na imaginação de milhões e milhões de crianças é tão real como as páginas deste livro [...]. – Deus, por exemplo – disse Narizinho. – Todos creem em Deus e ninguém anda a pegá-lo, cheirá-lo, apalpá-lo [...]. De modo que se as coisas do Mundo da Fábula não existem, então também não existem nem Deus, nem a Justiça, nem a Bondade, nem a Civilização – nem todas as coisas abstratas. (*Picapau*)

Mas surgem sempre as passagens de cunho racional – materialista ou agnóstico –, a tal ponto que o próprio diabo ganha elogio:

– ... gostei da camaradagem entre o santo e o diabo. (Emília)
– O "cão" é o "cão", não muda de maldade. (Tia Nastácia)
– Se o cão é cão, viva o diabo! Não há animal melhor. Olhe, Nastácia, se você conta mais três histórias de diabo como essa, até eu sou capaz de dar viva ao canhoto. (Dona Benta/*Tia Nastácia*)

– O que morre é o corpo só. A vida muda-se dum ser para outro. Como a eletricidade. (Saci/*Saci*)

– Um homem com a cabeça de Sócrates não podia levar [os deuses a sério]. (Dona Benta/*História do mundo*)

– Para os romanos, uma religião a mais não queria dizer coisa nenhuma. (Dona Benta/*História do mundo*)

– Fazer o bem sem olhar a quem é lindo – mas nunca dá certo [...] [Confúcio disse] "Tratai os bons com bondade e os maus com justiça". (Dona Benta/*Fábulas*)

– ... poderá surgir outra forma de inteligência mais apurada [...] e o homem terá de entregar o cetro de Rei dos Animais. [...] planta é tudo; os animais não passam de parasitas, de pragas das plantas. (Dona Benta/*Invenções*)

A mãe do medo é a incerteza e o pai do medo é o escuro. (*Saci*)

[...] espanta que os gregos [...] ainda levem a sério essas divindades saídas da imaginação do povo e remodeladas pelos poetas. (*Minotauro*)

Os deuses da Grécia andavam fartos de templos [...]. O melhor era dedicarem aquele templozinho à vovó [Dona Benta]. (*Trabalhos*)

Mas, como foi dito na abertura, todas as passagens reproduzidas foram pinçadas dos textos. Lobato tem seus momentos de condescendência com a religião "oficial"; Jesus Cristo, por exemplo, merece diversas menções apreciativas, em contextos variados, como os que se encontram a seguir:

– Tão bom foi Jesus Cristo – e os seus seguidores transformaram as ruas [de Jerusalém] em riachos de sangue. Cada vez mais me horrorizo com a estupidez dos homens. (Narizinho/*História do mundo*)

– Cristo foi homem que veio pregar a ideia nova de que nossa alma é imortal e de que a nossa vida na terra não passa de um momento. Foi o filho de Deus. [...] – Péricles sorriu. Imaginou estar diante de uma velha mística. (*Minotauro*)

– Depois de Jesus Cristo o ente que mais venero é Abraham Lincoln. (Dona Benta/*Chave*)

Os santos e a liturgia católica aparecem sem pompa ou circunstância, incidentais ao enredo das narrativas.

[Tia Nastácia] ficou como cozinheira dum grande santo [São Jorge], lá no fundo duma cratera da Lua... (*Viagem*)

A pobre preta achava que diante dos poderosos [São Jorge] era de bom tom "falar difícil". (*Viagem*)

– Não contarei nem ao dragão que sou capadócio (São Jorge). (*Viagem*)
– Para que isso, Emília? – perguntou Tia Nastácia.
– Para ungir Rabicó – respondeu a diabinha. – Talvez depois de ungido ele se torne menos guloso... (Tia Nastácia e Emília/*História do mundo*)
– São João era um santo, era diferente dos outros homens. Quando esteve no deserto só passava a gafanhotos, coisas que ninguém come. Juro que não comeu o cordeirinho que trazia nos braços. (Tia Nastácia/*Tia Nastácia*)

Sabemos que Lobato levou a sério os temas do espiritismo e do espiritualismo. Durante toda a vida, encarou esses assuntos com respeito e manifestava, por exemplo, a opinião de que os negros da África haviam trazido para o Brasil, no candomblé, algo de valioso, cultural e filosoficamente.[7] E é significativo que, já na década de 1940, ele se valha da analogia com os médiuns espíritas para explicar como funciona a pítia grega (*Trabalhos*), inferindo que será compreendido pelos pequenos leitores.

[...] depois que a menina fez a boneca falar, Dona Benta ficou tão impressionada que disse para Tia Nastácia [...] – ... estou quase crendo que as outras coisas fantásticas que Narizinho nos contou não são simples sonhos... (Dona Benta/*Reinações*)
– Tio Barnabé, negro sabido que entende de todas as feitiçarias, e de Saci, de Mula sem Cabeça, de Lobisomem. (Tia Nastácia/*Saci*)
– Quem quer qualquer coisa, no Rio Grande do Sul, antes de pedi-la a Santo Antônio ou a outro santo qualquer, pede logo ao Negrinho do Pastoreio. (*Saci*)

Apesar das críticas que recebeu de setores da Igreja Católica, vale lembrar aqui, como Rose Lee Hayden explica a seus leitores acadêmicos nos Estados Unidos, que a irreverência de Lobato em relação à religião católica nos textos destinados a crianças deve ser vista no contexto de um país em que a instituição nunca chegou a adquirir a mesma importância social e política e ascendência obtida em outros países latino-americanos. Segundo a autora, isso explica como o autor sobreviveu aos ataques dos "puristas" religiosos mais ortodoxos e manteve a sua imensa popularidade junto ao público.[8]

Estado, governo, povo, indivíduo

Cedo Lobato manifesta a sua intenção de tratar de "política" na sua obra infantil. Formas de governo, hierarquia e instituições são apresentadas, já de forma irreverente, nas primeiras páginas de *Reinações de Narizinho*, quando o soberano do Reino das Águas Claras é apresentado como "príncipe e rei ao mesmo tempo"; um sapo, chamado Agarra E Não Larga Mais, tem a divisa de major, e, condenado a comer cem pedrinhas por castigo, engole, por engano, as pílulas do célebre médico, Doutor Caramujo; um "besouro pau, fazedor de discursos" pertence ao Instituto Histórico e é providencialmente devorado por outro sapo, antes que termine um discurso.

"Grandes potências" são os países que dispõem de grandes exércitos e podem provocar grandes guerras (*História do mundo*). Na sequência, "os poderosos" serão alvos de muitas críticas. Lobato não faz segredo sobre com quem estão suas preferências: a fábula do Lobo e o Cordeiro é incluída no texto de 1922 e apresentada como "a rainha das fábulas" — toda a inteligência e a esperteza da humanidade-cordeiro necessitam ser mobilizadas contra os poderosos-lobos (*Fábulas*). É tolice fiar-se na justiça dos poderosos (O julgamento da ovelha, *Fábulas*). Ela é implacável com os fracos e não é capaz de pôr a mão num poderoso (Os animais e a peste, *Fábulas*). Essa fábula, certamente uma das favoritas de Lobato — em que o burro é acusado de ter provocado a peste entre os animais —, aparece duas vezes na narrativa. Em *Reinações* os picapaus intervêm na história e salvam da morte o protagonista, que, como Conselheiro, passa a morar no Sítio. São esses "pastores da humanidade/carneirada" que perseguem os sábios, como Galileu, Sócrates e Giordano Bruno, e sem dúvida eliminariam, também, sem hesitação, os modernos benfeitores desviantes da humanidade, a saber, Dona Benta, Emília, Quindim e o Burro Falante (*Viagem*). Porque

> – ... até hoje, prendem-nos nos cárceres e às vezes até os fuzilam. Ou perseguem-nos de todas as maneiras. (Dona Benta/*Viagem*)
>
> – Hoje quem exila são os governos. Nem o povo, nem as ostras metem o bedelho no assunto. (Dona Benta/*História do mundo*)
>
> – Sempre que um homem quer fazer bem à humanidade, os poderosos dão cabo dele. (Pedrinho/*História do mundo*)
>
> – O grande perigo é os maus ficarem em situação de poder ser maus à vontade. (Dona Benta/*História do mundo*)
>
> – Um crime deixa de ser crime quando feito em ponto grande. Quem mata um, tem força; quem mata um milhão, tem estátua [...]. Daí vem o povo dizer: quem furta um pão é ladrão; quem furta um milhão é barão. (Dona Benta/*Invenções*)

– Às vezes me dá comichão de fazer estripulia grossa [...] apenas revolta contra besteira que há no mundo. (Emília/*Quixote*)

– O consolo do pobre é um só: falar mal dos ricos – mas o dinheiro dos ricos não sai. Tem grude. (Narizinho/*Tia Nastácia*)

– Não generalize [...] há os ricos generosos como Rockefeller. (Dona Benta/*Tia Nastácia*)

Hércules sabia que os reis não são criaturas merecedoras de muita confiança. (*Trabalhos*)

[Dona Benta diz que] há asnos falantes até nos tronos – e nos congressos, nos ministérios, nas academias. Mas só asnos de dois pés e com forma humana. (*Trabalhos*)

Para que seus pequenos leitores, residentes no interior ou em cidades menores do que São Paulo e Rio de Janeiro, não ficassem em dúvida sobre quem eram esses "poderosos", Lobato fazia analogias para identificá-los:

– Os reis gregos [eram] mais ou menos como um "chefe político", um "coronel" das cidades do interior [explicou o Visconde]. (*Trabalhos*)

– Já havia coronéis naquele tempo? (Pedrinho)

– Mas em menor número que hoje, e melhores. (Dona Benta/*Hans Staden*)

– Estes senhores – poderosos – apossam-se do governo, e fazem do Estado, inimigo da civilização.

– Os horrores modernos das guerras e das crises econômicas provocadas pela estupidez dos governos são verdadeiros períodos glaciais... (Dona Benta/*Invenções*)

[Fala Péricles] – Não há Estado, minha senhora. Isso é uma ideia abstrata. O que há são criaturas humanas com interesse em conflito; a política não passa da arte de harmonizar esses interesses...

– A pobre humanidade, depois de tremendas lutas para escapar à escravidão dos reis, caiu na escravização pior ainda, ao Estado, à palavra Estado. (Dona Benta)

– Quer dizer que no futuro os reis [...] serão substituídos por um "som" – o "som" Estado? (Péricles)

– [...] e isso virá fazer mais mal ao mundo do que todos os velhos reis reunidos, somados e multiplicados uns pelos outros. (Dona Benta/*Minotauro*)

Na sequência do diálogo com o aturdido Péricles, Dona Benta não hesita em criticar a própria democracia grega, ameaçando-o com a "profecia" de que uma sociedade classista, onde quatrocentas mil pessoas são escravizadas, sem direito a voto, não poderá sobreviver.

Se, genericamente, o Leviatã mostra-se tão perigoso, na sua manifestação nacional específica, o governo brasileiro também não é poupado. Por exemplo, nas *Caçadas*, para recuperar um rinoceronte fugido de um circo do Rio de Janeiro, o governo federal cria um "Serviço Nacional de Caça ao Rinoceronte", com um chefe, que ganha "três contos por mês" e doze auxiliares, cada um com "um conto e seiscentos". Como toda essa gente perderá seus empregos se o rinoceronte for encontrado, ele acaba ficando no Sítio. Enquanto isso, tais funcionários dedicam-se a montar uma linha telefônica que acaba se revelando igualmente inútil (*Caçadas*). Pensamento de Quindim: "Devia ser uma bem entranhada criatura esse tal serviço, que fazia coisas acima do entendido até da Emília" (*Caçadas*).

Especialmente nos livros "paradidáticos", Lobato aproveita as oportunidades que aparecem para transmitir aos pequenos leitores que o país não é bem administrado.

> – Em matéria de pensar às avessas do bom-senso, o nosso governo é o campeão universal... (Dona Benta/*Invenções*)
> – Sábios oficiais são homens tolos [...] que o governo coloca em certos cargos técnicos [...]. Aqui no Brasil até agora não tiramos petróleo porque os sábios oficiais juram sobre a Bíblia que não temos petróleo [...] e também não produzimos ferro. (Dona Benta/*Invenções*)
> – [...] meu dinheiro vinha do café. Mas o governo entendeu de proteger o café e vocês sabem o que aconteceu... Os meninos ficaram de nariz comprido, furiosos com o governo. (Dona Benta/*Invenções*)
> – [...] é capaz, quando vier o petróleo, que o governo meta nele o nariz [...]. Foi assim com o café. Era a maior riqueza de São Paulo e do Brasil. Um dia o governo entendeu de protegê-lo. Resultado: os fazendeiros andam na miséria, cobertos de dívidas. O governo queima o café que eles produzem. (Dona Benta/*Geografia*)
> – Essa estrada diverte-se todos os dias de brincar de choque de trens. É federal. (Dona Benta/*Geografia*)
> – Num país onde até os ministros não pensam em petróleo, ou quando falam nele é para negar, só dando a palavra a um sabugo. (Dona Benta/*Poço*)

E ensina às crianças sobre os políticos:

> – [...] são os gatos da humanidade. Dão toda sorte de pulos – e sabem muito bem essa história de cair de pé. Há alguns entre nós que podem dar lições a todos os gatos do mundo... (Dona Benta/*Tia Nastácia*)

Mas Lobato não é propriamente anarquista. O governo pode acertar, e ele aplaude a lei de reforma ortográfica, que acaba com as palavras grafadas de acordo com suas raízes etimológicas (*Gramática*). E, sobretudo, não é mudando os governos que se resolvem os problemas:

– Por que os fazendeiros não queimam este governo?
– De medo que venha um ainda pior – que queime também os fazendeiros. Não há nada mais perigoso do que mudar um governo. (Dona Benta/*Geografia*)

Na utopia esboçada, a finalidade do governo é assegurar a liberdade dos cidadãos, por meio da democracia. Em *Os doze trabalhos de Hércules*, Emília lidera a expedição das crianças para libertar Prometeu. Em *A chave do tamanho*, por exemplo, livro crucial da série, a humanidade perde o seu tamanho em razão de um ato de vontade individual da Emília. Mas recupera-o através de um democrático plebiscito. Nos *Trabalhos de Hércules*, o Visconde explica que é muito natural que os delfins estejam contra Netuno, apesar de ele ser um deus, porque "não há governo sem oposição".

– [Solidariedade] é o egoísmo bem compreendido [...]. É o reconhecimento de que temos de nos ajudar uns aos outros para que Deus nos ajude. (Dona Benta/*Fábulas*)
– Quem não respeita as ideias dos outros não pode esperar que respeitem as suas. (Dona Benta/*Viagem*)
– [...] para o homem o clima "certo" é um só: o da liberdade. Só nesse clima se sente feliz e prospera. A Grécia foi o Sítio do Picapau Amarelo da Antiguidade. (Dona Benta/*Minotauro*)

Mas liberdade para quem? Para os cidadãos especiais que habitam o Sítio do Picapau Amarelo, sem dúvida. Para o povo, em geral, as coisas mudam um pouco de figura. Se, para o estrangeiro surpreso que no século passado visitava o país distante e exótico, não havia povo,[9] para a geração da qual Lobato faz parte, o povo – e o brasileiro em particular – é uma quantidade incômoda na formulação da equação que pode definir a utopia intelectual das elites.

– Logo que os homens se reúnem em multidão, o nível mental baixa muito [...]. Por isso os sábios têm medo das multidões. (Dona Benta/*Fábulas*)

– A humanidade é um rebanho imenso de carneiros tangidos pelos pastores, os quais metem a chibata nos que não andam como eles querem. (Dona Benta/*Viagem*)

[Fala Péricles] – O povo tem muito das crianças. Quer ser conduzido [...]. Sou o esclarecedor da cidade. (*Minotauro*)

Emília, em particular, é antipovo:

– Não sou "democrática". Acho o povo muito idiota. (Emília/*Tia Nastácia*)
– [...] o povo, coitado, não tem delicadeza, não tem finuras, não tem arte. É grosseiro, tosco em tudo que faz. (Emília/*Tia Nastácia*)
– Coitadinho do povo! Tão ingênuo... (Emília/*Tia Nastácia*)
– Que é o povo? Um conglomerado ou ajuntamento de corpos estranhos entre si. (Visconde)
– Povo? Passo. (Emília/*Trabalhos*)

Porém, como não há nação sem povo, Lobato apresenta em vários momentos o argumento de que, dependendo da qualidade do povo, pode haver esperança de que as coisas terminem bem. Afinal, nem tudo que o povo faz está errado. Na viagem ao País da Gramática, por exemplo, Emília faz questão de soltar da prisão os dois personagens populares – o Neologismo e o Provincianismo –, pois acha injusta a sua inclusão entre os malvados vícios da linguagem (*Gramática*). Em *A chave do tamanho*, o Visconde sai a "catar povo" para o novo governo americano da Cidade do Balde e volta com um "lote" de 120 cabeças – sessenta homens e sessenta mulheres. E o autor esclarece que eram justamente 120 os colonizadores que chegaram à colônia, no *Mayflower*.

– O dono da língua somos nós, o povo – e a gramática [deve] ir registrando o nosso modo de falar. Quem manda é o uso geral e não a gramática. (Dona Benta/*Fábulas*)
– A sabedoria que há nas fábulas é a mesma sabedoria do povo, adquirida à força de experiência. (Dona Benta/*Fábulas*)
[sobre a Grécia] – A importância de um país não depende do tamanho territorial nem do número de habitantes. Depende da qualidade do povo. (Dona Benta/*Minotauro*)
Depois que acabou a guerra, ditadores, reis e presidentes cuidaram da discussão da paz [e convidaram] para a conferência alguns representantes da humanidade. (*Reforma*)

Os homens são, contudo, desiguais. Lobato, em geral por intermédio do discurso de Dona Benta, deixa claro que certos indivíduos desenvolvem capacidades intelectuais e de caráter que os tornam "melhores" do que os outros. O romano Cincinato recebe elogios porque, tendo resolvido os problemas para os quais fora chamado, recusa-se a ser ditador (*História do mundo*). A lição que a avó extrai das aventuras de Hans Staden, depois da narrativa, é de que "não devemos desanimar nunca". O frondoso e solitário jequitibá sobre o qual poderia ser afixada uma placa com a frase nietzschina "Sê fiel a ti mesmo" protege com sua sombra o cenário didático do Sítio.

– ... criaturas [como Mme. Curie] podem orgulhar-se de ser mais que os outros. Mas não se orgulham [...]. As pessoas verdadeiramente importantes são modestas. (Dona Benta/*Fábulas*)

– Por que, então, Portugal e Espanha não se tornaram os países mais ricos do mundo? – perguntou Pedrinho.

– Porque não souberam guardá-lo [ouro] – respondeu Dona Benta. – Não basta ganhar, é preciso conservar, coisa muito mais difícil [...]. Quando os portugueses abriram os olhos, era tarde – o ouro do Brasil estava todo em mãos de gente mais esperta. (Dona Benta/*Hans Staden*)

– A "harmonia universal" que me perdoe. Entre ela e o nosso burro, não tenho o direito de escolher. (Pedrinho/*Viagem*)

– Que homem "mais que os outros" era Alexandre, vovó! (Narizinho/*História do mundo*)

– Madame Curie valia um milhão de vezes mais que o jogador de boxe, mas o povo ainda não tem a cultura necessária para perceber que é assim. (Dona Benta/*História do mundo*)

– [Frederico da Prússia] foi um grande rei porque tratou com a maior justiça e como melhor pôde à sua gente; depois porque tratou as outras nações como elas mereciam. (Dona Benta/*História do mundo*)

– A riqueza que quero para meus netos é uma que possam guardar onde ninguém furte: na cabeça. (Dona Benta/*Serões*)

– Depois que domei o Quindim e agora tomei conta deste Hércules, estou mais convencida do que nunca que a verdadeira força é cá do miolinho. (Emília/*Trabalhos*)

A proposta de utopia de Lobato está consubstanciada na pequena comunidade do Sítio do Picapau Amarelo. Mas os Estados Unidos são um bom modelo para uma Confederação Universal (*História do mundo*). A experiência da União Soviética o assustava – apesar da simpatia intelectual em relação ao ideário comunista –, de forma que inventa uma providencial doença do Marquês de Rabicó que impede o grupo do Sítio de visitar a Rússia (*Geografia*).

Seu modelo de organização social, para o qual "o sentimentalismo não dá bom resultado" (*Reinações*), junta noções da ciência e da ordem positivista com métodos de organização científica do trabalho, mais a iniciativa individual fordista, planejamento...

– Em quem V. acredita?
– No meu miolo. Não vou em onda nenhuma, nem de inimigo nem de amigo. Cá comigo é ali na batata do cálculo. (Emília/*Fábulas*)
– O presidente da república seria a Senhora Alavanca. E os ministros, a Dona Polia, o Senhor Parafuso, Sua Excelência o Plano Inclinado, o Doutor Eixo, Miss Cunha... (Emília/*Serões*)
[Organização da Cia. Donabentense de Petróleo]
Dona Benta: Diretor-Geral
Narizinho: Diretor Comercial
Visconde: Consultor Técnico
Emília: Diretor de Transportes
Quindim: Encarregado Geral da Defesa (*Poço*)
[Emília] aprendeu a planejar a fundo qualquer mudança nas coisas [...]. Viu que reformar às tontas, como fazem certos governos, acaba sempre produzindo mais males do que bens. (*Reforma*)
[As crianças] apreciam a ordem do Reino das Abelhas.
– Nós não temos governo, porque não precisamos de governo. Cada qual já nasce com o governo dentro de si... (*Reinações*)
– Uma nova forma de governo, seja qual for, não passa de uma distribuição das coisas existentes [...]. O que o país precisa [...] é aumentar a riqueza. [Visconde respondendo à sugestão de revolução de Narizinho] (*Poço*)
– Somos uma democracia. Há Dona Benta que é a tesoureira, ou dona. Há dois príncipes herdeiros: Narizinho e Pedrinho [...]. (Visconde/*Picapau*)
[Dona Benta a Péricles] – Uma sociedade justa não pode ter escravos [...]. O problema de governar os povos talvez não seja resolvido nunca [...] outros tentam um comunismo que nada tem a ver com o que Platão sonhou. (*Minotauro*)
– Com as formigas não há nada a reformar. Tudo perfeito. (Emília/*Reforma*)
– ... a primeira coisa que vai fazer na Conferência é transformar o mundo numa Confederação Universal [...]. Vai acabar com os exércitos [...]. Dona Benta acha que os homens devem formar no mundo uma coisa assim como as formigas. (Emília/*Reforma*)

O modelo do "formigueiro humano" é concretizado por Lobato em *A chave do tamanho*, na "cidade do balde" (Pail City), para a qual o chefe eleito pelos habitantes é o dr. Barnes, professor de Antropologia da Universidade de Princeton. Partindo do zero, a civilização diminuta dá origem a uma "ordem nova" que, não obstante, utiliza com sabedoria as aplicações da tecnologia conhecida.

A registrar, igualmente, o "desenvolvimento econômico" da região brasileira em que se encontra o Sítio do Picapau Amarelo, depois da descoberta do petróleo. A Vila do Tucano Amarelo, com cerca de 100 mil habitantes, mas fora das terras de Dona Benta, recebe da turma do Picapau Amarelo, que tem espírito comunitário, dinheiro ganho com o petróleo para executar obras públicas: estradas, escolas, hospitais, casas populares e uma universidade.

Progresso e mudança

Esta família de temas trata de uma área que tem sido fortemente associada com a atividade socioempresarial e literária de Lobato: o seu suposto liberalismo, o "fordismo" e sua admiração meio ingênua pelos Estados Unidos, pelas possibilidades dos progressos técnicos, o positivismo e profundas convicções darwinistas...

O exame do material na obra infantil não traz suporte a isso. Embora, em alguns casos específicos, seja possível sentir a impaciência do homem de ação e do patriota romântico diante da inércia – que lhe parecia mais paquidérmica do que o rinoceronte – de boa parte da sociedade do seu tempo, há mais instâncias críticas às noções de progresso e mudança na obra infantil de Lobato do que favoráveis. E elas são, em geral, expressas pelos personagens de maior peso específico, como Emília e Dona Benta.

É arriscado atribuir maior destaque a uma citação do que a outra, neste tipo de trabalho. Mas o diálogo reproduzido a seguir, entre Dona Benta e o filósofo Sócrates, é significativo:

> – Realmente o progresso do homem é um fato – confirmou Dona Benta. – Não parará nunca, apesar das longas interrupções da barbárie [...]. Esta maravilhosa Grécia de hoje, por exemplo, desaparecerá esmagada pela avalancha da estupidez barbaresca – mas nem tudo ficará perdido. [...] [haverá o] Renascimento [...]. Mas afirmo que daqui a 2.377 anos Sua Majestade a Estupidez Humana estará mais gorda e forte do que hoje...
>
> Sócrates notou contradição nas palavras da velha. [...]

> – O progresso é contínuo, sim, mas tanto nas coisas boas como nas más [...]. Minha filosofia é essa. (*Minotauro*)

Lobato parece estabelecer, assim, significados diferentes para "progresso" e "evolução". Progresso seria simplesmente um movimento para diante, no tempo, um percurso, que não traz consigo alterações qualitativas. Já a evolução é "a mudança com aperfeiçoamento" (*Trabalhos*), independente de ciência, visto que é inerente à alma humana.

> – [As invenções] melhoram a vida, mas não melhoram o homem [...] é o mesmo animal estúpido de todos os tempos [...] porque a força da Estupidez Humana ainda não pôde ser vencida pela força da Bondade e da Inteligência. (Dona Benta/*História do mundo*)

A mudança é, portanto, contingência da natureza e, sobretudo, da capacidade e da inteligência humanas. Os países são "como brotos de árvores", alguns secam, apodrecem e caem – e então surgem brotos novos (*Viagem*). A humanidade como a conhecemos atualmente pode desaparecer para dar lugar a uma nova geração... de bonecas (*História do mundo*). Problemas aparentemente insolúveis podem ser resolvidos apenas se pudermos olhá-los por um ângulo *novo*: para resolver o problema das sucessivas guerras entre as potências da Europa, por exemplo, "basta casar cada alemão com cada francesa e misturar para endireitar" (Emília/*Geografia*) "porque a situação era tão nova que as velhas ideias não serviam mais" (*Chave*). E o autor está falando de velhas ideias *da Emília*!

Quem sabe o próprio Lobato, desafeto e depois padrinho do Jeca Tatu, guardaria os resquícios caboclos, tão próprios dos "homens da terra" de qualquer cultura, de desconfiança em relação às mudanças?

> – Para a felicidade, neste nosso mundo, não há como ser tico-tico, feinho e insignificante. (Dona Benta/*Saci*)
> – Qualquer mudança nas coisas prejudica a alguém. (Dona Benta/*Fábulas*)

"Ciência" como mero acúmulo de conhecimento não é panaceia.

O Visconde descobre petróleo para o Brasil, é verdade, e aprende "grandes coisas" com os cientistas europeus, durante a conferência à qual comparece com Dona Benta (*Pedrinho*), mas as referências, ao longo da obra, a respeito das atividades do "sabuguinho científico" (expressão que Lobato usa com frequência), são, na melhor das hipóteses, ambivalentes. O livro da aritmética, ensinada pelo Visconde, acaba com um bocejo da Emília e a absoluta exaustão do interesse das crianças (*Aritmética*).

> – O médico [...] examinou-o e franziu a testa.
> – Hum! O caso é dos mais graves. Tenho de operá-lo imediatamente. Sua excelência está empanturrado de álgebra e outras ciências empanturrantes. (*Reinações*)
> – ... não há nada mais perigoso do que semente de ciência... (*Reinações*)
> – Hipótese é quando a gente não sabe uma coisa e inventa uma explicação jeitosa. (Pedrinho/*Viagem*)
> – ... não vale a pena estudar. A gente custa a aprender uma coisa e quando aprende [...] vem a peste da hipótese nova e atrapalha tudo. (Narizinho/*Serões*)
> – ... a ciência fica uma coisa sem graça na Grécia. Tudo cá é poesia, e a ciência é prosa. (Emília/*Minotauro*)

O progresso, como a ciência, é algo a ser questionado, de perto e com frequência. De fato, o item desta pesquisa bibliográfica que poderia ser denominado "progresso: contra" resultou num número inesperado de itens, que foram encontrados em quase todos os volumes, e não somente nos últimos, da maturidade. Logo no início das *Reinações*, à aranha costureira é dada, pelo príncipe, a oportunidade de virar princesa, ou qualquer outra coisa que desejar ("progredir", portanto, ou "evoluir"), mas prefere ficar aranha, como fora durante mil anos. "Estou acostumadíssima", desculpa-se (*Reinações*). Nas *Caçadas*, uma capivara ecologicamente indignada queixa-se de que os homens "estragam este país". Os conquistadores portugueses e espanhóis, na recontagem de Hans Staden, são "mais ferozes que os próprios selvagens". Antes de embarcar na viagem ao céu, os heróis do Sítio estão "sem fazer nada, gozando o prazer de viver" (*Viagem*). O próprio "céu" da narrativa de Lobato está mais para o do *Pequeno Príncipe* de Exupéry do que para o de Galileu e Flammarion

> ... tinham de voltar para o sem-gracismo da Terra, onde os homens não sabem outra coisa a não ser matar-se uns aos outros. (*Viagem*)

> – Progresso?

– ... a história da humanidade não passa de uma série de crimes cometidos pelos mais fortes contra os mais fracos. (Dona Benta/*História do mundo*)

– ... povos que ainda admiram mais a Napoleão do que a Sócrates será que merecem o nome de civilizados? (Dona Benta/*Geografia*)

– Só a necessidade faz o homem progredir. (Dona Benta/*Geografia*)

– ... como um território insignificante e só de montanhas, sem minas de ouro nem reservas de carvão ou petróleo, ninguém se lembra de "conquistar" a Suíça [...] é o país mais feliz de todos... (Dona Benta/*Geografia*)

– PARVA DOMUS, MAGNA QUIES – casa pequena, sossego grande [sobre San Marino]. (Dona Benta/*Geografia*)

– [a] história da humanidade não passa da história de horrores, estupidez e erros monstruosos. (Dona Benta/*Quixote*)

– ... eu não gosto de gente. São os piores bichos da terra. (Emília/*Tia Nastácia*)

– Por que [os esquimós] não progridem? (Narizinho)

– Já fazem o maior dos milagres *vivendo* naquela terra de gelos infinitos. (Dona Benta/*Tia Nastácia*)

Dona Benta concordou que o progresso mecânico só servia para amargurar a existência do homem. (*Minotauro*)

– Mas então, vovó, o progresso mecânico é um erro? (Pedrinho)

– Talvez seja, mas não podemos fugir dele porque é também uma fatalidade. Com as suas invenções constantes, o progresso nos empurra para a frente – para delícias e também para mais tumulto, mais aflição, mais correria, [...] mais guerra, mais horror. [...] Comparem a expressão sossegada destes gregos com a dos homens que vimos nas grandes capitais modernas, de cara amarrada, toda rugas, muitas vezes falando sozinhos. (Dona Benta/*Minotauro*)

– Agora é que estou compreendendo como é grotesco o vestuário moderno... [...] só nesta Grécia as criaturas humanas acertam com a arte de vestir. (Emília/*Minotauro*)

Péricles ficou meditativo. Aquela revelação vinha contrariar suas ideias sobre a continuidade do progresso humano. O progresso não é uma consolidação de conquistas? (*Minotauro*)

– Que triste coisa ser moderno! Imagine se conseguíssemos ver a alma das coisas como aqui nesta Grécia! (Emília/*Minotauro*)

– A tal "civilização" estava chegando ao fim [...] havia falhado, enveredado por um beco sem saída. (Emília/*Chave*)

Esta última frase é tema central de *A chave do tamanho* e – quem sabe? – fosse o de Lobato também. Afinal de contas, homens com quatro centímetros de altura, no mesmo ambiente em que se desenvolveu uma civilização de seres quarenta vezes maiores, constituem-se, de fato, numa nova espécie inteligente. A ideia é bem mais engenhosa do que mudar a espécie, como fazem escritores de ficção científica, para golfinhos, ou seres reptílicos, alterando-lhes as características de adaptabilidade. Nada mais que com a perda do tamanho, apenas, se está livre do fogo e do seu filho ferro, de uma infinidade de máquinas – "Para quê, meu Deus?" (Emília/*Chave*). E a terra estará pronta para produzir uma nova Hélade...

> A vida em Pail City era um encanto. Ninguém tinha pressa de nada. Iam construindo as coisas por prazer e não por necessidade. (*Chave*)

Mas muito embora Lobato, por meio da Emília, lamente que os olhos "modernos" de Pedrinho e do Visconde não tenham a capacidade de ver hamadríades, não se deve imaginar que o enigma que propõe seja possível de decifrar com uma única "chave".

As obras "paradidáticas" como a *História das invenções*, a *Aritmética*, os *Serões* e, em especial, *O poço do Visconde*, são verdadeiros veículos de publicidade para o progresso material. Emília e o Visconde são, afinal, "invenções", reconhecidas pela própria Dona Benta (*Invenções*). E, para Lobato, nem tudo o que era assim deve permanecer como está:

> – Como é triste o pé do brasileiro da roça, que nu nasce, nu vive e nu morre! (Dona Benta/*Invenções*)
>
> – Se suprimirmos [ferro e energia] acaba-se o progresso e temos de voltar à vida do índio [...]. E como hoje há muito pouco que caçar no mato, o remédio era cairmos na antropofagia. (Emília/*Serões*)

Lobato não faz uma apologia à "volta à natureza". A era dos milagres é "agora" (Dona Benta/*História do mundo*). O dinheiro é uma "substância mágica" (*Aritmética*). A agricultura adiantada é citada como uma qualidade moderna da velha China, assim como sua piscicultura (*Geografia*). A adversidade também tem sua função:

> – ... para aperfeiçoar um povo, nada melhor que a adversidade. Admiro a Alemanha [...] a ausência de sujeira latina, da desordem, da lembrança tão nossa conhecida. (Dona Benta/*Geografia*)

Entre a observação cáustica da Emília, de que a paz, no mundo moderno, é apenas "um descansinho para o desfecho de uma nova guerra" (*Trabalhos*), e a riqueza com felicidade de Dona Benta, ao preferir utilizar seus fantásticos 17 mil contos de 1937, ganhos com o petróleo, para ajudar os outros em vez de construir um palácio (*Poço*), fica a pergunta: em que Lobato acreditava afinal? No progresso ou na tradição? Na mudança ou no repouso?

Lembrando a grande influência que recebera de Nietzsche, a Grécia que Lobato busca, com a melodia da sua flauta, em solo, destinado às crianças de todos os cantos do Brasil, é mais o país de Dioniso do que de Apolo. A Grécia está presente em todos os momentos do seu réquiem – ou da sua Nona Sinfonia: as aventuras dos meninos do Sítio do Picapau Amarelo em companhia do incomparável Hércules.

> – Isso é que é dança! Aqueles moços [...] atracados [...] nas tais valsas e foxtrotes deviam vir aqui aprender com as ninfas o que é a verdadeira dança. (Pedrinho/*Minotauro*)
> – Cem vezes mais lindo: para os gregos, o eco é a voz da ninfa Eco transformada em pedra. (Emília/*Trabalhos*)

Entre a juventude e a maturidade, Lobato pensou seriamente em tornar-se artista, pintor. Não é surpreendente, portanto, encontrar as manifestações desse desejo de sua *anima* na obra infantil. Pois não são o País das Maravilhas, o Mundo das Fábulas, o País das Fadas, visitados pelas asas da imaginação, parte do mundo perene da arte?

> – Tudo morre, tudo passa, tudo desaparece levado pelo rio do Tempo – menos a obra de arte. Como Camões produziu uma verdadeira obra de arte, não morreu – está sempre vivo na memória dos homens... (Dona Benta/*Geografia*)
> – Vamos fazer um livro só de histórias compostas por artistas, das lindas, cheias de Wilde, que Dona Benta nos leu. (Emília/*Tia Nastácia*)
> – [Disney é um gênio] O maior gênio moderno – maior que Shakespeare, que Dante, que Homero e todos esses cacetões que a humanidade tanto admira. (Emília/*Picapau*)[10]

Loucura

São frequentes as menções à loucura no texto. Direta – como estado ou patologia – ou indiretamente, como quando se trata do pó de pirlimpimpim, o faz de conta e os "estados" em que as pessoas adquirem a capacidade de ver e sentir as coisas de outros "mundos", como o País das Fábulas ou da mitologia grega. É no estado "anormal", porém, que as pessoas estabelecem contato com a realidade do mundo da fantasia, aspecto que Lobato valoriza na sua narrativa infantil.

No início da sua obra, em *Reinações de Narizinho*, Lobato já parece definir os "campos" de atuação dos personagens: os loucos são as crianças, os personagens fantásticos (Emília, Visconde) e, eventualmente, os animais – com a notável exceção do Marquês de Rabicó, que, embora possa falar, é sempre mesquinhamente racional –, e os lúcidos, racionais ou "saudáveis" são os adultos: Dona Benta, Tia Nastácia e a maior parte do resto do mundo.

> Dona Benta era outra que achava muita graça nas maluquices da neta.
> – Não falei nem falo porque a senhora não acredita. [...] Vi um milhão de coisas, mas não posso contar nada, nem para vovó nem para Tia Nastácia, porque sei que não acreditam. Para Pedrinho, sim, posso contar tudo, tudo...
> Dona Benta, de fato, nunca dera credito às histórias maravilhosas de Narizinho. Dizia sempre: "Isso são sonhos de criança". (*Reinações*)

Em breve, contudo, também os adultos do Sítio reconhecerão que o mundo em que vivem as crianças "é muito mais interessante do que o nosso" (Dona Benta/*Reinações*). E a adesão dá-se, no início, gradualmente – e depois por completo.

> – Sinhá, sinhá! – disse Tia Nastácia. – Isto não acaba bem. Duas velhas como nós, seguindo a cabecinha de pano duma boneca e as cabecinhas de vento dos outros dois.
> Dona Benta suspirou.
> – Se este meu sítio não é um sonho – disse de si para si –, é então a coisa mais espantosa que o mundo ainda viu. – E beliscou-se para ver se estava dormindo e era sonho. Doeu. Logo, não era sonho. (*Poço*)

A "loucura", ou a capacidade de percepção das coisas extraordinárias, pode ser induzida por "estados":

> [Na beira do ribeirão, modorrando]
> – Ora graças! Eu tinha certeza de que os ares do ribeirão fariam você mudar.

— Eu sou sempre o mesmo — respondeu o boneco. — Não mudei. Não mudo nunca. Quem muda são vocês, criaturas humanas. Você mudou, Narizinho. [...] vai ver tanta coisa que sempre existiu neste sítio e, no entanto, você nunca viu. (*Reinações*)
— Que pena — murmurou Narizinho. — "Mudei de estado" outra vez, estou agora no estado de todos os dias — um estado tão sem graça... [...]
— Que história é essa?
— Não sei explicar. Só sei que em certos momentos a gente muda de estado e começa a ver as maravilhosas coisas que estão em redor de nós. Vi ninfas e um fauno, e uma vespa que era fada... (*Reinações*)
— É assim mesmo — explicou o negro velho. — Saci na garrafa é invisível. A gente só sabe que ele está lá dentro quando a gente cai na modorra. Num dia bem quente, quando os olhos da gente começam a piscar de sono, o Saci pega a tomar forma até que fica perfeitamente visível. É desse momento em diante que a gente faz dele o que quer. Guarde a garrafa bem fechada, que garanto que o Saci está dentro dela. (*Saci*)

O pó de pirlimpimpim, que também provoca tais estados, foi considerado ofensivo pelos censores do regime militar de 1964 e teve de ser proscrito da televisão. Quando cheiram o pó, todos sentem a vista turva, a cabeça tonta, e são transportados para destinos fantásticos (*Reinações*).

O estado de loucura é *raro* e estabelece uma diferença hierárquica entre as pessoas, como Dom Quixote, que se torna personagem habitual e querido do pessoalzinho do Sítio.

— [Dom Quixote se hospedaria no meu castelo] se eu fosse princesa — disse Emília.
— Acho Dom Quixote o suco dos sucos. A loucura chegou ali e parou. Adoro os loucos. São as únicas gentes interessantes que há no mundo. (*Picapau*)

Ele e Hércules são os heróis a quem se permitem fases de loucura como parte da sua especificidade de seres especiais. Caracteristicamente, os personagens "reais" da mitologia lobatiana não vão se defrontar com a loucura (com a exceção de um episódio menor atribuído a Pedrinho); só os irreais: Emília e o Visconde de Sabugosa.

A loucura da Emília é a que mais rápida e depois frequentemente se manifesta:

— É a lua — disse Tia Nastácia. — Já reparei que em tempo de lua cheia Emília dá para espirrar bobagem que nem torneira aberta que a gente quer tapar com a mão. (*Peter Pan*)

— Para suicídio – disse ela –, isto aqui [a torre de petróleo] ainda é melhor que a tal rocha Tarpeia, que Dona Benta contou – aquela rocha feia que existia em Roma, de cima da qual eram jogados ao precipício os traidores. A Tarpeia tinha 32 metros – menos um do que esta torre. [...]

Narizinho trocou uma olhadela com Pedrinho. Emília os desnorteava. (*Poço*)

Mas o estado raro é cobiçado e por isso questionado pelos companheiros.

Dona Benta olhou para Narizinho desconfiada.
— Será que está ficando louca?
— Louca nada, vovó! – respondeu a menina. – Emília está assim por causa da ganja que lhe dão. No Brasil inteiro as meninas que leem essas histórias só querem saber dela – e Emília não ignora isso. É ganja demais. (*Aritmética*)

A loucura é também apresentada como consequência do "excesso de bondade": na excessiva ansiedade de fazer o bem para a humanidade e corrigir as suas injustiças, explica Lobato (pela voz da Emília), o herói idealista é levado à loucura, como refúgio ou, quem sabe, como meio de realizar o seu intento naqueles *outros* mundos, já que *nesta* vida não é possível?

Quando ouvi Dona Benta contar a história de Dom Quixote, meu coração doeu várias vezes, porque aquele homem ficou louco apenas por excesso de bondade. O que ele queria era fazer o bem para os homens, castigar os maus, defender os inocentes. Resultado: pau, pau e mais pau no lombo dele. Ninguém levou tanta pancadaria como o pobre cavaleiro andante – e estou vendo que é isso que acontece a todos os bons. Ninguém os compreende. Quantos homens não padecem nas cadeias do mundo só porque quiseram melhorar a sorte da humanidade? Aquele Jesus Cristo, que Dona Benta tem no oratório, pregado numa cruz, foi um. Os homens do seu tempo, que só cuidavam de si, esses viveram ricos e felizes. Mas Cristo quis salvar a humanidade e que aconteceu? Não salvou coisa nenhuma e teve de aguentar o maior dos martírios. (*Memórias*)

Previsivelmente, é na narração da história de Dom Quixote, por Dona Benta, aos picapauzinhos, que Lobato pontilha o texto de reflexões elucidativas sobre a sua visão de loucura.

— Cervantes escreveu este livro para fazer troça da cavalaria andante, querendo demonstrar que tais cavaleiros não passavam duns loucos. Mas [...] sua obra saiu em maravilhoso estudo da natureza humana, ficando por isso imortal. [...]

– Dom Quixote não é somente o tipo do maníaco, do louco. É o tipo do sonhador, do homem que vê as coisas erradas, ou que não existem. É também o tipo do homem generoso, leal, honesto, que quer o bem da humanidade, que vinga os fracos e inocentes – e acaba sempre levando na cabeça, porque a humanidade, que é ruim inteirada, não compreende certas generosidades. (*Quixote*)

Na biblioteca do avô do escritor havia muitos livros sobre a cavalaria andante e aventuras da Idade Média, que produziram forte efeito sobre a imaginação de Lobato menino. Talvez por isso Pedrinho admita ter passado por um período de loucura momentânea.

– E a senhora nunca desconfiou de quem seria esse malvado, vovó [que escangalhou o milharal plantado por Dona Benta atrás da mangueira da Vaca Mocha]? – perguntou ele.

– Ora, quem havia de ser! Algum maluco que passou de noite pela estrada...

– Foi Roldão, vovó! [...] o principal dos Doze Pares de França. Roldão encarnou-se em mim e... [...]. Foi na semana em que caiu em casa aquele livrinho *Carlos Magno e os doze pares de frança*. Comecei a ler e fui me esquentando, me esquentando, me esquentando até que não pude mais. Minha cabeça virou – ficou assim como a de Dom Quixote. Convenci-me de que era o próprio Roldão. E fui lá no quarto dos badulaques e tirei aquela espada que pertenceu ao velho tio Encerrabodes [...]. Corri ao milharal e não vi nenhum pé de milho na minha frente. Só vi mouros! Eram trezentos mil mouros! Ah! Caí em cima deles de espada que foi uma beleza. [...]

– Sei que moro com os maiores maluquinhos deste mundo. Mas continuemos a nossa história de Dom Quixote. Como vocês estão vendo, a loucura de Dom Quixote é coisa mais comum do que se pensa. [...] (Pedrinho e Dona Benta/*Quixote*)

Emília começa a demonstrar desejos de deixar de ser apenas uma "louquinha" para compartilhar a loucura furiosa e épica do herói da Mancha.

– De fato. Quando vocês crescerem e lerem este capítulo de Cervantes, hão de achá-lo engraçadíssimo – e ao mesmo tempo triste. A loucura é a coisa mais triste que há...

– Eu não acho – disse Emília. – Acho-a até bem divertida. E, depois, ainda não consegui distinguir o que é loucura do que não é. Por mais que pense e repense, não consigo diferençar quem é louco de quem não é. Eu, por exemplo, sou ou não sou louca?

– Louca você não é, Emília – respondeu Dona Benta. – Você é louquinha, o que faz muita diferença. Ser louca é um perigo para a sociedade; daí os hospícios onde se encerram os loucos. Mas ser louquinha até tem graça. Todas as crianças do Brasil gostam de você justamente por esse motivo – por ser louquinha.

— Pois eu não quero ser louquinha apenas — disse Emília. — Quero ser louca varrida, como Dom Quixote — como os que dão cambalhotas, assim...

E pôs-se a dar vira cambotas na sala.

Dona Benta riu-se. (Emília e Dona Benta/*Quixote*)

Na sua obra mais convencionalmente "louca" — *A chave do tamanho* —, Lobato compara a loucura fantástica com a loucura-insanidade.

— O Coronel acha que estamos é loucos — e repetiu a história do pote [do homem que pensava que era um pote d'água].

— Isso não! — gritou Emília da janela. — Esse louco do pote era um só, e neste nosso caso de agora todos se sentem pequenininhos. Uma loucura assim de toda gente não pode ser loucura; loucura é coisa só de uns. (*Chave*)

Finalmente, na narração paralela ao *Dom Quixote*, Emília atinge o seu objetivo: de enlouquecer perdidamente, tornar-se "doida varrida". Põe-se então a pular pela sala...

Emília continuava a dar vira cambotas. Depois foi buscar um cabinho de vassoura e disse que era lança, e começou a espetar todo mundo. E botou um cinzeiro de latão na cabeça, dizendo que era o elmo de Mambrino. Por fim montou no Visconde, dizendo que era Rocinante.

[...] Dona Benta arregalou os olhos. Emília parecia realmente louca.

— Anastácia, acuda! — gritou ela. — Depressa, um chazinho de erva-cidreira.

[...] Só então Dona Benta pôde retomar o fio da história, mas enquanto falava ia espiando a boneca com o rabo dos olhos. Positivamente, Emília estava mudada. Seria mesmo loucura? (*Quixote*)

Dois capítulos adiante, Emília desaparece.

— [Diz Narizinho] [...] Emília anda lá fora fazendo as maiores loucuras. Virou cavaleira andante e obrigou Rabicó a virar Rocinante. Arranjou escudo, lança, espadinha e até armadura. E quer atacar Tia Nastácia, dizendo que não é Tia Nastácia coisa nenhuma, e sim a giganta Frestona. O pobre Visconde segue atrás como escudeiro, vestido de uma roupa larga, que Emília encheu de macela para que ficasse gordo e barrigudinho como Sancho. Só vendo, vovó! Está doida, doida... (*Quixote*)

Diante da loucura diagnosticada e antissocial, decidem que Emília deverá ser isolada, presa numa gaiola, como o cura fez com Dom Quixote

(*Quixote*). Mas Lobato, que certamente ouvira falar a respeito do trabalho do dr. Pinel, não podia permitir que isso acontecesse com a boneca. E soltam-na.

> – Nós erramos, meus filhos, prendendo-a na gaiola do sabiá. Para as perturbações mentais a violência não é remédio. Vamos soltá-la e experimentar outro tratamento. [...]
> – Estão vendo? – disse Dona Benta. – Bastou que a tratássemos com humanidade para que a loucura se fosse embora. (*Quixote*)

Finalmente curada, a boneca ouve de Dona Benta que é preciso alguma moderação até na loucura:

> – [...] Uma loucurinha de vez em quando tem sua graça; mas uma loucura varrida é um desastre – e acaba sempre em hospício ou gaiola.
> Emília explicou-se.
> – Sei disso, Dona Benta, mas às vezes me dá comichão de fazer estripulia grossa, como as do cavaleiro da Mancha. Porque eu não acho que isso seja loucura. É apenas revolta contra tanta besteira que há no mundo. (*Quixote*)

Terá Lobato lembrado desse episódio quando ele próprio foi colocado na prisão em virtude do comportamento considerado desviante durante a ditadura do Estado Novo? Dona Benta confirma: só aos seres "especiais" é concedido o dom da loucura.

> – [...] Há no mundo muita gente como Sancho. Ele tinha o sólido bom-senso dos homens do povo, e todas as qualidades e defeitos do homem do povo, isto é, do homem natural, sem estudos, sem cultura outra além da que recebe do contato com seus semelhantes. Já em Dom Quixote vemos o contrário. Possuía alta cultura. Tinha todas as qualidades nobres e generosas que uma criatura humana pode ter – apenas transtornadas em seu equilíbrio. (Dona Benta/*Quixote*)

Mas será realmente insano optar pela realidade que se prefere?

> Por várias vezes Narizinho tentou contar a Emília a morte do cavaleiro da Mancha. Emília tapava os ouvidos.
> – Morreu, nada! – dizia ela. – Como morreu, se Dom Quixote é imortal?
> Dona Benta ouvia aquilo e ficava pensativa... (*Quixote*)

Mudar o mundo é tarefa para doidos. No mundo que criou, Lobato é o reformador, inicialmente em *A reforma da natureza* e depois em *A chave do tamanho*. No primeiro, a leitora que comparece ao Sítio é louquinha, a ponto de até Emília se admirar.

> Emília olhou para a Rã com o rabo dos olhos. Aquela menina estava com jeito de ser maluca... Apesar disso encarregou-a de reformar Rabicó. (*Reforma*)

A chave do tamanho é apresentada, na primeira edição, de 1942, como "a maior reinação do mundo". Emília/Lobato se excedeu:

> – É espantoso o que você fez, Emília! Isso já não é reinação. Isso é catástrofe! Pelo que observei lá no sítio estou imaginando o que se deu no mundo inteiro... (Visconde/*Reforma*)
>
> – [...] o que você fez passa de todas as contas, Emília! Se os homens souberem, não perdoam. Agarram-na e assam-na viva na maior das fogueiras. Incrível! Destruir o tamanho das criaturas!... Sabe que isso corresponde a destruir toda a civilização humana? [...] Evidentemente você se excedeu, Emília. (Visconde/*Chave*)
>
> – [...] O que eu fiz foi uma limpeza. Aliviei o mundo. A vida agora vai começar de novo e muito mais interessante. Acabaram-se os canhões, e tanques, e pólvora, e bombas incendiárias. Vamos ter coisas muito superiores; besouros para voar, tropas de formigas para o transporte de cargas, o problema da alimentação resolvido. (Emília/*Reforma*)
>
> – [...] Essa tal civilização havia falhado. Havia enveredado por um beco sem saída e a saída que achava qual era? Suicidar-se a tiros de canhão. Ora bolas! Até me admiro de ver um sábio com um cartolão desse tamanho a defender um mundo de ditadores, cada qual pior que o outro. (Emília/*Reforma*)

Proposta: acabar com o mundo como ele se apresenta, para substituí-lo por outro melhor, reformado. Uma ordem nova (*Chave*). A percepção do "mundo bom" passa a ser atributo reservado – como o lobo da estepe – só para os *raros*, ou loucos. São os personagens loucos, também, como os bobos da corte, os *jesters* e os *tricksters*[11] a quem a sociedade concede dizer ou expor as verdades, fora das suas convenções, sem a ameaça de punições. A conclusão iniludível: o mundo tal como é, constituído pelas tais pessoas *normais*, não presta. Acabando-se com ele, perde-se pouca coisa.

[...] o Visconde foi em procura do rinoceronte [...] contou-lhe toda a tragédia humana. Quindim, porém, não fez caso nenhum. Já estava muito velho para dar importância a coisas tão insignificantes como o desaparecimento da humanidade. (*Chave*)

Na última obra de Lobato, *Os doze trabalhos de Hércules*, amiudam-se as referências à loucura: do próprio Hércules, enlouquecido por Hera, que mata os próprios filhos e sua mulher, Mégara, bem como a de outros heróis e deuses e do malvado rei Euristeu. Mas é do Visconde de Sabugosa a loucura épica que consome boa parte da ação dramática dos picapaus, paralela às façanhas do semideus.

[...] Emília, uma louca no brinquedo, chegava até a ficar fora de si. Pedrinho não o era menos – e o Visconde, no seu começo de loucura heroica, dera de brincar com tal espetaculosidade, que chegou a dar na vista.
– Pedrinho – cochichou Emília –, não acha que o Visconde está se excedendo?
– Sim, acho que está muito mudado e que continua a mudar...
– Pois isso está me preocupando bastante – confessou Emília. – Ele também é um heroizinho e todos os heróis passam por um período de loucura... (*Trabalhos*)
Foi nesse instante que o Visconde deu o primeiro sinal positivo de loucura. Estava sentadinho por ali ouvindo a conversa dos outros, e cartola na cabeça, como sempre. Aquela cartola fazia parte do Visconde [...]. Pois naquela tarde tudo mudou. Assim que da boca de Hércules saiu o nome da deusa Hera, o sabuguinho tirou da cabeça a cartola e jogou-a longe. Depois deu uma gargalhada histérica e resmungou: "Hera! Hera! Era uma vez uma vaca amarela que entrou por uma porta e saiu por outra". (*Trabalhos*)
Não havia a menor dúvida; o pobre Visconde enlouquecera! [...] Louco... Louquíssimo... (*Trabalhos*)

Enciumada, Emília não quer admitir que o Visconde possa ter uma loucura heroica e autêntica, igual à que ela própria experimentara simplesmente ao ouvir as aventuras de Dom Quixote. Faz questão de jogar a suspeita de que se trata de falsa loucura, ou loucura de outro tipo.

[E] [...] para mim essa loucura é fingimento. Como sabe que todos os heróis acabam loucos, ou passam durante a vida por um período de loucura, está bancando o louco para ficar igual a Hércules, a Rolando, a Dom Quixote. (Emília/*Trabalhos*)

Lobato, que maltratara o personagem, como se fora fetiche do inconscientemente odiado avô de similar nobreza, acaba sua obra resgatando o pobre Visconde, que é consertado pelo feitiço de Medeia, fica novinho em folha, apaixona-se por Clímene, a pastorazinha da Arcádia, e torna-se a alma de uma festa popular em homenagem a Dioniso.

– [...] temos de fazer Tia Nastácia reformar o Visconde – disse Emília. – Este está cafajéstico demais. (*Trabalhos*)

2. Sê fiel a ti mesmo...

> *A aquisição de habilidades, inclusive a de ler,*
> *fica destituída de valor quando o que se aprendeu a ler*
> *não acrescenta nada de importante à nossa vida.*
> BRUNO BETTELHEIM

As PÁGINAS ANTERIORES são resultado da releitura de todos os livros que compõem a obra infantil de Monteiro Lobato – em boa parte nas mesmas edições em que "morei" quando criança –, aproximadamente entre 1945-46 e 1952-53, e os trechos foram selecionados ainda sem a ajuda de computador, a partir de um crivo preestabelecido dos que, a meu ver, seriam pertinentes tanto aos contornos ideológicos que pareciam existir no quadro referencial do autor como a certa "hierarquia pessoal" de opiniões e atitudes do universo de leitores de Lobato que desejava pesquisar – e que eram, à primeira vista, de conceituação mais concreta.

Em etapas anteriores, acompanhamos a formação do pensamento social e político de Lobato, assim como revimos boa parte da literatura atualmente disponível a respeito da interpretação das narrativas e da influência da literatura fantástica na formação dos conceitos e valores individuais. Podem-se, agora, enunciar algumas conclusões de caráter geral em relação à hipótese inicial de trabalho, de que: (a) a literatura infantil pode exercer poderosa influência sobre as opiniões, atitudes e ações políticas das pessoas; (b) Lobato, tendo procurado provocar mudanças na sociedade em que vivia, por diversos meios, sem sucesso ou com sucesso limitado, deliberadamente escolheu os livros para crianças como veículo de transmissão persuasiva do seu ideário.

A meu ver, a parte (a) dessa hipótese dupla foi amplamente confirmada pelos dados e informações contidos em "O nascimento da ideologia". As conclusões que se seguem referem-se, portanto, à parte (b) e baseiam-se no material exposto nos capítulos "A saga do Picapau Amarelo" e "Nós precisamos endireitar o mundo, Pedrinho...".

1. Há evidência, em quantidade e qualidade suficientes, para classificar o texto da narrativa da obra infantil de Lobato como portador – isto é, meio, veículo – de grande número de conceitos e mensagens de caráter epistemológico ético, seja pela transmissão de informações históricas passadas ou contemporâneas, seja pelo teor exemplificativo constante das "vozes" assumidas pelo autor no texto.
2. Os valores assim expostos refletiam àqueles que eram caros ao próprio Lobato. O fato de haver enunciados e opiniões contraditórios ao longo do texto simplesmente reflete as contradições inerentes à própria personalidade do autor e às mudanças de atitudes e comportamento pelas quais passou ao longo de cerca de trinta anos em que esteve envolvido nessa atividade.
3. O estudo da ordem e da cronologia das obras, confrontado com a natureza e o conteúdo de cada uma, bem como a intertextualidade com escritos paralelos, sobretudo nas cartas que enviou a diversas pessoas, coletadas em livros e em artigos, prefácios e entrevistas, são fortemente indicativos de que Lobato agiu de maneira deliberada e tinha como objetivo transmitir seus próprios valores, de forma persuasiva, aos jovens leitores.
4. Um estudo mais completo sobre a natureza e a especificidade do conteúdo ideológico do discurso de Lobato para crianças deverá levar em conta três aspectos: a escolha dos temas e a sequência em que foram escritos os livros da sua obra infantil completa; o perfil das personalidades dos personagens, sua interação subjetiva e as estruturas dos cenários em que se desenrola a narrativa; e o conteúdo semiótico dos textos propriamente ditos.
5. No que se refere à escolha dos temas e à sequência em que foram escritos e/ou publicados os livros, podem ser feitas algumas observações:

5.1. Há, aparentemente, três fases criativas na obra infantil de Lobato:

Primeira fase, em que escreve livros para crianças sem compromisso muito maior do que entretê-las e tentando "educá-las" sobre temas simples de inter-relação social.
O sucesso editorial agrada ao empresário Lobato e ao escritor, e ele produz, em sequência, diversos livros curtos, com muitas ilustrações, posteriormente consolidados em livros maiores. São desta fase as obras: *Reinações de Narizinho*, *Fábulas*, *O Saci*, *Caçadas de Pedrinho* e *Hans Staden*.

Segunda fase, quando o autor retorna de sua permanência nos Estados Unidos, "organiza" a obra anterior e dá sequência à narrativa, porém, agora, produzindo, além da continuação do relato fantástico, uma série de livros de conteúdo didático, alguns traduzidos de obra que certamente conheceu e adquiriu durante sua estada em Nova York. Dessa fase são: *Viagem ao céu*, *Memórias da Emília*, *O poço do Visconde*, *História do mundo para crianças*, *Emília no País da Gramática*, *História das invenções*, *Aritmética da Emília*, *Geografia de Dona Benta*, *Serões de Dona Benta*, *Dom Quixote das Crianças* e *Histórias de Tia Nastácia*.

Terceira e última fase, em que o autor retorna exclusivamente para a fantasia e produz o que pode ser considerado sua maturidade como autor infantil e artista. São elas: *O Picapau Amarelo*, *O Minotauro*, *A reforma da natureza*, *A chave do tamanho* e *Os doze trabalhos de Hércules*.

5.2. De acordo com a natureza do conteúdo textual de cada livro, as obras têm sido classificadas pelos analistas e estudiosos de Lobato em três grandes grupos: (1) o das histórias de fantasia, (2) o das histórias com intenção didática formal e (3) o das histórias "recontadas".

5.3. Da pesquisa realizada, destacam-se como obras-chave – ou, pelo menos, parâmetros de referência – para a interpretação do conteúdo e da evolução do pensamento lobatiano, na primeira fase, *Reinações de Narizinho*; na fase intermediária, *História do mundo* e, na última fase, *A chave do tamanho* e *Trabalhos*.

6. No que se refere ao perfil dos personagens e à estrutura dos cenários em que se desenrolam as narrativas:

   6.1. Os personagens permanentes – Dona Benta, Tia Nastácia, Narizinho, Pedrinho, Burro Falante, Marquês de Rabicó, Quindim, Emília e Visconde – constituem-se numa "família" harmônica e socialmente integrada tanto aos padrões da época em que o autor escreveu como aos atuais.

   6.2. Há relações bastante claras, explícitas, de hierarquia e responsabilidades funcionais entre os membros do grupo permanente, cuja liderança formal é exercida por Dona Benta, e a informal, pela Emília.

   6.3. Apesar das opiniões de diversos comentaristas pesquisadores, a análise do sociograma formado pelas relações entre os personagens não parece configurar um matriarcado, nem a figura paterna se encontra inteiramente ausente. A meu ver, como as ações se desenrolam num lar – por mais fantásticas que sejam as características do Sítio do Picapau Amarelo – ou em família, o destaque dado à presença feminina entre os personagens humanos apenas reflete a realidade da vida doméstica brasileira no tempo de Lobato – e que hoje permanece, em grande parte, a mesma.

   6.4. Os dois principais porta-vozes do pensamento ético do autor são Dona Benta e Emília.

7. Por fim, no que se refere ao conteúdo dos textos propriamente ditos, na sequência dos temas previamente escolhidos:

   7.1. A família e o papel da mulher

       7.1.1 A família lobatiana, embora habite, como já foi dito, um mundo doméstico fantástico, guarda suficientes pontos de contato com a realidade familiar dos pequenos leitores para que eles pudessem estabelecer entre elas uma relação idealizada, extremamente lúdica.

Rose Lee Hayden observa que esse estilo de vida ao mesmo tempo familiar e alternativo acabaria por provocar, nos pequenos leitores, comparações íntimas entre o contexto idealizado dos heróis da narrativa e o seu cotidiano. Não obstante seja impossível determinar o que isso pode ter provocado na sequência das vidas de seus leitores, "é forçoso sugerir que o mundo de Lobato tenha exercido [neles] uma grande atração e os seus modelos de comportamento encontrado um eco favorável".[12]

7.1.2 Esta família caracteriza-se por um clima de tolerância, em que não se encontra ausente, entretanto, o princípio de autoridade.

7.1.3 A voz – explícita e implícita – do autor claramente encoraja atitudes de contestação desobediente por parte dos mais jovens e critica os adultos em geral pelos defeitos de intolerância e acomodação.

7.1.4 A despeito de a família se constituir num padrão desejável, a instituição do casamento é com frequência apresentada sob enfoque crítico, através do qual o divórcio – inexistente no Brasil à época em que os livros foram publicados – é apresentado como aceitável na sociedade e até necessário.

7.1.5 As atitudes e os comentários do grupo em relação à empregada negra, Nastácia, são sempre paternalistas e podem ser vistos, hoje, como racistas, configurando uma relação entre dominador *versus* dominado, ou senhor *versus* escravo, que são, no entanto, características socialmente aceitáveis na época em que Lobato escreve.

7.1.6 Esse tipo de racismo abrange também outros tipos de relações interétnicas e interculturais: gente de pele clara sobre gente de pele escura, ariano sobre latino, louros de olhos azuis como protótipo humano desejável etc. Mas vale acrescentar que a americana Lee Hayden discorda e acha que, como o racismo não era aceitável em termos científicos e/ou sociais, o racionalista Lobato não o encampava.

Usa, como exemplo, a história narrada em *Reinações de Narizinho*, sobre uma violeta branca que, ao contrário de ser superior às outras por sua cor, descobre-se inferior, pois lhe faltam os pigmentos que as outras possuem.[13]

7.1.7 Os personagens centrais apresentados aos jovens leitores como referências masculina e feminina – Pedrinho e Narizinho – correspondem bastante bem aos protótipos sociais característicos no espaço e tempo da narrativa.

7.1.8 O Visconde de Sabugosa, possivelmente o único modelo de referência paterna, é muitas vezes caracterizado como "fraco", "doente", e visto por Lobato, em boa parte da obra, como dispensável – o que reflete experiências vividas pelo autor na infância e na juventude, em relação ao pai, falecido prematuramente, e ao avô visconde.

7.1.9 Embora as relações sociais entre sexos se enquadrem no que se pode considerar mais ou menos padrão, tanto para a época como para os tempos atuais, em grande número de passagens, contudo, Lobato posiciona-se claramente como *feminista*, chegando a colocar na voz de seus personagens que as mulheres são superiores aos homens.

Um tema intrigante para investigação é proposto por Lissa Paul, autora e líder feminista norte-americana: uma linha "feminista" no texto infantil produziria empatia com os leitores, pelo fato de que a literatura destinada a ambos os grupos – mulheres e crianças – era vista como periférica. Além disso, considerados segmentos discriminados pela sociedade em geral, ambos guardam semelhanças importantes: como as mulheres, veem-se as crianças como dependentes e/ou incapazes; nunca podem se afastar muito de seus lares; não têm, ou têm pouco acesso ao trabalho e ao dinheiro, que são as "chaves da liberdade". Por essas razões, entre outras, quando apresentados como heróis ou heroínas nos textos de ficção, só atingem seus objetivos recorrendo às táticas do logro ou esperteza.[14]

7.2. Religião e misticismo
- 7.2.1 A espiritualidade é tema sem dúvida importante para Lobato. A despeito do seu racionalismo, há depoimentos e muita evidência textual de que tenha pessoalmente se interessado pelos assuntos da espiritualidade e religiosidade, ainda que não fosse religioso no sentido convencional.
- 7.2.2 A religião "oficial", católica, é em geral apresentada ao longo da obra como retrógrada, atrasada e aparentemente incompatível com o pensamento "civilizado".
- 7.2.3 Padres e sacerdotes, quando aparecem, são apresentados de forma pouco lisonjeira.
- 7.2.4 As religiões convencionais são não raro vistas como refúgio de pessoas ignorantes para atenuar seus temores existenciais.
- 7.2.5 Espiritismo e/ou espiritualismo, quando abordados, o são de modo objetivo e vistos como coisas sérias.
- 7.2.6 Personagens de lendas, oriundos do folclore e mesmo de superstições populares, são valorizados e desempenham papéis importantes em diversos episódios da narrativa.

7.3. Estado, governo, povo e indivíduo
- 7.3.1 Sob qualquer ponto de vista, a obra infantil de Lobato é fortemente politizada, embora dela estejam totalmente ausentes elementos de política partidária ou temas eleitorais. Ao contrário, há a sugestão de que governos não devem mudar. Ou, pelo menos, não devem mudar com muita freqüência.
- 7.3.2 "Os poderosos" de modo geral – apesar de nem sempre ficar muito claro, especialmente para crianças, a quem Lobato se refere – são objeto de crítica quase permanente.
- 7.3.3 Em muitas ocasiões, essa postura crítica se amplia para englobar *Estado* e *governo* como instituições.
- 7.3.4 Há muitas instâncias de relação de contiguidade textual no sentido de ressaltar que os poderosos são estúpidos e os sábios não são poderosos e de que, se as posições se

invertessem, poderia ser encontrada uma "nova ordem" de natureza utópica.

7.3.5 O autor busca produzir efeitos de intertextualidade, mediante menções a políticos, coronéis e outros personagens identificáveis no contexto regional brasileiro, como parte integrante da indesejável facção dos "poderosos" mencionados no item anterior.

7.3.6 O governo do país – individualizado ou na forma dos governantes e "políticos" – é muitas vezes apresentado como estúpido, incompetente, empreguista, mentiroso e de outras maneiras indesejáveis.

7.3.7 A *liberdade* é valorizada e particularizada como finalidade maior das organizações sociais – o bem mais importante para a humanidade.

7.3.8 "Povo" é caracterizado como massa – ignorante, grosseiro, ingênuo, conformado, ingrato e incapaz de conduzir a si próprio. Esse conceito negativo é, às vezes, expandido para englobar toda a humanidade.

7.3.9 Os homens são desiguais. Alguns homens (e algumas mulheres) são "mais" ou "melhores" do que os outros. Nesse contexto, o povo torna-se necessário para que possa haver elites e governo, mas são somente alguns homens que fazem a história. *Nosce te ipsum* – "Sê fiel a ti mesmo". O moto nietzschiano está muito presente, às vezes verbalizado. O indivíduo deve prevalecer sobre o Estado.

7.3.10 Apesar da acusação de "comunismo", hoje vista como desimportante, mas de alguma contundência no espaço e tempo políticos vividos por Lobato durante o Estado Novo e no pós-guerra, não há, em toda sua obra infantil, estímulos ou encorajamento para que os pequenos leitores admirem ou se interessem pelos modelos coletivistas em geral e pela União Soviética em particular. Contextualmente, a utopia lobatiana parece ter como característica principal a ordem; secundariamente, a produtividade e, como objetivo, a busca da realização e da felicidade individuais.

7.4. Progresso e mudança

7.4.1 A análise dos textos não revelou evidência capaz de comprovar que Lobato tenha sido, na obra infantil, propagandista do "fordismo", do cientificismo, ou mesmo da excelência em si do progresso econômico e social, numa óptica de seleção natural darwiniana ou em qualquer outra perspectiva radicalmente engajada. De fato, são mais numerosos os trechos e afirmações críticas às ideias de progresso e de mudança do que favoráveis. Há, portanto, razões para supor que o autor expusesse, no texto, suas convicções contraditórias a esse respeito.

7.4.2 O único progresso digno de ser considerado como evolução é o intelectual. O ato de criar é sempre valorizado.

7.4.3 A ciência e as atividades científicas – objeto de muita atividade laboral do Visconde – não são apresentadas como detentoras de valor intrínseco, a não ser quando contribuem para a melhoria da qualidade de vida dos seres humanos.

7.4.4 Os trechos claramente favoráveis ao progresso material praticamente só são encontrados nas obras "paradidáticas" da fase intermediária do escritor, quando retorna dos Estados Unidos.

7.4.5 Há, finalmente, indícios marcantes – sobretudo nas obras da terceira fase – de que os aspectos mais importantes de valorização humana, para Lobato, tenham a ver com a capacidade criativa individual e a arte como sua principal manifestação social.

7.5. Loucura

7.5.1 São frequentes e, em geral, apreciativas as menções à loucura e/ou mudanças de estados mentais no texto, espontâneos ou induzidos por agentes externos, como o pó de pirlimpimpim.

7.5.2 A "loucura" é apresentada como capacidade de ver coisas extraordinárias, que podem representar uma realidade alternativa, mais "verdadeira", num plano mais elevado. Ela é característica dos heróis e dos indivíduos muito cultos, "superiores", com desejos – geralmente frustrados – de reformar a sociedade em que vivem. Muitas vezes ocorre por "excesso de bondade".

7.5.3 No dizer do *scholar* inglês Robert Burton (1577-1640), "os tolos e loucos dizem geralmente a verdade".[15] Um paralelo interessante pode ser feito entre a configuração do personagem da Emília – o mais "louco" de todos – como versão do arquétipo do *trickster* e principal porta-voz dos conceitos e valores do próprio autor.[16]

7.5.4 No texto da narrativa infantil, parece haver evidência – embora sem o cotejo com trechos da obra adulta – de que Lobato tenha visto muitas vezes a si próprio como ser raro, desviante, alguém que desejava consertar a sociedade e reformar o mundo. Dessa forma, ele se considerava incompreendido e/ou rejeitado pelos seus contemporâneos.

V. Os filhos de Lobato

Eu lia um livro
enquanto me escondia
daquela dor que me feria o ouvido.
Com que força a palavra me levava!
Nenhum medo sabia
onde eu estava.
Renata Pallottini

1. Quem são eles?

> *Da infância não fica nada, nada aprendi,*
> *não resta nada – só a emoção.*
> ZIRALDO

Justificativa da escolha dos entrevistados da segunda edição

SOBRE A METODOLOGIA, UMA ADVERTÊNCIA. Durante mais de uma década e meia fui pesquisador solitário acerca do "meu" tema. Conversei, literalmente, com centenas de pessoas, até formatar metodologicamente o inquérito nas entrevistas que serão apresentadas nesta seção. Descobri que estava fazendo um trabalho que se situava difusamente entre uma coleta de depoimentos para história oral e uma entrevista psicanalítica. De amigos, especialistas na primeira disciplina, recebi encorajamento, com a advertência de que, dependendo do objeto da análise, a história oral é alguma coisa que se faz *depois* de esgotadas as fontes devidamente documentadas – caminho que, embora inadvertidamente, eu havia seguido. E que, em termos de técnica, havia defensores de um modelo o menos estruturado possível, capaz de permitir aos próprios entrevistados determinar a natureza e o escopo das lembranças que desejavam relatar, uma vez definido claramente o tema-objeto da conversa, que deveria se aproximar, tanto quanto possível, de um monólogo, apenas pontuado pelos estímulos absolutamente necessários.

Amamentados em Lobato

Há uma quantidade significativa de depoimentos, espontâneos ou provocados, sobre a influência da leitura dos livros infantis de Lobato admitida por escritores, analistas e biógrafos consultados. A começar pelos autores das principais obras a respeito do escritor, quase unânimes em reconhecer a sua ocorrência, como também, muitas vezes, ando satisfação e reconhecimento.

André Luiz Vieira de Campos, historiador, na introdução do seu estudo, relata suas impressões pessoais de que, ao ingressar na escola primária, nos anos 1950, iniciara-se nos livros de Monteiro Lobato e recorda-se dos livros preferidos – *História do mundo, O Minotauro, Os doze trabalhos de Hércules* –, temas ou ambientação que se referiam à História. "Já adulto, pude perceber a relação do conteúdo daqueles livros não só com o meu imaginário infantil, mas também com a escolha de minha profissão. [...] Ao estudar a obra de Lobato, estava também desvendando uma parte da minha própria história."[1]

Zinda Maria de Vasconcellos, que escreveu o perceptivo *O universo ideológico da obra infantil de Monteiro Lobato* como monografia de mestrado, abre um capítulo para explicar sua motivação.

> Sei que não é de praxe falar-se muito em "eu" ou tratar o tema a partir de uma vivência própria numa dissertação de mestrado. Porém este é um projeto de estudo extremamente pessoal, subjetivo, de busca de raízes e sentido... [...]
>
> Assim, a linha de motivação orientadora da leitura do texto foi o desejo de poder determinar até que ponto pensamentos, interesses e atitudes de vida minhas – especialmente o distanciamento dos valores ideológicos e religiosos de minha família – poderiam ter-se originado sob a influência lobatiana. [...]
>
> O texto de Lobato preenchia todas as condições para ter desempenhado tal papel. Eu o recebera muito cedo [aproximadamente aos 6 anos], em fase portanto propícia para uma influência determinante na formação de valores.[2]

Vasda Bonafini Landers, defensora de Lobato modernista, identifica nele o progenitor: "Ao que educa, esclarece, aponta a via certa – como o fez Monteiro Lobato com o seu exemplo inconfundível – chamamos 'pai'".[3] Carlos Camenietzki prefacia sua tese de mestrado afirmando que o trabalho é um "acerto de contas" com a própria infância.[4] E Marisa Lajolo, ao contar que seu "encanto" pelo escritor data dos 10 anos, quando, por consolação de um tratamento dentário doloroso, ganhava os livros da série do Sítio, observa que não se trata de exclusividade: divide-o com muitos outros brasileiros e, em especial, com "os inúmeros biógrafos e estudiosos que me precederam, percorrendo-lhe a correspondência, escrutinando-lhe a obra...".[5]

Tadeu Chiarelli, autor do estudo sobre Lobato crítico de arte, precede o texto, que trata quase que exclusivamente do jornalista e escritor que se dirigia a "adultos", de uma dedicatória a Pedrinho, Emília e Dona Benta...[6] José Guilherme Merquior inicia sua palestra na Pontifícia Universidade Católica do Rio Grande do Sul, em 1982, com as palavras: "Sou [...] como provavelmente todos vocês, um lobatiano, isto é, sou uma pessoa que foi amamentada em Monteiro Lobato".[7] Merquior continua, declarando sem rodeios que, embora em determinado momento de sua existência tivesse se distanciado do tipo de visão de vida encarnada por Lobato, "com um pouquinho mais de experiência intelectual", retorna às posições que o menino de 10 ou 11 anos aceitara com tanta disposição como "a luz da verdade". Merquior não hesita em afirmar que a leitura dos livros do escritor foi a mais forte de todas as suas recordações infantis.[8]

Há vários depoimentos significativos em *Vozes do tempo de Lobato*, antologia organizada por Paulo Dantas, já citada anteriormente, a partir do seu próprio questionamento: "O que teria sido Lobato no meu destino? Um pai que procurava ou um grande homem de letras, de ação e de trabalho, que, profunda e comovidamente, eu admirava".

Ilka Brunhilde Laurito fala de suas reminiscências do texto, passeando pelas ruas de Pompeia e reconhecendo lugares que visitara na infância, nas páginas de Monteiro Lobato, assim como o Egito, a Babilônia, Grécia e Troia. Tudo isso, "num tempo sem televisão, com pouco cinema e algum livro". Ler Lobato era acreditar no mundo da fantasia. Mas era também aceitar o mundo da realidade, questionando-o por meio daquela maneira democrática de crescer, que era o diálogo.

Zelinda Galati Moneta recorda seus primeiros contatos com a obra, nos anos 1950:

> [...] que sabor tão especial tinha para nós a leitura [...], pois a ausência dos atuais meios de comunicação de massa estimulava nossa imaginação, permitindo-nos criar e fantasiar, com critérios próprios, mundos incrivelmente sedutores, nos quais a nota mais típica era a fusão do real e do irreal.
>
> Ainda que não quisesse admitir a influência marcante dessa leitura em minha formação geral, não me seria possível fazê-lo.

Tatiana Belinky, escritora e teatróloga que fez uma correta e sensível adaptação da obra infantil de Monteiro Lobato para a televisão nos anos 1950, conta como, russa de nascimento e tendo chegado ao Brasil já com 11 anos de idade, passou por "uma surpresa, um choque e um deslumbramento": "Embora eu já tivesse passado, a rigor, da idade de começar a ler Lobato, o encontro com o mundo do Sítio do Picapau Amarelo foi uma novidade e uma maravilha: eram livros nos quais eu podia 'morar', como queria o próprio Lobato".

Tatiana é corroborada pela americana Rose Hayden, que, especialista em literatura infantil, se deslumbra com seu encontro com o autor brasileiro, embora adulta.[9] Belinky explicou a sua técnica de adaptação dos textos para a televisão, em depoimento a Fanny Abramovich: "A maior importância do que fizemos na tevê foi remeter a criança de volta ao livro, pois toda criança espectadora sabia que a história estava no livro".[10]

E a poeta Renata Pallottini relata como sua mãe, menina pobre, leu *A menina do narizinho arrebitado*, achado no lixo dos mais ricos:

> Eu, feliz, ganhei o meu novinho em folha. E foi o começo de uma paixão que se estendeu pela infância e adolescência. Li tudo de Lobato, entrei pelo seu mundo adentro, me familiarizei com seus personagens. Quando soube, perplexa, que ele tinha morrido (então eles também morrem?) e que seu corpo jazia na Biblioteca Municipal, disfarcei, evitei chorar e fui vê-lo, pela primeira vez.

O livro inclui um capítulo escrito por Fanny Abramovich, que, em 1978, para escrever matéria no *Jornal da Tarde*, entrevistou diversas personalidades sobre a influência da literatura infantil de Monteiro Lobato, reunindo depoimentos importantes, inclusive, mais uma vez, o seu próprio – do "Lobato que está vivo dentro de cada um de nós".

Eis uma seleção deles:

> Muito em densidade e amplitude. Tanto que estou achando difícil de avaliar. Até hoje o signo total da obra de Lobato me produz significações. (Samir Meserani, especialista em criatividade)
>
> Me deliciava, me fascinava... Tanto que curti até uns 13-14 anos. (Antonio F. Negrini, produtor de teatro)
>
> Lobato representou todo um mundo novo. Era lazer. Era abertura para tudo. Além do mais, tudo que chateava na escola ele tornava agradável, atraente. (Raul Wasserman, editor)

Sei lá quantas vezes li Lobato. Li tanto, que já sei de cor. (Ruth Rocha, escritora)

[...] uma consciência do poder da criança, uma autossuficiência natural... E como a gente sempre foi criança muito reprimida, este lado marcou muito! (Marcos Amazonas, editor)

Lobato faz parte de mim. Aprendi a ler através de Lobato. Minha cultura básica [política] foi adquirida através de Lobato. (Caio Graco, editor)

Julio Gouveia (psiquiatra), que só tomou conhecimento da obra de Lobato quando estava perto dos 20 anos, ficou fascinado com a *História do mundo para crianças*.

Se algo predominou, foi a imagem de um mundo em que as crianças eram criadoras e críticas, irreverentes e amorosas, comprometidas com a invenção da liberdade... Até hoje procuro essa criança em mim e nos outros. (Samir Meserani)

[Eu] gostava mesmo de Narizinho. Ela me facilitava uma maior identificação, na medida em que eu era uma menina bem-comportada. (Maria Helena Patto)

Regina Mariano – editora infantil – conta que descobriu Lobato já adulta, e que ele fez dela uma menina grande, e que, até hoje, ao reler suas obras "tenho a mesma reação que a criança tem; a de entrar nas coisas e ir embora".

Reencontrei todos os meus velhos conhecidos (fadas, bruxas etc.) dentro de um sítio brasileiríssimo... E reencontro numa chave diferente: com humor e crítica [...] [ele] debocha de Dona Carochinha... (Tatiana Belinky)

Se se compara Lobato com os outros autores infantis se vê que estes autores fazem a sua catarse quando e no que escrevem para crianças... Lobato não... é como se dissesse "Agora eu estou limpo, vou escrever para crianças". (Ruth Rocha)

Para Caio Graco, Lobato nunca vai ser superado, na medida em que "nunca vai ser superada a necessidade do ser humano de pensar, e é isto que faz com a gente: PENSAR".

Grande maravilha para mim, menina do interior da Bahia, [...] descobrir Lobato: foi a concretização do mágico. Até hoje ele me transporta a uma espécie de estado de graça! (Regina Mariano)

Há alguns anos, escritor e político Artur da Távola, falecido em 2008, fez um discurso no Senado Federal, que transformou em folheto e distribuiu, em que deixava claro o seu débito intelectual às leituras infantis de Monteiro Lobato, sublinhando que "seus livros tinham como objetivo ensinar a criança a ter raciocínio próprio e visão crítica do mundo".[11] Para Távola, mesmo na segunda adaptação para a tevê, entre 1975 e 1984, a obra do escritor desempenhou papel importante na educação das crianças brasileiras.[12]

Numa exposição promovida, em 1996, pelo Centro Cultural Banco do Brasil – denominada *Sete visões da Emília* –, todos os ilustradores participantes admitiram ter fortes lembranças da personagem e da leitura infantil de Monteiro Lobato, que os influenciaram em suas visões artísticas da boneca.[13]

Há também uma série de livros chamada "Passando a limpo", editada a partir de 1996, que pretende mostrar a evolução biográfica e profissional de alguns autores novos – inclusive de livros infantis – e em quase todos eles Monteiro Lobato aparece como influência maiúscula e determinante. José Paulo Paes escreveu que, em meio à leitura do *Tesouro da Juventude*, *O Tico-Tico* e outras revistas em quadrinhos, aprendeu com Lobato "que é pelo trampolim do riso e não pela lição de moral, que se chega ao coração das crianças".[14] Ana Maria Machado fala de seu "mergulho" infantil em Monteiro Lobato, "fã de Emília, Narizinho e Pedrinho, meus amores absolutos", e considera *Reinações de Narizinho* o livro "fundador", que marcaria sua vida para sempre.[15]

Flávio de Souza revela: "Passei várias tardes de férias enfiado numa rede, lendo os livros da Emília. Para mim, a Narizinho e o Pedrinho eram coadjuvantes da boneca falante, que, na minha opinião, é a personagem mais interessante de toda a literatura brasileira e muito mais representativa do espírito do povo brasileiro que o Macunaíma, por exemplo".[16]

Sylvia Orthof, filha de austríacos, que ouvia em alemão as histórias de sua mãe, conta como ganhou seu primeiro livro de Monteiro Lobato: "Ai, que maravilha maravilhantemente maravilhosa! Era o meu primeiro livro com histórias em português... e minha casa tinha um quintal comprido, como eram os quintais de antes... e ali brinquei de ser Emília".[17]

Nas pesquisas realizadas, houve uma pergunta de controle – "Quais as obras infantis de Lobato que você leu?" e "Quais os personagens das histórias de Lobato que você lembra?". Os dados obtidos revelaram certa confusão entre os livros, os programas de televisão da primeira e da segunda fase e até mesmo, provavelmente, das histórias em quadrinhos e outros subprodutos das narrativas, com grande predominância de *O Sítio do Picapau Amarelo* como título da obra lida em criança.

Mesmo assim, considerando os dados de São Paulo e do Rio de Janeiro, parece significativa uma amostra que indica como leitores de Lobato em criança mais da metade dos brasileiros entre 40 e 60 anos em 1986 – e possivelmente entre 60% e 70% de todas as pessoas nessas faixas etárias, com ensino médio ou curso superior.

Considera-se, assim, que houve evidência estatística para comprovar uma das principais hipóteses deste trabalho: *três quartos das pessoas que, nos anos 1980, 1990 e 2000, ocupam posições de liderança na sociedade brasileira – pela idade, grau de instrução e/ou capacidade econômica – leram, na infância e juventude, os livros infantis de Monteiro Lobato.*

Aproveitando a pesquisa, mesmo reconhecendo a questionável validade de respostas a uma pergunta direta subjetiva (embora formulada da forma mais clara possível), procurou-se saber se os entrevistados acreditavam ter sido, de alguma forma, influenciados pela leitura em formação/educação. Os resultados estão representados na tabela seguinte.

TABELA 1

	PERGUNTA/PROCEDIMENTO: Essa leitura foi importante/influenciou na sua formação/educação?					
	Base: 200		Masculino		Feminino	
	abs. (166)	%	abs. (85)	%	abs. (81)	%
Sim	92	55	44	52	48	59
Não	74	45	41	48	33	41

Restava ainda saber o que pensam essas pessoas: por que pensam como pensam, e será que seriam capazes de relacionar a leitura feita na infância com seus atuais quadros de referência social, nas áreas ética, econômica e política...

O que eles/elas pensam? (I)

Quando foi iniciada a redação do texto final deste trabalho, era intenção original do projeto, mediante a delimitação da natureza e do tipo das influências externas que desejava medir, efetuar certo número de entrevistas entre coetâneos, com questões abertas, para relacionar as respostas da mesma forma, ainda que ciente de que não haveria resultados quantificados, pois, aparentemente, nem é possível obtê-los.[18]

Em outras palavras, uma vez definida a temática relevante e identificado o universo a ser pesquisado (pessoas com mais de 40 e menos de 65 anos, com instrução superior que leram Lobato), estaríamos na posse completa de dois dos termos da equação e na posse incompleta do terceiro:

√ Houve intenção de influenciar?
√ Houve influência?
√ Em que medida e de que forma(s) a influência se manifestou e se manifesta?

Esse procedimento serviria, então, para reforçar – ou enfraquecer – as suspeitas iniciais.

As informações faltantes seriam obtidas por meio da aplicação da seguinte metodologia:

1. Selecionar um número limitado de pessoas com as características desejadas, que se considerassem de alguma forma influenciadas pela leitura de Monteiro Lobato.
2. Compor a amostra com homens e mulheres que exercessem funções profissionais de liderança em áreas de alguma diversidade.
3. Utilizar o método de entrevistas "de profundidade", com roteiro básico para todos os entrevistados, com duração indeterminada e gravação sonora das perguntas e respostas.

Mas cedo o método proposto mostrou-se demorado e quase inviável. Foi decidido, então, ampliar a amostra e, ao mesmo tempo, reduzir o tempo necessário para a obtenção de informações, mediante o uso de questionários abertos que poderiam ser preenchidos pelos próprios entrevistados. Como estávamos lidando com um segmento populacional de instrução superior e na faixa etária de maturidade, eram boas as probabilidades de obter um índice elevado de respostas de qualidade – o que acabou realmente ocorrendo.

Aqui estão os resultados de duas pesquisas distintas: primeiro, a que foi feita através do envio, pelo correio, dos 150 questionários (90 homens e 60 mulheres) que reproduziam, com mais detalhe, o mesmo roteiro das entrevistas de profundidade, e, em seguida, a que foi feita de acordo com o plano inicial – com nove pessoas, quatro homens e cinco mulheres – e que naturalmente é bem mais rica de conteúdo.

Entrevistas à distância – amostra

São as seguintes as características dos entrevistados por questionários enviados e recebidos por correio e fax, entre 1º de junho e 31 de julho de 1996.

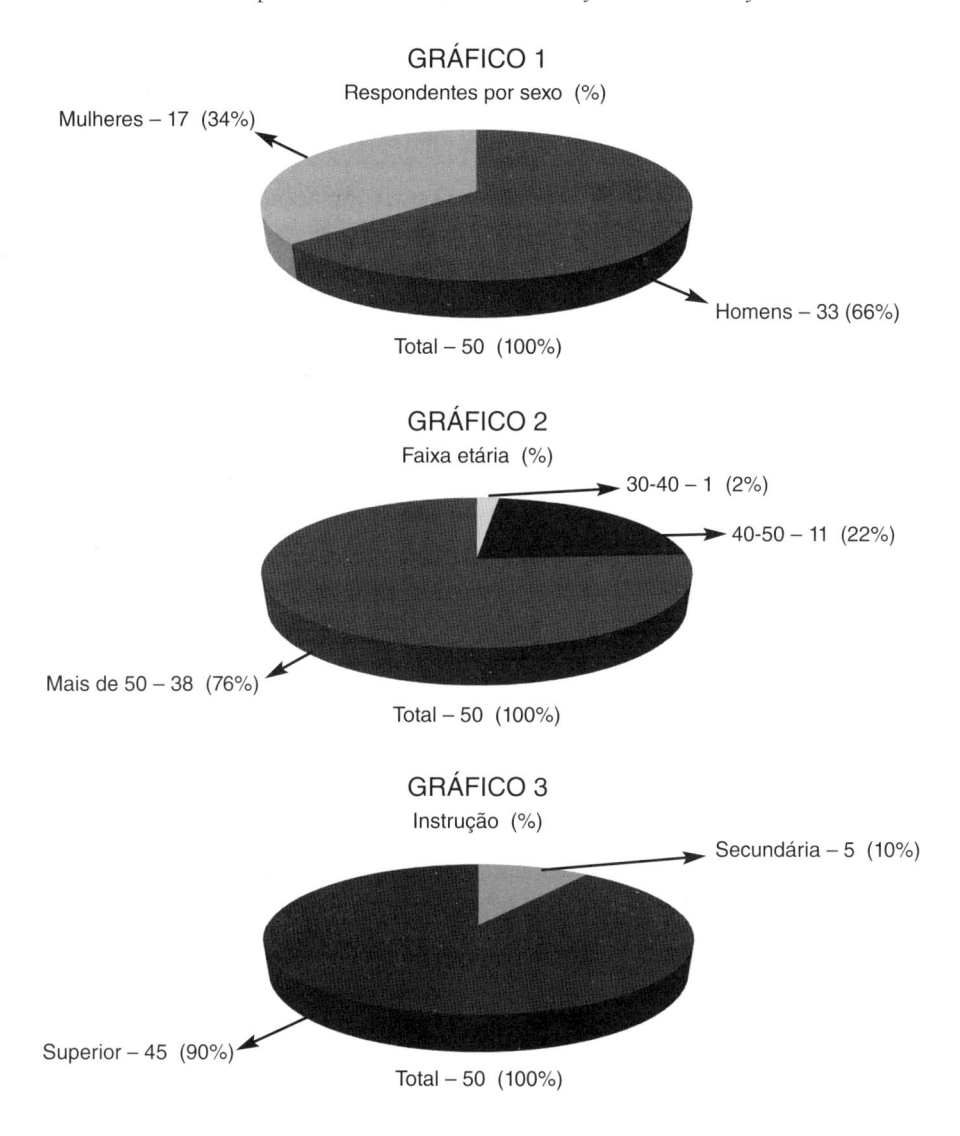

GRÁFICO 1
Respondentes por sexo (%)

Mulheres – 17 (34%)
Homens – 33 (66%)
Total – 50 (100%)

GRÁFICO 2
Faixa etária (%)

30-40 – 1 (2%)
40-50 – 11 (22%)
Mais de 50 – 38 (76%)
Total – 50 (100%)

GRÁFICO 3
Instrução (%)

Secundária – 5 (10%)
Superior – 45 (90%)
Total – 50 (100%)

TABELA 2

Área de atividade profissional representada		%
Empresários, executivos	14	28
Políticos, funcionários públicos	8	16
Comunicação, literatura, jornalismo	7	14
Educação, pedagogia	5	10
Psicólogos, psicanalistas	4	8
Militares	3	6
Artistas plásticos, paisagistas etc.	3	6
Ciências sociais, advogados	3	6
Ciências exatas e medicina	3	6
Total	50	100

A título de registro, porque os resultados quantitativos não são estatisticamente significantes, tem-se:

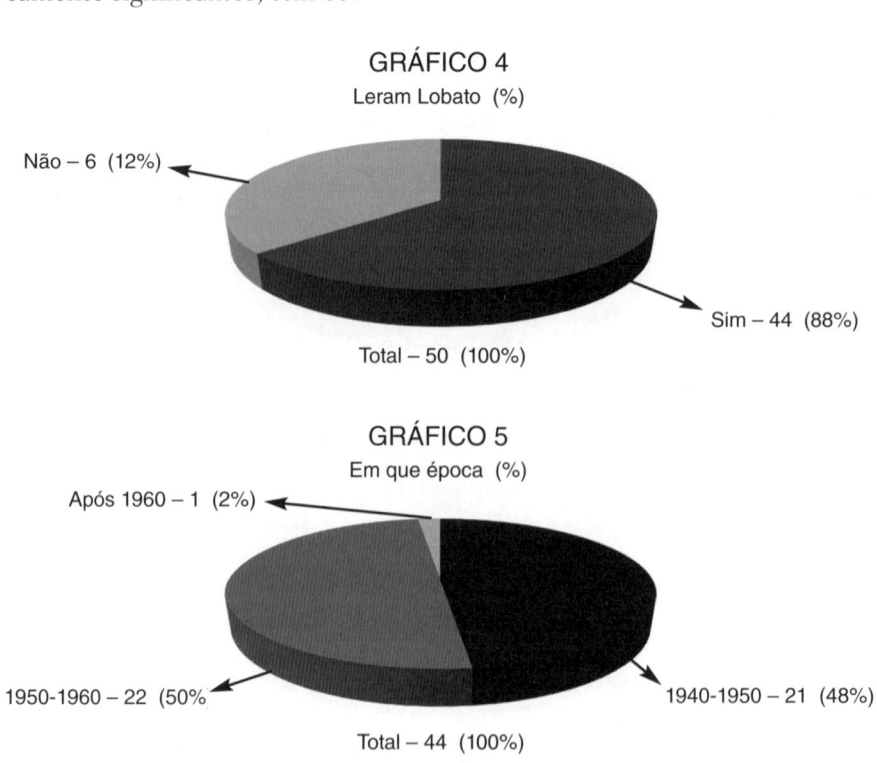

GRÁFICO 4
Leram Lobato (%)

Não – 6 (12%)
Sim – 44 (88%)
Total – 50 (100%)

GRÁFICO 5
Em que época (%)

Após 1960 – 1 (2%)
1950-1960 – 22 (50%)
1940-1950 – 21 (48%)
Total – 44 (100%)

GRÁFICO 6
Em sua opinião, achou que foi influenciado na formação das ideias
e opiniões de adulto (%)

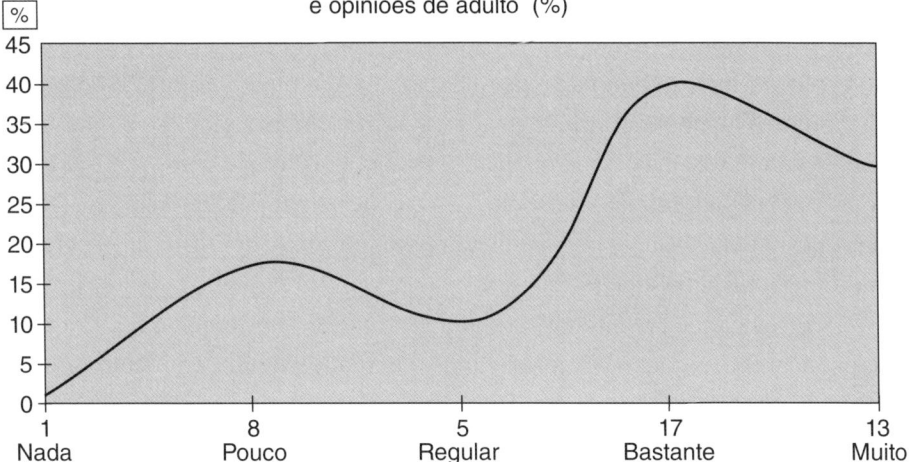

	1	8	5	17	13
	Nada	Pouco	Regular	Bastante	Muito

Os dados permitem algumas observações, a começar pelo alto índice de respostas (um terço) dentro do prazo proposto, o que é inusitado.[19] Naturalmente, as pessoas que leram Lobato e se interessaram pelo assunto estariam mais predispostas a enviar o questionário respondido do que as que não leram e, portanto, o índice de não leitura (12%) deve ser visto com reservas. Mas, sobre isso, há boa evidência estatisticamente válida de outras fontes.

Previsivelmente, em função das idades dos respondentes, a época de leitura que prevaleceu foi a que interessava ao pesquisador: 42% entre 1940 e 1950 e 44% entre 1950 e 1960 – ao todo, 86%.

Finalmente, levando em conta o preenchimento espontâneo da questão sobre a existência ou não de influência, o resultado quase unânime é expressivo: vale ressaltar que *bastante* e *muito* obtiveram mais de dois terços das preferências.

As questões 2.2. ("Em que áreas? Se possível, dê exemplos") e 3.k ("Outros comentários, observações que deseje acrescentar") foram propositadamente colocadas no início e no final do questionário para que pudessem servir para a "checagem" das respostas – antes e depois do "reforço" provocado pela listagem dos temas. Os resultados obtidos comprovaram, de maneira geral, que os respondentes muitas vezes se surpreendiam, no final da entrevista, ao constatar que as influências percebidas eram maiores do que supunham inicialmente.

Entrevistas à distância – Depoimentos

Resposta aos questionários

As respostas à segunda parte da questão 2 ("Acha que a leitura da obra de Monteiro Lobato teve influência...?") foram as mais variadas. As mais frequentes, em termos de nacionalismo, foram "brasilidade", "respeito ao meu país", cidadania, folclore nacional, petróleo, criatividade, fantasia, imaginação, gosto pela leitura e pelo conhecimento, interesse em história, geografia, mitologia, filosofia e ciências.

Outros conceitos citados, embora com menos frequência, foram consciência cívica, respeito aos mais velhos, liberdade, família, trabalho, caráter, ética, perseverança, saúde, política, sonho e qualidade do estilo.

Trechos destacados nas respostas

- √ "Desenvolveu meu espírito de aventura, deu asas a minha imaginação. Mostrou-me que nada é impossível" (AD, executivo de estatal).
- √ "Nas áreas que abracei profissionalmente: psicologia e pedagogia" (CB, psicanalista).
- √ "No valor de uma literatura de categoria para crianças" (HG, advogado).
- √ "No cuidado pelo estilo e no orgulho pelo que é nosso" (RD, empresário e publicitário).
- √ "Descobri, ainda criança, que a infância era um momento intenso, incomum, que eu era importante e grande, apesar de pequena. Acreditar que poderia ser o que desejasse e nunca desistir de nada" (CF, psicanalista).
- √ "Foi minha formação cultural básica. Meu primeiro contato com a mitologia, com uma fantasia muito diferente dos irmãos Grimm, mais próxima da minha realidade, embora tenha lido toda a obra em espanhol, na Argentina" (ES, professor).
- √ "A sensualidade da relação de Pedrinho com Narizinho me fazia sonhar em ter, um dia, uma relação parecida" (SF, executiva).
- √ "Nas relações entre os personagens com os grupos em que se inseriam. E com a terra" (MS, empresário).

√ "[influenciou] em quase todas as áreas. A obra infantil de Lobato é uma verdadeira viagem por todo o conhecimento" (WB, física).

Em relação às lembranças estimuladas – da pergunta número 3 – os conceitos relacionados com mais frequência são descritos a seguir:

Resposta

Importância da criança no ambiente familiar, integração, união, os familiares "em torno da mesa", convivência harmoniosa entre gerações, brincadeiras e curtição da infância, alegria de viver, amor e tolerância racial.

√ "Quem não se reunia com os parentes em fazendas, sítios e casas de campo?" (AF, editor).
√ "A integração com a negra Tia Nastácia, aproximando as raças" (JP, executivo).
√ "O carinho da família reunida e a relação amorosa com Tia Nastácia" (CB, psicanalista).
√ "Dona Benta como supermãe" (RD, empresário).
√ "Senti falta de um personagem masculino adulto. Não me lembro, por exemplo, dos pais de Narizinho ou de Pedrinho ou mesmo do vovô, marido de Dona Benta" (EW, pedagoga).
√ "Lobato habilmente criou uma família paradisíaca, sem pai nem mãe" (RM, funcionário público).
√ "Vovô era fazendeiro, era como se fosse a minha família" (MF, político).
√ "Como era filho único, sentia uma pontinha de ciúme" (CO, executivo).
√ "A necessidade de liberdade de pensamento para os jovens. A aceitação das pessoas com suas características próprias" (WS, militar).
√ "Família diferente do convencional e avó como centro emanador de sabedoria" (WS, física).
√ "Embora Lobato não caracterizasse, em sua obra infantil, a família tradicional – avós, pais, filhos e netos –, sempre me estimulou o aspecto sábio, liberal e democrático que vigorava nas relações familiares de seus personagens. Dona Benta, Tia Nastácia, Pedrinho, Narizinho, Emília e demais membros da 'família' do Sítio deixaram-me a ideia de uma co-

munidade, no seio da qual as aventuras eram vividas em clima de doce autoridade e ampla liberdade individual e coletiva" (MA, político).
- √ "Comecei a desejar sair de casa e morar com a minha avó. A influência daquela casa era muito forte nos meus sonhos. Pois saí de casa, fui morar com a minha avó e deu muito certo. Foram quatro anos muito felizes" (SF, executiva).

O *papel da mulher*

Matriarcado, papéis convencionais, personalidades fortes, a esperteza e a importância de Emília como personagem e a sabedoria de Dona Benta.
- √ "Sente-se uma predominância dos papéis femininos" (EW, pedagoga).
- √ "As mulheres do Sítio são mais inteligentes que os personagens masculinos – e mais independentes" (RD, empresário).
- √ "Lobato foi um feminista, embora em suas obras fizesse alguns personagens ridicularizar a mulher – mas dentro do contexto" (AF, editor).
- √ "A avó amorosa é, na verdade, a mãe tradicional" (LS, socióloga).
- √ "Dona Benta é a mulher que dá tempo e respeito às crianças" (SF, executiva).
- √ "Forte, guerreira, esteio de toda a ação" (MM, executiva).
- √ "Também sempre o encarei como não convencional. Libertário, sem ser anarquista. Se Dona Benta exerce papel sábio, democrático, didático, sem autoritarismo, Tia Nastácia é povo, cheio da sabedoria intuitiva e experimentada da tradição. Narizinho exerce o papel feminino fundamental no universo infantil, descobrindo a vida, ao lado do primo Pedrinho, da avó Dona Benta e de Tia Nastácia – em ambiente de alegria e com responsabilidade" (MA, político).
- √ "Era um matriarcado. Na minha casa mandava minha mãe, na minha casa mando eu. Nós temos a posse do amor, das regras do pensamento político, da postura social e da reivindicação dos direitos de cada um e da família" (MT, artista plástica).
- √ "Fundamental. Identifiquei-me com Narizinho, que é um herói feminino. Acho que o meu feminismo (mulheres iguais aos homens) tem muito a ver com a leitura de Monteiro Lobato" (ES, professor).

Religião, misticismo, sobrenatural

Noções de mistério e milagre, a relação entre religiosidade, misticismo e a pouca cultura de Tia Nastácia, liberdade religiosa, agnosticismo, interesse pelo mistério, necessidade de compreender o mundo, enfoque folclórico e mitologia.

- √ "Ele me ensinou que qualquer religião é válida, que é uma questão de foro íntimo" (PR, artista plástico).
- √ "Contribuiu para minha libertação do jugo jesuíta mais cedo do que alguns colegas" (PP, pesquisador).
- √ "Sou católica, essa influência não sofri" (MT, artista plástica).
- √ "Nenhuma religião convencional. Só a magia das lendas e dos mitos" (RM, funcionário público).
- √ "A coexistência de personagens 'reais' com personagens fictícios, de forma crível" (FM, psicóloga).
- √ "Uma visão 'realista' do sobrenatural" (LV, publicitário).
- √ "Tinha o comportamento do interiorano brasileiro, de respeito ou medo do místico, do sobrenatural" (AF, editor).
- √ "Estão vivos, na minha memória, a Cuca, o redemoinho com o Saci dentro, eram histórias fantásticas" (JP, executivo).
- √ "Os personagens folclóricos brasileiros eram simpáticos, mas desprovidos de qualquer misticismo" (RD, empresário).
- √ "Lembro do medo e da inquietação que me inspiraram as lendas, narradas como histórias verdadeiras" (EW, pedagoga).
- √ "Monteiro Lobato, ao abordar múltiplos aspectos de diversas religiões, através de seus personagens, abriu-me a possibilidade de crença e liberdade de escolha. Acredito que minhas convicções religiosas se beneficiaram desse clima de ausência de autoritarismo" (MA, político).
- √ "Por volta de 1948, no Colégio Sacré Coeur, de Laranjeiras, as freiras pediram para que trouxéssemos todos os livros de Lobato que tínhamos em casa, para fazer uma fogueira. Eu tinha uns 5, 6 anos e minha irmã, 11 ou 12, e nós obedecemos. Lembro-me que minha irmã ficou aborrecida, porque tinha uns livros que ela gostava muito, mas, como era muito obediente, nem pensou em deixar de atender

à determinação das freiras. Isso acabou me afastando da leitura de Lobato" (GL, psicanalista).

Estado/governo, povo/indivíduo

Governo descuidado, amor à pátria, fé no futuro, cidadania, defesa do Estado, ataque ao Estado, socialismo, anarquismo, retidão de caráter, possibilidades de realização do indivíduo, individualismo, tenacidade, povo desprezado, pobre, ignorante, respeito pelo povo, problemas, contestação e visão rural.

- √ "Se temos autossuficiência em petróleo, devemos muito a Monteiro Lobato" (CO, executivo).
- √ "Diversidade, capacidade de fazer tudo de um jeito brasileiro, lindo e complexo" (CF, funcionária pública).
- √ "Fazia-me lembrar de *Casa-grande & senzala*" (EP, executiva).
- √ "Brasil é um lugar onde existe o Sítio do Picapau Amarelo" (ML, museóloga).
- √ "Hoje, certamente torceria o nariz ao neoliberalismo" (FF, executivo).
- √ "[Povo] é sempre uma massa de manobra" (WB, física).
- √ "A percepção difusa da figura do Estado/governo como poder de transformar a realidade, porém incompetente para [fazê-lo]" (WS, militar).
- √ "Era um crítico do sistema, mas a sua solução apontava para a anarquia. A civilização só terá uma forma perfeita de governo quando o homem for perfeito. Lobato impressionava seus leitores; sabíamos que por trás daquelas histórias havia um ser superior, um adorado professor, ensinando coisas da vida. Ele valorizava a vida rural e retratou como ninguém o Brasil rural" (AF, editor).
- √ "Na identificação com Narizinho, produz-se uma separação do indivíduo criança em relação à família. O que interessa é o indivíduo criança, com sua vida interior absolutamente separada e protegida do resto do grupo familiar" (ES, professor).
- √ "Monteiro Lobato foi um brasileiro envolvido com os problemas sociais e políticos do Brasil. Essa imagem me foi passada com orgulho por meus pais. A influência foi e está sendo até hoje, nas verdades que foram ditas nos seus livros. Ele denunciou problemas, roubos, com

uma coragem que me emociona. Seus anos de cárcere me lembram a ditadura e me fazem pensar nos meus filhos, toda essa prática de prisão e tortura, sempre presente. Toda família e toda criança de classe média tinha os seus livros. Fazia parte da nossa cultura e educação. Acho que a influência dele foi limitada aos estados do Rio de Janeiro, São Paulo, Minas Gerais e alguns estados do Sul. O Brasil cultural" (MT, artista plástica).

√ "Creio que a literatura infantil de Monteiro Lobato terá marcado meus primeiros anos de convicção ideológica e política. Assim como seus personagens, fui um rebelde contra as estruturas injustas de poder, tive minha fase de crença no nacionalismo e sempre fui preocupado com as misérias do povo. O povo – representado por Tia Nastácia – é cheio de sabedoria e de generosidade. Repare que é ela que supre o Sítio de todas as suas necessidades materiais e ainda encontra tempo para dar vida a alguns personagens, já que Emília, Visconde, João Faz de Conta saíram de suas mãos. Apenas isso já seria importante. Desenvolvi, com os personagens de Lobato, consciência crítica e conhecimento de inúmeros problemas concretos do país e da própria humanidade. Ele desmistifica os valores do tradicionalismo e instaura a liberdade, cria no leitor a certeza de que o Brasil só desenvolverá suas imensas potencialidades apostando na qualificação de seu povo, no combate sem tréguas a males que historicamente o afligem: pobreza, corrupção, ineficiência e conformismo" (MA, político).

Progresso e mudança

Sonhos, mudanças sempre para melhor, respeito à tradição, conquista das reservas naturais e busca de modernidade.

√ "Emília era um exemplo de progresso e Dona Benta de modernidade" (LC, paisagista).
√ "A partir dele amadureceu em mim a consciência de modernidade; mas alteração na sociedade sem desrespeitar o passado" (IM, jornalista).
√ "Nada é mais moderno do que a cultura" (FF, executivo).

- √ "Acho que era o inverso, deixava na gente uma vontade de ir morar naquele sítio para sempre. Era muito mais brincadeira inocente, infantil, do que desejo de progresso" (SF, executiva).
- √ "Curiosidade é vontade de crescer" (LV, publicitário).
- √ "À sua maneira, ele pregava o progresso e as mudanças. Mas o seu jeito de viver era incompatível com o progresso que conhecemos. Quem sabe um dia ainda vamos dar razão a ele" (AF, editor).
- √ "Confiança na cultura. Inserção da fantasia no método de ensino por professores e alunos" (CB, psicanalista).
- √ "Progresso através de trabalho com saúde e independência das potências externas. O desprezo às soluções e aos hábitos antigos" (RD, empresário).
- √ "Todos os ingredientes em Lobato são de modernidade, se lembrarmos que o estávamos lendo durante o Estado Novo" (RM, funcionário público).
- √ "A sensação de que, com o progresso, se perde um pouco de poesia" (CF, funcionária pública).
- √ "Progresso só com trabalho e políticos responsáveis" (MM, executiva).

Comentários espontâneos

O quesito "3k" pedia aos respondentes que, após completar o questionário, fizessem os comentários e as observações que desejassem. Destacam-se os seguintes:
- √ "Primeiro, assinalei a opção 'influenciou pouco'. Depois de responder ao questionário, apaguei, para assinalar 'bastante', porque, ao constatar o que havia ficado gravado na minha memória, fiquei surpresa. Os conceitos de Monteiro Lobato estão enraizados em mim" (LS, socióloga).
- √ "A canastrinha da Emília sempre me fascinou... talvez esteja na origem do meu gosto por museus" (ML, museóloga).
- √ "Ao recordá-lo, respondendo ao questionário, percebi que sua influência foi bem maior do que pensava. Se é verdade que [Lobato] não apreciava a pintura de Tarsila ou Malfatti, ele incentivou a mentalidade aberta que nos permite, hoje, apreciá-las" (RM, funcionário público).

√ "Não me recordo de nenhum reflexo direto referente aos tópicos solicitados... Talvez o que me tenha marcado foi o cenário imagístico – se cabe a expressão: um sítio, bafejado pela tolerância infinita de uma avó, que parecia com a minha, onde pontificava um sabugo de milho, às voltas com as provocações de uma boneca, tendo ao fundo um rinoceronte – acho que tudo isso despertou em mim um surrealismo básico, criativo, que – felizmente – não me abandonou" (RB, publicitário).

√ "Emília, genial [...] a personagem que revela dons artísticos. Temos, praticamente, todos os sete pecados capitais desfilando pela narrativa, aqui e ali, com seus respectivos castigos. A obra certamente teve influência em minha infância porque a leitura era incentivada e tinha a aprovação da família" (PE, militar).

√ "Em plena ditadura, a televisão fez uma adaptação do Sítio mostrando a obra de Lobato apenas como uma história infantil. As figuras importantes eram Pedrinho, Narizinho, Emília, a figura de Dona Benta vinha em segundo plano, não lembrando em nada a mulher inteligente, liberal e politizada dos livros" (MT, artista plástica).

√ "Muito pequeno, eu lia Aluísio Azevedo... Minha avó foi uma excelente contadora de histórias e leu muito Lobato para mim, intercalando coisas dela, quando eu era analfabeto" (LE, executivo).

√ "Monteiro Lobato era muito criativo e encantou minha geração. Foi lido e relido. Deu-nos muito mais do que os contos de Andersen, Perrault, Grimm etc. e nos obrigou a pensar sobre o Brasil" (PP, pesquisador).

√ "Se fosse inglês, Lobato teria sido reconhecido como 'inventor do bom-senso'. Para mim, dá de 10 a 0 em todos os escritores infantis que conheço. Foi dos autores que mais influenciaram a pessoa que fui, sou e serei amanhã" (PR, artista plástico).

√ "Pertenço a uma geração (de 1935) que recebeu forte influência de Monteiro Lobato – seja como autor infantil, redator publicitário, ou ser político. A influência começa com a mística do seu rosto, as sobrancelhas juntas, olhar alegre, cabelo escovado" (RD, empresário).

√ "Onde a obra de Lobato mais me influenciou foi no interesse pela Grécia, o berço da civilização, através de duas obras primas, *O Minotauro* e *Os trabalhos*. Passei a ter uma verdadeira paixão pela mitologia grega, desde a minha infância até os dias de hoje" (JP, executivo).

√ "Lobato exerceu enorme influência sobre algumas gerações, utilizando um esquema simples da realidade brasileira – o Sítio do Picapau Amarelo. O seu modelo foi original, emocionante, ensinando através de brincadeiras" (IM, jornalista).

√ "O que dava credibilidade é que ele valorizava o texto coloquial. Escrevia como as pessoas falavam" (MS, empresário).

O que eles/elas pensam? (II)

Entrevistas pessoais

Os entrevistados pessoalmente, com gravação e transcrição dos dados, foram:[20]

1. IS, 49 anos, professora universitária e antropóloga
2. MS, 53 anos, professor universitário, jornalista
3. RS, 77 anos, ex-ministro
4. RS, 50 anos, empresária e publicitária

Embora os depoimentos tenham sido obtidos por meio de perguntas e respostas, com comentários intercalados de parte a parte, seria, é claro, tedioso repeti-los. São, assim, reproduzidos os comentários dos entrevistados, na sequência, em suas próprias palavras, com o corte das repetições. Sempre que necessária, a adição de palavras ou intromissões do autor aparecem entre colchetes.

1. IS, 49 anos, professora universitária e antropóloga

Considero-me influenciada por Monteiro Lobato, sim. Nunca conversei com pessoas da minha geração – a maioria leu Lobato – a respeito de como ele modificou ou não a nossa maneira de pensar. Mas foi pelos livros. A televisão é muito recente. Não me lembro de ver, naquela época. Eu comecei com 6 anos. Meu pai tinha um amigo que era dono de uma editora e uma livraria e eu ligava para ele quando os livros [de Lobato] estavam acabando para ele trazer mais. Monteiro Lobato preencheu um tempo muito grande na minha infância.

O tempo que eu passei no Sítio, de alguma forma, me fez tomar conhecimento de uma série de questões: a questão de brasilidade, de como é o Brasil, quais são os seus problemas, a questão da autonomia, da soberania nacional... uma série de informações, uma série de sentimentos que a escola não me passava, mas que foram passados por Lobato.

Minha escola era judaica e havia uma posição a favor, Lobato sempre foi bem-visto, era um autor indicado até. Lembro de imediato de *Reinações de Narizinho*, *O Picapau Amarelo*, *Poço do Visconde*, *Viagem ao céu*, *História do mundo*, *Os trabalhos de Hércules*, *Aritmética da Emília*, *A chave do tamanho* [citados espontaneamente].

Sobre a família, lembro de coisas afetivas, a relação entre Tia Nastácia e a família do Sítio, uma coisa profundamente amorosa... Era empregada e, ao mesmo tempo, uma grande mãe preta. A coisa do Brasil rural, que eu conhecia muito pouco, essa coisa de ser brasileiro e no que é que isso implicava uma liberdade, no sentido da relação entre as pessoas. Daquelas crianças em relação à avó, por exemplo. Uma ideia de liberdade, de que tudo é possível. Não de que tudo é permitido. Dona Benta, mal ou bem, estabelecia os limites, embora tudo fosse comandado pelas crianças. Tem uma coisa diferente, dessa de dizer que tudo é possível: a imaginação era toda possível – liberdade nesse sentido.

Era uma ordem que não se estabelecia através de uma autoridade, não reprimia, havia certa harmonia. Isso é até muito agradável para as crianças: a ideia de que você pode encontrar certa ordem na vida, sem que esteja, necessariamente, se submetendo a uma autoridade, que impõe a cada momento o que fazer.

Releio sempre Lobato com meus filhos – não acho que isso comprometa a leitura anterior. Na época, eu achava uma loucura que uma menina de 8 anos [Narizinho] tivesse aquela capacidade e aquela autonomia toda, aquela liberdade toda... São lembranças muito simpáticas. O meu primeiro estereótipo do imperialista americano é o personagem que vinha explorar petróleo, no *Poço*.

Aquilo não era nem uma família, era uma relação de uma avó com os netos. Você não poderia ter a mesma história se os pais estivessem presentes, essa coisa de liberdade, harmonia, falta de repressão. Os pais teriam uma função de socialização mais imediata; é uma situação excepcional também em relação à família. São relações familiares idealizadas, porque elas são restritas. Eu acho que a relação entre avós e netos frequentemente tem esse caráter, na nossa sociedade.

As mulheres são específicas; a avó é muito poderosa. É mestra, ensina desde mitologia grega, até álgebra, geometria, geologia... Para o modelo brasileiro de mulher, é um pouco excepcional; naquela época, mulher, no Brasil, não era vista como detentora de um saber, que é um saber acadêmico. Por outro lado, tinha um lado afetivo, muito feminino.

O Visconde era um masculino especial... Pedrinho é valente, aquela coisa de valentia, o papel esperado dos homens. Emília representa, de alguma forma, a mulher feminista. Fala o que lhe vem à cabeça, não respeita os parâmetros tradicionais de comportamento, casa-se por interesse puro – não que seja coisa de mulher liberada –, mas escolhe uma forma menos romântica de casar e, depois, se separa quando vê que não lhe interessa.

Lembro-me da ênfase nos mitos e crenças populares – assim como um misticismo erudito, representado por Dona Benta e um misticismo popular, por Tia Nastácia. Existe um esforço de relativização das verdades religiosas, do povo, que cria as lendas, em relação à religião, nessas outras formas religiosas como expressão de certa ingenuidade, certa ignorância a ser respeitada...

Acho que existe uma ideia de que as coisas não precisam ser como são. Os governos teriam um papel, uma função, de promover uma ordem mais harmônica – talvez a ausência de uma família mais completa, aquela coisa da família idealizada fosse uma forma de ele conseguir construir [essa utopia?], na verdade, a ordem é construída através das manifestações de vários desejos individuais, se a gente pensar nas crianças como povo e Dona Benta como autoridade.

Monteiro Lobato tinha uma atitude positivista, do progresso como resultado do avanço humano, da ciência, uma visão desejosa de que o Brasil – através da metáfora do Sítio – pudesse incorporar [o progresso] valorizando aspectos da tradição, o cuidado com certos valores humanísticos, de que o progresso não viesse carregado do seu lado frio, desumano. Ele ensina ciência – ou tenta ensinar – através do recurso da fantasia, do imaginário; eu acho incrível essa tentativa de ensinar matemática, gramática, através do sonho.

Lobato deu-me uma curiosidade imensa de conhecer o Brasil [rural] que eu não conhecia por ter nascido na cidade. Aprendi muito em termos de aprender mesmo. A primeira vez que li mitologia grega foi em Lobato. Isso desperta certa curiosidade pelo saber. Acho difícil localizar todas essas ideias [de] que a gente falou – posso estar fazendo, hoje, uma análise bastante mais adulta –, mas acho que todas essas informações passadas na época ficavam como uma espécie de pano de fundo. Você não sabe que está colocando as ideias lá.

Nada disso foi uma descoberta *a posteriori*. Esse universo era entendido por mim como um outro mundo. Nenhum de nós tem uma casa igual àquela, não teve aquelas aventuras, não tem aquele tipo de família. Mas era um mundo que tinha a ver com o meu. Fica como uma espécie de referência, você faz o que a gente chama, em antropologia, uma espécie de comparação permanente. É um outro mundo, que tenho sempre como referencial; e eu acho que isso é que é importante – foi importante porque é como você gostaria que tudo fosse num universo de referência.

2. MS, 53 anos, professor universitário, jornalista

Lobato talvez tenha sido o primeiro autor de quem li livros inteiros. Sou leitor desde criança, leitor de histórias em quadrinhos, frequentador da Biblioteca Pública em Feira de Santana. Lia até a revista *Visão*, artigos que nem entendia.

[Na biblioteca] havia livros que ficavam trancados a chave, num armário. Eu pedia para o bibliotecário e ele abria, em geral, com muita má vontade. Um desses primeiros livros foi *Reinações de Narizinho*, que me fascinou. Eu tinha mais ou menos uns 10 anos de idade – em 1952.

Só eu que lia Lobato. Havia a série completa e eram todos muito bonitos, em edições coloridas. Eu adorava o Visconde. Eu era muito magro e abusado, metido a valente, dar esporro, e me chamavam de Visconde. Eu não me importava, gostava, ele era sabichão, tinha a ver com minha mania de ser cientista. Lembro que tinha outro amigo que lia Lobato, mas não era na biblioteca. Hoje ele é embaixador do Brasil na Indonésia.

Minha imaginação trafegou muito por causa de Lobato. Corri muito no Sítio. Eu sempre fui uma criança imaginativa, pensando coisas, inventando histórias, roubar uma princesa do castelo – minha imaginação ia muito para lá. Adorava Emília, Tia Nastácia... Lobato, junto com outros autores de aventuras, deu-me o gosto pela leitura. Até recentemente peguei Lobato e me diverti. Acho que seria capaz de reler com prazer a obra dele.

Aquelas leituras ratificaram certas atitudes e crenças minhas. Influenciaram o meu gosto pela Grécia. Li muitas vezes *Os trabalhos de Hércules*. Lobato foi o meu precursor para Platão, Aristóteles etc. Ele foi, sem dúvida, meu precursor no interesse pela filosofia.

Um aspecto importante é a coisa brasileira, tradução para termos do folclore brasileiro do folclore europeu. Parece que o Lobato era rosa-cruz e ele adaptou as histórias dos seres da floresta para o imaginário brasileiro.

Assuntos como pobreza, mulher, família, religião católica, não me chamaram atenção. O fato de Lobato ser rosa-cruz é pouco conhecido, mas sei – é uma informação que eu tenho. Isso significava que, ao mesmo tempo em que ele tinha esse lado racionalista, combativo, político, tinha um lado esotérico, secreto, que era de tentar ver "as outras coisas". Nas ordens esotéricas, que o rosa-cruz abraça, existe a hipótese de que a natureza seja habitada por seres que correspondem a diversos aspectos dela – as ninfas dos bosques, as salamandras do fogo etc. O Saci é uma dessas entidades.[21] Acho que ele usou um abrasileiramento e, de certo modo, fez uma espécie de pedagogia, aceita pela sociedade da época, desses elementais pelas crianças. Como usou elementos do folclore brasileiro, deu certo – uma espécie de malandragem consciente.

Se fosse resumir, ficou-me um sentido de encantamento pelo universo brasileiro – aprendi com Lobato a gostar do território brasileiro, que aparecia como uma coisa mágica, amável, que você podia amar. Era a primeira coisa. A segunda foi o amor às figuras da mata e suas entidades. Em terceiro, um lugar aprazível e sábio, ligado à criança, à espiga de milho... Tudo aquilo era bastante cordial, e embora brigassem de vez em quando, havia uma grande fraternidade. E tinha um clima de província, interiorano, que me agradava.

Monteiro Lobato foi um ponto de partida para eu ler depois coisas mais difíceis, mais longas. O empurrão para ler um bocado de livros sem me chatear foi dado por Lobato. Sem dúvida nenhuma, é o maior escritor de literatura infantil do país. Coloco Lobato no mesmo plano de Mark Twain.

3. RS, 77 anos, ex-ministro

Li os livros infantis de Lobato entre 1940 e 1950 e orgulho-me de considerá-lo um grande amigo, embora tivéssemos uma diferença de idade muito grande. Conheci-o na cadeia – imagine –, quando, em uma das minhas sucessivas prisões como acadêmico, tive privilégio de tê-lo como companheiro de cela. Estava empenhado numa campanha pelo petróleo, que já lhe consumira dez anos de vida, para mudar a política oficial que, segundo ele, se resumia em "não tirar petróleo nem deixar que o tirem". Com o passar dos anos, ficou a impressão, para muitos, de que Lobato teria sido um defensor do monopólio estatal. Nada mais errado. De lá para cá, nada melhorou, só piorou.

Lembro-me de que mandou uma carta para o presidente do CNP [Conselho Nacional do Petróleo] agradecendo a oportunidade que teve, de uma reclusão em que pudesse ficar a sós consigo mesmo e pudesse meditar sobre a leitura do livro de Walter Pitikin – *Pequena introdução à história da estupidez humana*.

Monteiro Lobato deu-me uma lição com seu comportamento pessoal na prisão. Certa feita, foi colocado junto com presos de direito comum. Longe de tomar o fato como humilhação, interessou-se pela sorte dos seus companheiros, por intermédio de cartas, que enviava ao amigo, desembargador Paulo de Oliveira Costa. Em uma delas, escrevia: "Todos os juízes, depois de nomeados e antes de entrar no exercício do cargo, têm de gramar dois anos de cadeia, um de penitenciária e um de cela a pão e água e nu em pelo [...]. Não há nada mais absurdo do que o poder dado a um homem de condenar outros a uma coisa que ele não conhece: privação de liberdade".[22] Quando fui governador, determinei à polícia civil que não praticasse violências contra os presos que se opunham ao movimento de 1964.

Chegou a hora de tirar as conclusões que se impõem no debate iniciado por Lobato. Acho que a leitura de sua literatura infantil influenciou-me muito. No conhecimento da realidade brasileira, saindo de um falso ufanismo, caindo na realidade. Saindo do céu mais azul que outras regiões do mundo para a verdade.

Foi uma das primeiras leituras da minha infância, e bem como para duas filhas e dois netos. O papel da mulher na formação da família, principalmente para um marido político, sempre ausente. Nada me lembro de misticismo ou de sobrenatural nos livros de Monteiro Lobato, e minha religião é a católica apostólica romana. Acho que Lobato acreditava num governo democrático, respeitando a plena liberdade e as leis do país. Quanto ao progresso à mudança, ela vem acontecendo, vagarosa e, às vezes, interrompida.

4. RS, 50 anos, empresária e publicitária

Rever Lobato sob a luz da maturidade, num momento de transição, me faz pôr em xeque as questões primordiais da minha vida adulta e de cidadã. É um momento de reflexão importante – a inocência se não inteiramente perdida, já há muito esquecida – [;] Lobato representa a melhor parte de mim.

A leitura de Monteiro Lobato teve uma enorme influência na minha formação e opiniões. Uma visão nacionalista, onde o imaginário era o transformador das realidades sociais. Um Brasil onde fosse possível, um dia, ridicularizar as elites. A boneca falante – aristocracia de um sabugo, a sabedoria contraditória de um Saci. Lobato – e o pouco dele que resta dentro de mim – foi o responsável por me fazer acreditar até hoje que o imaginário, a fé e a esperança fossem todos frutos da mesma árvore. Lobato não me marcou pelo seu ideário, mas por suas especulações. Não foi o mundo encantado, mas o encantamento pelo encantar, que modificou sensivelmente a minha percepção do cotidiano. Colocar sapatos em galinhas? Como? E por que não? Nunca mais li Lobato em toda minha vida. Desfiz-me de sua coleção, como quem se desfaz de uma roupa que não serve mais porque se cresceu, mas fica-se com a memória – para o resto dos meus dias...

A família que Lobato nos mostrou sempre foi uma família em que o adulto esteve excluído. Os velhos e as crianças – uma convivência pacífica entre a lembrança dos velhos e a descoberta dos jovens. O Visconde, o Saci, a Cuca, entre outros, ganhavam forma de adultos para segurar a trama, no plano da consulta e da permissão. Apesar de Lobato não ter tratado de orfandade, ela aparece, pois mãe, pai, tio, tias são postiços, improvisados e transitórios. O que existe são netos e avós. Como se o próprio autor – órfão de filhos – tivesse saltado diretamente de pai para avô.

Para a mulher, liberdade ainda que tardia. Na obra de Lobato, a mulher tem um papel submisso, fruto da sociedade patriarcal [em que viveu]. De conselheira a sábia, contudo, bruxas e fadas são simbolizadas na mulher, pela grande força da terra. Broto em flor e tronco de árvore, esse o papel da mulher na obra de Monteiro Lobato.

Em nenhuma de suas obras – que me lembre – Lobato considera a religião como cerimonial litúrgico. Não há rituais nem obediência de leis bíblicas. Há, sim, uma enorme espiritualidade, assim como espiritualista era o autor. Mas confunde-se quem vê na obra de Lobato uma profissão de fé espírita. Há uma visão prevalecente da natureza, com sua força regeneradora – vida, morte e renascimento. Anjos, gnomos, sacis, animais, crianças, árvores, possuem a mesma raiz – a mesma mãe e o mesmo pai –, a criança divina, um Deus eterno.

Em toda sua obra, Lobato acreditou na soberania nacional. "O petróleo é nosso", "Um país se faz com homens e livros". Lobato acreditava num Estado forte, responsável pela defesa e formação do seu povo.

O encantamento pelo novo está presente na obra de Lobato. Ele passa do mundo mágico para as realidades tecnológicas. Mas nota-se uma divisão entre a roça e o asfalto, que demonstrava sua grande preocupação com o que o progresso poderia provocar. Acho que via o progresso como fruto da imaginação e a mudança como fruto da ação. Na era da globalização, torna-se no mínimo estranho e cômico discutir Lobato. Se fosse vivo, morreria.

Lobato previu a televisão com enorme antecedência. Pena que não tenha vivido para assistir ao bem que ela fez por sua obra. Gostaria de ver a obra traduzida em *games* e mídias interativas – seria esse o seu desejo do desenvolvimento da imaginação da criança brasileira?

2. Comentários sobre comentários

> *Há maior significado profundo nos contos de fadas que me contaram*
> *na infância do que na verdade que a vida ensina.*
> SCHILLER

Coleta bibliográfica

APESAR DE ESTARMOS LIDANDO com material pré-selecionado e, por isso mesmo, não representativo do universo estatístico, é significativo que para a maioria dos depoentes a motivação de sua obra tenha sido forte a ponto de provocar "acertos de contas" com a infância, por meio de pesquisas sobre o que foi esse fenômeno tão intimamente percebido, que influenciou a escolha da própria profissão. Isso aparece, novamente, nas respostas aos questionários e nas entrevistas de profundidade. Lobato é visto, com frequência, como figura paterna – idealizada ou até substituta.

Parecem importantes, também, algumas menções sobre a ausência da competição representada pelos meios de comunicação de massa: o fato de não haver televisão ou facilidades para ir ao cinema, outros livros de leitura, revistas de quadrinhos etc., o que particulariza o texto de Monteiro Lobato como importante mídia, em especial, entre os anos 1920 e 1940.

A destacar, igualmente, o uso de palavras e expressões fortes para descrever a influência recebida, tais como "básica", "marcante", "faz parte de mim" e "influenciou muito", bem como de termos admirativos: "choque", "paixão", "surpresa", "encantamento", "fascínio" até o hiperbólico "maravilha maravilhantemente maravilhosa" da autora infantil. São todos denotativos de alto grau de envolvimento emocional, possivelmente na busca – e descoberta – da criança interior.

Aparecem, também, com destaque a função lúdico-didática do texto de Lobato como facilitador de aprendizado em oposição à "chatice" dos livros escolares, assim como as metáforas de "entrar" e "morar" nos livros.

Uma observação, antes dos comentários sobre o material original. Deve ter ficado evidente, pela leitura dos depoimentos coletados, que, embora transpareça uma dose razoável de consenso entre a maioria das respostas, em não poucos casos surgem testemunhos que denotam resultados, às vezes inteiramente opostos aos valores que Lobato pretendia destacar no texto da narrativa. A meu ver, isso é natural e não enfraquece os argumentos axiais desta tese, porque:

> Seria simplista esperar relações lineares de causa e efeito entre o conteúdo original do texto e a resposta ideológica do entrevistado, especialmente depois de tanto tempo.
> Sobre certos temas, como vimos, as próprias opiniões expressas pelas vozes dos personagens de Lobato são contraditórias.
> Nenhum sintoma de qualquer fenômeno social pode ser completamente isolado de todas as demais determinantes do sistema. Outras influências, midiáticas ou não, podem ter se sobreposto aos argumentos do autor, em sua narrativa. Aliás, nesse particular, o que é surpreendente é que muitos deles sobreviveram a elas, razoavelmente incólumes.

E, finalmente, cabe lembrar a lúcida observação de uma das estudiosas do nosso autor, Alice Koshyiama: "Divergir de Lobato é um comportamento perfeitamente lobatiano".[23]

Respostas aos questionários

Depoimentos espontâneos (do início)

Se aceitarmos como comportamento mais ou menos padronizado que a maioria dos respondentes começou a preencher o questionário pelo seu início – e esta é a primeira resposta aberta, depois das duas primeiras, fechadas

("Em que época leu?" e "Acha que foi influenciado?") –, podemos inferir que, num primeiro momento, quando confrontados com a questão que versa sobre a influência ou não da literatura infantil de Monteiro Lobato no seu pensamento, os adultos entrevistados que respondem afirmativamente apresentam como áreas de influência as que se poderiam classificar, de um lado, como (1) mais espontâneas do que as respostas à pergunta do final do questionário e, de outro, como (2) mais óbvias ou imediatamente associadas à personalidade histórica de Lobato, um personagem indiscutivelmente conhecido das pessoas, sobretudo no segmento pesquisado, e não apenas ou exclusivamente como escritor de textos infantis.

Surgem, então, mais ou menos em sequência, os descritivos "nacionalismo", "amor à pátria", "criatividade", "imaginação", "individualismo" e "valorização do conhecimento/saber".

Portanto, nesse contexto, talvez sejam mais significativas as respostas que contêm elementos tais como a importância da qualidade do texto, do estilo do autor; a valorização da infância como momento existencial; a contraposição da didática leve e agradável de seus livros à chatice e à sem-gracice dos textos escolares e das próprias aulas; a alegria e as risadas mencionadas em relação ao ato/hábito da leitura; o sentido de viagem contido na experiência e – em dois casos – a influência na escolha da profissão.

Família

A importância da criança no contexto doméstico é percebida e ressaltada em função quase certamente de uma constatação pessoal dos respondentes contrária ao ou diferente do cenário da narrativa. Alegria, brincadeira e convivência harmoniosa e tolerante entre os personagens, numa relação de frequente e intensa comunicação entre crianças e adultos, são vistas como prazerosas, às vezes até de maneira idealizada, como mais harmoniosas e tolerantes do que eram na realidade discursiva do texto...

As frequentes menções às relações afetuosas entre os membros da família do Sítio – numa variedade semântica: "amor", "carinho", "gostosa" e mesmo "sensual" – são importantes, levando em conta a proposta do psicanalista Carlos Byington, no seu livro *Pedagogia simbólica*,[24] de que uma nova pedagogia se deve fundamentar sobre relações de caráter afetivo entre educador e educando. Mas devo registrar duas vozes dissidentes: Maria Edith di Giorgio e Nivea Basile, estudiosas da obra infantil de Lobato, afirmam em depoimentos ao Museu da Imagem e do Som de São Paulo que praticamente não há afetividade aparente entre os personagens e que esse aspecto passa despercebido à maioria dos leitores.[25]

O *papel da mulher*

Há consenso de que a família do Sítio é um matriarcado, não obstante as opiniões se dividam entre aqueles que consideram isso normal e/ou convencional, visto que estimam que, no tempo de Lobato ou ainda hoje, a família brasileira se caracteriza dessa forma; e os depoimentos de que isso seria anormal e/ou não convencional, já que a estrutura familiar nacional é, ou tende a ser, patriarcal. Embora tal agrupamento relativamente radical possa despertar alguma curiosidade, assim como o desejo de uma investigação mais detalhada, ele não faz, na verdade, muita diferença, no contexto da tese, pois não resta dúvida sobre a grande importância atribuída ao gênero feminino.

Os depoimentos confirmam que as qualidades dos personagens femininos se sobressaem, e identifica-se uma polarização entre duas presenças fortes: a de Dona Benta, que representa o poder do conhecimento, "adulto", e a de Emília, a força da imaginação e da rebeldia. A frequência de citações a respeito de Dona Benta foi, a meu ver, inesperada. Os respondentes relacionaram com relativa espontaneidade as questões do feminino em Lobato com os pontos de debate contemporâneos sobre feminino e feminismo. Não foram poucos os respondentes homens que atribuíram à influência de Lobato o fato de não serem "machistas" e de encararrem a mulher com olhos "diferentes" dos da maioria masculina brasileira.

A identificação com o *herói* – Emília – é encontrada com relativa frequência e igualmente distribuída entre homens e mulheres, enquanto as mulheres tendem a identificar-se mais com Dona Benta e Narizinho, em plano secundário. Em um caso isolado, porém interessante, por tratar-se de respondente estrangeiro (de nacionalidade argentina), a identificação do leitor homem dá-se com o personagem feminino de Narizinho, suscitando uma especulação atraente: será possível que o aspecto catalisador do interesse dos leitores brasileiros pela Emília tem a ver com o seu possível valor arquetípico como *trickster*? Segundo Roberto da Matta, os nossos heróis seguem contornos homólogos aos da própria sociedade, e Pedro Malasartes é o exemplo acabado do "nosso" herói, patrão de todas as espertezas de que alguém possa ser capaz. Isso poderia resultar em que o leitor estrangeiro da obra de Lobato divisasse padrões de comportamento – e sua identificação com eles – de forma bem diversa da nossa.[26]

Religião, misticismo, sobrenatural

A análise dos textos revela que os respondentes se mostram menos interessados por esses temas, confirmando, de certo modo, a perspicaz observação da pesquisadora americana Rose Lee Hayden sobre a pouca importância relativa que a nossa cultura atribui à questão religiosa. Mistério, milagres, o interesse de Lobato pelo místico e pelo sobrenatural e, em especial, a apresentação dos elementos de folclore e de mitologia são rememorados e comentados de maneira às vezes apreciativa.

A posição ideológica do autor é, em geral, descrita como a de alguém favorável à liberdade de credos. Houve poucas menções ao estabelecimento de alguma relação entre religiosidade e ignorância, inclusive com a nominação de Tia Nastácia. Parece que temos, aqui, uma relação de causa que é textualmente maior do que os seus possíveis efeitos, ou, ainda, o funcionamento mais forte dos mecanismos de defesa dos respondentes. Outra explicação seria a religiosidade formal relativamente baixa dos brasileiros em geral e em particular nesse segmento sociopopulacional.

Constataram-se alguns depoimentos mais expressivos de respondentes que frequentaram, na infância ou na juventude, colégios religiosos. É perturbador o de GL, psicanalista, que descreve a queima dos livros infantis de Monteiro Lobato, em pleno ano de 1948, no Rio de Janeiro, então capital do país.

Estado/governo, povo/indivíduo

Previsivelmente, os significados dos termos propostos misturaram-se, e os limites entre eles não ficaram muito bem definidos. A discussão mais detalhada e individualizada com os entrevistados da seção seguinte produziu resultados de maior nitidez.

Há confusão sobre a ideologia do autor. A sua crítica, presente no texto, aos governos e ao Estado (em geral e ao brasileiro em particular) registra-se misturada com os conceitos de amor à pátria e nacionalismo, ainda que não sejam mutuamente excludentes. Mas Lobato é visto, por turnos e/ou simultaneamente, como socialista, comunista, anarquista, individualista e democrata. Imagens oscilam: respeito ao povo, desprezo pelo povo. Fica, contudo, bastante clara a impressão de que a obra infantil de Lobato apresentou aos seus pequenos leitores algum tipo de problemática, que foi processada no perceptual do adulto e, algumas vezes, igualmente, confundida com a obra adulta e também com a ação pessoal de Monteiro Lobato como personagem da nossa história recente.

São frequentes, ainda, as menções a um Brasil gostoso, agradável, desejável, que subsiste na lembrança das pessoas.

A destacar, finalmente, a observação de que há uma espécie de sociograma implícito nas inter-relações dos personagens e de que eles demonstram, ao longo da narrativa, as modernas e funcionais qualidades de espírito cooperativo e trabalho de equipe.

Progresso e mudança

Transparece com alguma fidelidade, nas respostas, a ambiguidade de Lobato. As mudanças são desejáveis (ou necessárias), devem-se processar "para melhor", porém, com respeito à tradição. O que não impediu que alguns respondentes vissem, no Sítio, uma utopia escapista, onde se pode ir morar e esquecer de todo o resto...

Depoimentos espontâneos (do final)

Como foi observado, os comentários registrados voluntariamente no final da entrevista apresentam-se enriquecidos pelas reflexões forçadas pelos itens anteriores. Parecem ficar bem definidos o caráter iniciático das narrativas de Lobato e a configuração dos seus múltiplos significados pela decodificação dos receptores. Agora, contudo, embora retornem as observações do início –

sobre nacionalismo, amor à pátria, criatividade, imaginação, individualismo, valorização do conhecimento/saber etc. –, surgem alguns elementos novos e frequentemente originais.

A família do leitor aparece, em geral, como fator de estímulo, aprovando e incentivando a leitura dos livros de Lobato.

Na comparação entre Monteiro Lobato e os autores considerados "clássicos" de histórias infantis, como Perrault, Grimm e Andersen, algumas vezes citados nominalmente, o primeiro é sempre favorecido. Há depoimentos a respeito do esquecimento quase total das impressões sobre os textos desses autores, na infância, em oposição às vívidas recordações do Sítio. Um respondente considera Lobato o melhor de todos os autores infantis, enquanto outro, uma escritora brasileira e pessoa de grande cultura, classifica Emília e o Visconde como personagens marcantes da literatura universal. Artur da Távola, em seu já citado pronunciamento, menciona uma pesquisa feita em 1974 que demonstrava que 70% de um grupo de crianças entrevistadas preferia as obras de Monteiro Lobato às historinhas de Walt Disney.[27]

O ex-senador estava entre os entrevistados prospectivos – por preencher muito adequadamente as qualificações estabelecidas – e, embora não tenha respondido ao questionário, me enviou seu discurso, com uma carta, pedindo-me que o considerasse como sua resposta. O que me leva, então, a incluir a sua relação de conteúdos do "universo educativo" de Lobato, que acabam sendo em boa parte notavelmente coincidentes com as observações dos demais entrevistados:

√ brasilidade da obra;
√ ausência de repressão paterna;
√ exata dosagem entre realidade e fantasia;
√ integração social e racial;
√ contraponto entre o saber racional, intuitivo e mágico;
√ saber como aventura;
√ amizade e espírito de grupo;
√ apoio à curiosidade e à inventiva;
√ relações sociais tendentes ao igualitarismo.[28]

Embora pudesse ter ocorrido – como, aliás, poderiam prenunciar as respostas espontâneas do início –, há pouca confusão entre a obra infantil e a obra adulta de Lobato, com exceção do personagem Jeca Tatu, que, apesar de importante em qualquer análise, não é um dos moradores do Sítio...[29]

A notar, por fim, certa decepção dos respondentes, já maduros, com as tentativas frustradas para transmitir aos filhos e netos o próprio encantamento e admiração pela obra infantil de Lobato. Acredito que essa constatação, confirmada nos depoimentos mais extensos, empresta validade a uma das principais hipóteses de trabalho, que foi a de considerar o principal público-alvo das pesquisas a geração nascida entre os anos 1920 e 1940. É possível calcular, com razoável aproximação, que os anos em que se verificaram as tentativas mencionadas foram posteriores a 1960 – portanto, já em plena "era" da televisão. Isso significa que, não obstante a existência de interesse ou envolvimento, os cidadãos brasileiros que no fim da década de 1990 tinham menos de 40 anos dificilmente passaram por experiências idênticas às que são descritas em boa parte dessa obra. E, por sua vez, os ainda mais jovens – e as gerações futuras – provavelmente jamais as terão.

Entrevistas pessoais

O material é extremamente rico. Todos os entrevistados demonstraram grande prazer em falar sobre o tema proposto. Foi extensa a variedade de assuntos tratados e algumas digressões tiveram de ser cortadas por absoluta falta de espaço. Comprovou-se, na prática, a observação repetida por vários estudiosos de Lobato, de que seu texto infantil aborda uma verdadeira infinidade de temas.

Apesar do reduzido número de entrevistados, eles tornaram-se representativos de uma variedade de experiências: a de pais estrangeiros, de uma família judaica, etnias, religiões e ideologias políticas diversas, de origens e/ou raízes em estados do Nordeste do país e no interior de Minas Gerais e de São Paulo.

A transcrição dos depoimentos em forma muito próxima à literal facilita a consulta a qualquer momento que o leitor julgar necessário – e admito que também possa levar a conclusões diferentes ou mesmo conflitantes em relação às do autor...

Os entrevistados concordam que leram os livros de Lobato numa época em que havia poucas alternativas de leitura ou de lazer para crianças (e, em certos casos, mesmo para adultos). O imaginário lobatiano terá funcionado, assim, sem a "concorrência" de outros tipos de mídia, com sua capacidade de estímulo integral. Uma entrevistada mais idosa acredita ter iniciado a leitura por intermédio dos livros-álbuns que narravam as primeiras aventuras da turma do Picapau Amarelo, em episódios, antes de sua reunião em *Reinações de Narizinho*, em 1931. Monteiro Lobato deu-lhes o que a escola não dava: saber e conhecimento através de um veículo prazeroso. Há menções de que membros da família – pais e avós – leram Lobato em voz alta, antes que as crianças fossem capazes de ler, e de que não se sabe – nem é possível mais verificar – se tudo que era assim transmitido seria discurso de Lobato, ou se haveria inserções, pelos adultos, de suas próprias vozes e discursos.[29] É preciso ressaltar também a informação repetida como experiência comum de que as crianças "pediam" os livros de Lobato aos adultos. E de que os livros eram grossos, substanciais – o primeiro autor de quem se leram *livros inteiros*.

Sobre as relações familiares do Sítio, além do que já foi comentado, sobressai a situação excepcional de uma relação entre avós e netos de caráter idealizado, restrito, uma vez que os pais teriam uma função de socialização mais imediata, formal – e também repressora. Nesse sentido, é significativo o fato de as aventuras do grupo se desenrolarem durante as férias.

Há ordem no Sítio – uma ordem de certa forma utópica, na qual se processam relações produtivas e criativas entre seres desiguais. Mais do que simplesmente material para estudo sociológico, sob uma perspectiva histórica, o imaginário do Sítio é uma prática de convivência harmoniosa entre as diferenças, com respeito a todas as manifestações da diversidade humana.[30] Isso, sem que haja "solidões", com a valorização do trabalho em equipe: *de cada pessoa se espera alguma coisa.*

Como reflexo da inquietação de Lobato, sobre o tipo de governo ideal para uma nação, ocorre, entre os personagens, uma diversidade de tipos de autoridade: cada um ao seu modo, exercem autoridade Dona Benta, Tia Nastácia, Emília, o Visconde e até mesmo o rinoceronte Quindim – que representaria a força militar ou policial devidamente moderada pelos demais poderes constituídos.

As oportunidades de racionalização são frequentes e variadas: a racionalização sobre se a visão ética do adulto faz com que ele ache ter sido influenciado pelo que leu em criança, ou se tem o efeito exatamente contrário; a racionalização de quem tinha, ou conhecia, uma casa como a do Sítio e a racionalização de quem não tinha. Para os primeiros, a empatia contextual se processava pelo familiar; para os segundos, pelo idealizado ou desejável.

A visão de Emília como "assexuada", proposta por mais de um entrevistado, tem a ver, certamente, com a força do personagem, versão lobatiana – ou lobatizada – do Super-Homem, em Nietzsche. De fato, o que predomina na superboneca não são os caracteres sexuais, primários ou secundários, mas sua transcendência andrógina, como porta-voz (*alter ego* ou *superego*?) do próprio autor que tantas vezes sentiu dentro de si as forças telúricas do aparelho reprodutor das fêmeas, que ele, por muito criativo que fosse, evidentemente não possuía.

"Eu nunca tinha pensado nisso, até você vir me provocar..." À observação do entrevistado corresponde um papel verdadeiramente subliminar do discurso religioso (ou arreligioso) de Lobato. Talvez o horror sentido em relação a sacerdotes e freiras católicos, em certa fase histórica da própria Igreja, no Brasil e no mundo, e suas reações só aparentemente exageradas, quase histéricas, tenham a ver com a constatação do perigo que representava, ideologicamente, um convite à indiferença – mais destrutiva e eficaz do que qualquer tipo de oposição. Além disso, o que passa por superstição, ignorância, pode tornar-se informação, *científico*, desde que seja por intermédio de pesquisas.

São significativas as observações de que Monteiro Lobato não desejou passar nem "vender" ideias aos seus jovens leitores, nem seus conceitos sobre povo, governo, Estado, progresso ou indivíduo. "Ideias não penetram na cabeça da criança. O que ensina a criança é o conjunto de 'coisas', porque ajudam a organizar a cabeça." Nesta citação textual, verifica-se o consenso do reconhecimento de que no conjunto de sua obra Lobato teve sucesso em despertar o sentido crítico dos seus leitores, a desconfiança em relação ao *statu quo* – qualquer que fosse ele. Como? Proporcionando, através do seu imaginário, à criança uma interface entre a sua individualidade/identidade e as individualidades dos adultos da família, dando-lhe uma base de apoio para que pudesse, por meio de modelos alternativos, atingir a própria individuação.

Em todos os momentos, é extraordinária a presença da voz do autor no discurso, materializado no texto. As crianças, hoje adultos, sabiam que estavam lendo Monteiro Lobato, e não qualquer outro autor. Na voz do adulto atual, uma resposta a um desejo inconsciente – ou consciente – de que Lobato tenha sido (e representado) coisas que eu quero, ou gostaria que ele fosse, porque eu simpatizo com ele, eu o admiro e ele é o meu pai idealizado...

A observação de que o autor, privado precocemente do convívio dos dois filhos homens, teria passado diretamente do estado de pai para o de avô remete a uma lacuna de um estudo mais aprofundado da pessoa de Lobato e de suas relações pessoais e familiares, material de constatada raridade no Brasil, provavelmente em função do viés cultural que nos é próprio. No dizer de um dos entrevistados: "Lobato atuou no Estado através da literatura infantil". E no de outro: "Ele nos deu lições em vez de aulas".[31]

FINAL: NOSSO FLAUTISTA MÁGICO

> *O diálogo com a obra de Lobato, pois, continua.*
> Inconcluso diálogo polêmico.
> LÍGIA MILITZ DA COSTA

AO ESCOLHER MONTEIRO LOBATO como tema de pesquisa, logo percebi uma dificuldade inesperada: o que *mais* se pode fazer ou dizer a respeito de um personagem famoso e que, sob certos aspectos, tornou-se unanimidade nacional? Havia risco de elaborar sobre o óbvio, "chover no molhado"... Perigos imensos para quem, ao propor uma hipótese, tinha a obrigação acadêmica e social de inovar, fazendo e dizendo o que não tivesse sido dito ou feito antes.

A bibliografia acerca de Lobato é extensa e variada, como mostram as notas e a bibliografia deste volume. De fato, elas não cobrem a totalidade das obras de referência sobre o escritor. Alguma coisa ainda ficou de fora e muito material de referência existe, em arquivos e bibliotecas, que não foi sequer descoberto durante o trabalho de pesquisa forçosamente limitado. Mesmo considerando isoladamente a obra infantil, existem estudos sob os mais diversos enfoques: da psicopedagogia, da didática, da história, da análise literária, da ciência política e até sobre o conteúdo ideológico.

Mas acredito que a tentativa ousada e até inocente no início acabou se constituindo num esforço válido que conferiu mais nitidez à imagem desfocada no tocante ao capítulo biográfico e desvendou um pouco do mistério que sugere Wilson Martins quando define Lobato como uma personalidade complexa em nossa história intelectual.[1]

O roteiro biográfico evidencia que Monteiro Lobato viveu num momento histórico de referência particularmente importante para o Brasil e para o resto do mundo. Examinou-se, dentro do que era possível inferir da documentação consultada e por coerência com nossa proposta de base, a trajetória de Lobato desde o seu nascimento até a idade madura, com a atenção concentrada nos períodos formativos de sua personalidade, na infância, e de identidade, na adolescência.[2] Talvez, maiores informações a respeito dos *professores* que Lobato teve, tanto na escola secundária como no período de faculdade, possam acrescentar alguma coisa de valor a estudos futuros. Na verdade, ao concluir este trabalho, anima-me a esperança de que surjam mais interessados no rico material que pode proporcionar um estudo da vida de Monteiro Lobato sob o aspecto mais estritamente psicológico, inclusive no que se refere às suas relações familiares e pessoais, nas fases formativas do seu caráter e de sua personalidade, bem como na atuação de adulto. E, no texto, tornar-se-ão importantes as análises dos perfis psicológicos dos personagens do Sítio do Picapau Amarelo e das suas inter-relações como reflexo da experiência do autor e de paradigmas de comportamento.

As influências, admitidas pelo próprio escritor, de pensadores autoritários sobre a sua formação foram sem dúvida temperadas pelo humanismo existencialista contido na obra de Nietzsche – em que o pese o filósofo alemão ter servido de referência aos que interpretaram o Super-Homem de maneira mais literal – e estão presentes no seu discurso e no depoimento de contemporâneos. Lobato mostrava-se, em muitas ocasiões, impaciente e até intolerante com o que descrevia como mediocridade e "burrice" – como o próprio Nietzsche, que achou tão intoleráveis a mediocridade e a presunção da sociedade alemã da sua época a ponto de ir buscar os ares melhores da Itália...

Muitas conclusões dos analistas anteriores – quer os que escreveram especificamente sobre Lobato, quer outros, que o incluíram em obras sobre o período em que viveu, sob diversos pontos de vista – tendem a classificá-lo de acordo com fórmulas ou sistemas de análise de suas preferências, ou a incluí-lo em "escolas" ou "grupos".[3]

Depois de um "mergulho" de dez anos em toda a vasta obra lobatiana, vejo essas ideias como um pouco simplistas. O interesse de Lobato pela política era certamente grande, mas ele não teve participação expressiva na política partidária, nem no processo eleitoral. Aliás, seu comportamento é prototípico do brasileiro de classe média, para quem contam muito mais as personalidades do que as siglas.

Sobre o modernismo ou antimodernismo de Monteiro Lobato, não acho que vale a pena estender o debate. Os trabalhos de Landers e de Chiarelli, para mim, encerram o assunto, que pertence ao mundo dos adultos... Assim, também, sua criação ou descoberta do personagem Jeca Tatu – que integra o imaginário nacional – faz parte do seu ativismo de adulto, embora não se possa deixar de reconhecer que foi referência importante para tudo o que surgiu depois de 1922. Wilson Martins, por exemplo, estima que tenha se constituído nos próprios alicerces do movimento modernista no Brasil.[4]

Vim cristalizando a convicção de que a mais apta metáfora lobatiana tem efetivamente a ver com a história infantil famosa e quase milenar do flautista de Hamelin, que livrou a cidade alemã das ratazanas que a infestavam e, em seguida, diante da ingratidão e do desprezo dos cidadãos e governantes, sequestrou-lhes o futuro, atraindo as crianças com sua flauta mágica. E não é só no *Flautista*. Uma flauta mágica também é o instrumento utilizado, na ópera de Mozart, para auxiliar o herói, Tamino, a vencer as tarefas difíceis. Talvez por isso, inconscientemente, Lobato tenha buscado na Grécia antiga, como tema de aventuras para os personagens do Sítio do Picapau Amarelo, a saga de Hércules e os doze quase impossíveis trabalhos que lhe foram impostos.

O artista Monteiro Lobato sabia que seu instrumento de trabalho era o texto. Apesar de impaciente e às vezes irritado com a "literatura", palavra que punha entre aspas, ou chamava de *literatice*, os depoimentos são unânimes ao reconhecer que, como escritor, escrevia bem como poucos e dominava amplamente o *métier*. De certa forma, a literatura infantil foi sua flauta mágica para as composições que tirou da *anima* criativa pluridimensional e platônica que possuía – de filósofo, político, profeta e louco. Cansado do mundo dos adultos, que considerava irrecuperável, fez interiormente a mesma escolha de Peter Pan, recusando-se a crescer.

No tocante ao conteúdo ideológico do texto, sob a óptica da definição ampla de que ideologia se trata de um conjunto de ideias reunidas com a intenção de explicar – e de *mudar* – o mundo, também parece claro que, como Platão, More, Campanella, Bacon, além dos seus contemporâneos Wells e

Skinner, Lobato criou a sua própria utopia, com a mesma finalidade de expor e corrigir o que considerava errado com o mundo dos homens – e a destinou às crianças. Nesse sentido, suas facetas de empresário e empreendedor levaram-no a alterar o antigo referencial humanista existencial para uma espécie de *humanismo científico* – se for de todo indispensável a escolha de um rótulo.

Foi, sem dúvida, científica a sua escolha de público-alvo e de oportunidade, ao determinar que o melhor momento para transmitir um conteúdo ideológico às pessoas era durante a fase reconhecida como formadora da personalidade e das opiniões. Entre o aprendizado da leitura e a pré-adolescência situam-se os anos em que é mais intensa a curiosidade intelectual.

Aliás, é nesse sentido que a análise da participação de Lobato sob a óptica da comunicação e dos seus principais elementos mostra com clareza que ele escolheu o melhor *meio*, aquele sobre o qual tinha completo domínio, para chegar ao *público-alvo* escolhido, de crianças e adolescentes: o imaginário da literatura infantil, a riqueza de possibilidades formais e o público ávido de receber a informação.

No entanto, muito embora o recente desenvolvimento da literatura infantil como campo de estudo e o consequente surgimento de instrumentos atualizados de análise sob os enfoques da psicologia e das ciências da comunicação impliquem possibilidades instigantes para uma variedade de objetivos, não se pode diminuir a importância de Lobato como autor inovador que provocou uma verdadeira revolução em um gênero literário. Em diversos momentos, no presente texto, lamenta-se o fato de ele ser escrito em português, para o público brasileiro, numa época em que as comunicações ainda não eram instantâneas nem existiam as interfaces que permitem – e permitirão cada vez mais – a remoção dos obstáculos culturais e linguísticos com vistas a difundir o que ocorre fora dos cenários principais das nações dominantes e também a promover o reconhecimento universal das grandes obras artísticas.

Da leitura de grande parte da bibliografia disponível sobre o tema da literatura infantil, e do inevitável contato com o que se consideram obras-primas do gênero nos países mais adiantados, ficou-me a sensação de que o nosso Lobato pertence à galeria das estrelas maiores, ao lado de Perrault, Grimm, Andersen, Collodi e Carroll. E, se levarem em conta o volume, a abrangência de temas, a qualidade do texto e oportunamente a sua importância social e política, passa a ser matéria de especulação o lugar que Monteiro Lobato deveria ocupar entre os autores de literatura infantil de todo o mundo e de todas as épocas.

Quando Lobato começou a escrever para crianças, a literatura infantil era uma das várias portas que se lhe abriam num Brasil em que, ainda muito mais do que hoje, quase tudo restava por fazer, e o nosso atraso em muitos setores de atividade em relação às nações adiantadas do mundo podia ser medido em séculos. Sua opção final é característica do seu sentido de oportunidade – ou até mesmo de oportunismo – de homem de ação. Perplexo, entre tantas possibilidades de "realizar coisas", ele hesita entre uma variedade de atividades, pois a maioria delas lhe parece de acesso fácil. Sua cultura europeia permitia-lhe, mesmo vivendo numa fazenda, no interior do país, ter a visão desprendida de quem vê o Brasil com olhos "de fora". Essa atitude intelectual faculta-lhe o ingresso no mundo da literatura infantil com relativa facilidade, uma vez que dispõe da possibilidade do domínio de sua linguagem e – o que é sem dúvida ainda mais importante – dos meios para fazê-lo: uma revista mensal e as máquinas de sua própria editora, tanto no sentido literal, mecânico, como no sentido de acesso ao mercado consumidor. E sem concorrentes.

Pudemos verificar como se uniram os elementos de acaso e de intencionalidade na descoberta do Sítio do Picapau Amarelo. Antes de 1920, Lobato começa a escrever as aventuras de Lúcia, a menina do nariz arrebitado, e o seu imaginário é constituído por elementos tradicionais e familiares ao seu público. Alice – a do País das Maravilhas – era bem conhecida (se não de todo o público, certamente do próprio escritor), assim como o Gato Félix, o Pequeno Polegar e Dona Baratinha, das primeiras aventuras. A própria Emília, uma boneca que fala, não se constitui em novidade. Já havia Pinocchio e as histórias inglesas e americanas em que bonecas eram protagonistas. Emília é uma boneca de trapo, comum no mundo pré-industrial. Ela tem uma parenta norte-americana, loura, que se chama Raggedy Ann, e os turistas brasileiros, às vezes, confundem-na com o nosso personagem. Onde Lobato excede os seus contemporâneos é na abrangência e na variedade dos elementos do imaginário que cria. Dir-se-ia que, com a *anima* aberta para um mundo que não teme, sua criatividade não conhece limites. Como Mozart, um século e meio antes, não inova na forma, mas expande o conteúdo pelas fronteiras da própria imaginação. O Sítio do Picapau Amarelo cresce e torna-se tão grande, que recebe e hospeda todos os imaginários alternativos: desde o Mundo das Fadas até o País das Maravilhas, a Terra do Nunca, Dom Quixote, os desenhos animados de Hollywood e as mitologias de todos os tempos e lugares.

A revolução não passou despercebida. Esse rico imaginário bem cedo chamou a atenção dos contemporâneos do seu criador[5] e das gerações que se sucederam. (Nesse particular, este meu interesse está longe de constituir-se em caso único.) Entretanto, como literatura infantil – durante muito tempo e, em especial, no Brasil –, não foi tratada como "coisa séria", e as mobilizações sociais deram-se em termos mais ou menos lúdicos, mediante a adaptação dos textos para o teatro infantil, para festinhas, da transformação dos personagens em brinquedos, figuras de decoração, histórias em quadrinhos e enredos de escolas de samba. Considerando a importância que Nietzsche atribuiu aos aspectos *dionisíacos* da cultura grega, até que não é desaconselhável lidar com o imaginário de Lobato por esse lado, como a grande e importante brincadeira que realmente é. Mas, pouco a pouco, o tema começou a ocupar os espaços mais técnicos da pedagogia e vieram os trabalhos de análise do texto lobatiano através de diferentes enfoques.

Tudo isso é importante, sem dúvida. Mas será que não chegou o momento de considerar o mundo do Sítio do Picapau Amarelo, bem como de estudá-lo e preservá-lo, como uma coisa "mais que as outras", como diriam os próprios personagens? Em termos de imaginário, acredito que estamos diante de um objeto cultural tão rico quanto as perspectivas do Pelourinho, na Bahia, ou as obras artísticas das cidades históricas de Minas, que se tornaram, com justiça, patrimônio cultural da humanidade.

Sobre a didática em Lobato, também acredito que os estudos do seu texto, do discurso e de outros aspectos relacionados com a obra infantil possam continuar a gerar frutos. Nesse particular, é valioso o trabalho de Rose Lee Hayden, várias vezes mencionado neste texto, e gostaria de vê-lo, com pequenas adaptações para o leitor brasileiro, traduzido e publicado como referência importante, tanto para enriquecer a pesquisa lobatiana como também para rever e aperfeiçoar as técnicas pedagógicas, no Brasil e em outros países. Não podemos esquecer que, ao longo de muitos anos e de várias gerações, as professoras e os professores brasileiros vêm utilizando os livros de Monteiro Lobato como poderoso recurso auxiliar ao seu trabalho diário e que, mesmo diante das sérias limitações de ordem material características do nosso ensino, sobretudo no fundamental, são quase unânimes os testemunhos de que sua obra contribuiu para a aquisição de conhecimento e o desenvolvimento da criatividade dos alunos. Embora não se trate de estabelecer relação de causa e efeito, é frequente a constatação de que crianças brasileiras de classe média têm um bom aproveitamento de seus anos escolares nos ensinos fundamental e médio, e famílias transferidas para os Estados Unidos ou para a Europa têm facilidade de matricular os filhos nas escolas locais, os quais, não raro, entram nas classes mais adiantadas.

São amplas a riqueza e a variedade de temas tratados por Lobato na obra infantil, porém não são inesgotáveis. Outros estudos e classificações poderão ser feitos, futuramente, de modo a colocar ainda mais em foco os seus conteúdos sociais. Contudo, deve-se refletir sobre o fato de que as pessoas não se lembram de temas, mas de "quadros" específicos do imaginário, que não se conformam convenientemente a convenções intelectuais ou a finalidades didáticas. As particularizações prévias, nesse sentido, podem ser menos importantes do que essas e outras informações obtidas por associação espontânea.

No que se refere à seleção feita, se lembrarmos, metafórica ou metonimicamente, que os peixes que colhe um pescador dependem do tipo de rede por ele escolhida, é claro que muita coisa ficou de fora. Mas o que se obteve é razoavelmente representativo de um universo temático que inclui muitas das preocupações modernas de nossa sociedade. Uma "árvore do conhecimento", empregada como auxiliar mnemônico para a utilização de uma enciclopédia contemporânea em multimídia,[6] lista arte, geografia, história, ciência, sociedade e tecnologia como sua estrutura básica. Todos esses temas estão presentes no texto infantil de Lobato. O galho da "sociedade" espraia os galhos menores pelos territórios da economia, educação, direito, filosofia, governo, religião, ciências sociais (antropologia, arqueologia, ciência política, psicologia e sociologia) e lazer (jogos, esportes e recreação).

Assim, acredito que a escolha feita pode atender a um bom número dos pontos que agitam o cenário da contemporaneidade: o governo e o Estado, o povo e o indivíduo, a família, o papel da mulher, as mudanças econômicas e sociais, o misticismo e as religiões, bem como a digressão psicofilosófica pelos territórios da loucura, em contraposição à cada vez mais ambígua sanidade. Uma das conclusões possíveis desta análise, como observado no capítulo dos temas, é a de que Lobato tenha sido "louco", no sentido dado por Foucault, daqueles que a sociedade tradicional diferencia, com a finalidade de marginalizá-los e por sentir-se ameaçada.

Nessa área, inclusive, creio que este trabalho contribui para uma reflexão necessária sobre quais são os temas realmente importantes para o debate social brasileiro. Quais as verdadeiras questões em torno das quais a sociedade deve promover suas discussões. Uma análise dos temas abordados nas discussões do Fórum Nacional promovido anualmente pelo Banco Nacional de Desenvolvimento Econômico e Social (BNDES) em sua sede, no Rio de Janeiro, entre 1994 e 1996, revelou total predominância de assuntos tais como economia, crescimento econômico, papel do Estado, governo e organização administrativa, políticas industriais e as relações de trabalho. Na mesma época, em julho de 1996, para uma palestra sobre o papel da mídia no Brasil, fiz uma verificação do número e do espaço ocupado pelos diferentes tipos de noticiário num jornal carioca: excetuando-se a parte internacional e os esportes, cerca de três quartos da publicação tratam de assuntos relacionados com o governo, a política e as atividades estatais. São, sem dúvida, todos assuntos "sérios", alguns relevantes para a busca de soluções para determinados problemas vitais com que se defronta a sociedade brasileira. Pouco se vê, contudo, nos espaços sociopolíticos de destaque – e na imprensa – sobre a importância da arte, da criatividade, da espiritualidade, do ritmo e da expressão corporal, da integração com a natureza, ou mesmo da comida e bebida e toda uma série de temas que tendem a ser igualmente marginalizados, considerados pouco sérios, místicos, próprios para os interesses esotéricos de segmentos que a sabedoria convencional etiqueta como *New Age*... Parece que, para mobilizar os corações e as mentes do povo brasileiro, governantes e administradores ainda se deixam guiar pelo racionalismo, velho de mais de um século. No dizer de Carlos Byington, privilegiam as atividades humanas "do pescoço para cima", relegando a funções secundárias os importantes papéis desempenhados pelo coração, o sistema circulatório e as vísceras.[7] Continua-se padecendo de "eurocentrismo" – que, hoje, inclui os temas em debate nos Estados Unidos, outra nação fortemente orientada pelo pensamento eurocêntrico, apesar de geograficamente localizada em nosso continente. Em termos competitivos, é como se, no esporte, insistíssemos em disputar as primeiras colocações nos Jogos de Inverno e deixássemos de valorizar o futebol ou o vôlei de praia.

Além disso, há certas "maneiras de ver" a sociedade brasileira – como evidenciado na leitura e na releitura da obra infantil de Lobato, por meio dos depoimentos – que estão a merecer análise: uma delas é a noção de "convivência harmoniosa das diferenças", um conceito democrático relativamente novo e, até agora, particular a algumas sociedades, mas que, nos tempos de globalização, assume relevância. No dizer de Juana Elbein dos Santos:

> Existe um hiato entre as instituições estruturadas pelo Estado central político-administrativo e a sociedade plural, fonte de permanente inadequação e instabilidade, gerando indiferença pelo sistema constitucional. Entendemos que uma das causas antigas da falência democrática reside na tremenda e trágica dificuldade de construir as instituições políticas do Estado sem a participação efetiva e a real representatividade da segmentação criada, particularmente no Brasil, pela diversidade étnica e/ou cultural.[8]

Acredito que os fatos e argumentos apresentados no texto apoiam duas de suas premissas importantes: de que a literatura infantil pode exercer poderosa influência sobre as opiniões, atitudes e ações das pessoas adultas; de que Lobato, tendo buscado influenciar a sociedade por diversos meios, sem sucesso ou com sucesso apenas limitado, deliberadamente escolheu os livros para crianças como veículo de transmissão persuasiva de sua ideologia, assim como dos valores que lhe eram caros, e que o fato de se verificarem opiniões contraditórias, no texto, é reflexo das contradições inerentes à individualidade do autor e de algumas mudanças nas suas atitudes e no seu comportamento.

Finalmente, no que se refere às tentativas de estabelecimento de relações de causa e efeito, também acredito que a evidência oferecida é conclusiva. Como vimos no capítulo introdutório, a metodologia mais indicada para obter as informações desejadas é inexequível – ainda que teoricamente possível –, pois consistiria em examinar o comportamento de leitura de uma amostra selecionada de crianças, para, vinte ou trinta anos mais tarde, proceder-se a uma verificação das suas influências, com amostra idêntica. Isso exigiria, além de recursos materiais importantes, o conhecimento antecipado – ou a premonição – de que um ou mais dos diversos textos selecionados viesse a ter maior ou menor importância relativa. Ainda assim, o que exatamente poderia encontrar? No caso presente, seria possível identificar "humanistas científicos", "capitalistas fordistas" ou "anatolianos antimodernistas" entre os adultos que leram Lobato na infância?

A seleção do público-alvo para entrevistas mostrou ser significativa, embora possa agora ser refinada de algum modo. Os "filhos de Lobato" têm, hoje, idades que variam entre 62 e 75 anos.[9] Por que essa particularização? Porque, ao se confrontar a cronologia de publicação das obras infantis com as idades em que as pessoas tiveram contato com o texto (entre 7 e 10 anos), é importante distinguir o grau de influência possível:

- Em 1935, por exemplo, já existe um número razoável de obras, além dos primeiros álbuns de histórias publicados entre 1920 e 1930.
- Em 1945, todos os livros já foram publicados.
- Em 1955, todos os livros publicados estão disponíveis nas livrarias e a influência da TV ainda pode ser considerada incipiente.

Tendo em vista essas datas, o grupo de pessoas que em 1997 estava na faixa etária dos 48 aos 61 anos pode ser visto como leitores de Lobato em condições "ideais". O grupo de maiores de 61 anos, sobretudo até a idade de 71 anos, aproximadamente, embora tenha lido livros do escritor, não teve, em geral, acesso ou interesse às obras editadas depois de 1935. Já entre os leitores de menos de 48 anos, foi encontrada uma influência progressivamente maior da presença da televisão e, como consequência, das narrativas adaptadas para o meio. Outra área de estudo interessante sobre a obra de nosso autor, claro, diria respeito aos conteúdos e à influência da televisão, separando-se as duas adaptações da obra de Lobato – a primeira, dos anos 1950-60, e a segunda, dos anos 1970.

Depois de apresentada a minha tese, em setembro de 1996, recebi muitos protestos de filhos – e mesmo de netos – de Lobato que, fora da faixa etária que isolara, se consideravam grandemente influenciados pelo texto lobatiano. Acho que têm razão de protestar, mas defendo-me tecnicamente por trás da alegação de que, embora não seja possível isolar totalmente a leitura de Lobato de outras influências, é factível determinar o espaço cronológico em que ela tenha ocorrido com maior grau de significância – o que evidentemente não quer dizer exclusividade...

Um pequeno esforço de memória permite lembrar que, até 1955, os livros escolares dos ensinos fundamental e médio, então chamados de primeiro e segundo graus, eram bem menos atraentes do que as obras de Lobato. Nosso autor teve, também, uma influência positiva na melhoria dos padrões de qualidade dos textos escolares no Brasil.

A escolha da pesquisa direta para obtenção dos dados qualitativos tem a ver, naturalmente, com a experiência profissional do autor da tese na área do marketing. Nesse setor de atividade, aprendi que, quando se têm dúvidas sobre o que as pessoas pensam ou querem, nada melhor do que perguntar a elas. O tratamento pouco ideológico atribuído a produtos e serviços facilita esse tipo de isenção, pois qualquer erro ou falha na análise dos dados implicará prejuízo financeiro... Na pesquisa de mercado, apesar de, às vezes, assim mesmo ocorrerem, há poucos riscos de alguém tomar decisões, mesmo em posições de autoridade, baseadas em suposições sobre "o que eu acho que as pessoas pensam", ou, pior ainda, "o que eu acho que as pessoas *devem* pensar".

E, nesse sentido, a seleção do método de inquérito por associação de imagens ou de palavras tem sólidos precedentes nas ciências comportamentais e nos estudos feitos a respeito dos mecanismos da percepção e da memória. De muito pouco adianta perguntar a um leitor de Lobato na infância "acha que esta leitura o influenciou de alguma maneira?", se a pergunta não for sucedida por cuidadoso diálogo e registro das informações (de fato efetuado nas entrevistas pessoais realizadas).

A qualidade e a profundidade das respostas obtidas atestam uma influência inegável da leitura feita na juventude sobre o segmento escolhido da população. Podemos ir, até, um pouco mais longe – em face das particularizações feitas a respeito desse público e do período estudado – e abordar a comparação entre a obra de Lobato e obras semelhantes de autores considerados importantes, em outras sociedades. E, em se tratando de leitura efetuada numa fase da vida em que os *quadros* de referência se registram de maneira mais indelével, não é impossível que, para uma parte desses "filhos de Lobato", *a importância do seu imaginário nas suas ideologias de adulto tenha se constituído na influência mais importante, entre todas as demais.* A afirmação, naturalmente, refere-se a influências externas, midiáticas, oriundas de textos e outros elementos que possam ser incluídos na definição geral de "grupos" de referência ou de influência.

Vimos, também, ao tratar de ideologia, que, naquilo que se refere ao aparelho ideológico individual, nele convivem termos de natureza racional e afetiva e, entre os últimos, haverá noções com características contraditórias e até conflitantes. Seria outra tarefa hercúlea tentar estabelecer os caminhos que vão desde a ideologia presente em qualquer discurso, passando pela filtragem perceptual do sujeito, pelo confronto desses conteúdos com outros conteúdos absorvidos – sem esquecer a influência exercida pela ideologia hegemônica presente numa dada sociedade em um dado momento –, até a sua eventual hierarquização interna e o processo seletivo pelo qual determinará, finalmente, suas ações. Há material para isso, neste trabalho – quero crer. As informações obtidas demonstram a natureza muitas vezes contraditória na própria verbalização dos elementos com que os respondentes concordam ou não, do que gostam ou não.

Fica sem resposta uma pergunta: o que, *exatamente*, está na cabeça das pessoas? Quais são os elementos que podem ser identificados com o texto do autor que está sendo analisado?

Os dados obtidos em entrevistas cobrem, como vimos, grande variedade de temas, e os depoimentos de diversos respondentes podem prestar-se a interpretações contraditórias. Além disso, a cada valor expresso pode corresponder, dialeticamente, um valor contrário.

Numa breve análise das respostas obtidas pelas pesquisas, por exemplo, seria possível criar o seguinte quadro semântico de referência:

Conceitos evocados pela lembrança da leitura de Lobato

"Positivos"*	"Negativos"*
Amor (à pátria)	Nacionalismo
Amor (ao próximo)	Exclusivismo
Alegria	Irresponsabilidade
Conhecimento	Visão elitista
Saber	Erudição
Criatividade	Excentricidade
Tradição (preservação)	Tradição (reacionarismo)
Individualismo	Egocentrismo
Estilo (prazer estético)	Estilo (rigidez formal)
Criança valorizada	Criança incapaz
Comunicação (mídia)	Mediação
Comunicação (transmissão de conhecimento)	Retórica persuasiva
Convívio harmonioso	Perda de identidade
Diferenças	Discriminação
Autoridade como princípio de organização	Autoritarismo, repressão
Feminino	Feminismo
Superação	Domínio
Espiritualidade	Superstição
Religiosidade	Sectarismo
Igualitarismo	Massificação
Ordem	Privação de liberdade
Raça	Casta
Cooperação	Exploração
Mudança	Destruição
Progresso	Alienação
Meio ambiente	Naturalismo

* As palavras "positivos" e "negativos" encontram-se entre aspas porque correspondem exclusivamente ao critério referencial de julgamento do autor.

Em função da variedade de respostas aos questionários, essa lista poderia ser estendida. O que nos leva, então, à proposição última deste trabalho: não se postula, de nenhuma maneira, que Lobato tenha semeado, em seu texto, encapsulados, conteúdos éticos da sua ideologia, com a intenção de que as gerações posteriores colhessem as flores do mal ou os frutos do bem.

Na copiosa safra temática obtida, resumida, nas suas linhas gerais, no quadro acima, é possível distinguir com bastante clareza quais foram os itens abordados pelo autor em sua literatura infantil e com que tipo de intencionalidade, eticamente referenciada na sua ideologia.

Sabemos que a leitura das obras de Monteiro Lobato deixou marcas importantes nos homens e nas mulheres que, em sua maioria, ocupam posições de liderança na sociedade brasileira. Em que isso influenciou, e influenciará ainda, continua difícil vislumbrar ou prever. Tenho esperança de que este livro estimule estudos mais precisos e abrangentes, não apenas sobre o papel de Monteiro Lobato na formação e no desenvolvimento da sociedade brasileira, mas acerca da natureza e do escopo de outras possíveis influências, talvez não ortodoxas, porém significativas e contextualmente isoláveis, e, o que talvez seja mais importante, para sua avaliação sob o ponto de vista do conteúdo ético.

À lista acima poderíamos praticar o exercício intelectual de contrapor o conteúdo formal do imaginário encontrável na grande maioria dos contos de fadas tradicionais, que tanto mobilizaram o espírito inquisitivo de psicólogos e psicanalistas em busca de suas influências arquetípicas – para eles em geral positivas – nas mentes das crianças e dos adultos que se tornaram.

Bastaria isolar cinco entre as histórias infantis tradicionais, tomadas quase ao acaso – *Cinderela, Chapeuzinho Vermelho, O Pequeno Polegar, Branca de Neve* e *A Bela Adormecida* –, para constatar que, ao longo de séculos, os conteúdos da narrativa confrontam seus leitores com situações de assassinato, incesto, automutilação, abandono de crianças, discriminação social, deformações físicas, canibalismo, chacinas, tortura, crueldade e crimes diversos – sem que, por isso, se tivessem constituído em sementeira de monstros.[10]

A ementa de Lobato, contudo, propõe basicamente a seus pequenos leitores, com cordialidade e bom humor, que reflitam sobre o sentido da vida e suas possibilidades criativas. E a literatura infantil permanece existindo, para seus autores, como um canal pleno de possibilidades criativas – não importam a forma e os meios utilizados – de transmissão de ideias e de conhecimento: um poderoso veículo pedagógico, que pode ainda contribuir para a eliminação, ou a diminuição, dos males que nos afligem: "... a razão da vitalidade e da atualidade dos contos [é que] são o remédio para os males do século XX".[11]

O autor de fantasia vai além do real para revelar que não vivemos inteiramente num mundo de sentidos percebidos, mas que também habitamos um mundo da mente e do espírito no qual a imaginação criativa está em luta permanente para expandir nossa visão e nossa percepção.[12]

Uma das conclusões deste autor, ao final do trabalho, é que, muito provavelmente, os livros infantis de Lobato, com exceção de uma ou outra obra mais atemporal, tenderão a não ser mais editados, pois "envelhecem" como o autor – e seus filhos – no que se refere, em alguns casos, a conteúdo didático (caso da *Gramática* e da *Geografia*) e, em outros, a cenário (que criança moderna vai se entusiasmar com as engenhocas tecnológicas que fascinavam o escritor em *O poço do Visconde*?). Nesse sentido, adquire relevo a sugestão da entrevistada RS, de que a obra de Lobato mereceria ser adaptada ao mundo da multimídia... Trata-se de tarefa para os novos pedagogos, talvez.

Também se conclui o trabalho concordando com Wilson Martins, de ter Lobato tido sucesso no *imaginário*, como resultado de uma sucessão de fracassos no *real*: "Sua vida se coroa, então, por um inesperado paradoxo: Lobato é um extraordinário *raté*, um *raté* de gênio que *realizou* tudo o que desejava, porque para ele a realidade começava e terminava dentro dos limites da *ideia*".[13]

Ideias, entretanto, são coisas capazes de fazer ruído no coração. Entre os muitos ideogramas existentes no repertório da China e do Japão para representar a nossa palavra "ideia", um deles combina o sinal para "coração" (心) com o sinal que representa "som" (音) – e o coração se constitui em sede tanto da emoção como da inteligência.

心 (coração) + 音 (som) = O som ou a voz que sai do coração

Assim, a importância maior de Monteiro Lobato foi ter contribuído, com inteligência e emoção, para o infindável processo de individuação de cada um de seus leitores, aguçando-lhes a consciência sobre o desenvolvimento do potencial criativo e das possibilidades da ação individual com vistas ao aperfeiçoamento do ser humano e da sociedade. Ele atuou como flautista mágico e professor – por meio do seu instrumental artístico e das verdadeiras lições que deu –, propondo a cada um de nós, seus filhos e netos, que, em vez de nos tornarmos *lobatianos*, saíssemos da morada de seus livros muito, mas muito mais, *nós mesmos*.

*So, Willy, let me and you be wipers
Of scores out with all men – especially pipers!
And, whether they pipe us free, from rats or from mice,
If we've promised them aught, let us keep our promise!*

ROBERT BROWNING
*The Pied Piper of Hamelin,
a child's story*[14]

NOTAS

As notas ao longo do texto são remanescentes da versão acadêmica do livro. Foram mantidas para registrar as muitas fontes que precisaram ser consultadas para escrever *Os filhos de Lobato* e também para não desperdiçar algumas informações que são importantes ou curiosas, mas que não fazem parte da narrativa central.

Introdução – A porta da memória

1. BENJAMIN, Walter. *O narrador*. São Paulo: Abril, 1969. p. 75. Coleção Os Pensadores.
2. No Iuperj, na cadeira do semestre subsequente, sobre *A construção do Brasil no pensamento brasileiro*, foram incluídos textos da obra *adulta* de Monteiro Lobato. Mas os professores José Murilo de Carvalho e Ricardo Benzaquen convidaram-me, como aluno, a fazer uma exposição aos colegas sobre o imaginário infantil lobatiano e seu conteúdo ideológico.
3. BUTLER, Dorothy. *Babies need books*. Harmondsworth: Penguin Books, 1995. p. 1. Paris: Payot, 1986. p. 216.
4. HUNT, Peter. *Children's literature – the development of criticism*. Londres: Routledge, 1990. p. 120
5. HARRISON, Barbara & MAGUIRE, Gregory. *Innocence & experience: essays and conversations on children's literature*. Nova York: Lothrop, Lee & Shepard Books, 1987. p. 5.
6. Durante as pesquisas bibliográficas, encontrei uma obra que resulta de um elaborado sistema de análise de correlação estatística entre o conteúdo dos contos folclóricos de determinadas culturas e a natureza ideológica das respectivas sociedades, classificando-a em aquisitivas, menos aquisitivas ou não aquisitivas. Trata-se de *The achieving society*, de David C. McClelland (Nova York: The Free Press, 1977). Como, todavia, a conceituação das narrativas no texto não a caracteriza como literatura infantil, deixei de incluir as suas constatações neste trabalho. Mas fica o registro.
7. POSTIC, Marcel. *O imaginário na relação pedagógica*. Rio de Janeiro: Jorge Zahar Editor, 1993. p. 15.
8. Ibid., p. 14.
9. SADER, Emil. Um mapa dos descaminhos do político. In: Caderno Prosa & Verso. *Globo*, 3 ago. 1996. p. 5. O autor escreve: "Da mesma forma que ocorre com o poder em

Michel Foucault que, permeando tudo, termina por perder qualquer determinação. Podemos desembocar na renúncia de qualquer linha demarcatória entre a ideologia e a realidade pela ausência de um lugar a partir do qual pudéssemos vislumbrar a totalidade social, de onde decifraríamos a ideologia".
10. FREUD, S. *Escritores criativos e devaneios* (1908). In: *Edição standard brasileira das obras psicológicas de S. Freud* (v. IX). Rio de Janeiro: Imago, 1972. p. 150-1.
11. HUNT, Peter. *Children's literature – the development of criticism*. Op. cit., p. 175.

I. Um homem da Velha República

1. Suplemento *Prosa & Verso*. Sábado, 1º fev. 1997.
2. Fontes: <http://universoliterario.wordpress.com/2010/04/20/em-fase-de-crescimento/>; <http://www.ibge.com.br/home/default.php>; <http://www.cbl.org.br/telas/opiniao/opiniao-detalhes.aspx?id=1097>.
3. Rosely Boschini, presidente da Câmara Brasileira do Livro (CBL), em <http://www.redenoticia.com.br/noticia/?p=8415>.
4. CAMPOS, André Luiz Vieira de. *A república do Picapau Amarelo*. São Paulo: Martins Fontes, 1986. p. XV.
5. FREUD, Sigmund. *A gradiva*. *Edição standard brasileira das obras psicológicas de S. Freud* (v. V). Rio de Janeiro: Imago. 1972. p. 48. Freud utiliza a palavra "sonho" neste texto como sinônimo da criação fantasiosa do autor W. Jensen.
6. MARTINS, Wilson. *História da inteligência brasileira*. v. VII. São Paulo: Cultrix, 1979. p. 85, 86.
7. "Monteiro Lobato foi um dos maiores, um dos mais completos contistas do Brasil...". In: O contista Monteiro Lobato. *Vozes do tempo de Lobato*. Coord. Paulo Dantas. São Paulo: Traço, 1982. p. 55.
8. SODRÉ, Nelson Werneck. *Memórias de um escritor – 1*. Rio de Janeiro: Civilização Brasileira, p. 329.
9. DANTAS, Paulo (Coord.). *Vozes do tempo de Lobato*. Op. cit., p. 38.
10. CESAR, Guilhermino. Versatilidade e coerência. In: Letras. *O Estado de S. Paulo*. 18 abr. 1982. O autor escreve: "[...] ainda que houvesse publicado apenas esse livro, Monteiro Lobato ficaria na literatura brasileira como um grande escritor. O problema é que somos um país onde não se dá importância real a obras desse gênero...".
11. A barca em questão encontra-se em um quadro do pintor suíço Charles Gleyre (1808-74) intitulado *Le Soir*, ou *Les illusions perdues*, exposto, segundo nos conta Lobato, no Museu de Luxemburgo.
12. FREYRE, Gilberto. A literatura moderna do Brasil considerada em alguns dos seus aspectos sociais. In: *Novo mundo nos trópicos*. São Paulo, Nacional; Edusp, 1971. p. 204.
13. DANTAS, Macedo. Monteiro Lobato. In: *O Estado de S. Paulo*, 1º jul., 1973. Suplemento Literário.
14. MERQUIOR, José Guilherme. O publicista Monteiro Lobato. In: *Atualidade de Monteiro Lobato: uma revisão crítica*. [por] Carlos Appel [e outros]. Org. Regina Zilberman. Porto Alegre: Mercado Aberto, 1983. p. 11.

15. Ibid. p. 13.
16. BARBOSA, Alaor. *O ficcionista Monteiro Lobato*. São Paulo: Brasiliense, 1996. p. 43.
17. *Jeca Tatuzinho* (*Geca*, na primeira edição do folheto, de 1924, que se encontra arquivada na sessão de obras raras da Biblioteca Mário de Andrade, em São Paulo) é uma das mais antigas histórias em quadrinhos feitas no Brasil, com ilustrações de K. Wiese, e segue quase exatamente o formato das HQ atuais, apenas não utiliza a técnica de "balões" (o texto é colocado abaixo das ilustrações). O escritor Valêncio Xavier escreveu para *O Estado de S. Paulo*, em 6 de agosto de 1996, que Lobato também pode ser considerado um dos precursores do gênero, no Brasil, pois, além da propaganda para o Biotônico, escreveu *O garimpeiro do rio das Garças*, no mesmo formato (com ilustrações de J. U. Campos) e criou enredos para as figurinhas do Café Jardim, em 1941, que eram colecionadas e coladas em álbuns, para ser subsequentemente trocadas por livros da coleção Terramarear, da Cia. Editora Nacional (XAVIER, Valêncio. Monteiro Lobato também inovou com HQs. In: *O Estado de S. Paulo*. 6 ago. 1996. p. D10).
18. TEIXEIRA, Anísio. Dedicatória. In: *Educação no Brasil*. 2. ed. São Paulo: Ed Nacional; Brasília: INL, 1976. p. 1.
19. DANTAS, Paulo. *Vozes do tempo de Lobato*. Op. cit., p. 19. "Foi Lobato sozinho, o profeta social de tudo, o escritor que venceu a própria literatura [...]. Um escritor que tudo ensinou, de graça, professor de energias, mestre dos arrancos e dos espantos."
20. CAVALHEIRO, Edgard: *Monteiro Lobato – vida e obra*. 2 v. São Paulo: Cia. Editora Nacional, 1952. p. 57-8. Frases extraídas do "Diário" de juventude de Lobato.
21. Lobato volta a mencionar o que considera sua vocação principal, em carta a Godofredo Rangel de 1911. Nela, afirma que escrever o "aborrece", "mas quando estou desenhando ou pintando, esqueço de mim e do mundo". LOBATO, Monteiro. *A barca de Gleyre*. v. 1. São Paulo: Brasiliense, 1956. p. 315. Sua neta Joyce ainda possui uma coleção de várias dezenas de aquarelas pintadas pelo avô.
22. Ibid., p. 401.
23. BARROS, Luitgarde O. C. *Octavio Brandão – centenário de um militante na memória do Rio de Janeiro*. Rio de Janeiro, UERJ, 1996.
24. *Fundamento: Revista de Cultura Moderna*. São Paulo, v.1, 1948.
25. PEREIRA, Lucia Miguel. Lobato e o modernismo. *O Estado de S. Paulo*. Suplemento Literatura e Arte, 3º caderno. 24 abr. 1955.
26. LOBATO, Monteiro. A moda futura. *Na antevéspera*, São Paulo: Brasiliense, 1956. p. 151.
27. CARVALHO, José Murilo de. *Os bestializados (O Rio de Janeiro e a República que não foi)*. São Paulo: Companhia das Letras, 1987. p. 42.
28. RIBEIRO, José Antônio Pereira. *As diversas facetas de Monteiro Lobato*. São Paulo: RK Editores, s/d. p. 24.
29. SALES, Alberto. Balanço político – necessidade de uma reforma constitucional, 1901. In: PAIM, Antonio (Org.). *Plataforma política do positivismo ilustrado*. Brasília: Ed. Universidade de Brasília, 1980. p. 63-75.
30. CARVALHO, José Murilo de. *Os bestializados*. Op. cit., p. 10.

31. NOGUEIRA, Marco Aurélio. *As desventuras do liberalismo*. São Paulo: Paz e Terra, 1984. p. 225.
32. Por Figueiredo Pimentel (1869-1914), precursor da literatura infantil, no Brasil, que publicou, também, *Histórias da Baratinha* e *Histórias da avozinha*, ambos em 1896. Mas Lobato tinha, então, 14 anos e era sabidamente um leitor precoce. (Citado por Wilson Martins em "Da Carochinha a Narizinho", *Jornal do Brasil*, 3 abr. 1993, Suplemento Literário, p. 10.)
33. LOBATO, Monteiro. *A barca de Gleyre*. v. 1. Op. cit., p. 50-1.
34. "Suas observações ingênuas da sociedade, bem como seu humor e sua fantasia, fizeram dele um autor favorito entre os leitores jovens" (*Delta Universal*, v. 5, p. 2470). "A nostalgia da Provença, onde passou a infância, marcaria toda a sua obra [e] [...] com exceção dos romances de costume parisienses, permaneceu regionalista (*Mirador Internacional*, v. 7, p. 3176). Dois textos, retirados da introdução do Tartarin, demonstram a empatia que Lobato terá sentido para com o autor na juventude: 1. "É preciso admitir que habitavam em nosso herói duas naturezas bem distintas. Ele tinha a alma de Dom Quixote, os mesmos impulsos cavalheirescos, o mesmo ideal heroico, a mesma loucura pelo romanesco [...]. Infelizmente, não tinha o corpo do célebre fidalgo. Aquele corpo ossudo e magro [...]. Pelo contrário, o corpo de Tartarin era gordo, pesado, sensual e balofo [como] do imortal Sancho Pança". 2. "[...] os habitantes daquela região da França [...] não dizem sempre a verdade, mas acreditam dizer. Para eles, a mentira não é bem uma mentira, mas uma espécie de miragem" (DAUDET, Alfonse. *Tartarin de Tarascon*. São Paulo: Scipione, 1988. p. 17 e 20).
35. YUNES, Eliana. *Presença de Lobato*. Rio de Janeiro: Divulgação e Pesquisa Editora, 1982. p. 22.
36. Esta parte do livro já estava redigida, e muitas vezes corrigida, quando me chegou às mãos um exemplar de *Atualidade de Monteiro Lobato* – livro publicado em Porto Alegre, em 1983, reunindo os *papers* de um encontro de especialistas promovido pela Pontifícia Universidade Católica do Rio Grande do Sul no ano anterior, entre os quais o trabalho de Carlos José Appel, denominado *Lobato, um homem da República Velha* – o que coincide quase exatamente com o título deste capítulo e certamente precede o meu trabalho. *Nihil novum...*
37. NOGUEIRA, Almeida. *A Academia de São Paulo. Tradições e reminiscências*. v. 1. São Paulo: Saraiva, 1977. p. 5.
38. LOBATO, Monteiro. *Mundo da lua e miscelânea*. São Paulo: Brasiliense, 1956. p. 17.
39. Ibid., p. 60.
40. Ibid., p. 87.
41. LOBATO, Monteiro. *A barca de Gleyre*. v. 1. Op. cit. Passagens exemplificativas: "Eu gesto coisas [...] deixo que se gestem dentro de mim" (v. 1, p. 362); "Outro feto que sinto no útero é um romance... [...] Outro feto que já me dá pontapés no útero é [uma ideia para um conto]..." (v. 1, p. 366); "[o livro] tem que gestar-se dentro de mim..." (v. 2, p. 56); "Por mais que esprema o útero não sai filho, quando não há prévia impregnação dos ovários e gestação inconsciente. [...] Se quero parir à força, sem estar grávido, não me

sai coisa nenhuma" (v. 2, p. 136); "O ato bestial de parir um monstrengo, informe, sujo de sangue e placentas, é o mesmo na arte e na vida feminina. O gosto da mãe começa depois de lavado e vestido o fedelho" [sobre um conto que será publicado] (v. 2, p. 147); "[contos] ficam germinando, gestando-se em nossos misteriosos úteros subconscientes. Um dia, como o feto das mulheres aos nove meses, eles vêm à tona da consciência [...]; escrevemos aquilo com a facilidade com que as fêmeas dão cria" (v. 2, p. 254); "Sabe o que ando gestando? Uma ideia-mãe!" (v. 2, p. 293).

42. Tese de seu doutoramento, em 1853: *Essai sur les fables de La Fontaine*. Paulo Rónai, num pequeno e sensível ensaio sobre a obra do fabulista, escreve: "Para o leitor francês, [La Fontaine] é o clássico que melhor exprime o gênio nacional, o filósofo mais citado, poeta ao mesmo tempo épico e lírico, um dos maiores comediógrafos, moralista profundo, psicólogo perspicaz..." (Fábulas de La Fontaine, leitura para adultos, in: *Pois é, ensaios*. Rio de Janeiro: Nova Fronteira, 1990. p. 121).
43. LOBATO, Monteiro. *Mundo da lua e miscelânea*. Op. cit., p. 26.
44. Ibid., p. 31-2.
45. YUNES, Eliana. *Presença de Lobato*. Op. cit., p. 28.
46. LOBATO, Monteiro. *A barca de Gleyre*. v. 1. Op. cit., p. 40-2.
47. Os jovens estudantes do Minarete usavam pseudônimos dos personagens do *Tartarin de Tarascon* e criaram um Hino do Minarete reproduzindo um grito de guerra dos tarasconeses. LOBATO, Monteiro. *A barca de Gleyre*. v. 1. Op. cit., p. 24-5.
48. PRESTES, Anita L. *A Coluna Prestes*. São Paulo: Brasiliense, 1990. p. 55. "Mas ia surgindo sem liquidar as estruturas socioeconômicas preexistentes", p. 57.
49. O álbum dos presidentes – a história vista pelo JB. In: *Jornal do Brasil*, edição do centenário da República. Rio de Janeiro, 15 nov. 1989.
50. LOBATO, Monteiro. *A barca de Gleyre*. v. 1. Op. cit., p. 45.
51. Ibid., p. 53.
52. Ibid., p. 56-7.
53. Revolução, verbete. In: SILVA, Benedito (Coord.). *Dicionário de ciências sociais*. Rio de Janeiro: Editora da Fundação Getúlio Vargas, 1986. p. 1.075.
54. LOBATO, Monteiro. *A barca de Gleyre*. v. 1. Op. cit., p. 58-9.
55. Ibid., p. 60-1.
56. LOBATO, Monteiro. *Mundo da lua e miscelânea*. Op. cit., p. 143.
57. LOBATO, Monteiro. *A barca de Gleyre*. v. 1. Op. cit., p. 194.
58. COELHO, Nelly Novaes. p. 79. Na maturidade, contudo, segundo depoimentos de biógrafos e familiares, Lobato demonstrou grande interesse pelos assuntos de caráter místicos e/ou espiritual: realizou sessões espíritas em casa, interessou-se pelas atividades de instituições e fraternidades como o Círculo Esotérico, a Maçonaria e, possivelmente, os Rosa-Cruzes.
59. Ibid., p. 72. *Ênfase* no original.
60. CESAR, Guilhermino. Op. cit.
61. YUNES, Eliana. *Presença de Lobato*. Op. cit., p. 15.
62. Ibid., p. 21.

63. CAMPOS, André Luiz Vieira de. *A república do Picapau Amarelo*. Op. cit., p. 10.
64. Ibid., p. 13-4.
65. J.-R.T., verbete, in: *Dictionnaire Larousse de la Sociologie*. Paris: Larousse, 1990. p. 114.
66. LOBATO, Monteiro. *A barca de Gleyre*. v. 1. Op. cit., p. 221.
67. LOBATO, Monteiro. *Mundo da lua e miscelânea*. Op. cit., p. 106. Essas ideias do jovem Lobato são evocativas do preâmbulo da Declaração de Independência, escrita por Thomas Jefferson.
68. LOBATO, Monteiro. *A barca de Gleyre*. v. 1. Op. cit., p. 306.
69. Ibid., p. 325.
70. Ibid., p. 340.
71. Esta "Biblioteca internacional de obras célebres" é uma coleção de 25 volumes, luxuosamente encadernada e impressa nos Estados Unidos em 1911. É provável que fosse vendida diretamente, como são hoje as coleções da *Encyclopaedia Britanniica*. Uma passagem rápida pelo índice fornece uma interessante visão de conjunto sobre o que liam os intelectuais abastados entre os anos de 1910 e 1930. Entre os autores brasileiros, encontramos Assis Brasil, Rui Barbosa, Tobias Barreto, Clovis Beviláqua, Olavo Bilac, Quintino Bocaiúva, Manoel Bonfim, Antônio Carlos, Castro Alves, Afonso Celso, Batista Cepelos, Coelho Neto, Lindolfo Collor, Euclides da Cunha, Farias Brito, Graça Aranha, Inglês de Sousa, Carlos de Laet, Barão de Loreto, Brasílio Machado, Machado de Assis, Marquês de Maricá, Lúcio de Mendonça, Joaquim Nabuco, Oliveira Lima, Teófilo Otoni, José do Patrocínio, Afrânio Peixoto, Raul Pompeia, Eduardo Prado, Laurindo Rabelo, Rocha Pombo, Silvio Romero, Silva Jardim, Visconde de Taunay e Franklin Távora.

Entre os estrangeiros, excetuando-se alguns clássicos mais antigos e evidentes, destacam-se Bismarck, Cesar Cantú, Carlyle, Dostoiévski, Emerson, Fichte, Goethe, Gorky, Kant, Machiavel, J. S. Mill, Mommsen, Nietzsche, Pushkin, Rousseau, Schopenhauer, Shaw, Spencer e... o conde de Sabugosa (!).

Embora a tendência vá se fazer notar só um pouco mais tarde, é pertinente lembrar o grande sucesso editorial das obras biográficas, a partir dos anos 1920 e em especial quando Lobato foi editor. Reflexos do individualismo? Eram obras "edificantes", universalmente apreciadas, e a maioria dos autores era dos Estados Unidos, como Emil Ludwig (cuja autobiografia se intitula *Memórias de um caçador de homens*, Will Durant, Irving Stone e outros. Na coleção de recortes sobre Lobato, mantida pela prof[a] Hilda Vilela, na biblioteca infantil paulista que leva o nome do autor, há um de O *Estado de S. Paulo*, de 11 de maio de 1913, que registra a aquisição dessa coleção, juntamente com outras personalidades da época. Em 8 de dezembro de 1920, é o próprio Lobato que escreve para o diário paulista, saudando o aparecimento da *Enciclopédia e Dicionário internacional*, editada por W. M. Jackson e referindo-se à biblioteca que comprara.
72. LOBATO, Monteiro. *A barca de Gleyre*. v. 1. Op. cit., p. 358-9.
73. Ibid., p. 364.
74. ALMEIDA, Antonio da Rocha. *Vultos da pátria: os brasileiros mais ilustres do seu tempo*. v. IV. Porto Alegre: Globo, 1966. p. 118.
75. MARTINS, Wilson. *História da inteligência brasileira*. Op. cit., p. 14.

76. OLIVEIRA, Lúcia Lippi. As raízes da ordem: os intelectuais, a cultura e o estado. In: *A Revolução de 30* – Seminário Internacional. Brasília: Ed. Universidade de Brasília, 1983.
77. LOBATO, Monteiro. *A barca de Gleyre*. v. 2., p. 29.
78. CAMPOS, André Luiz Vieira de. *A república do Picapau Amarelo*. Op. cit., p. 23.
79. MARTINS, Wilson. *História da inteligência brasileira*. Op. cit., p. 274.
80. LOBATO, Monteiro. *Mr. Slang e o Brasil e problema vital*. São Paulo: Brasiliense, 1951. p. 223.
81. Tive oportunidade de manusear a coleção quase completa da *Revista do Brasil*, que se encontra na Biblioteca Nacional. O índice do número 1 está na seção de Anexos. Outros assuntos abordados nos números 2 até 10: Eduardo Prado e seus amigos (Plínio Barreto), Uma informante do imperador Pedro II (E. Roquette Pinto), A expansão da lavoura cafeeira em S. Paulo (Paulo R. Pestana), A organização do meio circulante (Mario Pinto Serva), 1815-1915 (Victor da Silva Freire), O "stock" bovino e a circulação de carne (Antônio Prado), Operações de câmbio (Carlos de Carvalho), A doutrina de Monroe (Oliveira Lima), O pensamento (C. da Veiga Lima), As estiagens e a febre tifoide em São Paulo (João Ferraz), A moeda metálica no Brasil (F. T. de Souza Reis), Educação moral e cívica (João Kopke), Assimilação do imigrante (Fred. G. Schmidt), Ruínas da aristocracia rural (Sousa Bandeira), A terra paulista e suas grandes legendas (Rocha Pombo), Silvio Romero e a alma brasileira (Samuel do Oliveira), Teixeira de Freitas (Octavio Mendes), Pelo passado nacional (Alceu Amoroso Lima), O dialeto caipira (Amadeu Amaral), O "Salon" de 1916 (João Luso), A organização naval (Frederico Vilar), O problema municipal (V. da Silva Freire), Um fator da desintegração nacional (Mário Pinto Serva), A noção da responsabilidade (Garfield de Almeida). "A vingança da Peroba", conto de Lobato, sai no número 1. "Bocatorta", no número 3. Daí em diante, são frequentes as colaborações, quase sempre literárias: "O Mata Pau" (dezembro de 1917), "O comprador de fazendas" (março de 1918), "O fígado indiscreto" (março de 1919), além de "O salão de 1917" (outubro de 1917), "A nossa doença" (janeiro de 1918) e "As novas possibilidades das zonas cálidas" (maio de 1918). Outros destaques: Porfírio Soares Neto discute a concepção federal de Alberto Torres, Luís da Câmara Cascudo escreve sobre "A humanidade de Jeca Tatu", M. Osório de Almeida sobre "A seleção humana, excertos do diário de André Rebouças", crônicas de arte assinadas por Mário de Andrade e um artigo sobre "A teoria da relatividade de Einstein", de Roberto Marinho (nº 72, dezembro de 1921).
82. CAMPOS, André Luiz Vieira de. *A república do Picapau Amarelo*. Op. cit., p. 24.
83. LOBATO, Monteiro. *A barca de Gleyre*. v. 2. Op. cit., p. 165.
84. Wilson Martins vê, nesse entusiasmo, elementos da influência de Silvio Romero em Lobato – não como sociólogo, mas pela obra popular e folclorista.
85. LANDERS, Vasda Bonafini. *De Jeca a Macunaíma – Monteiro Lobato e o modernismo*. Rio de Janeiro: Civilização Brasileira, 1988.
86. Ibid., p. 28.
87. Ibid., p. 255.
88. Ibid.

89. CHIARELLI, Tadeu. *Um Jeca nos vernissages: Monteiro Lobato e o desejo de uma arte nacional no Brasil*. São Paulo: Edusp, 1995.
90. LOBATO, Monteiro. *Mr. Slang e o Brasil e problema vital*. Op. cit., p. 228.
91. COELHO, Nelly Novaes. Op. cit., p. 729.
92. CAMPOS, André Luiz Vieira de. *A república do Picapau Amarelo*. Op. cit., p. 19-21.
93. BARBOSA, Rui. *A questão social e política no Brasil*. Rio de Janeiro: Organização Simões, 1951. A citação é longa: estende-se por quatro páginas do livro, que reproduz a íntegra da conferência pronunciada a 20 de março de 1919, no Teatro do Rio de Janeiro.
94. OLIVEIRA, Lúcia Lippi de. *A Revolução de 30*. Op. cit., p. 513.
95. CAMPOS, André Luiz Vieira de. *A república do Picapau Amarelo*. Op. cit., p. 41.
96. DANTAS, Macedo. Op. cit.
97. CAVALHEIRO, Edgard. *Monteiro Lobato – vida e obra*. Op. cit., p. 566.
98. MARTINS, Wilson. *História da inteligência brasileira*. Op. cit., p. 511.
99. Prefácio de Lobato a FORD, Henry. *Os princípios da prosperidade*. Trad. Monteiro Lobato. 2. ed. Rio de Janeiro: Freitas Bastos. 1964. p. 2. O texto é provavelmente posterior a 1922. Em 1926, Lobato recebe uma carta do industrial, agradecendo a remessa do folheto (escrito por Lobato) *As Henry Ford is regarded in Brazil*. (*A barca de Gleyre*. v. 2. Op. cit., p. 300.)
100. PRESTES, Anita L. *Coluna Prestes*. Op. cit., p. 70.
101. MARTINS, Wilson. *História da inteligência brasileira*. Op. cit., p. 512.
102. LOBATO, Monteiro. *A barca de Gleyre*. v. 2. Op. cit., p. 191.
103. Com a eleição de Barack Obama à presidência dos Estados Unidos, em 2009, houve algumas tentativas de resgatar o texto – e até de publicá-lo em inglês. Felizmente, isso não ocorreu...
104. CAVALHEIRO, Edgard. *Monteiro Lobato – vida e obra*. Op. cit., p. 327.
105. LOBATO, Monteiro. *A barca de Gleyre*. v. 2. Op. cit., p. 243.
106. Ibid., p. 258.
107. OLIVEIRA, Lúcia Lippi de. *A Revolução de 30*. Op. cit., p. 515.
108. NUNES, Cassiano. Do sonho literário à ação. In: *Leia livros*, abr. 1981, p. 18.
109. Citado por Lucia Miguel Pereira. Op. cit.
110. LOBATO, Monteiro. *Mundo da lua e miscelânea*. Op. cit., p. 285.
111. CAVALHEIRO, Edgard. *Monteiro Lobato – vida e obra*. Op. cit., p. 328. "Assinam a carta aberta [...] além de Lobato, mais os seguintes: Alcebíades Pizza, Rangel Moreira, Antônio Carlos de Assunção, F. Vergueiro Steidel, Spencer Vampré, A. de Sampaio Dória, Fernando de Azevedo, Renato Maia, Renato Jardim, João Sampaio, Plinio Barreto, Aires Neto, Mário Pinto Serva, Joaquim Cândido de Azevedo, Agenor de Camargo, Manoel L. de O. Ficho, Schmidt Sarmento, O. Pires de Campos, Breno Ferraz do Amaral, Prudente de Morais Neto, Paulo Nogueira Filho, Joaquim A. Sampaio Vidal e Cristiano Altenfelder Silva."
112. KOSHIYAMA, Alice M. *Monteiro Lobato, intelectual, empresário, editor*. São Paulo: T. A. Queiroz, 1982. 212 p. p. 90.

113. MORAIS, Fernando. *Chatô, o rei do Brasil*. São Paulo: Companhia das Letras, 1994. p. 141 e 154.
114. KOSHIYAMA, Alice M. *Monteiro Lobato, intelectual, empresário, editor*. Op. cit., p. 158.
115. LOBATO, Monteiro. *A barca de Gleyre*. v. 2. Op. cit., p. 275.
116. LOBATO, Monteiro. *Na antevéspera*. Op. cit. Os artigos mencionados podem ser encontrados, na ordem, às páginas 37, 67, 91, 117, 151, 173, 181, 199 e 207.
117. O livro, intitulado *Terra deshumana*, é citado à p. 51 de *Mr. Slang e o Brasil...*
118. Ibid., p. 161.
119. KOSHIYAMA, Alice M. *Monteiro Lobato, intelectual, empresário, editor*. Op. cit., p. 98.
120. MARINI FILHO, Humberto. *Monteiro Lobato, o caipira e o capital – A questão da identidade nacional na obra adulta do autor*. Tese de doutorado. Fevereiro de 2000. Rio de Janeiro, UFRJ. Infelizmente ainda não publicada, trata-se – na opinião deste autor – de um dos melhores textos sobre a vida e a obra de José Bento Monteiro Lobato.
121. CAMPOS, André Luiz Vieira de. *A república do Picapau Amarelo*. Op. cit.
122. Ibid., p. 76-9.
123. Ibid., p. 79.
124. Ibid., p. 46. *Ênfase* no original.
125. CAMENIETZKI, Carlos Ziller. *O saber impotente. Estudo da noção de ciência na obra infantil de Monteiro Lobato*. Rio de Janeiro: Fundação Getúlio Vargas, 1988. 99 p. Tese de mestrado. Não publicada. p. 2.
126. Ibid., p. 75.
127. LOBATO, Monteiro. *Cartas escolhidas*. São Paulo: Brasiliense, 1969. p. 271. Carta a Davi Pimentel.
128. COELHO, Nelly Novaes. Op. cit., p. 732.
129. YUNES, Eliana. *Presença de Lobato*. Op. cit., p. 25.
130. PONDÉ, Glória Maria Fialho. A herança de Lobato. In: *Atualidade de Monteiro Lobato*. Op. cit., p.113.
131. CAMENIETZKI, C. Z. *O saber impotente*. Op. cit., p. IV.
132. Prof. Emmanuel Carneiro Leão. Cadeira de Fundamentos Interdisciplinares da Comunicação VI, primeiro semestre de 1993, ECO/UFRJ. Notas de aula.
133. Ibid.
134. A história do *Flautista de Hamelin* popularizou a cidade alemã de Hamelin, na Vestfália, onde se realizam anualmente festivais encenando o enredo da antiga lenda, cujas origens remontam ao século XIII. Deve-se sua difusão ao poema escrito por Robert Browning, para agradar o filho de um amigo ator, publicado em 1842. Há, contudo, registros escritos desde o ano de 1384. Alguns pesquisadores atribuem a origem do relato ao impacto social causado pela Cruzada das Crianças, que ocorreu em 1212, na França e na Alemanha. A trama insere-se no grupo de histórias em que um bruxo ou mágico vinga-se por não ter recebido algo que lhe fora prometido. Mas o tema do rapto de crianças é frequente na literatura popular e foi também usado pelo escritor de ficção científica norte-americano Arthur Clarke na novela *Childhood's end*, que no Brasil recebeu o título *O fim da infância*.

II. O nascimento da ideologia

1. FREUD, Sigmund. *A gradiva. Edição standard brasileira das obras psicológicas de S. Freud* v. IX. Rio de Janeiro: Imago, 1972. p. 17.
2. ERIKSON, Erik H. *Luther avant Luther.* Paris: Flammarion, 1962. p. 243.
3. BETTELHEIM, Bruno. *A psicanálise dos contos de fadas.* Rio de Janeiro: Paz e Terra, 1986. p. 12.
4. De acordo com a revista *Fortune*, em sua tradicional edição dedicada às quinhentas maiores empresas dos Estados Unidos, o grupo Walt Disney ocupava o 57º lugar em 2010, com faturamento de US$ 36,1 bilhões e lucros de US$ 3,3 bilhões.
5. In: *The case for children's literature. Encyclopaedia Britannica on line*, 1996.
6. *The 1995 Grolier Multimedia Encyclopedia.* Danbury, CT: Grolier Electronic Publishing Co., 1995. CD-rom.
7. MACRIDIS, Roy C. *Ideologias políticas contemporâneas.* Brasília: Ed. Universidade de Brasília, 1982. p. 19-20. Trata-se, portanto, de um conjunto sistemático de princípios que relacionam as percepções pessoais do mundo exterior com valores morais explícitos.
8. FUKUYAMA, Francis. *O fim da história e o último homem.* Rio de Janeiro: Rocco, 1992. p. 241.
9. MACHADO, Mario Brockmann. Ideologia, socialização política e dominação. In: *Dados – Revista de Ciências Sociais*, Rio de Janeiro, v. 23, nº 2, 1980. p. 135. Ênfase no original.
10. PALO, Maria José & OLIVEIRA, Maria Rosa D. *Literatura infantil – voz de criança.* São Paulo: Ática, 1986. p. 5.
11. MACHADO, Mario Brockmann. Op. cit., p. 140.
12. ERIKSON, Erik H. *Infância e sociedade.* Rio de Janeiro: Zahar, 1976.
13. GREENSTEIN, Fred I. *Children and politics.* New Haven and London: Yale University Press, 1968. p. 155.
14. EASTON, David & DENNIS, Jack. *Children in the political system – origins of political legitimacy.* Nova York: Mc Graw-Hill Books, 1969. p. 23.
15. Interiorização, verbete, in: *Dicionário de ciências sociais.* Op. cit., p. 630-1.
16. SORIANO, Marc. *Les contes de Perrault: culture savante et traditions populaires.* Paris: Gallimard, 1989. p. 382.
17. ROUSSEAU, Jean-Jacques. *Émile.* Paris: Garnier-Flammarion, 1966.
18. SOSA, Jesualdo. *A literatura infantil.* São Paulo: Cultrix, 1985. p. 106.
19. MUSSEN, Paul Henry et al. *Desenvolvimento e personalidade da criança.* São Paulo: Harper & Row, 1977. Cap. 4.
20. BETTELHEIM, Bruno. *A psicanálise dos contos de fadas.* Op. cit., p. 92.
21. Ibid., p. 160.
22. FREUD, Sigmund. Psychoanalysis. In: *The treasury of the Encylopaedia Britannica.* Nova York: Viking, 1992. p. 417.
23. MUSSEN, Paul Henry et al. *Desenvolvimento e personalidade da criança.* Op. cit., Cap. 4.
24. BETTELHEIM, Bruno. *A psicanálise dos contos de fadas.* Op. cit., p. 145.

25. SANTOS, Oswaldo de Barros. A trajetória psicológica da educação: o comportamento do adulto e sua influência educativa. In: *A educação na América Latina*. (Vários autores.). São Paulo: Almed, 1981. p. 285.
26. Sistema de personalidade, verbete, in: *Dicionário de ciências sociais*. Op. cit., p. 890.
27. ALLPORT, Gordon W. *Patterns and growth in personality*. Nova York: Holt, Rinehart & Winston, 1961. Cap. 1.
28. SOSA, Jesualdo. *A literatura infantil*. Op. cit., p. 62.
29. ALLPORT, Gordon W., *Patterns and growth in personality* .Op. cit., p. 72.
30. FRANZ, Marie-Louise von. *A individuação nos contos de fadas*. São Paulo: Paulinas, 1985. p. 15.
31. Citado por BERGER, P. L. & LUCKMANN, T. A. *Construção social da realidade: tratado de sociologia do conhecimento*. 7. ed. Petrópolis: Vozes, 1987. p. 177.
32. ERIKSON, Erik H. *Luther avant Luther*. Op. cit., p. 86-7.
33. Ibid., p. 301.
34. Ibid., p. 145.
35. BERGER, P. L. & LUCKMANN, T. A. *Construção social da realidade: tratado de sociologia do conhecimento*. Op. cit., p. 204.
36. Ibid., p. 191.
37. Sistema de personalidade, verbete, in: *Dicionário de ciências sociais*. Op. cit., p. 890.
38. ERIKSON, Erik H. *Luther avant Luther*. Op. cit, p. 43.
39. Para C. Levi-Strauss, por exemplo, a escrita vem servindo como instrumento de opressão ideológica. Nessa óptica, a luta contra o analfabetismo se confundiria com o esforço do controle dos cidadãos pelo poder. "O aparecimento da escrita parece favorecer a exploração dos homens, mais do que a sua iluminação [...] será preciso admitir que a função primária da comunicação escrita é facilitar a submissão. O emprego da escrita com fins desinteressados, com objetivo de tirar satisfações intelectuais e estéticas, é secundário...". Citado por HELD, Jacqueline. *O imaginário no poder: as crianças e a literatura fantástica*. São Paulo: Summus, 1980. p. 223.
40. SODRÉ, Muniz. *O social irradiado: violência urbana, neogrotesco e mídia*. São Paulo: Cortez, 1992. p. 84.
41. BETTELHEIM, Bruno. *A psicanálise dos contos de fadas*. Op. cit., p. 45.
42. SAVATER, Fernando. *Childhood regained – the art of the storyteller*. Trad. de *La infancia recuperada* (1979). Nova York: ColumbiaUniversity Press, 1983. p. 189.
43. COELHO, Nelly Novaes. *O conto de fadas*. Op. cit., p. 13-4.
44. De Carmen Villasante Bravo. Citado por Lúcia Pimentel Góes. *Introdução à literatura infantil e juvenil*. São Paulo: Pioneira, 1991. p. 48. Não se leva em conta, igualmente, a extensa e muitas vezes polêmica bibliografia sobre histórias em quadrinhos, embora em relação a este último gênero muita coisa tenha sido escrita em apoio ao seu papel como influenciador ideológico de leitores de *todas* as idades, como, por exemplo, em *Para ler o Pato Donald*, de Dorfman e Mattelart (1972).
45. LÉVY, Pierre. *As tecnologias da inteligência*. Rio de Janeiro: Editora 34, 1995. p. 82.
46. COLWELL, Eileen H. Folk literature: an oral tradition and an oral art. In: HAVILAND, Virginia. *Children and literature*. Nova York: Lothrop, Lee & Shepard Co., 1973. p. 206.

47. PROPP, Vladimir. *Les racines historiques du conte merveilleux*. Paris: Gallimard, 1983. p. I – Prefácio. Mais adiante, o autor reafirma que sua tese não pode ser "formalmente comprovada" (p. 476).
48. Ibid,, p. 53.
49. FRANZ, Maríe-Louise von. *L'interprétation des contes de fées*. Paris: Albin Michel, 1995. p. 14.
50. SMITH, Lillian. *The unreluctant years*. Chicago: American Library Association, 1991. p. XII.
51. EGOFF, Sheila A. *Worlds within*. Chicago: American Library Association, 1988. p. 19.
52. BOYES, Dennis. *Initiation et sagesse des contes de fées*. Paris: Albin Michel, 1988. p. 75-8.
53. EGOFF, Sheila. *Worlds within*. Op. cit., p. 3.
54. HAZARD, Paul. *Books, children & men*. Boston: The Horn Book, Inc., 1944. p. 72-3.
55. ARIÈS, Philippe. *História social da criança e da família*. Rio de Janeiro: Guanabara, 1986. p. 12.
56. RASCOVSKY, Arnaldo. *El filicidio*. Buenos Aires: Orion, 1973. 284 p.
57. TOWNSEND, John Rowe. *Written for children*. Londres: The Bodley Head, 1990. p. 4.
58. De acordo com Lucia P. Góes, Basile teria a precedência na autoria do trio de histórias: *Gata Borralheira, Branca de Neve* e *A Bela Adormecida*. A Itália do século XVI contribuiu ainda com as obras de Giulio Cesare delia Croce (1550-1620), criador de *Bertoldo*, e Giovanni Caravaggio (...1557), autor de *O Gato de Botas*. Op. cit. p. 59.
59. Marc Soriano escreveu um fascinante estudo interdisciplinar sobre os contos do autor francês representante da facção dos modernos durante a célebre *querelle* do século XVII, em que aborda aspectos curiosos a respeito da criação e da primeira publicação dos contos, em 1697, entre eles o fato de que o livro não foi assinado por Perrault, mas por seu filho, Pierre Perrault Darnancour (que, na época, tinha 16 anos) e dedicado à sobrinha de Luís XIV. Soriano chega à conclusão de que é impossível determinar se o jovem – que optou pela carreira militar e morreu aos 21 anos – teve ou não alguma participação direta na obra (SORIANO, Marc. *Les contes de Perrault*. Op. cit.).
60. SOSA, Jesualdo. *A literatura infantil*. Op. cit., p. 18.
61. HUNT, Peter (Ed.). *Children's literature – the development of criticism*. Op. cit., p. 15.
62. SANDRONI, Laura. *De Lobato a Bojunga*. Rio de Janeiro: Agir, 1987. p. 27.
63. BÁRBARA, Danúsia. *A literatura infantil como patologia poética*. Rio de Janeiro, 1976. Não publicado. p. 33.
64. ZIPES, Jack. *Les Contes de fées et l'art de la subversion*. Paris: Payot, 1986. p. 126.
65. Ibid., p. 170.
66. Ibid., p. 147.
67. Ibid., p. 155.
68. Ibid., p. 134.
69. HEINS, Paul. Out on a limb with the critics. In: HAVILAND, Virginia. *Children and literature*. Op. cit., p. 402. Segundo a autora, a segunda Idade de Ouro seria a atual, com início na década de 1940. Já Danúsia Barbara propõe um paralelo mais abrangente: *a produção literária infantil está para os séculos XVIII, XIX e XX como a produção hoje conhecida como arte sacra esteve para a Idade Média*. In: *A literatura infantil como patologia poética*. p. 62.
70. HAVILAND, Virginia. *Children and literature*. Op. cit., p. 1.
71. BEAUMARCHAIS, J.-P. de (e outros) *Dictionnaire des Litteratures de Langue Française*. Paris: Bordas, 1987. P. 805.

72. Encomendado à autora pelo Ministério da Educação da Suécia para servir de texto de geografia, nas escolas do país.
73 A mudança importante é anunciada nas primeiras frases do Pinocchio, de Carlo Collodi: *Era uma vez... Um rei! dirão meus pequenos leitores. Não, meninos e meninas, vocês estão errados. Era uma vez um pedaço de pau.*
74. *Children's literature*, verbete, in: *Encyclopaedia Britannica on-line*, 1996.
75. TRIMMER, Sarah. On the care which is requisite in the choice of books for children (1803). In: *Children and literature*. Op. cit., p. 4.
76. BETTELHEIM, Bruno. *A psicanálise dos contos de fadas*. Op. cit., p. 2.
77. HELD, Jacqueline. *O imaginário no poder*. Op. cit., p. 23-4.
78. EGOFF, Sheila. *Worlds within*. Op. cit., p. 1.
79. BETTELHEIM, Bruno. *A psicanálise dos contos de fadas*. Op. cit., p. 69.
80. ZIPES, Jack. *Les Contes de fées et l'art de la subversion*. Op. cit., p. 218.
81. No ensaio O estranho inquietante. Citado por Zipes, op. cit., p. 219. *Umheilich*, entretanto, em alemão, também tem o significado de "pavoroso" ou "lúgubre".
82. Ibid., p. 220.
83. Ibid., p. 127.
84. GÓES, Lúcia Pimentel. Op. cit., p. 14.
85. ZILBERMAN, Regina. Literatura infantil e ensino. In: *Anais do I Encontro de Professores Universitários de Literatura Infanto e Juvenil*. Rio de Janeiro: Fundação Nacional do Livro Infantil e Juvenil, 1980. p. 40.
86. Ibid., p. 13.
87. BETTELHEIM, Bruno. *A psicanálise dos contos de fadas*. Op. cit., p. 156.
88. SMITH, Lillian. *The unreluctant years*. Op. cit., p. 3.
89. LEITE, Dante Moreira. A influência da literatura na formação da criança. *Atualidades Pedagógicas*. Maio-dez., São Paulo, 1961.
90. GOMES, Giselda G. A literatura infantil e sua influência na estruturação da personalidade infantil. In: *Revista do Ensino*. Porto Alegre: Secretaria de Educação e Cultura, 1961.
91. SOSA, Jesualdo. *A literatura infantil*. Op. cit., p. 16.
92. O autor baseia-se em análise da educadora italiana Paula Lombroso (*La vita dei bambini*, Turim, 1923). Ibid., p. 24.
93. Ibid., p. 139.
94. BETTELHEIM, Bruno. *A psicanálise dos contos de fadas*. Op. cit., p. 69.
95. CARVALHO, Barbara Vasconcellos. A literatura e a criança. In: *Anais do I Encontro de Professores Universitários de Literatura Infanto e Juvenil*. Rio de Janeiro: Fundação Nacional do Livro Infantil e Juvenil, 1980. p. 205.
96. BETTELHEIM, Bruno. *A psicanálise dos contos de fadas*. Op. cit., p. 91.
97. Ibid., p. 25.
98. SORIANO, Marc. *Les Contes de Perrault*. Op. cit., p. 47.
99. BETTELHEIM, Bruno. *A psicanálise dos contos de fadas*. Op. cit., p. 24.
100. Ibid., p. 19.
101. Ibid., p. 158.

102. Ibid., p. 179.
103. Contemporaneamente, os contos de fadas têm sofrido ataques de vários segmentos sociais, sobretudo de representantes de minorias raciais, feministas etc. pelo conteúdo "politicamente incorreto". O fato dá suporte ao argumento de que a influência das narrativas é importante. Ver, a respeito, NICOLELIS, Giselda Laporta. *Não pise nos meus sonhos – uma interpretação dos contos de fadas do ponto de vista da mulher.* Rio de Janeiro: Rosa dos Tempos, 1995. 140 p.
104. BENJAMIN, Walter, *O narrador.* São Paulo: Abril, 1969. p. 63. (Coleção Os Pensadores.).
105. Embora a renegasse, mais tarde, como trabalho "sem méritos específicos", a apreciação de Freud sobre *A gradiva*, de Jensen, ganhou destaque entre especialistas, por ser um dos seus primeiros trabalhos (1907).
106. FREUD, Sigmund. Tipos psicopáticos no palco (1904). In: *Edição standard brasileira das obras psicológicas completas de S. Freud* v. IX. Rio de Janeiro: Imago, 1972. p. 321.
107. FREUD, Sigmund. *A Gradiva.* Op. cit., p. 50-1.
108. FREUD, Sigmund. Escritores criativos e devaneios (1908). In: *Edição standard brasileira das obras psicológicas completas de S. Freud* v. IX. Rio de Janeiro: Imago, 1972. p. 149-51.
109. Ibid., p. 158.
110. FRANZ, Marie-Louise von. *L'interprétation des contes de fées.* Op. cit., p. 8.
111. WHITE, E. B. On writing for children. In: HAVILAND, Virginia. *Children and literature.* Op. cit., p. 140.
112. Citado por Jonathan COTT. *Pipers at the gates of dawn. The wisdom of children's literature.* Nova York: Random House, 1983. p. 251.
113. HAVILAND, Virginia. *Children and literature.* Op. cit., p. 150.
114. COTT, Jonathan. *Pipers at the gates of dawn.* Op. cit., p. XXII.
115. SAVATER, Fernando. *Childhood regained.* Op. cit., p. 22.
116. Ibid., p. 21.
117. Ibid., p. 241.
118. HARRISON, Barbara & MAGUIRE, Gregory. *Innocence & experience: essays and conversations on children's literature.* Nova York: Lothrop, Lee & Shepard Books, 1987.
119. NUNES, Cassiano (Sel. e org.). *Monteiro Lobato vivo.* Rio de Janeiro: MPM Propaganda/Record, 1986. p. 69.
120. LOBATO, Monteiro. *A barca de Gleyre.* v. 2. Op. cit., p. 346.
121. DICKENS, Charles. Frauds on the fairies. Household words, v. 8, nº 184, out. 1853, p. 97-100. In: *Children's literature.* Op. cit., p. 24.
122. CHESTERTON, G. K. The ethics of Elfland. In: Orthodoxy (1908). In: *Children's literature.* Op. cit., p. 28.
123. COTT, Jonathan. *Pipers at the gates of dawn.* Op. cit., p. XXIII.
124. SOSA, Jesualdo. *A literatura infantil.* Op. cit., p. 52.
125. HARRISON, Barbara & MAGUIRE, Gregory. *Innocence & experience.* Op. cit., p. 197.
126. MELTZER, Milton. A common humanity. In: HARRISON, Barbara & MAGUIRE, Gregory. *Innocence & experience.* Op. cit., p. 490.

128. BOYES, Dennis. *Initiation et sagesse des contes de fées*. Op. cit., p. 1.
129. SAVATER, Fernando. *Childhood regained*. Op. cit., p. 106.

III. A saga do Picapau Amarelo

1. GÓES, Lucia Pimentel. *Introdução à literatura infantil e juvenil*. São Paulo: Pioneira, 1991, p. 75.
2. BINZER, Ina von. *Os meus romanos — alegrias e tristezas de uma educadora alemã no Brasil*. São Paulo: Paz & Terra, 1982. p. 21.
3. YUNES, Eliana. Os caminhos da literatura infantojuvenil brasileira. In: *Anais do I Encontro de Professores Universitários de Literatura Infanto e Juvenil*. Rio de Janeiro: Fundação Nacional do Livro Infantil e Juvenil, 1980. p. 146.
4. Ibid., p. 28.
5. SANDRONI, Laura. *De Lobato a Bujunga*. Rio de Janeiro: Agir, 1987. p. 37.
6. BRANDÃO, Adelino. *A presença dos irmãos Grimm na literatura infantil e no folclore brasileiro*. Rio de Janeiro: Ibrasa, 1995. p. 138.
7. SCHWARTZMAN, Simon. *Tempos de Capanema*. São Paulo: Edusp, 1984. p. 33.
8. MEIRELES, Cecília. *Inquérito realizado nas escolas do Distrito Federal sobre literatura infantil*. Belo Horizonte: Departamento de Educação, 1934. 12 v.
9. Esta parte do texto só se ocupou do desenvolvimento da literatura infantil até Lobato. Eliana Yunes, em 1982, indicava, como continuadores da obra educadora de Lobato, "guardados seus estilos diversos e particulares", Ruth Rocha, Ana Maria Machado, Ziraldo Alves Pinto e Lygia Bojunga Nunes. (YUNES, Eliana. *Presença de Lobato*. Rio de Janeiro: Divulgação e Pesquisa Editora, 1982. p. 63.)
10. VASCONCELLOS, Zinda Maria Carvalho de. *O universo ideológico na obra infantil de Monteiro Lobato*. Op. cit., p. 99.
11. Ibid.[NÚMERO DE PÁGINA.]
12. ERIKSON, Erik H. *Luther avant Luther*. Op. cit., p. 8.
13. LOBATO, Monteiro. *A barca de Gleyre*. v. 1. Op. cit., p. 330.
14. Ibid., v. 2, p. 104.
15. Ibid., v. 2, p. 292-3.
16. Título de crônica de Lobato em *Conferências, artigos e crônicas*. São Paulo: Brasiliense, 1959. p. 249.
17. Carta de Lobato a Oliveira Viana, de 1934. In: NUNES, Cassiano (Sel. e org.). *Monteiro Lobato vivo*. Op. cit., p. 97.
18. YUNES, Eliana. *Presença de Lobato*. Op. cit., p. 48.
19. VIANNA, Aurélio & FRAIZ, Priscila (Org.). *Conversa entre amigos — Correspondência escolhida entre Anísio Teixeira e Monteiro Lobato*. Rio de Janeiro: Fundação Getúlio Vargas/CPDOC, 1986. p. 69.
20. GARCIA, Nelson Jahr. *Estado Novo — ideologia e propaganda política*. São Paulo: Loyola, 1982. p. 34.
21. Ibid., p. 72.
22. Ibid., p. 79.
23. Ibid., p. 42.

24. NUNES, Cassiano (Sel. e org.). *Monteiro Lobato vivo*. Op. cit., p. 49.
25. TEIXEIRA, Anísio. Dedicatória. In: *Educação no Brasil*. São Paulo: Cia. Editora Nacional, 1976. p. 10.
26. MARTINS, Wilson. Da Carochinha a Narizinho. In: Ideias/Livros. *Jornal do Brasil*. 3 abr. 1993. p. 10.
27. HAYDEN, Rose Lee. *The children's literature of José Bento Monteiro Lobato of Brazil: a pedagogy for progress*. Tese submetida à Michigan State University, como requisito parcial para a obtenção do grau de doutor em Filosofia. Department of Secondary Education and Curriculum, College of Education. 1974. 340 p. Não publicada. p. 242.
28. COELHO, Nelly Novaes. *Dicionário crítico da literatura infantil e juvenil brasileira*. São Paulo: Quiron, 1983. p. 725. Os seis livros tornam-se episódios que serão reunidos em *Reinações*.
29. LAJOLO, Marisa. A modernidade em Monteiro Lobato. In: *Atualidade de Monteiro Lobato: uma revisão crítica* [por] Carlos Appel [e outros]. Org. Regina Zilberman. Porto Alegre: Mercado Aberto, 1983. p. 46.
30. LOBATO, Monteiro. *A barca de Gleyre*, v. 2. Op. cit., p. 343.
31. HELD, Jacqueline. *O imaginário no poder*. Op. cit., p. 226.
32. LOBATO, Monteiro. *A barca de Gleyre*. v. 1. Op. cit., p. 14.
33. LOBATO, Monteiro. *Prefácios e entrevistas*. São Paulo: Brasiliense, 1956. p. 207.
34. Entre eles, de Gulnara Lobato Pereira, Murilo Antunes Alves e Helena Silveira, registrados na série de entrevistas que o Museu da Imagem e do Som (MIS) de São Paulo fez entre 1982 e 1983, sob o título de *Memória de Monteiro Lobato*. As fitas gravadas incluem entrevistas de alguns familiares (a filha, Martha Lobato Campos, 20 set. 1982; a nora Gulnara, 4 out. 1982; e a neta Joyce Campos Kornbluh, 23 jun. 1983), além de outras pessoas ligadas a Lobato, como Paulo Dantas, Cassiano Nunes, Caio Graco da Silva Prado, Tatiana Belinky, Nelly Novaes Coelho, Maria Edith di Giorgio e Nívea Gomes Basile.
35. AZEVEDO, Carmen Lucia; CAMARGOS, Marcia; SACCHETTA, Vladimir. *Monteiro Lobato, furacão na Botocúndia*. São Paulo: Senac, 1998. p. 211.
36. COELHO, Nelly Novaes. A literatura infantil – abertura para a formação de uma nova mentalidade. In: *Anais do I Encontro de Professores Universitários de Literatura Infanto e Juvenil*. Rio de Janeiro: Fundação Nacional do Livro Infantil e Juvenil, 1980. p. 6-12.
37. PONDÉ, Glória Maria Fialho. A violência na literatura infantil e juvenil. In: *Anais do I Encontro de Professores Universitários de Literatura Infanto e Juvenil*. Rio de Janeiro: Fundação Nacional do Livro Infantil e Juvenil, 1980. p. 196.
38. SAVATER, Fernando. *Childhood regained*. Op. cit. Os "latinos" são J. L. Borges, E. Salgari e J. Verne.
39. HAZARD, Paul. *Books, children & men*. Boston: The Horn Book, 1944. p. 110.
40. MERQUIOR, José Guilherme. O publicista Monteiro Lobato. In: *Atualidade de Monteiro Lobato: uma revisão crítica*. Op. cit., p. 13.
41. VASCONCELLOS, Zinda Maria Carvalho de. *O universo ideológico na obra infantil de Monteiro Lobato*. Op. cit., p. 29. Grifo do autor.
42. CAMPOS, André Luiz Vieira de. *A república do Picapau Amarelo*. Op. cit., p. XVI.

43. VASCONCELLOS, Zinda Maria Carvalho de. *O universo ideológico na obra infantil de Monteiro Lobato*. Op. cit., p. 127.
44. Ibid., p. 133.
45. Ibid., p. 142.
46. Não integra essa relação a compilação *Histórias diversas*, por não se tratar de obra acabada pelo autor em vida. De acordo com a contagem feita pela professora Rose Lee Hayden, são 23 livros e 4.683 páginas.
47. Para elaborar este trabalho, foram utilizadas, como referência, as edições da biblioteca do autor, conforme a relação completa que se encontra na bibliografia.
48. YUNES, Eliana. *Presença de Lobato*. Op. cit., p. 48-9.
49. A denominação é do próprio Lobato, e ele a utiliza em diversas ocasiões. Rocambole é personagem da obra do escritor francês P. A. Ponson du Térrail (1829-71), composta por cerca de trinta volumes escritos entre 1859 e 1867, que obtiveram popularidade no Brasil até meados do século XX.
50. Benedito Carneiro Bastos Barreto, 1896-1947.
51. LOBATO, Monteiro. *A barca de Gleyre*, v. 2. Op. cit., p. 346.
52. *Estatística da Imprensa Periódica no Brasil – 1929-1930*. Rio de Janeiro: Tipografia do Departamento Nacional de Estatística, 1931.
53. KOSHIYAMA, Alice M. *Monteiro Lobato, intelectual, empresário, editor*. Op. cit.
54. LOBATO, Monteiro. *O Saci-Pererê (resultado de um inquérito)*. São Paulo: *O Estado de S. Paulo*. 1918. 291 p.
55. LOBATO, Monteiro. *A barca de Gleyre*, v. 2. Op. cit., p. 322 Numa possível alusão às transformações que percebe em si mesmo, depois da estada nos Estados Unidos.
56. Ibid., p. 329.
57. ABDALA Jr., Benjamin. O sentido do maravilhoso em Monteiro Lobato. In: *O Estado de S. Paulo*. Seção Letras. 27 maio 1979.
58. Levantamento feito a partir da classificação de Sheila Egoff, em *Worlds within*, op. cit.
59. BARBOSA, Alaor. O Sítio do Picapau Amarelo. In *Leitura*. São Paulo, 12(134) jul. 1993. p. 4.
60. LOBATO, Monteiro. *A barca de Gleyre*. v. 2. Op. cit., p. 371-2.
61. BARBOSA, Alaor. Op. cit., p. 3.
62. COELHO, Nelly Novaes. *Dicionário crítico da literatura infantil e juvenil brasileira*. Op. cit., p. 726.
63. YUNES, Eliana. *Presença de Lobato*. Op. cit., p. 38.
64. BARBOSA, Alaor. Op. cit., p. 3.
65. YUNES, Eliana. *Presença de Lobato*. Op. cit., p. 19.
66. Ibid., p. 28.
67. Ibid., p. 30-1.
68. STEPHENS, John. *Language and ideology in children's fiction*. Nova York: Longman, 1992. p. 287.
69. YUNES, Eliana. *Presença de Lobato*. Op. cit., p. 48.
70. Ibid., p. 41.
71. STEPHENS, John. *Language and ideology*. Op. cit., p. 80.

72. YUNES, Eliana. *Presença de Lobato*. Op. cit., p. 47.
73. Ibid., p. 115-6.
74. Ibid., p. 54.
75. STEPHENS, John. *Language and ideology*. Op. cit., p. 156.
76. Ibid., p. 156.
77. Assim se inicia, na verdade, o texto da primeira edição: "Naquella casinha branca, – lá muito longe, móra uma triste velha, de mais de setenta annos. Coitada! Bem no fim da vida que está, e tremula, e catacega, sem um só dente na bocca – jururú... Todo o mundo tem dó d'ella: – Que tristeza viver sozinha no meio do matto..." (p. 3). LOBATO, Monteiro. *A menina do narizinho arrebitado*. Fac-símile da 1ª edição de Monteiro Lobato & Cia. de 1920. São Paulo: Brasiliense, 1982.
78. VILLELA MERZ, Hilda Junqueira et al. *Histórico e resenha da obra infantil de Monteiro Lobato*. São Paulo: Brasiliense, 1996. p. 42.
79. J. M. Barrie escreveu uma peça para teatro, em 1904, intitulada *Peter Pan or the boy who wouldn't grow up*. Reescreveu-a, depois, em livro como *Peter & Wendy*, publicado em 1911. O texto – volumoso – passou por uma revisão, em 1915, para uso das escolas oficiais e só teve uma adaptação, na Inglaterra, para ser recontado às crianças menores, em 1935, segundo *The Oxford companion to children's literature*. (CARPENTER, Humphrey & PRICHARD, Mary. Oxford: University Press, 1995. 588 p.)
80. "O maior defeito que acho nesta língua portuguesa é esse latido de cachorro, que a gente não encontra em nenhuma língua viva", *Gramática*, p. 152. Uma interessante análise dessa obra foi feita por Edith Pimentel Pinto, professora de Filologia e Língua Portuguesa, no artigo "A 'gramatiquinha' de Monteiro Lobato", no jornal *Leitura*, de setembro de 1989.
81. Lobato preocupava-se com a situação internacional e ficou abalado com o ataque dos japoneses a Pearl Harbor, escrevendo como notas de diário um artigo depressivo e fortemente pessimista, incluído posteriormente nas publicações de coletânea em *Mundo da lua e miscelânea* (São Paulo: Brasiliense, 1956. Trata-se de *Pearl Harbor*, p. 165).
82. LOBATO, Monteiro. *A barca de Gleyre*, v. 2. Op. cit., p. 341.
83. SCAVONE, A. C. *Reflexos do positivismo em A chave do tamanho*. Porto Alegre: Letras de Hoje, 1982.
84. COELHO, Nelly Novaes. *Dicionário crítico*. Op. cit., p. 731. Embora concorde com a dificuldade de "rotular" Emília, em termos de arquétipos ela poderia ser uma forma de *trickster*. Jung demonstrou grande interesse pela figura do *Trickster*, ser arquetípico assim batizado e pesquisado pelo antropólogo americano Paul Rad na obra *The Trickster* (com comentários de Jung e de seu colaborador Károly Kerényi, especialista em mitos). O *trickster* é, a um só tempo, humano e não humano, prega peças nos outros através do logro, da mágica e, às vezes, da violência. Essa figura aparece no folclore alemão em *Til Eulenspiegel* (Pedro Malasartes) e assume as personalidades do *jester* ou bufão medieval, a quem é permitido, com exclusividade, pelo Senhor, dizer as verdades em forma de troça (asneiras?). As pesquisas de especialistas encontraram a figura do *trickster* em quase todas as culturas europeias, no Japão (na forma de *Kitsune*, a raposa), na África,

nas Américas e na Oceania. Jung escreveu, em sua análise, que o *trickster* evolui de um indivíduo psiquicamente inconsciente (a boneca inanimada) até atingir a categoria de um ser socialmente desenvolvido (humano), que é reinterpretado por cada geração nova, como deus, herói ou bufão (*Encyclopaedia Britannica on-line*, 1996). Emília, como o Saci, compartilharia essa categoria de figuras do inconsciente coletivo.

85. Conforme entrevista concedida ao Museu da Imagem e do Som de São Paulo citada na nota 34 deste capítulo.
86. Ibid., p. 730.
87. ABDALA Jr., Benjamin. Op. cit.
88. HAYDEN, Rose Lee. *The children's literature of José Bento Monteiro Lobato of Brazil*. Op. cit., p. 114.
89. BRASIL, Pe. Sales. *A literatura infantil de Monteiro Lobato ou comunismo para crianças*. São Paulo: Paulinas, 1959. p. 86-7 e outras.
90. APPEL, Jorge Carlos. Lobato: um homem da República Velha. In: *Atualidade de Monteiro Lobato*. Op. cit., p. 31.
91. MANSUR, Gilberto. Arte de dizer às crianças a verdade inteira. In: *O Estado de S. Paulo*. 18 abr. 1982.
92. LOBATO, Monteiro. *Miscelânea*. Op. cit., p. 10.
93. TÁVOLA, Artur. *Monteiro Lobato: o imaginário*. Brasília: Senado Federal, 1997. p. 4.
94. ABDALA Jr., Benjamin. Op. cit.
95. EGOFF, Sheila A. *Worlds within*. Op. cit., p. 129.
96. COELHO, Nelly Novaes. *Dicionário crítico*. Op. cit., p. 731.
97. CAMPOS, André Luiz Vieira de. *A república do Picapau Amarelo*. Op. cit., p. 82.
98. LOBATO, Monteiro. *A barca de Gleyre*, v. 2. Op. cit., p. 341.
99. COTT, Jonathan. *Pipers at the gates of dawn*. Op. cit., p. XXIII.
100. GOUVEIA, Julio. De Dona Benta a Emília, o feminista Lobato. In: *O Estado de S. Paulo*. 18 abr. 1978.
101. Exposição: A estrela dos livros de Lobato nos sete anos do CCBB. In: *Veredas*. Revista do Centro Cultural Banco do Brasil. Ano I, nº 10, out. 1996.
102. LOBATO, Monteiro. *Problema vital*. São Paulo: Brasiliense, 1951, p. 309.
103. BRASIL, Pe. Sales. *A literatura infantil de Monteiro Lobato*. Op. cit., Índice.
104. MARTINS, Wilson, *História da inteligência brasileira*. Op. cit., p. 410.
105. MANSUR, Gilberto. Op. cit. Seu depoimento é respaldado por informações obtidas nas entrevistas (Cap. 6).
106. Ibid.
107. Ibid.
108. Ibid.
109. Ibid.
110. COELHO, Nelly Novaes. *Dicionário crítico*. Op. cit., p. 732-3.
111. HAYDEN, Rose Lee. *The children's literature of José Bento Monteiro Lobato of Brazil*. Op. cit.
112. Ibid., p. 6.

113. Ibid., p. 6.
114. Ibid., p. 326.
115. LOBATO, Monteiro. *A barca de Gleyre*, v. 2. Op. cit., p. 49.
116. Ibid., p. 328-9.
117. DÊ ASAS à sua didática com Monteiro Lobato. *Escola*. Ano XII, n° 100, mar. 1997. São Paulo: Fundação Victor Civita.
118. BYINGTON, Carlos Amadeu. *Pedagogia simbólica – A construção amorosa do conhecimento de ser*. Rio de Janeiro: Rosa dos Tempos, 1996. p. 91 e 197.
119. SOSA, Jesualdo. *A literatura infantil*. Op. cit., p. 19.
120. TEIXEIRA, Anísio. Dedicatória. In: *Educação no Brasil*. Op. cit., p. 12.

IV. "Nós precisamos endireitar o mundo, Pedrinho..."

1. As referências entre parênteses das citações, neste capítulo, indicam (1) nome do personagem; (2) título abreviado do livro e (3) número da página. Para verificar a que edição se referem, consultar Bibliografia.
2. *Lato sensu*, isto é, incluindo Emília e o Visconde de Sabugosa.
3. *Memórias póstumas de Brás Cubas*, CLX. In: RÓNAI, Paulo. *Dicionário universal Nova Fronteira de citações*. Rio de Janeiro: Nova Fronteira, 1985.
4. Este texto de Lobato parafraseia Perrault: "[la femme de l'Ogre] commença pour s'évanouir (car c'est le premier expédient que trouvent presque toutes les femmes en pareilles rencontres)". SORIANO, Marc, *Les contes de Perrault*. Op. cit., p. 264.
5. GOUVEIA, Julio. De Dona Benta a Emília, o feminista Lobato. In: *O Estado de S. Paulo*. 18 abr. 1978.
6. Carta a Hernani Donato, de 1947. In: NUNES, Cassiano. *Monteiro Lobato vivo*. Op. cit., p. 73.
7. CAVALHEIRO, Edgard. *Monteiro Lobato – vida e obra*. São Paulo: Cia. Editora Nacional, 1952. p. 685.
8. HAYDEN, Rose Lee. *The children's literature of José Bento Monteiro Lobato of Brazil*. Op. cit., p. 286.
9. Ver Capítulo 2.
10. Vista sob a perspectiva atual, a admiração de Lobato parece um pouco excessiva. Até porque a maioria dos especialistas em literatura infantil considera a influência de Disney e do seu império deletéria à imaginação e à criatividade infantis. Este autor, em 1996, à procura do *Peter Pan* de Lobato em livrarias do Rio de Janeiro, só encontrou a versão de Disney... Desponta, entre os críticos de Disney, Frances Clarke Sayers, ex-chefe da Divisão Infantil da Biblioteca Pública de Nova York e autora de livros infantis. Sayers acusa Disney – mais a empresa do que o homem – de desrespeitar a integridade das obras que adapta, manipulando-as no sentido da vulgarização. "Disney transfigurou Mary Poppins em um bolo de creme coberto de marshmallow, transformou Peter Pan num delinquente juvenil e Pinocchio num pequeno sádico de comédias de pastelão. A fada de Pinocchio é um pasticho de Marilyn Monroe. Cada príncipe torna-se uma cópia malfeita de Cary Grant e cada princesa, um símbolo sexual. Além disso, degrada o folclore, sem nenhum

respeito pelas suas verdades antropológicas, espirituais ou psicológicas. Tudo se sacrifica em nome dos truques de animação." *Walt Disney Accused*. In: HAVILAND, Virginia. *Children and literature*. Op. cit., p. 116. Em defesa de Lobato, o fato de que sua visão de Disney nos anos 1930 e 1940 foi a do empreendedor poderoso num país rico, com as possibilidades materiais de realizar seus projetos, com as quais Lobato nem sequer podia sonhar.

11. [FALTA A NOTA 11.]
12. HAYDEN, Rose Lee. *The children's literature of José Bento Monteiro Lobato of Brazil*. Op. cit., p. 297.
13. Ibid, p. 302.
14. Enigma Variations: What feminist theory knows about children's literature. In: *Signal*, 54 (Sept. 1987), Peter Pan. p. 186-201, in: HUNT, Peter. *Children's literature*. Op. cit., p. 148.
15. RÓNAI, Paulo. *Dicionário universal Nova Fronteira de citações*. Op. cit., p. 974.

V. Os filhos de Lobato

1. CAMPOS, André Luiz Vieira de. *A república do Picapau Amarelo*. Op. cit., p. XIII.
2. VASCONCELLOS, Zinda Maria Carvalho de. *O universo ideológico na obra infantil de Monteiro Lobato*. Op. cit., p. 23-4.
3. LANDERS, Vasda Bonafini. *De Jeca a Macunaíma – Monteiro Lobato e o modernismo*. Op. cit., p. 258-9.
4. CAMENIETZKI, Carlos Ziller. *O saber impotente*. Op. cit., p. IV.
5. LAJOLO, Marisa. *Lobato. A modernidade do contra*. São Paulo: Brasiliense, 1985. p. 7-9.
6. CHIARELLI, Tadeu. *Um Jeca nos vernissages*. Op. cit.
7. MERQUIOR, José Guilherme. Op. cit., p. 11.
8. Ibid., p. 12.
9. HAYDEN, Rose Lee. *The children's literature of José Bento Monteiro Lobato of Brazil*. Op. cit.
10. DANTAS, Paulo (Coord.). O contista Monteiro Lobato. *Vozes do Tempo de Lobato*. Op. cit., p. 156.
11. TÁVOLA, Artur da. *Monteiro Lobato: O imaginário*. Brasília: Senado Federal, 1997. p. 3.
12. Ibid., p. 13.
13. Os expositores foram Angela Lago, Ziraldo, Eliardo França, Jô Oliveira, Roger Mello, Gerson Conforti e Rui de Oliveira.
14. PAES, José Paulo. *Quem, eu?: um poeta como outro qualquer*. São Paulo: Atual, 1996. p. 15.
15. MACHADO, Ana Maria. *Esta força estranha: trajetória de uma autora*. São Paulo: Atual, 1996. p. 19 e 17.
16. SOUZA, Flávio de. *É uma pena!: aventuras de um roteirista versátil*. São Paulo: Atual, 1996. p. 14.
17 ORTHOF, Sylvia. *Livro aberto: confissões de uma inventadeira de palco e escrita*. São Paulo: Atual, 1996. p. 5.
18. Ver Introdução, pág. 11 e nota 15.
19. Outros dez questionários chegaram depois do prazo, elevando o índice de respostas para 40%.

20. Entrevistas realizadas entre novembro de 1989 e março de 1996. Por razões logísticas, duas delas – as últimas – foram feitas por escrito, utilizando-se fax.
Para obter as respostas, foi seguido sempre o mesmo roteiro básico, que consistia de:
   1. Introdução: apresentação dos aspectos gerais da tese. *Concorda com isso, sim ou não, e por quê?*
   2. *Acha que, no seu caso particular, foi influenciado(a)? Em que áreas?*
   3. (Para cada área mencionada:) *Em que sentido?*
   4. Em seguida eram checadas através de simples menção e em ordem: (1) família, (2) o papel da mulher, (3) religião católica, (4) misticismo, (5) Estado, (6) indivíduo, (7) governo, (8) Brasil, (9) progresso e (10) mudança.
   5. Encerrava-se pedindo mais alguma sugestão ou crítica ao trabalho de pesquisa.
21. Não encontrei comprovação, nem bibliográfica nem em consulta a especialistas, de que Monteiro Lobato tivesse pertencido à fraternidade Rosa-Cruz.
22. A carta é de 6 de maio de 1941 e está incluída na coletânea *Monteiro Lobato vivo*, de Cassiano Nunes. Op. cit., p. 239.
23. KOSHIYAMA, Alice M. *Monteiro Lobato, intelectual, empresário, editor*. Op. cit., p. 195.
24. BYINGTON, Carlos Amadeu. *Pedagogia simbólica*. Op. cit. Ver Capítulo 4.
25. Ver Capítulo 4.
26. MATTA, Roberto da. *Carnavais, malandros e heróis*. Rio de Janeiro: Zahar, 1983. p. 201. No capítulo v – "Pedro Malasartes e os paradoxos da malandragem" –, o autor propõe, como objetivo, descobrir o modo através do qual um dado sistema constrói suas formas básicas de classificação do mundo e apresenta, como tese, que isso se faz pela elaboração de dramas sociais e pela invenção de seus atores (p. 197). Embora não pareça que Lobato tenha simpatizado especialmente com o *trickster* hoffmaniano – *Til Eulenspiegel* – que aqui se aclimata como Malasartes, já que nunca lhe franqueou o território do Sítio, há registro, na correspondência com Rangel, do conhecimento e interesse pelo personagem (*A barca de Gleyre*, v. 2. Op. cit., p. 104).
27. TÁVOLA, Artur. Op. cit., p. 3.
28. Ibid., p. 6-9.
29. Criado, inicialmente, como apelido do caipira doentio e preguiçoso que Monteiro Lobato popularizou no artigo "Velha praga", tornou-se título de um livro de artigos e ensaios – *Ideias de Jeca Tatu* – e transformou-se em personagem de história em quadrinhos, como Jeca Tatuzinho, na propaganda do Biotônico Fontoura. Mas não aparece em nenhum episódio, nem foi personagem das histórias infantis, embora nelas participem colonos e moradores das redondezas do Sítio com características parecidas.
30. A observação de ZP, de que os livros de história antigamente eram feitos para os adultos usarem, parece ter fundamento histórico. Ver Capítulo 3, p. 79.
31. Sobre este tema, ver *Democracia e diversidade humana: desafio contemporâneo*, de Juana Elbein dos Santos. Salvador: Edições Secneb, 1992.
32. Recomendo, ainda, a leitura dos depoimentos de crianças, nas cartas que escreveram a Lobato, publicados no livro *Monteiro Lobato, furacão na Botocúndia*, de Carmen Lucia de Azevedo, Marcia Camargos e Vladimir Sacchetta.

Final
1. MARTINS, Wilson. *História da inteligência brasileira*. Op. cit., p. 85.
2. De acordo com Robert Grinder, *adolescência* é um conceito relativamente novo em termos antropológicos e ainda inexistente em muitas sociedades primitivas. No início da História, como vimos no capítulo sobre formação da ideologia, eram comuns os ritos da passagem direta da infância à idade adulta, sem maiores formalidades. Contemporaneamente, contudo, essa fase intermediária de desenvolvimento veio adquirindo importância cada vez maior, e Erik Erikson, por exemplo, dedicou-lhe grande atenção nos seus estudos precursores sobre desenvolvimento psicológico. Sua ênfase maior recai sobre a formação da identidade (a expressão "crise de identidade" é de sua autoria), durante a qual o quadro referencial predominantemente simbólico da infância é submetido ao confronto com os valores observados pelo indivíduo nos vários *grupos de referência* a que atribui importância. *The 1995 Grolier Multimedia Encyclopedia*. Danbury, CT: Grolier Eletronics Publishing.
3. Sergio Miceli, por exemplo, coloca Lobato no grupo que batizou de "anatolianos", reservando para o escritor o apodo de "anatoliano antimodernista". MICELI, Sergio. *Intelectuais e classe dirigente no Brasil (1920-1945)*. São Paulo: Difel, 1979 (Coleção Corpo e Alma). Camenietzki, como já vimos, considera-o representante de uma facção política paulista (in: CAMENIETZKI, Carlos Ziller. *O saber impotente*. Op. cit., 1988). Perseguindo outra referência de Miceli, que afirma ter sido Lobato homem extremamente rico, pela herança que recebeu do Visconde, procurei verificar junto ao Instituto Brasileiro de Economia (Ibre), da Fundação Getúlio Vargas, quanto teriam representado os 120 contos que Lobato recebeu pela venda da fazenda Buquira, em termos referenciais de 1996. Obtive como resultado o valor estimado em US$ 400 mil – que, embora tenha permitido a Monteiro Lobato adquirir a *Revista do Brasil*, não parece, contudo, comprovar a adjetivação do autor.
4. MARTINS, Wilson. *História da inteligência brasileira*. Op. cit., p. 114 e 167, entre outras.
5. É pertinente lembrar que segmentos corporativos da sociedade, mais atentos, logo se sentiram ameaçados pela atividade de Lobato: os padres da Igreja Católica, que perceberam os elementos indesejáveis contidos na obra infantil, e os militares que, em 1926, verbalizaram o seu descontentamento com as críticas que Lobato, jornalista, fazia às instituições em geral e às Forças Armadas em particular.
6. *The 1995 Grolier Multimedia Encyclopedia*. Op. cit.
7. BYINGTON, Carlos. *Pedagogia simbólica*. Op. cit., p. 42.
8. SANTOS, Juana Elbein (Org.). *Democracia e diversidade humana*. Op. cit.
9. Em 2010. No ano da publicação da pesquisa, 1996, as idades eram 48 e 61 anos. Vale lembrar que, como o presente estudo foi iniciado em 1987, este segmento tinha nove anos menos – ou seja, eram pessoas entre 39 e 52 anos de idade. Isso pode ocasionar alguma confusão nas referências a idade das pessoas citadas no texto, pois se deve levar em conta, em cada caso, o ano em que ocorre a consulta ou a pesquisa.
10. Sem contar aquele célebre *serial killer*, o *Barba Azul*... Marc Soriano, no seu fascinante estudo sobre os contos infantis de Perrault, registra: "[...] um pai fantástico que, depois

de torturar sua mulher, sequestra-lhe a criança durante vinte anos, leva a crueldade a ponto de fingir que se vai casar com a filha [Griselda]; um pai incestuoso em Peau d'Âne; na Bela Adormecida, uma mãe bruxa que come os netos com apetite [...]; uma mãe e uma avó que 'adoram' Chapeuzinho Vermelho mas que esquecem de avisar que o lobo ronda o caminho da floresta [...]; [em Cinderela] um rei [que se embriaga com frequência] [...]; no Pequeno Polegar, pais que punem o filho caçula sob pretexto de que é o mais fraco [e que] [...] por duas vezes abandonam os filhos na floresta [e] um pai (ogro é verdade) que corta, por engano, as cabeças às suas sete filhas. [...] Em toda parte [...] a negligência, a incúria, o incesto, o crime" (in: *Les contes de Perrault – Culture savante et traditions populaires*. Op. cit., p. 426). E, mais adiante: "O universo dos contos é impregnado de uma profunda angústia: as crianças que são abandonadas nunca sabem onde cessarão a crueldade e o desvairio dos adultos, parentes ou estranhos; os pais contemplam friamente casar-se com suas filhas; ogros, machos e fêmeas, passeiam livremente, exalando hálito de carne [humana] fresca, preparando quitutes curiosos ou organizando estranhos suplícios (bacias cheias de sapos e serpentes). Brandem longos cutelos, que afiam cuidadosamente..." (op. cit., p. 427). Jack Zipes acredita que os contos de fadas tradicionais tendem a se esvaziar de conteúdo reflexivo: "O que pode, há séculos, engendrar esperança ou melhores condições de vida [em sociedades patriarcais e semifeudais] parece, hoje, inibir as crianças do nosso mundo ocidental. Com efeito, o discurso dos contos de fadas 'clássicos' e seus efeitos, por profundos que sejam, não podem ser considerados reveladores ou emancipadores em face de uma eventual guerra nuclear, da ameaça de destruição ecológica, das administrações industriais e governamentais invasoras e das graves crises econômicas" (in: *Les contes de fees et l'art de la subversion*. Op. cit., p. 215-6).
11. BOYES, Dennis. *Initiation et sagesse des contes de fees*. Op.cit., p. 78.
12. EGOFF, Sheila. *Worlds within*. Op. cit., p. 19.
13. MARTINS, Wilson. *História da inteligência brasileira*. Op. cit., p. 88. Ênfase no original.
14. "E assim, Willy, se os débitos nós vamos/ entre homens e flautistas acertar –/ graças a quem dos ratos nos livramos/ o prometido é preciso pagar." PEACOCK, W. [Ed.]. *English verse*. Londres: Oxford University Press, 1974. p. 197.

Este livro foi composto na fonte Fairfield e
paginado por Alves e Miranda Editorial Ltda.
e impresso em Pólen Soft 80g na Imprensa da Fé.
São Paulo, Brasil, agosto de 2011